MIX
Papier aus verantwortungsvollen Quellen
FSC® C144853
www.fsc.org

5 4 3 26 25 24 23 22
ISBN 978-3-649-64159-9

Hafenweg 30, 48155 Münster, Germany
Coverfoto: picture alliance / Westend61 | Kerstin Bittner
Illustrationen: shutterstock.com

Konzept: Coppenrath Verlag
Textsatz & grafische Gestaltung: Stefanie Bartsch
Textbearbeitung: Claudia Pastors,
nach einer unbekannten Übersetzung
Redaktion: Anna Louisa Duckwitz

Beilagen

Europakarte um 1890 mit Zugstreckennetz
(Karte: picture alliance / Liszt Collection)

Rezept für Curried Chicken
(Muster: shutterstock.com)

Charles und die Stewards
(Bild von Charles I.: picture-alliance / /HIP | The Print Collector)

Bertillon System der Messungen
(Fotografien Vorderseite: picture alliance / Heritage Art/Heritage Images | Alphonse Bertillon)

Goldrausch von Sidney
(Karte: picture-alliance / Mary Evans Picture Library)
Rangstruktur des britischen Militärs

Pfeifenwerbung
(Bilder: picture alliance / Heritage Art/Heritage Images | Unknown)

Postkarte Dampfboot

Mittelmeerentente
(Vorderseite: „Segelboot in einer italienischen Bucht“ von Oswald Achenbach. picture alliance / akg-images)

Visitenkarte

www.coppenrath.de

Arthur Conan Doyle

SHERLOCK HOLMES

Die Memoiren

COPPENRATH

Inhalt

Silver Blaze 7
Das gelbe Gesicht 43
Eine sonderbare Anstellung 69
Die „Gloria Scott" 95
Das Musgrave-Ritual 121
Die Junker von Reigate 149
Der gekrümmte Mann 175
Der Dauerpatient 201
Der griechische Dolmetscher 225
Der Marinevertrag 253
Das letzte Problem 301
Glossar 330

Silver Blaze

»Mir wird wohl nichts anderes übrig bleiben, Watson, als hinzugehen«, sagte Holmes eines Morgens zu mir, als wir beim Frühstück saßen.
»So? Wohin denn?«
»Nach Dartmoor – nach King's Pyland.«
Das überraschte mich nicht; im Gegenteil, ich hatte mich schon gewundert, dass er nicht längst zur Mitarbeit an dem ungewöhnlichen Fall aufgefordert worden war, der in ganz England das Tagesgespräch bildete. Mit gerunzelten Brauen, den Kopf auf die Brust gesenkt, war mein Gefährte einen ganzen Tag lang ruhelos im Zimmer auf und ab gegangen, hatte immer wieder den stärksten schwarzen Tabak in seine Pfeife gestopft und war für alle meine Fragen und Bemerkungen stocktaub gewesen. Die neuesten Nummern sämtlicher Tagesblätter überflog er nur mit einem Blick und warf sie dann in den Winkel. Er blieb stumm, aber ich wusste genau, worüber er brütete. Es lag ja nur *ein* Fall vor, der genug öffentliches Aufsehen erregte, um ihn zu bewegen, die ganze Kraft seines kritischen Scharfsinns aufzubieten, nämlich das seltsame Verschwinden des Rennpferdes, welches die größten Chancen auf den Ehrenpreis von Wessex gehabt hatte, und die rätselhafte Ermordung des Stallmeisters John Straker. Als Holmes mir daher plötzlich mitteilte, er wolle sich auf den Schauplatz des Dramas begeben, hatte ich bereits auf diesen Entschluss von seiner Seite gewartet und gehofft.
»Ich würde Sie sehr gern begleiten, wenn ich Ihnen nicht im Wege bin«, sagte ich.
»Sie würden mir den größten Gefallen damit erweisen, lieber Watson, auch wäre es sicher keine Zeitverschwendung; der Fall enthält nämlich so interessante Einzelheiten, dass er wohl in seiner Art einzig dasteht. Wir können, glaube ich, gerade noch einen Zug erreichen, unterwegs will ich dann eingehender mit Ihnen über die Sache reden. Bitte nehmen Sie auch Ihren Feldstecher mit, wir brauchen ihn vielleicht.«

So saß ich denn etwa eine Stunde später in der Ecke eines Wagens erster Klasse, und während der Zug mit uns nach Exeter davonsauste, vergrub Sherlock Holmes sein scharf geschnittenes, ausdrucksvolles Gesicht in einen Haufen neuer Zeitungen, die er sich am Zeitungsstand des Bahnhofs in Paddington gekauft hatte. Erst als Reading längst hinter uns lag, warf er die letzte Seite unter den Sitz und holte seine Zigarrentasche heraus.

»Wir fahren rasch«, sagte er, nachdem er einen Blick aus dem Fenster geworfen und auf seine Uhr gesehen hatte, »unsere Fahrgeschwindigkeit beträgt momentan dreiundachtzig und eine halbe Meile pro Stunde.«

»Ich habe mir nicht die Zeit genommen, die Meilensteine zu zählen.«

»Ich auch nicht«, erwiderte er. »Aber die Telegrafenstangen dieser Linie haben einen Abstand von sechzig Metern; da lässt sich's leicht berechnen. Vermutlich ist Ihnen die Ermordung John Strakers und das Verschwinden von Silver Blaze schon samt allen näheren Umständen bekannt?«

»Was der **Telegraph** und der **Chronicle** darüber mitteilen, habe ich gelesen.«

»Bei diesem Fall ist es für die Schlussfolgerung wichtiger, die vorhandenen Angaben genau zu untersuchen, als sich nach immer neuen Beweismitteln umzusehen. Dieses Trauerspiel ist so außergewöhnlich und für eine große Anzahl Personen von solcher Tragweite, dass uns die Überfülle unbegründeter Annahmen, Mutmaßungen und Voraussetzungen zu verwirren droht. Da gilt es vor allem, die nackten Tatsachen, soweit sie unleugbar feststehen, von den unnützen Thesen zu trennen, die Berichterstatter und Theoretiker hinzugefügt haben. Erst wenn man eine sichere Grundlage gewonnen hat, wird man Schlüsse ziehen und die besonderen Punkte ins Auge fassen können, um welche sich das ganze Geheimnis dreht. Am Dienstagabend bin ich sowohl von Colonel Ross, dem Eigentümer des Pferdes, als auch von Inspektor Gregory, dem der Fall übergeben wurde, auf telegrafischem Wege um meine Mitarbeit gebeten worden.«

»Am Dienstagabend!«, rief ich. »Und heute ist schon Donnerstag. Warum sind Sie denn nicht gestern hingefahren?«

»Weil ich mich in einem Irrtum befand, lieber Watson – was leider häufiger vorkommt, als die Leute glauben mögen, die mich aus Ihren Aufzeichnungen kennen. Ich hielt es nämlich nicht für möglich, dass das berühmteste Rennpferd Englands lange verborgen bleiben könnte, noch dazu in einer so öden Gegend wie dem Norden von Dartmoor. Von Stunde zu Stunde habe ich gestern auf die Nachricht gewartet, dass man sein Versteck entdeckt hat und dass der Räuber des Pferdes zugleich John Strakers Mörder ist. Als aber die Zeitungen heute, außer der Festnahme des jungen Fitzroy Simpson, nichts Neues brachten, da fühlte ich wohl, dass etwas geschehen müsse und es für mich an der Zeit sei, einzugreifen. Trotzdem halte ich auch den gestrigen Tag nicht gerade für verloren.«

»Also haben Sie schon eine Theorie?«

»Wenigstens ist mir klar geworden, welches die wesentlichen Tatsachen sind. Ich werde sie Ihnen aufzählen, denn es gibt kein besseres Mittel, Licht in einen Fall zu bringen, als wenn man ihn jemand erzählt. Außerdem kann ich ja nur auf Ihre Mitwirkung rechnen, wenn ich Ihnen zeige, welchen Standpunkt ich selbst einnehme.«

Ich lehnte mich nun in die Kissen zurück und rauchte meine Zigarre, während Holmes vornübergebeugt dasaß, einen kurzen Umriss der Ereignisse entwarf, welche uns zu der Reise veranlasst hatten, und dabei mit dem langen, dünnen Zeigefinger auf der Fläche seiner linken Hand die verschiedenen Punkte beschrieb, die ihm wichtig erschienen.

»Silver Blaze«, sagte er, »ist ein Abkömmling des berühmten Somomy, und seine Laufbahn war ebenso glänzend wie die seines großen Vorfahren. Das Pferd steht im fünften Jahr und hat seinem Besitzer, Colonel Ross, nacheinander bereits sämtliche Rennpreise eingebracht. Auch der Ehrenpreis von Wessex war ihm so gut wie sicher; die Wetten verhielten sich wie drei zu eins. – Überhaupt ist Silver Blaze schon immer der bevorzugte Liebling des Rennpublikums gewesen und hat die auf ihn gesetzten Hoffnungen noch nie getäuscht. Es sind wahrhaft riesige Summen auf das Pferd gewettet worden. Somit ist leicht ersichtlich, dass eine ganze Anzahl Leute das stärkste Interesse daran haben musste, sein Erscheinen auf dem Rennplatz am nächsten Dienstag zu verhindern.
Auch in King's Pyland, wo Colonel Ross seinen Reitstall hat, war man sich dieser Tatsache wohl bewusst und traf umfassende Maßregeln zum Schutz des edlen Tieres. John Straker, ein früherer Jockey des Colonels, hatte bei allen Wettrennen dessen Farben getragen, bis sein Gewicht zu schwer wurde. Fünf Jahre ist er als Jockey und sieben Jahre als Stallmeister bei seinem Herrn gewesen und hat den Dienst stets mit Treue und Eifer versehen. Sein Amt war übrigens nicht sehr anstrengend, denn für die vier Pferde, die unter seiner Obhut standen, hatte er drei Stallknechte zur Verfügung. Einer pflegte immer die Nacht über im Stall zu wachen, während die beiden anderen auf dem Heuboden schliefen. Alle drei standen in bestem Ruf und galten als sehr zuverlässig. Straker war verheiratet und wohnte in einem kleinen Landhaus, das kaum zweihundert Meter von den Stallgebäuden entfernt liegt; er hatte keine Kinder, beschäftigte ein Hausmädchen und lebte in guten Verhältnissen. Die Gegend ist einsam, doch ein Bauunternehmer aus Tavistock hat etwa eine halbe Meile nördlich ein kleines Villenviertel errichtet für Erholungsbedürftige und Sommergäste, die in der reinen Luft von Dartmoor

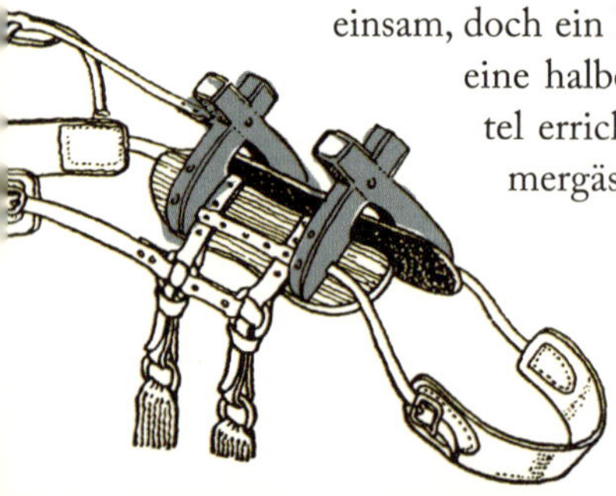

Stärkung suchen. Der Ort Tavistock selbst liegt zwei Meilen nach Westen; jenseits des Moors befindet sich in gleicher Entfernung die große Pferdezüchterei von Mapleton, welche Lord Backwater gehört; der dortige Aufseher heißt Silas Brown. Nach jeder anderen Richtung hin ist das Moor völlig verödet, es halten sich höchstens herumziehende Zigeuner[1] darin auf.
Auch der letzte Montag verlief in King's Pyland ruhig wie alle Tage. Nachdem die Pferde ihren gewöhnlichen Übungsritt gemacht hatten und getränkt worden waren, verschloss man um neun Uhr den Stall. Zwei von den Knechten begaben sich zu Strakers Haus, wo sie in der Küche zu Abend aßen, während Ned Hunter, der dritte, als Wächter zurückblieb. Einige Minuten nach neun brachte ihm das Mädchen, Edith Baxter, sein Abendessen, das aus einem Teller Hammelragout bestand. Sie nahm kein Getränk mit, da der Stall eine Wasserleitung hatte und es als strenge Regel galt, dass der wachhabende Knecht nichts anderes trinken durfte als Wasser.
Edith Baxters Weg führte über das offene Moor, und da es ganz dunkel war, nahm sie eine Laterne mit. Als sie sich dem Stall bis auf etwa dreißig Meter genähert hatte, tauchte plötzlich aus der Finsternis ein Mann auf und sprach sie an. Er trat in den Lichtkreis der Laterne, sie sah, dass er den besseren Schichten angehörte; er trug einen grauen Anzug aus leichtem Wollstoff, Gamaschen und eine Tuchmütze, in der Hand hielt er einen schweren Stock mit dickem Knauf. Was ihr am meisten auffiel, war jedoch die entsetzliche Blässe seines Gesichts und sein ängstliches Benehmen. Nach ihrer Ansicht mochte er eher über als unter dreißig Jahre alt sein.
›Können Sie mir vielleicht sagen, wo ich bin?‹, fragte er. ›Ich hatte mich schon darein ergeben, die Nacht auf dem Moor zuzubringen, als ich das Licht Ihrer Laterne sah.‹
›Sie sind dicht bei den Stallgebäuden von King's Pyland‹, antwortete sie.

›Wirklich! Nun, das nenne ich Glück!‹, rief er. ›Man hat mir gesagt, dass dort nur ein Stallknecht wohnt; vielleicht wollen Sie ihm eben sein Abendbrot bringen. Ich denke, Sie werden nicht zu stolz sein, um sich ein neues Kleid zu verdienen, nicht wahr? – Nun gut, wenn Sie dem Knecht noch heute Abend dies hier zukommen lassen‹, er nahm ein kleines, zusammengefaltetes Papier aus der Westentasche, ›so sollen Sie das Geld zu einem hübschen Kleid von mir bekommen.‹

Die Magd erschrak, als er sein Anliegen so eindringlich vorbrachte, sie lief rasch an ihm vorbei zu dem Fenster, durch welches sie das Essen hineinzureichen pflegte. Es war schon geöffnet. Hunter saß drinnen an einem kleinen Tisch. Gerade erzählte sie ihm, was ihr zugestoßen sei, als der Fremde selbst herzutrat.

›Guten Abend‹, sagte er, durch das Fenster blickend; ›ich möchte gern ein paar Worte mit Ihnen reden.‹ – Das Mädchen hat unter Eid versichert, dass sie, während er sprach, eine Ecke des weißen Papierpäckchens in seiner geschlossenen Hand bemerkte.

›Was haben Sie hier zu suchen?‹, fragte der Knecht.

›Etwas, wobei Sie ein gutes Stück Geld verdienen können‹, lautete die Antwort. ›Sie haben zwei Pferde hier, die für den Wessex-Preis rennen sollen – Silver Blaze und Bayard. Schenken Sie mir reinen Wein ein, und es soll nicht Ihr Schaden sein. Ist es wahr, dass Bayard dem anderen beim Proberennen auf fünf Achtelmeilen hundert Meter Vorsprung abgewonnen hat und dass das Stallpersonal auf ihn wetten will?‹

›Sie sind einer dieser verdammten Betrüger!‹, rief Hunter. ›Warten Sie nur, ich zeige Ihnen gleich, wie wir solchem Pack in King's Pyland mitspielen.‹ Er sprang auf und lief zum Stall hinüber, um den Hund loszuketten. Das Mädchen ergriff eilends die Flucht, blickte jedoch noch einmal zurück und sah, wie der Fremde sich zum Fenster hineinlehnte. Als Hunter gleich darauf mit dem Hund herausgestürzt kam, war jener verschwunden und keine Spur von ihm zu entdecken, obwohl der Stallknecht rings um das Haus herum nach ihm suchte.«

»Warten Sie einen Augenblick«, unterbrach ich den Bericht meines Freundes; »hat der Stallknecht, als er mit dem Hund herauskam, die Tür hinter sich offen gelassen?«

»Vortrefflich, Watson, vortrefflich«, murmelte Holmes. »Der Umstand schien auch mir von solcher Wichtigkeit, dass ich gestern extra ein Telegramm nach Dartmoor sandte, um mir Gewissheit darüber zu verschaffen. Der Stallknecht hat aber die Tür zugeschlossen, als er hinausging, und das Fenster ist nicht groß genug, um einem Mann Einlass zu gewähren.

Hunter wartete bis zur Rückkehr seiner beiden Kameraden und schickte dann seinem Herrn einen Bericht über den Vorfall. Straker war zwar sehr ärgerlich, doch scheint er sich nicht klargemacht zu haben, was die Sache eigentlich zu bedeuten hatte. Eine unbestimmte Sorge quälte ihn indessen jedenfalls, denn als seine Frau um ein Uhr nachts aufwachte, sah sie, dass er im Begriff war, sich anzukleiden. Auf ihre Fragen erwiderte er, seine Unruhe um die Pferde lasse ihn nicht schlafen, er wolle im Stall nachsehen, ob alles in Ordnung sei. Sie hörte den Regen an die Scheiben klatschen und bat ihren Mann, daheim zu bleiben, aber es war vergebens. Er zog seinen Regenmantel an und verließ das Haus.

Als Mrs. Straker um sieben Uhr erwachte, war ihr Mann noch nicht zurückgekehrt. Rasch kleidete sie sich an, rief das Mädchen und eilte zu den Ställen. Die Tür stand offen; drinnen saß Hunter auf einem Stuhl zusammengesunken und völlig betäubt; Silver Blazes Box war leer und Straker nirgends zu finden.

Man weckte die beiden Stallknechte, die auf dem Heuboden über der Geschirrkammer schliefen. Sie hatten während der Nacht kein Geräusch gehört. Hunter musste wohl ein starkes Schlafmittel erhalten haben und litt noch an den Folgen. Da nichts Vernünftiges aus ihm herauszubringen war, ließ man ihn weiterschlafen. Mrs. Straker, die Magd und die beiden Knechte machten sich inzwischen auf, um nach dem Stallmeister zu suchen. Sie hegten noch die leise Hoffnung, er könne vielleicht mit dem Pferd einen Morgenritt gemacht haben, und wandten sich zu einer Anhöhe in der Nähe des Hauses, von der aus man das Moor ringsum überblicken kann. Von dem Rennpferd sahen sie nirgends eine Spur, aber nach John Straker brauchten sie nicht lange zu suchen. Etwa eine Viertelmeile von dem Stallgebäude entfernt hing sein Mantel an einem Ginsterbusch, und nicht weit davon, in einer muldenförmigen Vertiefung des Bodens, fand man seine Leiche. Der Schädel war ihm durch einen wuchtigen Schlag mit einem schweren Werkzeug zerschmettert worden, und am Schenkel hatte er eine lange Schnittwunde, die von einer scharfen Waffe herrühren musste. Offenbar hatte sich Straker, so gut er konnte, gegen seine Angreifer verteidigt, denn in der rechten Hand hielt er ein kleines Messer, das über und über mit geronnenem Blut bedeckt war. Seine Linke aber umklammerte eine rot und schwarz gestreifte seidene Krawatte; eine solche hatte, nach Aussage der Magd, jener Fremde getragen, den sie am Abend zuvor beim Stall getroffen hatte.

Als Hunter aus seiner Betäubung erwachte, bezeugte auch er, dass der Fremde eine solche Krawatte getragen habe. Nach seiner Ansicht hatte ihm der Fremde das Schlafpulver vom Fenster aus in das Hammelragout geschüttet, damit der Stall unbewacht bleibe.

Was nun das fehlende Rennpferd betrifft, so fand man im Moorboden des Talkessels zahlreiche Beweise, dass es zur Zeit des Kampfes auch am Tatort gewesen sein muss. Aber seit jenem Morgen blieb es verschwunden, und obwohl eine hohe Belohnung ausgesetzt ist und alle Zigeuner[1] von Dartmoor sich auf der Suche befinden, weiß niemand, wo es geblieben sein kann. Schließlich ist noch zu bemerken, dass eine beträchtliche Menge pulverisierten Opiums in den Resten des Nachtessens des Stallknechtes vorgefunden wurde, während die Leute im Haus an demselben Abend von demselben Gericht gegessen haben, ohne nachteilige Folgen zu verspüren.
Das sind in kurzen Umrissen und mit möglichst geringen Abschweifungen die hauptsächlichsten Tatsachen, welche vorliegen. Nun will ich Ihnen noch aufzählen, was für Maßnahmen die Polizei getroffen hat.
Inspektor Gregory, der den Fall in Händen hat, ist ein außerordentlich fähiger Beamter. Er würde große Dinge in seinem Beruf leisten, wenn ihm nicht alle Einbildungskraft fehlte. Das Erste, was er tat, war, den Mann ausfindig zu machen und festzunehmen, auf dem natürlich der größte Verdacht ruhte. Ihn zu finden, war nicht schwer, denn man kannte ihn in der ganzen Nachbarschaft. Sein Name ist Fitzroy Simpson, er stammt aus einer angesehenen, gebildeten Familie, hat sein Vermögen auf dem Rennplatz durchgebracht und erwirbt jetzt den standesgemäßen Lebensunterhalt durch eine anständige kleine Buchmacherei bei den Londoner Rennklubs. Eine Durchsicht seines Wettbuches ergab, dass Wetten bis zum Betrag von 5.000 Pfund gegen den Favoriten Silver Blaze durch ihn gebucht worden waren.
Bei seiner Verhaftung bekannte er freiwillig, er sei nach Dartmoor gekommen, um Erkundigungen über die Pferde in King's Pyland einzuziehen und zugleich etwas Näheres über den zweiten Favoriten, Desborough, zu erfahren, der unter Silas Browns

Aufsicht im Stall von Mapleton steht. Auch versuchte er nicht etwa sein Benehmen vom Abend zuvor abzuleugnen, erklärte jedoch, er hätte keinerlei böse Absicht gehabt, sondern nur den Wunsch, sich Informationen aus erster Hand zu verschaffen. Als man ihm die Krawatte zeigte, erblasste er sichtlich und war außerstande, anzugeben, auf welche Weise sie in die Hand des Ermordeten gelangt sein könne. Sein nasser Anzug trug deutliche Spuren, dass er in der Regennacht draußen gewesen war, und sein Stock, ein mit Blei beschwerter sogenannter Totschläger, war genau die Waffe, mit der die Verletzung zugefügt sein konnte, welcher der unglückliche Stallmeister erlegen war.
Dagegen hatte Simpson selbst keine Wunde am Körper, während jedoch, nach der Beschaffenheit von Strakers Messer zu urteilen, mindestens einer seiner Angreifer durch ihn gezeichnet worden war. – So, Watson, das ist, kurz zusammengefasst, der ganze Sachverhalt, und wenn Sie mir nun vielleicht irgendeinen Hinweis geben können, tun Sie mir den größten Gefallen.«
Ich hatte den klaren Auseinandersetzungen meines Gefährten mit gespanntem Interesse zugehört; denn obgleich mir die Tatsachen größtenteils schon bekannt waren, ging mir doch erst jetzt ein Licht auf über ihren Zusammenhang und ihre eigentliche Bedeutung.
»Wäre es nicht möglich«, warf ich ein, »dass sich Straker bei den krampfhaften Zuckungen, welche mit jeder Verletzung des Gehirns verbunden zu sein pflegen, die Schnittwunde mit seinem eigenen Messer beigebracht hat?«
»Nicht nur möglich, sondern höchstwahrscheinlich«, antwortete Holmes. »In diesem Fall wird einer der Hauptpunkte hinfällig, welcher zugunsten des Angeklagten spricht.«
»Und doch«, erwiderte ich, »bin ich noch ganz im Dunkeln darüber, wie sich die Polizei die Sache vorstellt.«
»Ich fürchte, es werden sich gegen jede Theorie, die wir vorbringen könnten, gewichtige Einwendungen erheben«, sagte mein

Gefährte. »Die Polizei ist, glaube ich, der Ansicht, dass Simpson, nachdem er dem Stallknecht das Schlafmittel verabreicht hatte, sich mittels eines Zweitschlüssels, den er sich irgendwie verschafft hatte, in den Stall geschlichen hat, um das Pferd zu rauben. Er muss ihm auch das Zaumzeug angelegt haben, da das auch verschwunden ist. Während er nun, die Stalltür offen lassend, das Tier über das Moor davonführte, kam ihm Straker entgegen oder holte ihn ein. Natürlich entspann sich ein Kampf, bei dem Simpson seinen Gegner mit dem schweren Stock erschlug, ohne von ihm mit dem Messer verwundet zu werden, das Straker als Verteidigungswaffe nutzte. Dann gelang es dem Dieb, entweder das Pferd in ein geheimes Versteck zu bringen, oder es hat sich losgerissen und läuft nun in der Irre auf dem Moor umher. – So denkt sich die Polizei den Fall, und trotz vieler Unwahrscheinlichkeiten, auf die wir bei dieser Erklärung stoßen, ist sie noch die wahrscheinlichste von allen. Sobald ich an Ort und Stelle bin, werde ich der Sache übrigens besser auf den Grund sehen können, einstweilen müssen wir, wohl oder übel, auf dem Standpunkt stehen bleiben, den wir jetzt einnehmen.«

Es war schon Abend, als wir das Städtchen Tavistock erreichten, das wie ein Schildbuckel in der Mitte des riesigen Kreises von Dartmoor liegt. Zwei Herren erwarteten uns am Bahnhof, der eine groß und blond, mit Haar und Bart wie eine Löwenmähne und scharfen hellblauen Augen, der andere, ein kleiner beweglicher Mann im Überrock und Gamaschen, sehr geschniegelt und gebügelt, mit kurz geschnittenem Backenbart und eingekniffenem Augenglas. Das war Colonel Ross, der wohlbekannte Sportsmann, der andere Polizeiinspektor Gregory, der sich im Dienst der englischen Geheimpolizei rasch einen Namen gemacht hatte.

»Ich bin sehr froh, dass Sie gekommen sind, Mr. Holmes«, sagte der Colonel. »Zwar hat der Inspektor alles nur Erdenkliche getan, aber ich möchte nichts unversucht lassen, um den Tod des armen Straker zu sühnen und wieder in den Besitz meines Pferdes zu gelangen.«

»Haben Sie irgendeine neue Spur entdeckt?«, fragte Holmes.

»Leider sind wir nur wenig vorwärtsgekommen«, entgegnete der Inspektor. »Draußen wartet ein Wagen auf uns«, fuhr er fort, »Sie werden gewiss den Schauplatz sehen wollen, ehe es dunkel wird, und wir können alles Weitere während der Fahrt besprechen.«

Gleich darauf fuhren wir durch die Straßen des altertümlichen Städtchens. Inspektor Gregory hatte nichts als den Fall im Kopf und goss die ganze Flut seiner Betrachtungen über uns aus, während Holmes nur dann und wann eine Frage oder einen Ausruf dazwischenwarf. Colonel Ross lehnte sich in den Sitz zurück, verschränkte die Arme, drückte seinen Hut tief ins Gesicht und lauschte eifrig dem Gespräch der beiden Männer. Gregorys Auffassung von der Sache stimmte fast genau mit dem überein, was mir Holmes im Zug berichtet hatte.

»Das Netz hat sich schon ziemlich dicht um Fitzroy Simpson zusammengezogen«, schloss der Inspektor, »und ich für meine Person zweifle nicht, dass er der Täter ist. Bei alledem muss ich jedoch zugeben, dass diese Annahme nur auf Indizienbeweisen beruht, die durch eine neue Enthüllung unhaltbar gemacht werden können.«

»Und wie steht's mit Strakers Messer?«

»Wir sind zu dem sicheren Schluss gelangt, dass er sich selbst verwundet hat, als er zu Boden fiel.«

»Mein Freund Watson hat sich bei unserer Herfahrt auch in diesem Sinne geäußert. Dadurch würde der Verdacht gegen Simpson bedeutend erhöht.«

»Natürlich, denn bei ihm hat man weder ein Messer noch Spuren einer Verletzung gefunden. Doch liegen auch andere sehr starke Beweise gegen ihn vor. Sein großes Interesse am Verschwinden des Pferdes, sein Versuch, den Stallknecht zu vergiften, der Umstand, dass er in der Regennacht draußen war, der schwere Stock, der ihm als Waffe diente, und die Krawatte in des Toten Hand liefern genug Verdachtsgründe, um ihn vor die Geschworenen zu bringen.«

Holmes schüttelte den Kopf. »Ein geschickter Anwalt würde dies ganze Gewebe in Fetzen reißen«, sagte er. »Warum brauchte er das Pferd aus dem Stalle zu führen? Hätte er ihm nicht ebenso gut dort Schaden zufügen können? Hat man einen Zweitschlüssel bei ihm gefunden? Welcher Apotheker hat ihm das Opium verkauft? Und vor allem – wo hätte ein Mensch, der in der Gegend fremd ist, ein solches Pferd verbergen können? – Wie lautet denn seine eigene Aussage über das Papier, das das Mädchen dem Stallknecht geben sollte?«

»Er sagt, es sei eine Zehnpfundnote gewesen. Eine solche fand sich auch in seinem Geldbeutel, übrigens lassen sich Ihre anderen Einwürfe samt und sonders entkräften. Die Umgebung ist ihm bekannt, da er im Sommer zweimal in Tavistock übernachtete. Das Opium kann er aus London mitgebracht haben. Den Zweitschlüssel hat er natürlich weggeworfen, sobald er ihn nicht mehr brauchte. Das Pferd liegt vielleicht irgendwo im Moor auf dem Grunde eines alten Schachts.«

»Was sagt er über die Krawatte?«

»Er gibt zu, dass sie ihm gehört, und behauptet, er habe sie verloren. Inzwischen ist ein neuer Verdacht aufgetaucht, der uns vielleicht eine Aufklärung bringt, weshalb Simpson das Pferd aus dem Stall geführt hat.«

Holmes horchte auf.

»Wir haben Spuren gefunden, welche beweisen, dass eine Zigeunerbande[1] am Montagabend eine Meile von der Mordstelle entfernt ihr Lager hatte. Dienstagfrüh war die Bande verschwunden.

Kann nicht Simpson im Einvernehmen mit diesen Leuten gestanden haben und im Begriff gewesen sein, ihnen das Pferd zuzuführen, als er sich verfolgt sah? Vielleicht ist es noch in ihrem Besitz?«

»Unmöglich wäre das nicht.«

»Man durchstreift das Moor nach den Zigeunern[1]. Auch habe ich jeden Stall und jedes Hintergebäude in Tavistock und zehn Meilen in der Runde untersuchen lassen.«

»Ich höre, dass noch ein Besitzer von Rennpferden seine Stallungen hier ganz in der Nähe hat.«

»Jawohl, und diesen Umstand dürfen wir nicht aus den Augen lassen. Da ihm Desborough gehört, das zweite Pferd, auf das gewettet wurde, hatten die Leute dort ein großes Interesse an dem Verschwinden des Favoriten. Silas Brown, der Stallmeister, soll hohe Wetten eingegangen sein, und er war dem armen Straker nicht wohlgesonnen. Übrigens haben wir die Ställe durchsucht und nichts gefunden, was mit der Angelegenheit zusammenhängt.«

»Auch kein Anzeichen, dass Simpson mit dem Stallmeister von Mapleton in irgendwelcher Verbindung steht?«

»Nicht das geringste.«

Holmes lehnte sich in den Wagen zurück, und die Unterhaltung stockte. Wenige Minuten später hielten wir vor einem hübschen kleinen Landhaus aus roten Ziegelsteinen mit vorspringendem Giebel, das dicht am Wege stand. In einiger Entfernung davon, jenseits einer Umfriedung, lag ein langes, mit grauem Schiefer gedecktes Gebäude. Zu allen anderen Richtungen dehnte sich, so weit das Auge reichte, der wellenförmige Boden des Moors aus, dem das welke Farnkraut eine Bronzefärbung verlieh. Nur die Kirchtürme von Tavistock und nach Westen eine Anzahl Häuser, die um die Stallungen von Mapleton her lagen, unterbrachen den einförmigen Horizont. Wir sprangen alle aus dem Wagen, Holmes allein lehnte noch in seiner Ecke; er starrte unverwandt ins Weite und schien ganz in Gedanken versunken. Als ich seinen Arm berührte, fuhr er heftig zusammen, raffte sich empor und stieg gleichfalls aus.

»Entschuldigen Sie«, sagte er zu Colonel Ross, der ihn verwundert ansah, »ich habe mitten am Tag geträumt.« Aber ein gewisses Leuchten seiner Augen und die geheime Erregung in seinem ganzen Wesen überzeugten mich, der ich seine Art kannte, dass er dem Geheimnis auf der Spur sei, obwohl ich keine Ahnung hatte, wo er den Schlüssel gefunden haben könne.

»Vielleicht möchten Sie gleich weiterfahren, Mr. Holmes, um den Schauplatz des Verbrechens zu besichtigen?«, fragte Gregory.

»Es wäre mir lieber, eine Weile hierzubleiben, um mir erst noch über einige Einzelheiten Klarheit zu verschaffen. Vermutlich ist Straker hierhergeschafft worden?«

»Ja, er liegt im oberen Stock. Morgen soll die Totenschau stattfinden.«

»Nicht wahr, er stand schon seit mehreren Jahren in Ihrem Dienst, Colonel Ross?«

»Ja, und ich war stets außerordentlich zufrieden mit ihm.«

»Sie haben gewiss ein Verzeichnis von den Gegenständen gemacht, die er zur Zeit seines Todes bei sich trug?«

»Die Sachen sind alle im Wohnzimmer verwahrt, Sie können sie dort in Augenschein nehmen.«

»Das wäre mir lieb.«

Wir traten nun in das vordere Zimmer und nahmen um den Tisch in der Mitte Platz, während der Inspektor einen viereckigen Blechkasten aufschloss und eine Anzahl Gegenstände herausnahm: eine Schachtel mit Wachskerzen, zwei Stückchen Talglicht,

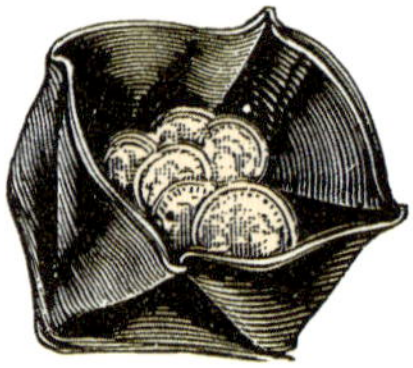

eine Pfeife aus Dornbuschwurzel von A.D.P.[2], einen Beutel aus Robbenfell mit einer halben Unze lang geschnittenem Cavendish[3], eine silberne Uhr mit Goldkette, fünf Sovereigns[4] in Gold, ein Aluminium-Mäppchen, ein paar Papiere und ein Messer mit Elfenbeingriff und einer sehr zarten, unnachgiebigen Klinge mit der Aufschrift Weiss & Co., London. Holmes nahm es in die Hand und betrachtete es.

»Ein sonderbares Messer«, sagte er. »Nach den Blutflecken zu urteilen, ist es wohl dasselbe, welches man in der Hand des Toten gefunden hat. Ich denke, auf diese Art Messer müssten Sie sich eigentlich am besten von uns verstehen, Watson.«

»Es ist ein Messer, wie man es für eine Augenoperation wie Grauer Star braucht«, antwortete ich.

»Ich dachte es mir wohl, dass man eine so feine Klinge nur zu sehr heikler Arbeit benutzt. Wie sonderbar, dass er ein solches Messer bei dem nächtlichen Ausgang mitgenommen hat; es lässt sich nicht einmal zuklappen und in die Tasche stecken.«

»Die Spitze war durch eine Korkscheibe geschützt, die wir neben der Leiche fanden«, berichtete der Inspektor. »Mrs. Straker sagt, das Messer hätte schon seit ein paar Tagen auf dem Tisch im Schlafzimmer gelegen, und beim Hinausgehen habe ihr Mann es mitgenommen. Es war nur eine schwache Verteidigungswaffe, aber vielleicht die einzige, die er im Augenblick zur Hand hatte.«

»Wohl möglich. Und was für Papiere sind das?«

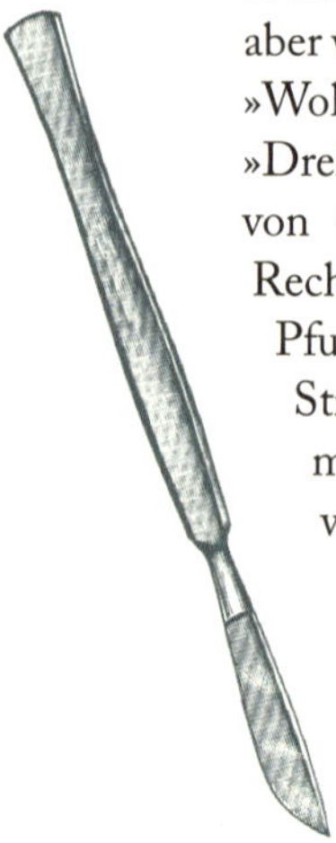

»Drei Quittungen von Händlern für geliefertes Heu; ein Brief von Colonel Ross mit Verhaltensmaßregeln, außerdem die Rechnung einer Schneiderin im Betrag von siebenunddreißig Pfund fünfzehn Schilling, von Madame Lesurier in Bond Street für William Derbyshire ausgestellt. Mrs. Straker teilte mir mit, dieser Derbyshire sei ein Freund ihres Mannes gewesen, und manchmal seien Briefe an ihn hierher adressiert worden.«

»Mrs. Derbyshire scheint etwas verschwenderischer Natur zu sein«, bemerkte Holmes, die einzelnen Beträge der Rechnung überfliegend. »Zweiundzwanzig Pfund sind eine hohe Summe für ein Straßenkostüm. – Nun habe ich hier wohl alles gesehen, und wir können uns an den Tatort selbst begeben.«

Als wir das Wohnzimmer verließen, trat eine Frau, die im Hausflur gewartet hatte, auf uns zu. Man sah es ihrem hageren, eingefallenen Gesicht und ihrer aufgeregten Miene an, dass sie erst kürzlich Entsetzliches erlebt hatte.

»Hat man sie gefunden und festgenommen?«, stieß sie hastig hervor und legte ihre Hand auf den Arm des Inspektors.

»Nein, Mrs. Straker; aber Mr. Holmes hier ist aus London gekommen, um uns zu helfen; wir werden alles Menschenmögliche tun.«

»Habe ich Sie nicht kürzlich bei einem Gartenfest in Plymouth gesehen, Mrs. Straker?«, fragte Holmes.

»Nein, das muss ein Irrtum sein.«

»Wirklich? Ich hätte darauf schwören mögen; Sie trugen ein taubengraues Seidenkleid mit Straußenfedern besetzt.«

»Ein solches Kleid habe ich noch nie besessen«, erwiderte die Dame.

»So? – Dann habe ich mich freilich getäuscht. Entschuldigen Sie bitte«, sagte Holmes und folgte dem Inspektor ins Freie.

Ein kurzer Weg über das Moor brachte uns zu der Talsenke, wo der Getötete gefunden worden war. Am Rande der Senke stand der Ginsterbusch, auf dem der Mantel gehangen hatte.

»Es ging in jener Nacht kein Wind, soviel ich weiß«, sagte Holmes.

»Nein, es regnete nur sehr stark.«

»Also ist der Mantel nicht in das Gebüsch geweht worden, sondern man hat ihn dort aufgehängt.«

»Ja, er war quer über den Busch gelegt.«
»Das ist mir von großem Interesse. Der Boden ist ringsherum ganz zertreten. Wahrscheinlich sind seit Montagnacht schon viele Leute hier gewesen.«
»Wir haben auf diese Seite eine Matte gelegt und standen darauf.«
»Ausgezeichnet!«
»In dem Sack hier habe ich einen von den Stiefeln, welche Straker angehabt hat, daneben einen Schuh von Simpson und ein Hufeisen von Silver Blaze.«

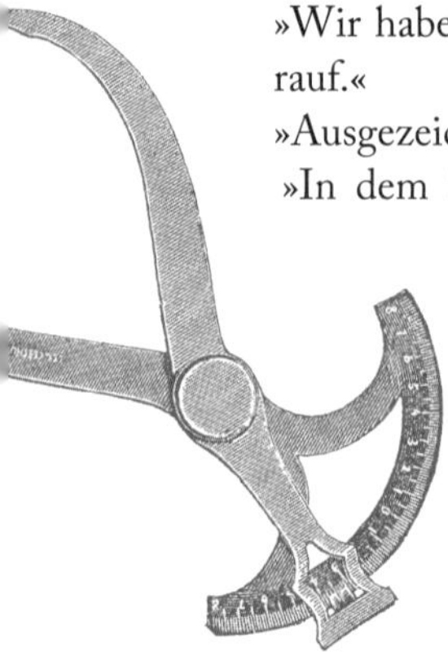

»Lieber Inspektor, Sie sind ganz unvergleichlich.«
Holmes nahm den Sack, stieg in die Talsenke hinab und schob die Matte mehr zur Mitte hin. Dann streckte er sich der Länge nach auf den Boden, stützte sein Kinn auf die Hände und begann den zertretenen Boden sorgfältig zu betrachten.
»Halt, was ist das?«, rief er plötzlich.
Es war eine halb abgebrannte Wachskerze, aber so mit Schmutz überzogen, dass sie kaum als solche zu erkennen war.
»Ich begreife nicht, wie ich das habe übersehen können«, sagte der Inspektor ärgerlich.
»Es war auch unsichtbar, ganz im Schlamm vergraben. Ich entdeckte es nur, weil ich danach suchte.«
»Was – Sie erwarteten, es zu finden?«
»Ich hielt es nicht für unwahrscheinlich.«
Holmes nahm jetzt den Schuh und den Stiefel aus dem Sack und verglich den Abdruck, den sie hinterließen, mit den Fußspuren auf dem Boden. Dann kletterte er an der Böschung hinauf und kroch unter den Farnkräutern und dem Gebüsch umher.
»Schwerlich werden noch andere Spuren vorhanden sein«, sagte der Inspektor. »Ich habe den Boden auf hundert Meter in alle Richtungen sorgfältig untersucht.«
Holmes stand auf. »Wenn das der Fall ist«, meinte er, »so wäre

es meinerseits mehr als überflüssig, würde ich es noch einmal tun. Aber einen kleinen Gang über das Moor möchte ich doch machen, ehe es dunkel wird, damit ich morgen schon etwas Bescheid weiß. Auch möchte ich gern das Hufeisen in die Tasche stecken, das bringt Glück.«

Colonel Ross, der zuletzt nicht ohne deutliche Zeichen von Ungeduld der ruhigen und systematischen Arbeit meines Gefährten zugesehen hatte, zog jetzt die Uhr heraus.

»Es wäre mir lieb, wenn Sie mit mir zurückkämen, Inspektor«, sagte er. »Ich möchte noch über verschiedene Punkte Ihren Rat hören; besonders frage ich mich, ob wir nicht dem Publikum gegenüber verpflichtet sind, den Namen des Pferdes aus der Wettbewerbsliste zu streichen.«

»Keinesfalls«, rief Holmes mit Entschiedenheit, »lassen Sie den Namen nur stehen!«

Der Colonel verbeugte sich. »Es freut mich sehr, dass Sie der Ansicht sind«, sagte er. »Sie werden uns im Haus des armen Straker finden, wenn Sie von Ihrem Gang zurückkommen, und wir fahren dann wieder zusammen nach Tavistock.«

Er kehrte in Begleitung des Inspektors um, während wir, Holmes und ich, langsam über das Moor gingen. Die Sonne begann hinter den Stallgebäuden von Mapleton zu sinken; über der weiten, abschüssigen Ebene vor uns lag ein goldener Schimmer ausgebreitet, der sich dort in ein sattes, prächtiges Rotbraun verwandelte, wo der Abendschein auf das dürre Farnkraut und das Dornengestrüpp fiel. Aber die ganze landschaftliche Schönheit ging spurlos an meinem Gefährten vorüber, der tief in Gedanken versunken war.

»Es wird am besten sein, Watson«, sagte er endlich, »wir lassen die Frage, wer John Straker umgebracht hat, fürs Erste ganz aus dem Spiel und beschränken uns darauf, zu ergründen, was aus dem Rennpferd geworden ist. Angenommen, es hätte sich vor oder nach dem Totschlag losgerissen, wohin könnte es gelaufen sein? – Das Pferd ist ein sehr geselliges Tier. Seinen eigenen Trieben überlassen, würde es entweder nach King's Pyland zurückgekehrt oder nach Mapleton getrabt sein. Warum sollte es auf dem Moor in der Irre umherlaufen? Jedenfalls hätte man es dann schon aufgefunden. Auch dass die Zigeuner[1] es gestohlen haben, ist unwahrscheinlich. Diese Leute machen sich immer aus dem Staube, wenn sie von einem Unfall hören, weil sie fürchten, durch die Polizei behelligt zu werden. Verkaufen könnten sie ein solches Pferd doch nicht; wenn sie es aber mit sich führten, würden sie sich nur einer großen Gefahr aussetzen und keinerlei Gewinn davon haben. Das liegt doch auf der Hand.«

»Wo soll es denn aber sein?«

»Wie ich schon gesagt habe – es muss nach King's Pyland oder nach Mapleton gelaufen sein. In King's Pyland ist es nicht, also ist es in Mapleton. Lassen Sie uns diese Annahme fürs Erste festhalten und sehen, wohin uns das führt. Dieser Teil des Moors ist sehr hart und trocken, wie der Inspektor schon bemerkt hat. Aber Richtung Mapleton senkt sich der Boden, und der lange Hohlweg, den wir dort drüben sehen, muss Montagnacht ziemlich nass gewesen sein. Habe ich recht mit meiner Vermutung, so ist das Pferd hinübergelaufen, und das ist auch die Stelle, wo wir nach seiner Spur suchen müssen.«

Wir waren während dieses Gesprächs rasch weitergegangen und hatten in wenigen Minuten den Hohlweg erreicht. Holmes bat mich, rechts am Abhang hinunterzusteigen, während er sich nach links wandte. Ich war aber noch keine fünfzig Schritte weit, als ich seinen Zuruf hörte und sah, dass er winkte. Die Spur des Pferdes war in dem weichen Boden deutlich erkennbar, und das Hufeisen, das er aus der Tasche zog, passte genau in den Abdruck.

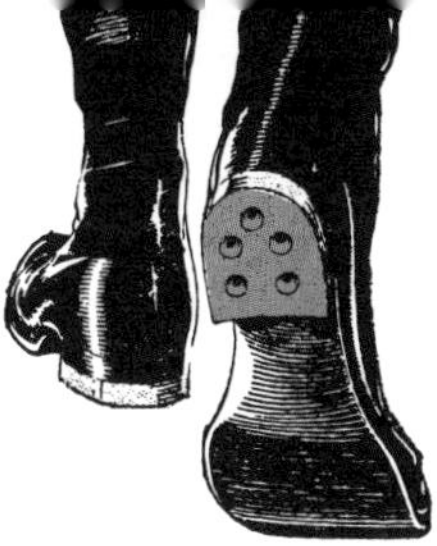

»Nun sehen Sie, welchen Wert die Einbildungskraft hat«, sagte Holmes. »Es ist das Einzige, woran es Gregory fehlt. Wir haben uns vorgestellt, was geschehen sein könnte; wir handelten danach und fanden heraus, dass wir uns nicht geirrt hatten. Kommen Sie, lassen Sie uns weitergehen.«

Wir liefen über den Marschboden, dann über eine Strecke harten dürren Rasens; danach senkte sich der Boden wieder, und wir fanden die Hufspuren. Zwar verloren wir sie abermals während einer halben Meile, entdeckten sie jedoch ganz dicht bei Mapleton von Neuem. Holmes sah sie zuerst und wies mit triumphierendem Blick darauf hin. Die Fußspuren eines Mannes erschienen neben denen des Pferdes.

»Bisher war das Pferd allein«, rief ich.

»Jawohl, es war allein. Aber halt, was ist das?«

Die Doppelspur brach kurz ab und ging in der Richtung nach King's Pyland weiter. Holmes pfiff vor sich hin, und wir verfolgten sie. Während er aber kein Auge davon wandte, blickte ich ein wenig zur Seite und sah zu meiner Überraschung, dass dieselben Spuren in entgegengesetzter Richtung zurückkamen.

»Bravo, Watson«, sagte Holmes, als ich ihn darauf aufmerksam machte, »Sie haben uns einen weiten Weg erspart, der uns wieder auf den alten Fleck zurückgebracht hätte. Folgen wir jetzt der Spur rückwärts.«

Wir brauchten nicht weit zu gehen. Sie endete bei dem Asphaltpflaster, das bis ans Tor der Stallungen von Mapleton führte. Als wir uns näherten, kam ein Stallknecht eilig heraus.

»Hier darf sich niemand herumtreiben!«, rief er uns zu.

Holmes steckte Daumen und Zeigefinger in seine Westentasche.

»Ich möchte nur eine Frage stellen«, sagte er. »Könnte ich wohl Mr. Silas Brown schon morgen früh um fünf Uhr sprechen?«

»Warum nicht? Er steht immer zeitig auf, er ist der Erste, der sich in der Früh rührt, Sir. Aber fragen Sie ihn selbst, da kommt er eben. – Nein, nein, Sir, jetzt kann ich nichts nehmen; sobald er sieht, dass Sie mir Geld geben wollen, verliere ich meine Stelle. – Nachher, wenn's Ihnen beliebt.«
Gerade als Sherlock Holmes die halbe Krone, die er aus der Tasche geholt hatte, wieder einsteckte, kam ein grimmig dreinschauender älterer Mann, die Reitpeitsche schwingend, aus dem Tor.
»Was soll das heißen, Dawson?«, schrie er. »Ich dulde kein Geschwätz! Geh an deine Arbeit! Und Sie – was zum Henker wollen Sie hier?«
»Eine Unterredung von zehn Minuten mit Ihnen, Sir«, sagte Holmes in verbindlichstem Ton.
»Ich habe keine Zeit, mich mit jedem Pflastertreter einzulassen. Fremde haben hier nichts zu suchen. Machen Sie, dass Sie fortkommen, sonst sollen die Hunde Ihnen Beine machen.«
Holmes beugte sich nieder und flüsterte dem Stallmeister etwas ins Ohr. Dieser schrak heftig zusammen und wurde rot bis an die Schläfen.
»Das ist nicht wahr!«, schrie er. »Es ist eine verdammte Lüge.«
»Sehr wohl. Sollen wir hier draußen öffentlich darüber verhandeln oder drinnen in Ihrem Wohnzimmer?«
»Kommen Sie meinetwegen herein, wenn Sie wollen.«
Holmes lächelte. »Ich bin gleich wieder hier, Sie brauchen nur ein paar Minuten auf mich zu warten, Watson«, sagte er. »Nun stehe ich ganz zu Ihrer Verfügung, Mr. Brown.«
Es vergingen wohl zwanzig Minuten; das Abendrot hatte bereits einer grauen Dämmerung Platz gemacht, als Holmes und der Stallmeister wieder erschienen. In der kurzen Zeit war mit Silas Brown eine Veränderung vorgegangen, wie ich das nie zuvor gesehen hatte. Sein Gesicht war aschbleich, Schweißtropfen standen ihm auf der Stirn, und er zitterte so heftig, dass die Reit-

RICHMOND STRAIGHT CUT No. 1 • • • • • • CIGARETTES.

CIGARETTE SMOKERS who are willing to pay a little more than the price charged for the *ordinary trade* Cigarettes, will find THIS BRAND superior to all others.

The Richmond Straight Cut No. 1 Cigarettes

are made from the brightest, most delicately flavored and highest cost **Gold Leaf** grown in Virginia. This is the **Old and Original brand of Straight Cut** Cigarettes, and was brought out by us in the year 1875.

THE **ALLEN & GINTER** BRANCH, MANUFACTURERS, RICHMOND, VIRGINIA

TO THE HIGH GRADE CIGARETTES WE BOW, AND ACKNOWLEDGE THEM SUPERIOR TO ALL.

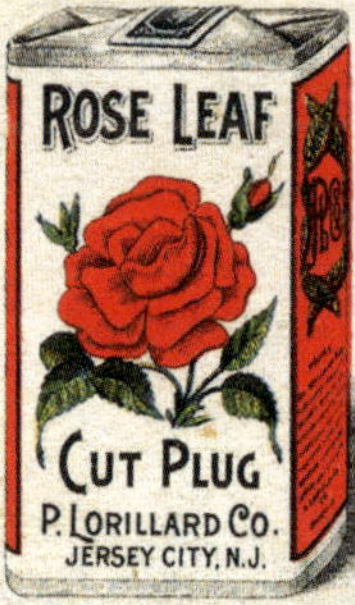

ROSE LEAF.
MILD
BRIGHT VIRGINIA.
WILL SUIT ANY ONE
THE BEST TOBACCO MADE.

SENSATION.
A SLIGHTLY
HEAVIER SMOKE
AND SWEET CHEW
BUT EQUALLY
GOOD

2 OZ. 5 CTS.

RICHMOND STRAIGHT CUT No 1 CIGARETTES.

CIGARETTE SMOKERS
who are willing to pay a little more than the price charged for the ORDINARY TRADE Cigare[ttes]
will find this brand
SUPERIOR TO ALL OTHER
THE RICHMOND STRAIGHT CUT No 1 CIGARETT[ES]
are made from the Brightest, most Delicately flavore[d] and highest cost GOLD LEAF grown in Virginia
THIS IS THE OLD AND ORIGINAL BRAND OF STRAIGHT CUT CIGARET[TES]
and was brought out by us in the year 1875
BEWARE OF IMITATIONS, AND OBSERVE THAT TH[E] FIRM NAME AS BELOW IS ON EVERY PACKAGE.
THE **ALLEN & GINTER** BRANCH
OF THE AMERICAN TOBACCO CO.
MANUFACTURERS.
RICHMOND, VIRGINIA. U.S.

Ask Your Druggist

For the

RED CROSS
TRADE MARK
COUGH DROPS

5C. PER BOX.

RECRUIT CIGARETTES

Are made with mild, ripe, old **Virginia** and **North Carolina** leaf as a filler, and thoroughly cured **Havana Seed** leaf as a wrapper but no paper. They are much milder and sweeter than any paper-wrapped cigarette of like cost, as you will find by lighting both at the same time, and testing them.

They are perfectly harmless, and can be smoked without injury by the most delicate person, as they are **absolutely free from all adulterations, poisons and flavoring.**

They are delightful to inhale, and possess a pleasant and lasting aroma, leaving no disagreeable smell on fingers or in room after smoking.

TRY THEM AND YOU WILL USE NO OTHERS.

H. ELLIS & CO.,
MANUFACTURERS,
BALTIMORE, MD.

UNICUM

MATCH-LESS PATENTED

CIGARETTES

By slightly touching the covered end of this cigarette on the right (brown) side of its package, it will ignite instantaneously, leaving no objectionable odor or taste in the smoker's mouth.

TRY A PACKAGE.

S. JACOBY & CO.
MANUFACTURERS.
200 Chatham Square, N. Y.

☞ Read other side.

MATCH

SMOKING

A BOX OF MATCHES (FREE) WITH EACH PACKAGE.

15

TOLEDO TOBACCO WORKS CO. Toledo, O.

TOUGH CHEW,
COOL, SWEET SMOKE.

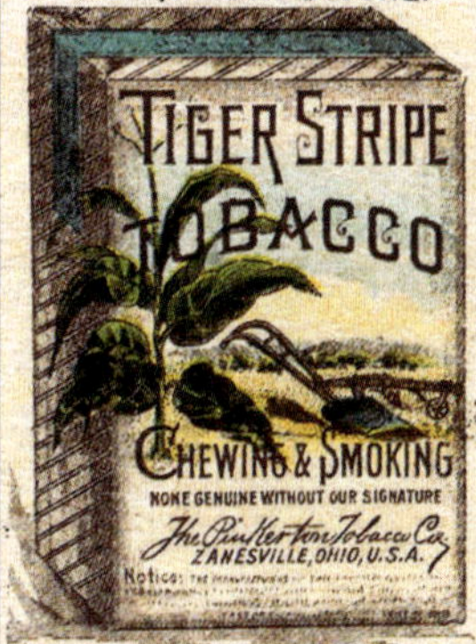

THE PUREST AND
CLEANEST TOBACCO
ON EARTH.

TRADE

A.D.P.

MARK.

Adolph Posener & Co.

London.

Briar, Meerschaum, and Clay Pipe
Manufacturers,

Latest Novelty in Smoking Pipes—The "N'Oil" Pipe,

For all Countries, Wholesale and for Shipping only.

All goods stamped with our Trade Mark are guaranteed of the finest quality and best finish.

Address: Adolph Posener & Co., London, E.C., England.

GOLD MEDALS. SILVER MEDALS.

CODD'S PATENT GLOBE STOPPERED SODA WATER BOTTLE.

For all Particulars of Codd's various Patents apply to

peitsche in seiner Hand hin und her schwankte, wie ein Zweig, den der Wind bewegt. Das herrische, unverschämte Wesen, das er zur Schau getragen, war völlig verschwunden. Er begleitete meinen Gefährten mit kriechender Höflichkeit, wie ein Hund, der neben seinem Herrn herläuft.
»Ihre Anweisungen sollen befolgt werden; ich will alles pünktlich ausrichten«, sagte er.
»Es darf keinerlei Missverständnis vorkommen, beherzigen Sie das wohl«, erwiderte Holmes, und der andere erschrak, als er seinem drohenden Blick begegnete.
»O nein, jeder Irrtum ist ausgeschlossen. Es wird zur Stelle sein. Soll ich erst die Veränderung vornehmen oder nicht?«
Holmes überlegte ein wenig und lachte dann hell auf. »Nein, tun Sie's nicht«, sagte er. »Ich schreibe Ihnen noch darüber. Aber spielen Sie mir keinen Streich, sonst –«
»Oh, Sie können mir trauen; verlassen Sie sich fest auf mich.«
»Sie müssen an dem Tag dafür sorgen, als ob es Ihr eigenes wäre.«
»Das versteht sich.«
»Ich glaube, Sie werden Wort halten. Morgen werden Sie noch von mir hören.« Er wandte sich ab, ohne zu beachten, dass der andere ihm zitternd die Hand bot, und wir machten uns wieder nach King's Pyland auf den Weg.
»Ein solches Gemisch von Unverschämtheit, Feigheit und Hinterlist wie bei diesem Mr. Silas Brown ist mir noch selten begegnet«, äußerte Holmes, während wir zurückwanderten.
»Also, er hat das Pferd?«
»Er versuchte, es zu leugnen; aber ich habe ihm alles, was er an jenem Morgen getan hat, ganz genau beschrieben, und er ist überzeugt, dass ich ihn dabei beobachtet haben muss. Natürlich sind Ihnen bei dem Abdruck der Stiefel die ungewöhnlich breiten Spitzen aufgefallen und dass seine eigenen Stiefel genau dieselbe Form hatten. Wie sollte sich auch ein Untergebener so etwas herausnehmen! Er war, seiner Gewohnheit gemäß, der

Erste auf dem Platz gewesen, hatte ein fremdes Pferd bemerkt, welches über das Moor dahergetrabt kam, ging ihm entgegen und erkannte es mit Staunen an dem weißen Streifen vorn am Kopf, dem es seinen Namen verdankt. Der Zufall hatte ihm das einzige Pferd zugeführt, welches jenes besiegen konnte, auf das er sein Geld gesetzt hatte. Das alles sagte ich ihm und schilderte ihm dann, wie sein erster Antrieb gewesen wäre, das Tier nach King's Pyland zurückzuführen. Da habe ihm aber der Teufel den Gedanken eingegeben, auf welche Art er Silver Blaze verbergen könne, bis das Wettrennen vorüber wäre; worauf er wieder mit ihm umgekehrt sei, um ihn in Mapleton zu verstecken. Als ich ihm das alles haarklein auseinandersetzte, gab er das Leugnen auf und war nur noch bedacht, seine Haut zu retten.«

»Aber seine Ställe sind doch durchsucht worden.«

»Ach, ein alter Pferdehändler wie Brown versteht sich auf allerlei Kniffe.«

»Aber fürchten Sie denn nicht, das Pferd in seiner Gewalt zu lassen, da er ein Interesse daran hat, ihm Schaden zuzufügen?«

»Er wird es hüten wie seinen Augapfel, lieber Freund. Nur wenn er es gesund und heil zum Vorschein bringt, darf er auf Gnade hoffen.«

»Colonel Ross sieht mir nicht gerade aus wie jemand, der sehr geneigt wäre, Gnade für Recht gelten zu lassen.«

»Über die Sache hat auch der Colonel nicht zu entscheiden. Ich verfahre stets nach eigener Methode und teile den anderen so viel oder so wenig mit, wie mir beliebt. Das ist der Vorteil, wenn man kein angestellter Beamter ist. Ich weiß nicht, ob Sie bemerkt haben, Watson, dass der Colonel mich etwas von oben herab behandelt, dafür will ich mir jetzt einen kleinen Spaß auf seine Kosten machen. Erwähnen Sie ihm gegenüber nichts von dem Pferd.«

»Gewiss nicht ohne Ihre Erlaubnis.«

»Das alles hat ja natürlich nur sehr geringe Bedeutung im Vergleich zu der Frage, wer John Straker getötet hat.«

»Das werden Sie jetzt natürlich herausfinden!«

»Bewahre; wir kehren beide mit dem Nachtzug nach London zurück.«

Ich war bei diesen Worten meines Freundes wie vom Donner gerührt. Dass er eine Untersuchung, die er mit so glänzendem Erfolg begonnen hatte, wieder aufgeben wollte, nachdem wir uns kaum ein paar Stunden in Devonshire aufgehalten, schien mir ganz unbegreiflich. Aber ich konnte nichts mehr aus ihm herausbringen, bis wir wieder in Strakers Wohnung angekommen waren. Der Colonel und der Inspektor erwarteten uns im Besuchszimmer.

»Wir fahren mit dem Nachtschnellzug zur Stadt zurück«, erklärte Holmes. »Ihre köstliche Luft hier hat uns bei dem kleinen Ausflug sehr wohlgetan.«

Der Inspektor machte große Augen, und um den Mund des Colonels zuckte es spöttisch.

»Sie geben also die Hoffnung auf, den Mörder des armen Straker festzunehmen?«, sagte er.

Holmes zuckte die Achseln. »Die Sache hat ihre großen Schwierigkeiten. Dagegen ist begründete Aussicht vorhanden, dass Ihr Pferd am nächsten Dienstag am Rennen teilnehmen wird. Halten Sie jedenfalls den Jockey in Bereitschaft. Jetzt möchte ich Sie nur noch um eine Fotografie von John Straker bitten.«

Der Inspektor nahm das gewünschte Bild aus einem Umschlag, den er in der Tasche trug, und händigte es ihm aus.

»Mein lieber Gregory, Sie kommen immer meinem Verlangen zuvor. Seien Sie so freundlich, nur einen Augenblick zu warten, ich habe noch eine Frage an das Mädchen zu richten.«

»Ich muss gestehen, dass mich unser Londoner Berater gründlich enttäuscht hat«, sagte Colonel Ross ganz unumwunden, sobald mein Freund das Zimmer verlassen hatte. »Soviel ich sehe, sind wir um keinen Schritt weiter als vor seiner Ankunft.«

»Wenigstens hat er Ihnen aber doch ziemlich bestimmt die Versicherung gegeben, dass Ihr Pferd das Rennen mitmachen wird.«

»Jawohl«, meinte der Colonel achselzuckend, »aber das kann jeder sagen.«

Ich wollte eben etwas erwidern und meinen Freund in Schutz nehmen, als er selbst eintrat.

»Nun, meine Herren«, sagte er, »bin ich zur Abfahrt bereit.«

Als wir das Haus verließen, öffnete uns einer der Stalljungen die Tür. Holmes fuhr ein plötzlicher Einfall durch den Kopf, er wandte sich um und berührte den Arm des Jungen.

»Ihr haltet doch ein paar Schafe«, sagte er. »Wer ist denn für ihre Pflege zuständig?«

»Ich, Sir.«

»Ist ihnen in letzter Zeit nichts Besonderes zugestoßen?«

»Nichts von Bedeutung, Sir, drei Schafe waren allerdings etwas lahm.«

Die Antwort schien Holmes große Freude zu machen, denn er lachte und rieb sich die Hände.

»Ein richtiger Treffer, Watson, ein Schuss ins Schwarze«, sagte er und kniff mich in den Arm. »Gregory, ich empfehle diese seltsame Krankheit unter den Schafen Ihrer Aufmerksamkeit. – Aber nun wollen wir abfahren.«

Im Gesicht des Colonels stand deutlich zu lesen, welch geringe Meinung er von der Kunst meines Gefährten hegte, aber die Miene des Inspektors nahm einen sehr gespannten Ausdruck an.

»Halten Sie das für so wichtig?«, fragte er.

»Für außerordentlich wichtig.«

»Könnten Sie mich nicht noch auf den einen oder den anderen Punkt aufmerksam machen?«

»Jawohl – auf das sonderbare Benehmen des Hundes während der Nacht.«[5]
»Der Hund hat sich in der Nacht ganz ruhig verhalten.«
»Ja, das war eben das Sonderbare«, antwortete Sherlock Holmes.
Vier Tage später saßen Holmes und ich abermals im Zug, um nach Winchester zu fahren, wo das Rennen um den Ehrenpreis von Wessex stattfinden sollte. Colonel Ross empfing uns wie verabredet am Bahnhof und nahm uns in seinem Wagen zum Rennplatz mit, der außerhalb der Stadt lag. Er machte eine sehr ernste Miene, und sein Wesen war schroff und kalt. »Ich habe mein Pferd nicht zu Gesicht bekommen«, sagte er.
»Vermutlich würden Sie es aber doch wiedererkennen, wenn Sie es sähen?«, äußerte Holmes.
Der Colonel war sehr ärgerlich. »Seit zwanzig Jahren halte ich Rennpferde«, rief er, »aber eine solche Frage hat mir noch kein Mensch gestellt! Jedes Kind würde doch Silver Blaze an seiner weißen Stirn und dem gesprenkelten rechten Vorderbein erkennen.«
»Wie steht's mit den Wetten?«
»Sie sind in vollem Gange, und Silver Blaze steht mehr in der Gunst als je.«
»Hm«, meinte Holmes, »irgendjemand muss das Publikum beruhigt haben, das ist klar.«
Als der Wagen innerhalb der Umzäunung am großen Halteplatz vorfuhr, warf ich einen Blick auf das Programm, welches die Namenliste enthielt.
Es lautete:

Wessex-Preis

50 Sovereigns, die Hälfte Reugeld für
4-jähr. und 5-jähr. Pferde
Zusatzpreis 1.000 Sovereigns
Zweiter Preis 300 Pfund
Dritter Preis 200 Pfund
Distanz 2615 Meter

1. Mr. Heath Newtons *Schwarzer.*
   Rote Mütze. Zimtfarbene Jacke.
2. Colonel Wardlaws *Pugilist.*
   Rosa Mütze. Blau-schwarze Jacke.
3. Lord Backwaters *Desborough.*
   Gelbe Mütze und Ärmel.
4. Colonel Ross' *Silver Blaze.*
   Schwarze Mütze. Rote Jacke.
5. Duke von Balmoral *Iris.*
   Gelb und schwarz gestreift.
6. Lord Singlefords *Rasper.*
   Lila Mütze. Schwarze Ärmel.

»Wir haben unser zweites Pferd zurückgezogen und unsere ganze Hoffnung auf Ihr Wort gesetzt«, sagte der Colonel.

»Eben wird die Tafel mit den Nummern angehängt«, rief ich. »Alle sechs stehen darauf.«

»Alle sechs! Dann läuft also mein Pferd auch?«, sagte der Colonel in großer Erregung. »Aber ich sehe es nicht. Meine Farben sind nicht dabei.«

»Bis jetzt sind nur fünf vorübergekommen. Das hier muss es sein.«

Als ich diese Worte sprach, trabte gerade ein mächtiger Brauner von der Waage her an uns vorbei; der Jockey auf seinem Rücken trug die wohlbekannten Farben des Colonels, die schwarze Mütze und rote Jacke.

»Das ist nicht mein Pferd!«, rief der Besitzer von Silver Blaze. »Das Tier hat ja kein weißes Haar am Leibe. Was haben Sie da angerichtet, Mr. Holmes?!«

»Lassen Sie uns doch erst sehen, was es zu leisten vermag«, sagte mein Freund mit unerschütterlicher Ruhe. Einige Minuten lang ließ er meinen Feldstecher nicht vom Auge. »Vortrefflich! Ein ausgezeichneter Start!«, rief er plötzlich. »Da – jetzt kommen sie eben um die Biegung!«

Von unserem Platz aus konnten wir die gerade Bahn ihrer ganzen Länge nach prächtig überschauen. Die sechs Pferde waren ganz nahe beisammen, man hätte sie alle mit einem einzigen Teppich bedecken können. Halbwegs kam jedoch der gelbe Jockey aus Mapleton an die Spitze. Aber noch ehe sie in unserer Nähe waren, hatte das Pferd des Colonels den Desborough überholt; es schoss wie ein Pfeil dahin und erreichte das Ziel reichlich sechs Pferdelängen vor seinem Konkurrenten. Die Iris des Herzogs von Balmoral folgte als Drittes in geringer Entfernung.

»Zwar habe ich das Rennen gewonnen«, stieß der Colonel keuchend heraus und fuhr sich mit der Hand über die Stirn. »Aber kein Mensch kann klug daraus werden. Mir scheint doch, Mr. Holmes, Sie haben Ihr Geheimnis nun lange genug für sich behalten.«

»Jawohl, Colonel. Sie sollen alles wissen. Kommen Sie, wir wollen das Pferd zusammen betrachten. – Da ist es«, fuhr er fort, als wir die Umzäunung bei der Waage betraten, in die nur die Besitzer der Rennpferde und ihre Freunde Einlass erhalten. »Sie brauchen ihm nur das Gesicht und das Vorderbein mit Spiritus zu waschen, dann haben Sie Ihren alten Silver Blaze unverändert wieder.«

»Ist das möglich?!«
»Ich fand ihn in den Händen eines Betrügers und nahm mir die Freiheit, ihn das Rennen so mitmachen zu lassen, wie er hierhergeschickt worden war.«
»Sir, Sie haben Wunder getan. Das Pferd ist in vortrefflichem Zustand. So gut ist es noch nie gelaufen. Ich muss mich tausendmal bei Ihnen entschuldigen wegen meiner Zweifel an Ihrem Können. Sie haben mir durch die Auffindung des Pferdes einen großen Dienst erwiesen. Noch lieber wäre es mir freilich, wenn Sie auch den Mörder von John Straker entdecken könnten.«
»Ist schon erledigt«, sagte Holmes mit größter Ruhe.
Wir starrten ihn beide mit offenem Munde an, der Colonel und ich. »Sie haben ihn festgenommen! Wo ist er denn?«
»Er ist hier.«
»Hier! Wo?«
»In meiner nächsten Nähe in diesem Augenblick.«
Der Colonel wurde rot vor Zorn. »Ich erkenne vollkommen an, dass ich Ihnen zu Dank verpflichtet bin, Mr. Holmes«, sagte er, »aber was Sie soeben sagen, kann ich nur als einen sehr schlechten Scherz oder eine Beleidigung ansehen.«
Sherlock Holmes lachte. »Ich glaube durchaus nicht, dass Sie auf irgendeine Weise an dem Verbrechen beteiligt sind, Colonel«, sagte er; »der wahre Mörder steht unmittelbar hinter Ihnen.«
Er schritt an ihm vorbei und legte seine Hand auf den glänzenden Hals des Vollblutpferdes.
»Silver Blaze!«, riefen der Colonel und ich wie aus einem Munde.
»Ja, das Pferd. Seine Schuld wird dadurch gemildert, dass es aus Notwehr gehandelt hat und dass John Straker ein Ihres Vertrauens durchaus unwürdiger Mensch war. – Aber da tönt die Glocke; ich erwarte einen kleinen Gewinn beim nächsten Rennen und will daher meinen ausführlichen Bericht auf eine spätere Zeit verschieben.«

Als wir am Abend nach London zurückfuhren, hatten wir eine Ecke des Pullmanwagens[6] ganz für uns. Vermutlich wird die Reise dem Colonel ebenso kurz vorgekommen sein wie mir, denn unterwegs erzählte uns mein Freund, was sich in jener Nacht im Stall von Dartmoor zugetragen hatte und wie es ihm gelungen war, das Geheimnis zu enträtseln.

»Ich gestehe«, sagte er, »dass alle Schlüsse, die ich aus den Zeitungsberichten gefolgert hatte, ganz auf Irrtum beruhten. Und doch enthielten sie Andeutungen der Wahrheit, die nur durch verschiedene Einzelheiten verdunkelt wurde, welche mich von der Fährte ablenkten. Als ich nach Devonshire fuhr, war ich überzeugt, dass Fitzroy Simpson das Verbrechen begangen hätte, obwohl ich natürlich einsah, dass noch nicht genügende Beweismittel gegen ihn beigebracht waren.

Im Wagen, auf unserer Fahrt zu Strakers Haus, kam mir zum ersten Mal der Gedanke, welche wichtige Rolle das Hammelragout bei der Sache gespielt hatte. Sie erinnern sich vielleicht, dass ich in meiner Zerstreutheit noch sitzen blieb, während alle schon ausgestiegen waren. Ich wunderte mich gerade innerlich darüber, wie ich imstande sein konnte, eine so deutliche Spur zu übersehen.«

»Wozu sie nützen sollte, begreife ich auch jetzt noch nicht«, warf der Colonel ein.

»Es war das erste Glied in der Kette meiner Beweisführung. – Beim Opiumpulver sind Geruch und Geschmack nicht gerade unangenehm, aber doch entschieden bemerkbar. In den meisten Speisen würde man es gleich herausschmecken. Ein Hammelragout aber ist gerade ein Gericht, in dem ein solcher Beigeschmack schwer zu erkennen wäre. Wie sollte nun wohl Fitzroy Simpson, ein ganz fremder Mann, gewusst haben, dass an jenem Abend in Strakers Haus Hammelragout gegessen wurde? – Oder lässt sich annehmen, dass er gerade mit dem Pulver in der Tasche einhergegangen kam, als dort zufällig

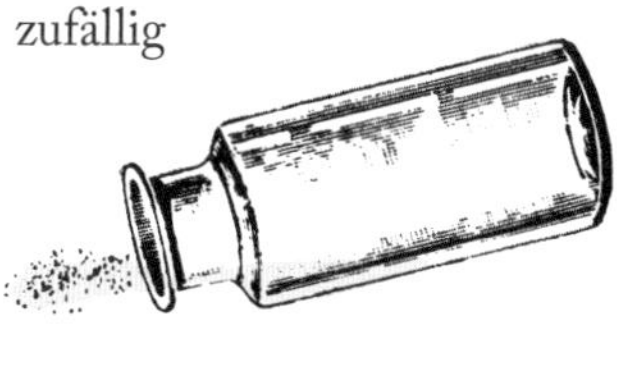

ein Gericht gekocht worden war, in dem man das Opium nicht schmecken konnte? – An ein so unglaubhaftes Zusammentreffen vermochte ich nicht zu glauben und schloss daher bei der Erwägung des Falles Simpson völlig aus, während ich meine ganze Aufmerksamkeit auf Straker und seine Frau richtete; denn diese beiden allein konnten das Hammelragout zum Abendessen bestellt haben. Das Opiumpulver war erst in die Portion des Stallknechts hineingeschüttet worden, nachdem sein Teller aufgeschöpft war, denn die anderen hatten ohne schädliche Folgen von dem Gericht gegessen. Wer hatte wohl Gelegenheit gehabt, das zu tun, ohne dass die Dienstmagd es bemerkte?

Noch bevor ich hierüber ins Reine kam, war mir klar geworden, weshalb der Hund nicht angeschlagen hatte; denn eine richtige Schlussfolgerung leitet stets auf neue Spuren. Dass ein Hund im Stall gehalten wurde, bewies der Vorfall mit Simpson, und doch hatte er nicht laut genug gebellt, um die beiden Knechte auf dem Heuboden zu wecken, als jemand in den Stall kam und ein Pferd hinausführte. Offenbar musste der nächtliche Besucher dem Hund wohlbekannt gewesen sein.

Ich war jetzt so gut wie überzeugt, dass John Straker bei nachtschlafender Zeit in den Stall gegangen war, um Silver Blaze herauszuholen. Aber zu welchem Zweck? – Gewiss in unredlicher Absicht, sonst hätte er nicht seinen eigenen Stallknecht zu betäuben brauchen. Aber unerklärlich blieb es mir fürs Erste doch, bis mir einfiel, dass Pferdezüchter sich den Gewinn großer Summen sichern können, wenn sie einen Agenten beauftragen, gegen ihre eigenen Pferde zu wetten, und es dann den Tieren durch irgendeine Hinterlist unmöglich machen, den Sieg zu erringen. Es gab Fälle, bei denen man den Jockey bestochen hatte, doch gab es auch noch ein anderes und unfehlbares Mittel. Was aber war hier geschehen? – Ich hoffte, der Inhalt von Strakers Taschen würde mir Aufklärung darüber geben, und ich täuschte mich nicht.

Sie erinnern sich gewiss noch des seltsamen Messers, das man in der Hand des Toten gefunden hat; kein Mensch, der bei Sinnen ist, hätte es als Waffe gewählt. Messer von solcher Form werden, wie uns Doktor Watson mitgeteilt hat, bei sehr schwierigen chirurgischen Operationen verwendet. Und zu einer derartigen Operation sollte es auch in jener Nacht dienen. Bei Ihrer großen Erfahrung in allem, was mit der Rennbahn zusammenhängt, werden Sie, Colonel, ohne Zweifel wissen, dass man am Schenkel des Pferdes, unter der Haut, einen kleinen Einschnitt in die Sehnen machen kann, sodass äußerlich keine Spur zurückbleibt. Infolgedessen fängt das Pferd an, ein wenig lahm zu gehen, was gewöhnlich auf Überanstrengung geschoben wird oder auf einen leichten Anfall von Rheumatismus; ein Vergehen vermutet niemand dahinter.«

»So ein Schuft!«, schrie der Colonel.

Holmes fuhr fort: »Das liefert uns zugleich die Erklärung, weshalb John Straker das Pferd in das Moor hinausgeführt hat. Ein so feuriges Tier würde sicherlich jeden aus dem festesten Schlaf geweckt haben, sobald es den Messerstich fühlte. Die Sache konnte nur im Freien vorgenommen werden.«

»Ich war wie mit Blindheit geschlagen«, rief der Colonel, »natürlich brauchte er ein Licht dazu und zündete die Wachskerze an!«

»Ohne Frage. Bei der Untersuchung seiner Besitztümer war es mir übrigens gelungen, nicht nur die Art zu entdecken, wie er das Verbrechen begehen wollte, sondern auch seine Beweggründe. Auch Sie, Colonel, werden wissen, dass man nicht die Rechnungen anderer Leute in der Tasche herumzutragen pflegt. Jeder hat gewöhnlich genug damit zu tun, seine eigenen zu bezahlen. Ich vermutete sofort, dass Straker ein Doppelleben führen und eine zweite Wohngelegenheit haben müsse. Aus der Rechnung selbst sah ich, dass eine Dame dabei im Spiel war, die sehr teure Bedürfnisse hat. Wie hoch auch das Gehalt Ihrer Angestellten sein mag, so glaube ich doch nicht, dass sie ihren Frauen

Straßenkostüme für zweiundzwanzig Pfund kaufen können. Ich fragte Mrs. Straker nach dem Kleid, ohne dass sie meine Absicht merkte. Als ich mich überzeugt hatte, dass es nie in ihre Hände gelangte, schrieb ich mir die Adresse der Schneiderin auf. Dass ich mich nur mit Strakers Fotografie bei ihr einzufinden brauchte, um den rätselhaften Mr. Derbyshire aus der Welt zu schaffen, dachte ich mir wohl.

Von da ab war alles sonnenklar. Straker hatte das Pferd in den Hohlweg geführt, wo man das Licht nicht sehen konnte. Unterwegs fand er Simpsons Krawatte, die dieser auf der Flucht verloren hatte, und hob sie auf, vermutlich in der Absicht, dem Pferd damit das Bein festzubinden. Im Hohlweg angelangt, trat er hinter das Pferd und machte Licht, aber der plötzliche grelle Schein erschreckte das Tier, welches wohl instinktmäßig fühlen mochte, dass irgendein Unheil am Werke sei; es schlug aus und traf Straker mit dem Huf gerade auf der Stirn. Trotz des Regens hatte er schon den Mantel abgelegt, um sein schwieriges Vorhaben auszuführen; so kam es, dass er sich im Fallen mit dem Messer die Wunde am Schenkel beibrachte. – Ist Ihnen die Sache jetzt verständlich?«

»Vollkommen«, rief der Colonel, »Sie sind ein wunderbarer Mensch; es ist, als wären Sie dabei gewesen.«

»Meinen letzten Pfeil habe ich so ziemlich ins Blaue geschossen. Es fuhr mir durch den Kopf, dass ein so schlauer Mensch wie Straker den misslichen Sehnenschnitt gewiss nicht vornehmen würde, ohne sich erst etwas darin zu üben. Woran konnte er seine Versuche machen? Mein Blick fiel auf die Schafe, und aus der Antwort, die mir auf meine dahin zielende Frage gegeben wurde, ersah ich zu meiner Verwunderung, dass ich ganz richtig geraten hatte.«

»Ihr Scharfsinn ist wirklich staunenswert, Mr. Holmes.«

»Bei meiner Rückkehr nach London suchte ich die Schneiderin auf. Sie erkannte Straker sofort auf dem Bild als einen ausgezeichneten Kunden namens Derbyshire, dessen schöne Frau, eine sehr auffallende Erscheinung, große Vorliebe für kostspielige Kleider habe. Ohne Zweifel hat ihn diese Frau Hals über Kopf in Schulden gestürzt und ihn so auf den schändlichen Plan gebracht.«

»Nur eins haben Sie noch im Dunkeln gelassen«, sagte der Colonel. »Wo war denn das Pferd?«

»Es war durchgegangen, und einer Ihrer Nachbarn hat es in Pflege genommen. Nach dieser Richtung hin werden wir wohl Gnade für Recht ergehen lassen müssen. – Eben hält der Zug; ich glaube, wir sind jetzt in Clapham, und in zehn Minuten halten wir an der Victoria Station. Wenn Sie uns begleiten wollen, Colonel, um bei mir zu Hause eine Zigarre zu rauchen, werde ich Ihnen mit Vergnügen noch alle übrigen Einzelheiten mitteilen, die Sie zu wissen wünschen.«

Das gelbe
Gesicht

Bei der Veröffentlichung dieser kurzen Skizzen über einige von den zahlreichen Fällen, in denen die außergewöhnliche Begabung meines Freundes sich zeigte, bleibe ich naturgemäß mehr bei seinen Erfolgen als bei seinen Misserfolgen. Und dabei leitet mich nicht sowohl die Rücksicht auf seinen Ruf – denn tatsächlich erscheinen sein Können und seine Findigkeit nie bewundernswerter als wenn er sich selbst in eine Sackgasse verrannt hatte –, sondern mich bewegt zu meiner Auswahl auch der Umstand, dass, wo er erfolglos blieb, auch sonst niemand den Schleier zu lüften vermochte. Immerhin ist es ein paarmal vorgekommen, dass sich in solchen Fällen doch noch nachträglich das Rätsel gelöst hat. In meinen Notizen findet sich etwa ein halbes Nutzend von Fällen dieser Art, worunter die Geschichte des *Musgrave-Rituals* und die, die ich nun erzählen will, bei Weitem am interessantesten sind.

Sherlock Holmes war an sich kein Freund gymnastischer Übungen. Auch wenn ihn nur wenige an Muskelkraft übertrafen und er auch zweifellos einer der besten Boxer war, die mir je untergekommen sind, so erschien ihm doch zwecklose körperliche Anstrengung als Kraftvergeudung, und er strengte sich nur an, wenn ihn ein bestimmtes Ziel lockte. Dann war er einfach unermüdlich und seine Spannkraft unerschöpflich. Es ist eigentlich sonderbar, dass sein Körper unter diesen Umständen beständig so leistungsfähig blieb; aber das lag wohl daran, dass er stets sehr mäßig lebte. Von dem gelegentlichen Genuss von Kokain abgesehen, hatte er keinerlei Leidenschaft, und auch zu diesem Mittel griff er nur, wenn gar kein Fall und keine interessante Zeitungsnachricht die öde Gleichförmigkeit der Tage unterbrechen wollte.
Eines schönen Frühlingstages hatte er sich endlich dazu bewegen lassen, mit mir einen Spaziergang im Park zu machen, wo eben das erste zarte Grün an den Ulmen spross und die Kastanien

anfingen, ihre Knospen zu öffnen und ihre fünf Blattfinger auszuspreizen. Zwei Stunden lang strichen wir umher, fast ohne ein Wort zu reden, wie es nur enge Freunde vermögen. Als wir wieder in die Baker Street kamen, war es fast fünf Uhr.

»Entschuldigen Sie, Sir«, sagte unser Laufbursche, als er uns die Tür aufmachte, »es ist ein Gentleman hier gewesen und hat nach Ihnen gefragt.«

Holmes warf mir einen vorwurfsvollen Blick zu.

»Der erste und letzte Nachmittagsspaziergang!«, sagte er. »Der Gentleman ist also wieder gegangen?«

»Ja, Sir.«

»Hast du ihn nicht gebeten, einzutreten?«

»Ja, er hat auch gewartet.«

»Wie lange denn?«

»Eine halbe Stunde. Es war ein sehr aufgeregter Gentleman. Immer ist er herumgegangen und hat auf den Boden gestampft. Ich habe draußen an der Tür gestanden und ihn gehört. Am Ende kam er heraus und schrie: ›Wird der Mann denn gar nicht nach Hause kommen?‹ Das hat er gesagt, Mr. Holmes! ›Sie brauchen bloß ein bisschen länger zu warten‹, sagte ich. ›Dann will ich lieber im Freien warten, denn hier erstick ich fast‹, sagte er. ›Ich bin bald wieder hier.‹ Und damit ging er auf und davon, und was ich auch sagte, alles war umsonst.«

»Gut, gut, du kannst nichts dafür«, sagte Holmes, als wir ins Zimmer gingen, »es ist doch recht ärgerlich, Watson! Ich brauchte dringend einen neuen Fall, und nach der Ungeduld, die der Mann zeigte, scheint es keine kleine Sache zu sein. Schauen Sie! Das ist doch nicht Ihre Tabakpfeife auf dem Tisch! Er muss seine hiergelassen haben. Ein schöner alter Kopf mit einem langen Mundstück von Bernstein. Ich möchte wissen, wie viel echte Bernsteinspitzen es in London gibt. Die Leute denken, wenn eine Fliege drin ist, müsse er echt sein. Dabei gibt es eine eigene Industrie, unechte Fliegen in unechten Bernstein zu setzen.

Jedenfalls ist der Mann sehr aufgeregt gewesen, dass er eine Pfeife liegen lässt, auf die er offenbar große Stücke hält.«

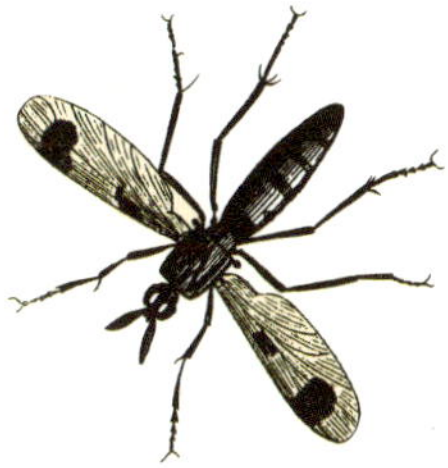

»Woher wissen Sie, dass er viel auf sie hält?«, fragte ich.
»Nun, meiner Schätzung nach hat die Pfeife neu sieben und einen halben Schilling gekostet. Sie ist aber, wie Sie sehen, zweimal ausgebessert worden, einmal am Holz und einmal am Bernstein. Jedes Mal hat man bei der Reparatur ein Band von Silber herumgelegt, das mehr gekostet hat als die ganze Pfeife. Dem Mann muss also die Pfeife sehr wichtig sein, wenn er sie lieber reparieren lässt, als für den gleichen Preis eine neue zu kaufen.«
»Noch was?«, fragte ich, denn Holmes drehte die Pfeife in seiner Hand hin und her und betrachtete sie in der ihm eigenen nachdenklichen Weise.
Er hielt sie in die Höhe und klopfte auf sie mit seinem langen, dünnen Mittelfinger, wie etwa ein Professor der Osteologie, der einen Knochen demonstriert.
»Pfeifen sind manchmal außerordentlich interessant«, sagte er. »Nichts besitzt mehr Individualität, ausgenommen vielleicht Uhren und Schnürsenkel. Was sich aber hier zeigt, ist weder sehr ausgeprägt noch sehr bedeutungsvoll. Der Eigentümer ist offenbar ein kräftiger Mann, Linkshänder, mit wohlerhaltenen Zähnen, nicht sehr ordnungsliebend und in guten Verhältnissen.«
Mein Freund äußerte dies so obenhin; ich sah aber, dass er mich dabei fixierte, um zu erkennen, ob mir seine Schlussfolgerungen klar seien.
»Sie denken, wer aus einer Pfeife für sieben Schilling raucht, muss wohlhabend sein?«, sagte ich.
»Das ist Grosvenor-Mischung für acht Pence die Unze«, antwortete Holmes, indem er ein paar Krümel in seine offene Hand

klopfte. »Da er schon für den halben Preis ein ausgezeichnetes Kraut haben kann, muss er in guten Verhältnissen leben.«

»Und die anderen Punkte?«

»Er pflegt seine Pfeife an Lampen und Gasbrennern anzuzünden. Sie sehen, sie ist auf einer Seite ganz versengt. Das kann natürlich nicht von Streichhölzern herrühren. Warum sollte einer auch ein Streichholz an die Seite seiner Pfeife halten? An der Lampe kann man sie aber nicht anzünden, ohne dass dabei der Kopf angesengt wird. Und es trifft die rechte Seite der Pfeife. Daraus entnehme ich, dass er Linkshänder ist. Halten Sie Ihre eigene Pfeife an die Lampe, und Sie werden sehen, dass es für Sie als Rechtshänder natürlich ist, die linke Seite an die Flamme zu bringen. Sie machen es vielleicht auch einmal umgekehrt, aber sicher nicht in der Regel. Die hier ist immer so gehalten worden. Dann hat er seinen Bernstein durchgebissen. Dazu gehört ein muskulöser, energischer Mann mit gutem Gebiss. Doch wenn ich mich nicht irre, höre ich ihn auf der Treppe. Ich denke, wir werden bald etwas Interessanteres als seine Pfeife zu ergründen haben.«

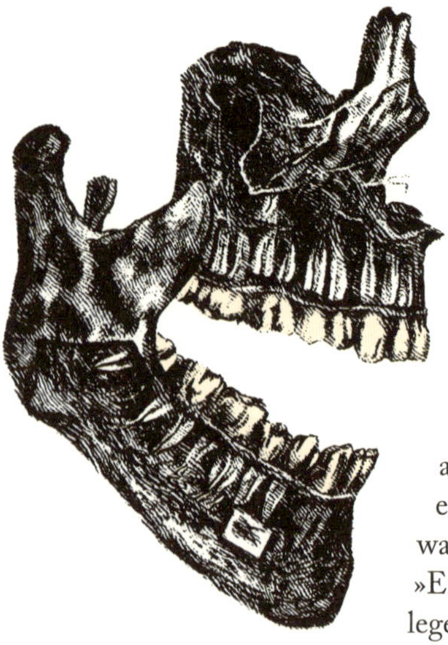

Einen Augenblick darauf öffnete sich die Tür, und ein großer jüngerer Mann trat ins Zimmer. Er war gut, aber einfach gekleidet, trug einen dunkelgrauen Anzug und hielt in der Hand einen neuen Hut. Ich hätte ihn auf etwa dreißig Jahre geschätzt, obwohl er in Wirklichkeit ein paar Jahre älter war.

»Entschuldigen Sie!«, sagte er etwas verlegen. »Ich hätte wohl anklopfen sollen. Ja, natürlich hätte ich anklopfen sollen. Die

Sache ist die, ich bin etwas außer mir, und davon kommt das alles.« Er fuhr sich mit der Hand über die Stirn wie einer, dem schwindlig wird, und ließ sich dann auf einen Stuhl niederfallen.
»Ich sehe, Sie haben eine, zwei Nächte nicht geschlafen«, sagte Holmes in seiner leichten, genialen Weise. »Das bringt einem die Nerven mehr herunter als die Arbeit, ja noch mehr als der Genuss. Erlauben Sie nur die Frage: Wie kann ich Ihnen helfen?«
»Ich brauche Ihren Rat. Ich weiß nicht, was ich tun soll, und mein ganzes Lebensglück scheint mir aus den Fugen zu gehen.«
»Sie wollen meinen Rat als Detektiv?«
»Nicht nur das. Sie sollen mir einen Rat geben als scharfsinniger, als welterfahrener Mann. Ich will wissen, was ich tun muss. Ich hoffe so sehr, Sie sind imstande, es mir zu sagen.«
Er brachte das alles kurz, scharf, stoßweise hervor, und es machte mir den Eindruck, als wäre es für ihn außerordentlich peinlich, vor uns zu reden, und als müsste er seine eigentlichen Gefühle unterdrücken.
»Es ist eine sehr delikate Sache«, fuhr er fort. »Man spricht nicht gern vor Fremden von Familiensachen. Es ist entsetzlich, über das Verhalten seiner Frau zu zwei Männern zu reden, die man zum ersten Mal im Leben sieht. Es ist fürchterlich, wenn man das tun muss. Aber meine Kraft ist zu Ende, und ich muss einen Rat haben.«
»Mein lieber Mr. Grant Munro –«, fing Holmes an.
Unser Besucher sprang von seinem Stuhle auf.
»Wie«, rief er, »Sie kennen meinen Namen?«
»Wenn Sie Ihr Inkognito bewahren wollen«, sagte Holmes lächelnd, »würde ich Ihnen vorschlagen, nicht mehr Ihren Namen auf Ihr Hutfutter zu schreiben, oder wenigstens der Person, mit der Sie sprechen, nicht gerade das Innere des Hutes zuzuwenden. Ich wollte Ihnen eben sagen, dass wir, mein Freund und ich, viele ungewöhnliche Geheimnisse in diesem Zimmer angehört haben

und dass uns so oft das Glück zuteilwurde, beunruhigten Herzen wieder Frieden zu bringen. Ich hoffe zuversichtlich, wir können für Sie dasselbe tun. Darf ich Sie bitten, da vielleicht Eile nottut, mir unverzüglich den Tatbestand Ihres Falles mitzuteilen?«

Wieder fuhr sich unser Gast mit der Hand über die Stirn, als fiele es ihm furchtbar schwer. Aus jeder Bewegung und jeder Miene konnte man erkennen, dass er ein verschlossener, selbstbewusster Mann war, mit einem Anflug von Stolz, der ihn Wunden eher verbergen als zur Schau tragen ließ. Plötzlich machte er mit der geschlossenen Hand eine energische Bewegung wie einer, der alle Bedenken beiseitewirft, und fing an:

»Die Sache ist die, Mr. Holmes: Ich bin verheiratet, und zwar seit drei Jahren. In dieser ganzen Zeit haben wir beide uns so geliebt und so glücklich zusammengelebt wie nur je ein Paar. Wir waren ein Herz und eine Seele im Denken wie im Handeln. Und nun, seit letztem Montag, ist auf einmal ein Riss entstanden, und ich sehe, es muss irgendetwas in ihr vorgehen, das ich nicht enträtseln kann. Wir haben uns entfremdet, und ich will der Sache auf den Grund gehen. Nun dürfen Sie vor allem eines nicht vergessen, Mr. Holmes: Effie liebt mich. Daran ist gar kein Zweifel. Sie liebt mich von ganzem Herzen und ganzer Seele, und das gerade jetzt mehr als je. Ich weiß es, ich fühle es. Hierüber brauchen wir kein Wort zu verlieren. Aber es trennt uns ein Geheimnis, und ehe dies nicht aufgeklärt ist, können wir nicht wieder dieselben zueinander sein wie vorher.«

»Seien Sie so freundlich und teilen Sie mir den Tatbestand mit, Mr. Munro!«, sagte Holmes etwas ungeduldig.

»Ich will Ihnen erzählen, was ich von Effies Leben weiß. Sie war Witwe, als ich sie zum ersten Mal sah, obwohl noch ganz jung – erst einundzwanzig. Sie hieß damals Mrs. Hebron. Sie kam als ganz kleines Kind nach Amerika und lebte in der Stadt Atlanta, wo sie diesen Hebron, einen bekannten Anwalt, heiratete. Sie hatten ein einziges Kind, aber das Gelbfieber brach dort aus, und Mann und Kind wurden beide von der Seuche hinweggerafft. Ich habe selbst seine Sterbeurkunde gesehen. Das machte ihr den weiteren Aufenthalt in Amerika unerträglich, und sie kam wieder herüber und lebte bei einer unverheirateten Tante in Pinner in Middlesex. Es bleibt noch zu erwähnen, dass ihr Mann gut für sie gesorgt hatte und dass sie ein Kapital von viertausendfünfhundert Pfund besaß, das von ihm so vorteilhaft angelegt war, dass es durchschnittlich sieben Prozent abwarf. Sie war erst sechs Monate in Pinner, als ich mit ihr zusammentraf; wir verliebten uns ineinander, und nach wenigen Wochen fand die Hochzeit statt.

Ich für meine Person bin Hopfenhändler, und da ich ein Einkommen von siebenhundert oder achthundert Pfund hatte, litten wir keine Not, und ich mietete uns für jährlich achtzig Pfund eine Villa in Norbury. Unser kleines Heim sieht sehr ländlich aus, wenn man bedenkt, dass es so nahe an der Stadt liegt. Weiter oben, nicht fern von uns, lagen nur eine Wirtschaft und zwei Häuser, und dann stand noch ein einzelnes Landhaus jenseits des Feldes uns gegenüber; darüber hinaus gab es keine Häuser bis zur Hälfte der Strecke zur Station. Zu manchen Jahreszeiten musste ich wegen des Geschäftes in die Stadt; im Sommer aber gab's weniger zu tun, und dann lebte ich in unserem Landhaus mit meiner Frau so glücklich, wie man nur wünschen kann. Ich wiederhole, es war niemals auch nur ein Schatten zwischen uns, bis diese verfluchte Geschichte kam.

Eins muss ich Ihnen noch sagen, ehe ich fortfahre. Als wir heirateten, übertrug meine Frau ihr ganzes Eigentum auf mich – eigentlich gegen meinen Willen, denn ich dachte, was für eine üble Geschichte das gäbe, wenn mein Geschäft schlecht ginge. Jedoch wollte sie es so haben, und so machten wir's. Gut, vor sechs Wochen etwa kam sie zu mir.

›Jack!‹, sagte sie. ›Als du mein Geld nahmst, sagtest du, wenn ich je etwas haben wolltest, solle ich es dir nur sagen.‹

›Gewiss‹, sagte ich, ›es gehört dir.‹
›Gut‹, sagte sie, ›ich brauche hundert Pfund.‹
Ich war ein bisschen verblüfft, denn ich hatte gedacht, es wär nur ein neues Kleid oder dergleichen, was ihr im Kopf steckte.
›Wozu, in aller Welt?‹, fragte ich.
›Oh‹, sagte sie in ihrer scherzenden Weise, ›du hast gesagt, du wärest nur mein Bankier, und Bankiers fragen einen niemals, wozu, wie du weißt.‹
›Wenn es wirklich dein Ernst ist, so sollst du natürlich das Geld haben‹, sagte ich.
›Ja doch, es ist wirklich mein Ernst.‹
›Und du willst mir nicht sagen, wozu du es brauchst?‹
›Später vielleicht, Jack, jetzt aber nicht.‹
Damit musste ich mich zufriedengeben, obwohl es das erste Mal war, dass wir eine Heimlichkeit voreinander hatten. Ich gab ihr das Geld und dachte nicht mehr an die Geschichte. Vielleicht hat das auch gar nichts mit dem, was nachher kam, zu tun, aber ich glaubte, es wäre besser, es Ihnen zu erzählen.
Ich sagte Ihnen vorhin, es liegt ein Landhaus nicht weit von unserem Haus. Dazwischen liegt ein Feld, aber wenn man hinwill, muss man die Straße ein Stückchen heruntergehen und dann in einen schmalen Weg zwischen zwei Hecken einbiegen. Gerade hinter diesem Landhaus fängt ein hübsches Tannenwäldchen an, und da trieb ich mich besonders gerne herum, denn Bäume ziehen einen immer an. Das kleine Landhaus hatte ganze acht Monate leer gestanden, und das war schade, denn es war ein nettes, zweistöckiges Ding mit einem altmodischen Säulengang, von Geißblatt umrankt. Ich habe manchmal dagestanden und gedacht, was das für ein schönes Zuhause geben müsste.
Letzten Montag gehe ich wieder einmal da hinunter, als mir auf dem Heckenweg ein leerer Möbelwagen entgegenkommt und ich einen Haufen Teppiche und Zeugs auf der Wiese bei der alten Veranda liegen sehe. Es war klar, das Häuschen war end-

lich doch vermietet worden. Ich ging vorbei, blieb dann stehen, wie man's macht, wenn man nichts zu tun hat, und guckte nochmals hin und dachte, was das wohl für Leute wären, die unsere nächsten Nachbarn sein sollten. Und wie ich so hinsehe, merke ich auf einmal, dass mich ein Gesicht aus einem der oberen Fenster beobachtet. Ich weiß nicht, was mit dem Gesicht los war, Mr. Holmes, aber mir lief's bei seinem Anblick eiskalt den Rücken herunter. Ich war ein Stück weg und konnte also die Züge nicht sehen, aber ich sage Ihnen, das Gesicht hatte etwas Unnatürliches und Gespensterhaftes. So kam's mir vor, und ich machte schnell ein paar Schritte vorwärts, um die Person, die mich beobachtete, besser ins Auge zu fassen.

Aber da verschwand das Gesicht plötzlich, sodass es schien, als wäre es in die Dunkelheit des Zimmers zurückgerissen worden. Ich blieb wohl fünf Minuten regungslos stehen, überlegte mir die Sache und versuchte mir über die Erscheinung möglichst klar zu werden. Ich konnte nicht sagen, ob's ein Männer- oder Frauengesicht war. Aber die Farbe hatte es mir vor allem angetan. Es war ein fahles, totes Gelb und darin etwas so Unbewegliches, Starres, was mir ganz unheimlich und unnatürlich vorkam. Die Sache ging mir so nahe, dass ich mich entschloss, mir die neuen Mieter etwas genauer anzusehen. Ich ging hin und klopfte an die Tür, die sofort von einer großen, hageren Frau mit rauem, abweisendem Gesichtsausdruck geöffnet wurde.

›Was wollen Sie denn?‹, fragte sie mich mit nördlichem Akzent.

›Ich bin Ihr Nachbar von da drüben‹, sagte ich und nickte zu meinem Haus. ›Ich sehe, Sie sind eben eingezogen; so dachte ich, ich könnte Ihnen vielleicht irgendwie …‹

›Ach was, wir werden's schon sagen, wenn wir was brauchen!‹, sagte sie und schlug mir die Tür vor der Nase zu. Ärgerlich über die grobe Abweisung drehte ich mich um und ging heim. Den ganzen Abend musste ich, ich mochte tun, was ich wollte, immer wieder an die Fenstererscheinung und an die rohe Frau denken. Von der Ersten wollte ich lieber meiner Frau nichts sagen, denn sie ist ein nervöses, zartbesaitetes Wesen, und ich wollte ihr die unangenehme Empfindung, die ich selbst hatte, ersparen. Ich erwähnte aber vor dem Einschlafen, das Häuschen sei nun bewohnt, worauf sie nichts erwiderte.

Ich habe einen ungewöhnlich festen Schlaf. Zum Spaß wurde bei uns oft gesagt, mich könnte überhaupt nichts aufwecken. Und doch, gerade in dieser Nacht, mochte es nun die leichte Aufregung durch mein kleines Abenteuer oder sonst was gewesen sein, ich weiß es nicht, aber mein Schlaf war in dieser Nacht weit weniger fest als gewöhnlich. Noch halb traumbefangen, hatte ich das Bewusstsein, dass etwas im Zimmer vor sich ging, und allmählich ward mir klar, dass sich meine Frau angezogen hatte und schnell den Mantel umwarf. Meine Lippen bewegten sich schon, um ein paar schläfrige Worte des Erstaunens oder des Vorwurfes über diese nächtlichen Vorbereitungen zu murmeln, als plötzlich mein halb geöffnetes Auge auf ihr vom Mondlicht erhelltes Gesicht fiel und die Überraschung mich verstummen ließ. Sie zeigte einen Ausdruck, wie ich ihn vorher nie an ihr bemerkt hatte und wie ich ihn bei ihr für unmöglich gehalten hätte. Sie war totenbleich, ihr Atem ging schnell, und verstohlen blickte sie zum Bett, als sie ihren Mantel zuknöpfte, um zu sehen, ob sie mich gestört hätte. Dann, in der Meinung, ich schliefe noch, glitt sie geräuschlos aus dem Zimmer, und einen Augenblick später vernahm ich einen scharfen, quietschenden Ton, der nur von den Angeln der Vordertür herrühren konnte. Ich setzte mich im Bett auf und stieß meine Knöchel gegen die Bettpfosten, um mich zu überzeugen, dass ich nicht träumte. Dann zog ich meine Uhr unterm Kopfkissen vor: Es war drei Uhr morgens. Was in aller Welt konnte meine Frau um drei Uhr morgens auf der Landstraße zu tun haben?

Ich saß etwa zwanzig Minuten da und ließ mir die Sache durch den Kopf gehen, um irgendeine denkbare Erklärung zu finden. Je mehr ich aber nachdachte, desto sonderbarer und unerklärlicher kam mir die Geschichte vor. Während ich noch über das Rätsel nachgrübelte, hörte ich sie die Tür wieder leise zumachen und ihre Schritte die Treppe heraufkommen.

›Wo in aller Welt bist du gewesen, Effie?‹, fragte ich, als sie hereintrat.

Bei meinen Worten fuhr sie heftig zusammen und stieß einen halb unterdrückten Schrei aus, und dieser

Schrei und dieser Schreck beunruhigten mich mehr als alles Übrige, denn aus ihnen sprach unverkennbar ein Schuldbewusstsein. Meine Frau war immer eine freie, offene Natur gewesen, und es schauderte mich, sie in ihr eigenes Zimmer schleichen und bei der Stimme ihres Mannes zusammenschrecken zu sehen.

›Du bist wach, Jack?‹, rief sie mit nervösem Lachen. ›Ich dachte, dich könnte nichts aufwecken.‹

›Wo bist du gewesen?‹, fragte ich in strengerem Ton.

›Ich wundere mich nicht, dass du erstaunt bist‹, sagte sie, und ich konnte sehen, wie ihre Finger zitterten, als sie ihren Mantel aufknöpfte. ›Ich glaube auch nicht, dass ich jemals im Leben schon so etwas getan habe. Die Sache ist die: Mir war, als müsste ich ersticken, und es drängte mich unwiderstehlich, etwas frische Luft zu schöpfen. Ich wäre, glaube ich, ohnmächtig geworden, wäre ich nicht hinausgegangen. Ich habe ein paar Minuten an der Tür gestanden, und jetzt ist mir wieder ganz wohl.‹

Während sie das vorbrachte, sah sie mich nicht einmal an, und ihre Stimme klang ganz anders als gewöhnlich. Für mich stand es fest, dass sie nicht die Wahrheit gesagt hatte. Ich erwiderte kein Wort, sondern wandte mein Gesicht der Wand zu, mit einem verletzten, von Zweifel und Argwohn erfüllten Herzen. Was verheimlichte meine Frau mir? Was war das Ziel ihrer nächtlichen Wanderung gewesen? Ich fühlte, ich könnte keine Ruhe mehr finden, bis ich's wüsste, und doch wollte ich sie nicht noch einmal fragen, nachdem sie mir etwas vorgelogen hatte. Den ganzen Rest der Nacht zermarterte ich mein Gehirn und konstruierte immer neue Theorien, eine immer unwahrscheinlicher als die andere.

Am nächsten Tag hatte ich eigentlich in der Stadt zu tun, aber ich war in meinem Sinn zu verstört, um Gedanken für Geschäftssachen übrig zu haben. Meine Frau schien ebenso unruhig zu sein wie ich, und aus den schnellen prüfenden Blicken, die sie mir von Zeit zu Zeit zuwarf, konnte ich sehen, sie merkte wohl, dass ich ihr nicht glaubte, und sie war ratlos, was sie tun sollte. Beim Frühstück wechselten wir kaum ein Wort, und kurz danach ging ich fort, um die Sache in der frischen Morgenluft von Neuem zu überdenken.

Ich kam bis zum Crystal Palace, hielt mich eine Stunde im Park auf und war so um ein Uhr wieder in Norbury. Mehr zufällig wählte ich von der Station heimwärts einen Weg, der mich bei dem Häuschen vorüberführte, und blieb einen Augenblick stehen und sah zu den Fenstern, ob etwa wieder das sonderbare Gesicht da wäre, das mich am Tag vorher so angestarrt hatte.

Wie ich dastand – denken Sie sich meine Überraschung, Mr. Holmes! –, ging auf einmal die Tür auf und meine Frau kam heraus! Bei ihrem Anblick war ich starr vor Erstaunen, aber meine Erregung war nichts im Vergleich mit der, die sich in ihrem Gesichte malte, als unsere Augen sich begegneten. Einen Augenblick schien sie in das Haus zurückfahren zu wollen. Dann aber, als sie sah, jedes Verstecken sei unnütz, kam sie mit kreideweißem Gesicht und schreckerfüllten Augen, die das Lächeln auf ihren Lippen Lügen straften, auf mich zu.

›O, Jack!‹, sagte sie. ›Ich war eben drin, um zu sehen, ob ich unseren neuen Nachbarn mit irgendetwas behilflich sein könnte. Was siehst du mich so an, Jack? Du bist mir doch nicht böse?‹

›So!‹, sagte ich. ›Also hierher bist du in der Nacht gegangen?‹

›Was willst du damit sagen?‹, rief sie.

›Du bist hier gewesen. Das ist gewiss. Wer sind die Leute, dass du sie nachts aufsuchst?‹

›Ich bin nicht hier gewesen.‹

›Wie kannst du das sagen, wenn du doch selbst weißt, dass es nicht wahr ist?‹, rief ich. ›Schon deine veränderte Stimme verrät dich. Wann habe ich je ein Geheimnis vor dir gehabt? Ich werde jetzt in das Haus hineingehen und der Sache auf den Grund gehen.‹

›Nein, nein, Jack, um Gottes willen!‹, stöhnte sie, außerstande, ihre furchtbare Aufregung länger zu verbergen, und als ich auf die Tür losschritt, ergriff sie mich am Ärmel und zerrte mich mit krampfhafter Anstrengung zurück.

›Ich flehe dich an, Jack, tu das nicht!‹, rief sie. ›Ich schwöre dir, du wirst eines Tages alles erfahren; aber nichts als Jammer kann herauskommen, wenn du jetzt in das Haus gehst.‹ Und als ich sie abzuschütteln versuchte, hängte sie sich an mich und beschwor mich mit wahnsinnigem Flehen.

›Vertrau mir, Jack!‹, rief sie. ›Vertrau mir nur dies eine Mal! Du wirst es nie zu bereuen haben. Du weißt, ich würde dir nichts verheimlichen, wäre es nicht um deiner selbst willen. Unser ganzes Lebensglück hängt daran. Gehst du mit mir heim, so wird alles wieder gut werden. Dringst du aber mit Gewalt in das Haus da, so ist alles aus.‹

Solch ein Ernst, solch eine Verzweiflung lag in ihrer Art, dass ich mich von ihren Worten an die Stelle fesseln ließ und unentschlossen vor der Tür stand.

›Ich will dir vertrauen unter einer Bedingung und nur unter dieser Bedingung‹, sagte ich schließlich. ›Diese Geheimnistuerei muss von nun an ein Ende haben. Du magst meinetwegen deine Heimlichkeit für dich behalten, aber du musst mir versprechen, dass von nun an die nächtlichen Besuche aufhören und überhaupt alles Getue hinter meinem Rücken. Ich will das Geschehene vergessen, wenn du mir versprichst, dass nichts dergleichen in Zukunft mehr vorkommen soll.‹

›Ich war überzeugt, du würdest mir vertrauen!‹, rief sie mit einem großen Seufzer der Erleichterung. ›Ich werde's lassen, ganz wie

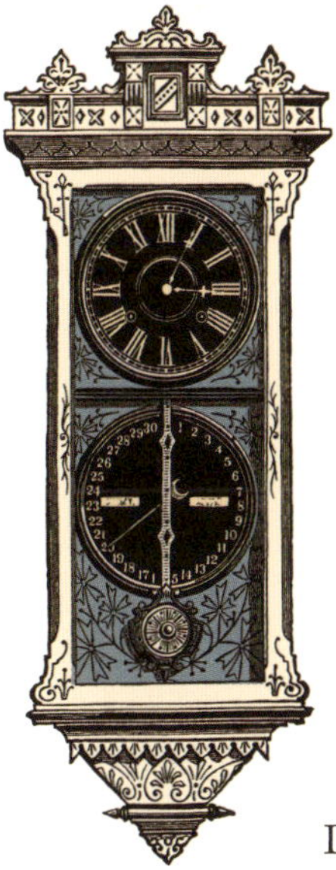

du willst. Komm fort, o komm fort nach Hause!‹ Noch immer an meinem Ärmel zupfend, führte sie mich von dem Häuschen weg. Als wir uns entfernten, warf ich noch einen Blick zurück, und wirklich, da war wieder an einem der oberen Fenster das gelbe, fahle Gesicht und beobachtete uns. Was für ein Zusammenhang konnte zwischen diesem Wesen und meiner Frau bestehen? Oder was verband sie mit der rohen Frau, die ich am Tage vorher gesehen hatte? Es war ein sonderbares Rätsel, und ich wusste, für mich gab's keinen Frieden mehr, bis seine Lösung gefunden war.

Die beiden folgenden Tage blieb ich daheim, und meine Frau hielt ihr Versprechen gewissenhaft, denn meines Wissens ging sie nicht aus dem Haus. Am dritten Tage aber konnte ich nicht zweifeln, dass ihr feierliches Gelöbnis sie dem geheimen Einfluss nicht zu entziehen vermochte, der sie von ihrem Gatten und ihrer Pflicht ablenkte.

Ich war an dem Tage in die Stadt gefahren, kehrte aber mit dem Zug 2 Uhr 40 Minuten statt mit meinem gewöhnlichen 3 Uhr 36 Minuten zurück. Als ich ins Haus trat, kam das Mädchen mit bestürztem Gesicht in den Hausflur gelaufen.

›Wo ist meine Frau?‹, fragte ich.

›Ich glaube, sie ist ausgegangen‹, antwortete sie.

Sofort regte sich mein Verdacht. Ich sprang die Treppe hinauf, um mich zu überzeugen, ob sie im Haus sei. Dabei fiel mein Blick zufällig durch eines der oberen Fenster, und ich sah das Mädchen, mit dem ich eben gesprochen hatte, quer über das Feld auf das Unglückshaus zulaufen. Da war mir natürlich sofort alles klar. Meine Frau war hinübergegangen und hatte dem Mädchen gesagt, es solle sie rufen, wenn ich zurückkäme.

Außer mir vor Zorn stürzte ich hinunter und querfeldein, entschlossen, die Sache ein- für allemal zu Ende zu bringen. Ich sah meine Frau und das Mädchen zusammen auf dem engen Heckenwege zurücklaufen, ließ mich aber dadurch nicht aufhalten. In dem Häuschen barg sich das Geheimnis, das einen Schatten auf mein Lebensglück warf. Ich schwor mir, mochte kommen, was da wollte, es sollte länger kein Geheimnis sein. Ich setzte nicht einmal den Klopfer in Bewegung, sondern drückte die Klinke nieder und stürzte in den Hausflur.

Im unteren Stock war alles still und ruhig. In der Küche brodelte ein Kessel über dem Feuer, und eine große schwarze Katze lag zusammengerollt in einem Korb. Aber von der Frau, die ich gesehen hatte, keine Spur. Ich lief in das zweite Zimmer, aber das war ebenso menschenleer. Dann eilte ich die Treppe hinauf, fand aber auch hier nur zwei völlig verlassene Zimmer. Im ganzen Hause keine Menschenseele. Möbel und Wandschmuck waren von der denkbar einfachsten, billigsten Sorte, außer in dem einen Zimmer, an dessen Fenster ich das sonderbare Gesicht gesehen hatte. Das war gut und mit Geschmack ausgestattet, und aller heiße Argwohn, der mich erfüllte, kochte schäumend auf, als ich auf dem Kaminsims eine Vollfotografie meiner Frau bemerkte, die erst vor einem Vierteljahr auf meinen Wunsch aufgenommen worden war. Als ich mich zweifellos überzeugt hatte, dass das Haus leer war, verließ ich es mit einem Zentnergewicht auf dem Herzen, wie ich es nie in meinem Leben gefühlt hatte. Meine Frau kam mir in der Vorhalle entgegen, als ich wieder in mein Haus zurückkam, aber ich war zu sehr verletzt und zu zornig, um ein Wort an sie zu richten. Ich ging an ihr vorbei und begab mich in mein Arbeitszimmer. Sie kam mir jedoch nach, ehe ich die Tür hatte zumachen können.

›Es tut mir leid, dass ich mein Versprechen gebrochen habe, Jack‹, sagte sie; ›aber wenn du alle Umstände wüsstest, würdest du mir, das glaube ich ganz gewiss, verzeihen.‹

›Dann sage mir alles!‹
›Ich kann nicht, Jack, ich kann nicht!‹, rief sie.
›Ehe du mir nicht sagst, wer in dem Hause drüben gewohnt hat und wem du die Fotografie gegeben hast, kann von Vertrauen zwischen uns keine Rede mehr sein‹, sagte ich, riss mich von ihr los und verließ das Haus.
Das war gestern, Mr. Holmes, und seitdem habe ich sie nicht wiedergesehen, und das ist auch alles, was ich von der ganzen seltsamen Geschichte weiß. Es ist der erste Schatten, der zwischen uns gefallen ist, und ich bin so erschüttert davon, dass ich nicht mehr aus und ein weiß. Da kam es mir plötzlich heute Morgen durch den Sinn, Sie seien der Mann, der mich beraten könnte in meiner Not; so bin ich hierhergeeilt und gebe mich unbedenklich in Ihre Hände. Habe ich Ihnen irgendeinen Punkt nicht deutlich genug beschrieben, so fragen Sie mich bitte! Aber vor allem sagen Sie mir schnell, was ich tun soll! Denn dieses Elend ist mehr, als ich tragen kann.«
Holmes und ich hatten mit größtem Interesse dem ungewöhnlichen Bericht gelauscht, der stoßweise und abgebrochen erstattet wurde, wie von einem Mann in höchster Aufregung. Jetzt saß mein Freund eine Weile schweigend und in Gedanken verloren da, das Kinn auf die Hand stützend.
»Wie ist es«, sagte er endlich, »können Sie beschwören, dass es ein Männergesicht war, das Sie am Fenster gesehen haben?«
»Jedes Mal, wenn ich es gesehen habe, war ich ziemlich weit weg, sodass ich es unmöglich sagen kann.«
»Es hat aber einen unangenehmen Eindruck auf Sie gemacht?«
»Es schien mir eine unnatürliche Farbe und sonderbare starre Züge zu haben. Trat ich näher, so verschwand es ruckartig.«
»Wie lange ist es her, dass Ihre Frau die hundert Pfund haben wollte?«
»Fast zwei Monate.«
»Haben Sie je ein Bild von ihrem ersten Gatten gesehen?«

»Nein, kurz nach seinem Tod ist in Atlanta Feuer ausgebrochen, und alle ihre Papiere sind verbrannt.«

»Und doch hatte sie eine Sterbeurkunde. Sie sagen, Sie haben sie gesehen?«

»Ja, sie hat sich nach dem Brand ein Duplikat ausstellen lassen.«

»Haben Sie einmal mit jemand gesprochen, der sie in Amerika gekannt hat?«

»Nein.«

»Hat sie selbst einmal davon geredet, dass sie ihren früheren Wohnort wiedersehen möchte?«

»Nein.«

»Kamen Briefe an sie von dort?«

»Nicht, dass ich wüsste.«

»Ich danke Ihnen. Ich möchte die Angelegenheit jetzt noch einmal überdenken. Wenn die Hütte jetzt dauerhaft verlassen ist, könnten wir einige Schwierigkeiten bekommen. Wenn andererseits, was ich für wahrscheinlicher halte, die Bewohner vor Ihrem Kommen gewarnt wurden und es verlassen haben, bevor Sie gestern hineingegangen sind, dann könnten sie jetzt zurück sein, und wir sollten alles leicht aufklären. Lassen Sie mich Ihnen empfehlen, nach Norbury zurückzukehren und die Fenster der Hütte erneut zu untersuchen. Wenn Sie Grund zu der Annahme haben, dass sie bewohnt ist, dringen Sie nicht gewaltsam ein, sondern schicken Sie ein Telegramm an meinen Freund und mich. Wir werden innerhalb einer Stunde bei Ihnen sein, und wir werden dann sehr bald der Sache auf den Grund gehen.«

»Und wenn noch niemand drin ist?«

»In diesem Fall komme ich morgen zu Ihnen, und wir besprechen, was weiter in der Angelegenheit zu tun ist. Leben Sie wohl, und vor allem grämen Sie sich nicht, bevor Sie nicht wissen, dass Sie wirklich Ursache dazu haben!«

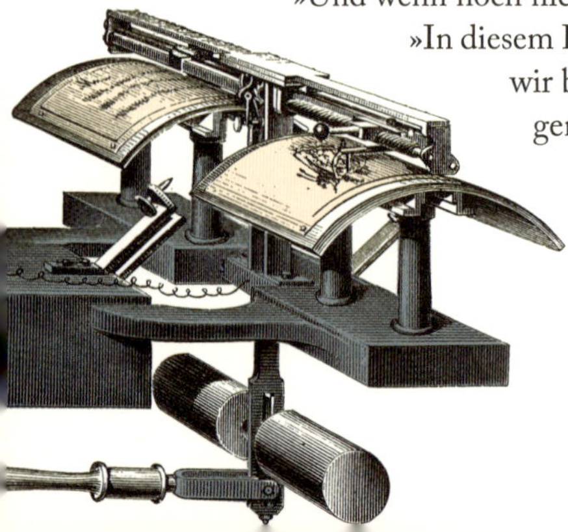

»Ich fürchte, das ist ein schlimmes Geschäft, Watson!«, sagte mein Gefährte, als er Mr. Grant Munro hinausbegleitet hatte und wieder zurückgekommen war. »Was machen Sie daraus?«

»Es klingt nicht schön«, antwortete ich.

»Ja. Es handelt sich um Erpressung, wenn ich mich nicht sehr irre.«

»Und wer ist der Erpresser?«

»Nun, das kann einzig und allein das Wesen sein, das in dem einzigen gut ausgestatteten Zimmer dort wohnt und die Fotografie der Frau auf dem Kaminsims stehen hat. Auf mein Wort, Watson, das fahle Gesicht am Fenster hat für mich etwas sehr Interessantes, und ich würde den Fall nicht um alle Welt hingeben.«

»Haben Sie eine Theorie?«

»Ja, soweit dies meine bisherige Kenntnis der Tatsachen zulässt. Aber es sollte mich wundern, wenn sie sich nicht als richtig erwiese. Der erste Ehemann von der Frau befindet sich in dem Häuschen.«

»Warum denken Sie das?«

»Wie können wir uns sonst ihre wahnsinnige Angst erklären, als ihr zweiter Mann in das Haus dringen wollte? Wie ich die Sache auffasse, ist der Tatbestand etwa folgender: Die Frau war in Amerika verheiratet. Sie entdeckte an ihrem Mann irgendwelche verabscheuungswerten Angewohnheiten oder, sagen wir, er bekam eine scheußliche Krankheit und wurde ein Aussätziger oder Schwachsinniger. Sie floh schließlich vor ihm, kehrte nach England zurück, nahm einen anderen Namen an und begann, wie sie dachte, ein neues Leben. Sie war drei Jahre verheiratet und glaubte, außer aller Gefahr der Entdeckung zu sein, da sie ihrem zweiten Mann die Sterbeurkunde irgendeines Mannes gezeigt hatte, dessen Namen sie angenommen hat, als plötzlich ihr Aufenthalt von ihrem ersten Mann oder, können wir auch annehmen, von irgendeiner gewissenlosen Frau, die sich mit dem Kranken verbunden hat, ausfindig gemacht wird.

Sie schreiben an die Frau und drohen ihr, sie würden kommen und die Wahrheit enthüllen. Sie lässt sich hundert Pfund geben und versucht ihr Schweigen zu erkaufen. Sie kommen trotzdem, und als ihr zweiter Mann erwähnt, es seien neue Mieter in dem Häuschen, erkennt sie, dass es ihre Verfolger seien. Sie wartet, bis ihr Mann eingeschlafen ist, dann eilt sie hin und will sie überreden, sie in Frieden zu lassen. Da ihr Flehen vergeblich ist, geht sie am nächsten Morgen noch einmal hin, und ihr Mann trifft sie beim Fortgehen, wie er uns erzählt hat. Sie verspricht ihm dann, nicht mehr hinzugehen, aber nach zwei Tagen ist der Wunsch, die entsetzliche Nachbarschaft loszuwerden, zu mächtig in ihr, und sie macht einen neuen Versuch, wobei sie ihre Fotografie, die man wahrscheinlich von ihr verlangt hatte, mitnimmt. Während sie noch miteinander verhandeln, stürzt das Mädchen herein mit der Meldung, ihr Mann sei heimgekommen, worauf die Frau, welche weiß, ihr Mann werde sofort zur Stelle sein, die anderen augenblicklich zur Hintertür hinausschickt, in das Kiefernwäldchen wahrscheinlich, das dicht danebenstehen soll. So findet er das Haus verlassen. Es sollte mich aber sehr wundern, wenn er es heute Abend noch ebenso fände. Was denken Sie von meiner Theorie?«

»Das ist alles bloße Vermutung.«

»Aber es stimmt doch mit den uns bekannten Tatsachen überein. Werden uns neue bekannt, mit denen sich meine Theorie nicht vereinigen lässt, dann, aber nur dann, müssen wir sie eben einer Revision unterziehen. Zurzeit können wir nichts weiter tun, bis wir von unserem Freunde in Norbury eine neue Nachricht erhalten.«

Wir brauchten nicht lange zu warten. Die Nachricht kam, als wir gerade mit dem Tee fertig waren. Sie lautete:

Die Mieter sind wieder da. Habe das Gesicht nochmals am Fenster gesehen. Erwarte Sie mit dem Siebenuhrzug und tue keinen Schritt, bis Sie kommen.

Wir trafen ihn auf dem Bahnsteig, als wir ausstiegen, und konnten beim Schein der Stationslampe sehen, dass er sehr bleich war und vor Aufregung zitterte. »Sie sind noch da, Mr. Holmes!«, sagte er und legte seine Hand auf die Schulter meines Freundes. »Ich habe Licht im Haus gesehen, als ich vorbeikam. Wir müssen's jetzt ein für alle Mal ausmachen.«

»Wie ist also Ihr Plan?«, fragte Holmes, als wir die dunkle, baumbepflanzte Straße hinuntergingen.

»Ich will mir gewaltsam Eingang verschaffen und selbst sehen, wer im Haus ist. Sie beide wünsche ich als Zeugen dabeizuhaben.«

»Sie sind entschlossen trotz der Warnung Ihrer Frau, es sei besser, Sie mischen sich nicht in das Geheimnis ein?«

»Ja, ich bin entschlossen.«

»Gut. Ich denke, Sie haben recht. Jede Wahrheit ist besser als quälender Zweifel ohne Ende. Es ist besser, wir gehen sofort daran. Natürlich ist klar, dass wir dabei gesetzwidrig handeln. Aber ich denke, unter den Umständen können wir's riskieren.«

Es war eine sehr finstere Nacht, und ein leichter Regen setzte ein, als wir von der Landstraße in den enorm tief ausgefahrenen Heckenweg einbogen. Mr. Grant Munro drängte jedoch ungeduldig vorwärts, und wir stolperten hinter ihm her, so gut wir eben konnten.

»Dort sind die Lichter meines Hauses«, murmelte er, auf einen Schimmer zwischen den Bäumen weisend, »und das hier ist das Landhaus, in das ich hineinwill.« Während er das sagte, bog sich der Weg, und das Gebäude lag dicht neben uns. Ein gelber Lichtschein, der über den dunklen Vordergrund lief, ließ uns erkennen, dass die Tür nicht

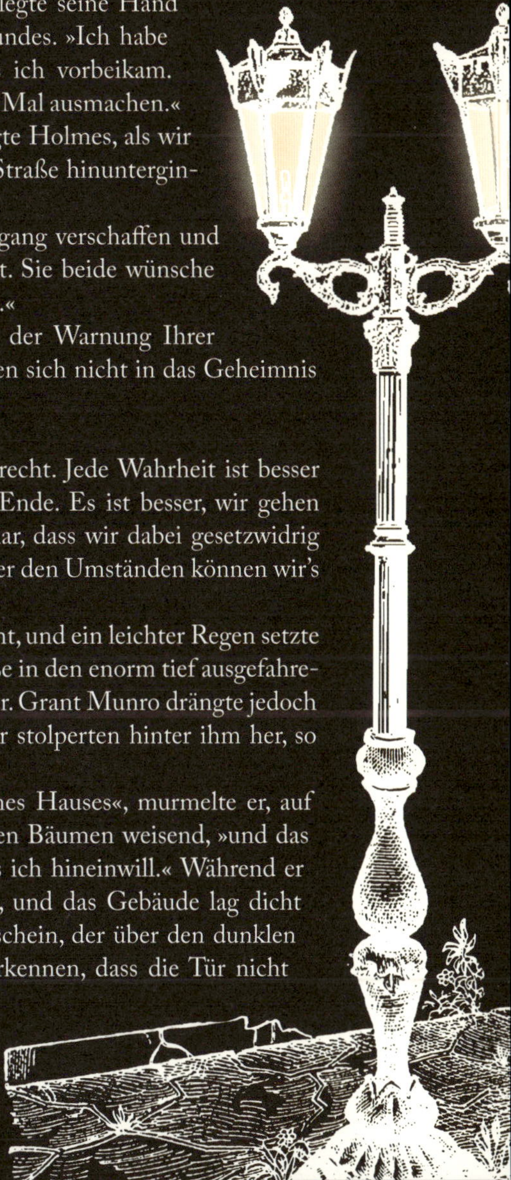

völlig geschlossen war, und ein Fenster im oberen Stockwerk war hell erleuchtet. Als wir hinschauten, sahen wir durch die Fensterblenden einen schwarzen Fleck, der sich bewegte.

»Das ist das Geschöpf!«, rief Grant Munro. »Sie können selbst sehen, dass sich dort jemand befindet. Jetzt mir nach, und wir werden bald alles wissen!«

Wir näherten uns der Tür, aber plötzlich trat aus dem Schatten eine Frau hervor und stand vor uns, vom goldenen Schimmer des Lichtes übergossen. Ihr vom Lichtschein abgewandtes Gesicht konnte ich nicht erkennen, aber ich sah, wie sie ihre Arme flehend erhob.

»Um Gottes willen, Jack, tu es nicht!«, rief sie mit trauervoller Stimme.

»Lass mich gehen! Ich muss vorbei. Meine Freunde und ich wollen diese Geschichte ein für alle Mal zu Ende bringen.« Er schob sie beiseite, und wir folgten ihm unmittelbar. Als er die Tür weit aufriss, stellte sich ihm eine ältliche Frau in den Weg, aber er stieß sie zurück, und einen Augenblick später waren wir alle auf der Treppe. Grant Munro stürzte in das erleuchtete Zimmer im oberen Stockwerk, und wir folgten ihm auf den Fersen.

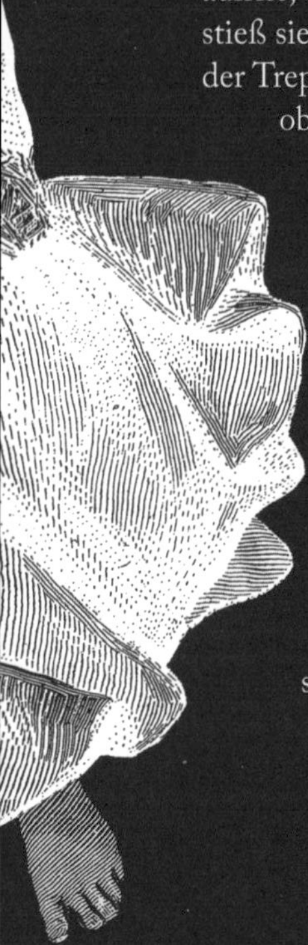

Es war ein trauliches, hübsch ausgestattetes Zimmer, von zwei Kerzen auf dem Tisch und zwei anderen auf dem Kaminsims erhellt. Vor einem Sekretär an der Wand, an einen Polsterstuhl gelehnt, stand allem Anschein nach ein kleines Mädchen. Sein Gesicht war abgewandt, als wir eintraten, aber wir konnten sehen, dass es einen roten Rock anhatte und lange weiße Handschuhe trug. Als es sich uns zukehrte, stieß ich einen Schrei der Überraschung und des Entsetzens aus. Das Gesicht, das es uns zuwandte, zeigte eine höchst sonderbare fahle Farbe, und die Züge waren völlig ausdrucksleer. Einen Augenblick später war das Geheimnis enthüllt. Holmes fuhr lachend mit der Hand hinter das Ohr des Kindes, eine Maske schälte sich von seinem Angesicht und vor uns stand ... ein kleines schwarzes Mädchen[7], das vor Vergnügen über unsere verdutzten Gesichter alle seine weißen Zähne blitzen ließ. Ich musste in ihr lustiges Lachen einstimmen, aber Grant Munro starrte sie sprachlos an und fuhr sich mit der Hand an die Kehle.

»Mein Gott«, schrie er endlich, »was hat das zu bedeuten?«

»Ich will dir sagen, was es zu bedeuten hat«, rief Mrs. Munro, indem sie mit entschlossenem, gefasstem Gesichtsausdruck ins Zimmer trat. »Du hast mich gegen meinen Wunsch zum Reden gezwungen, und nun müssen wir uns beide, so gut es gehen will, damit abfinden. Mein Mann ist in Atlanta gestorben, mein Kind aber ist am Leben geblieben.«

»Dein Kind?«

Sie zog ein silbernes Medaillon aus ihrem Busen. »Du hast dies niemals offen gesehen.«

»Ich dachte, es ginge nicht auf.«

Sie drückte auf eine Feder, und die Vorderseite sprang auf. Es wurde das Porträt eines Mannes afrikanischer Abstammung sichtbar, der ausnehmend schöne und intelligente Züge besaß.

»Das ist John Hebron aus Atlanta«, sagte die Dame, »und keiner übertraf ihn an Adel der Gesinnung. Ich zerstritt mich mit allen Angehörigen meiner Rasse wegen meiner Heirat mit ihm, bereute es aber, solange er am Leben blieb, keinen Augenblick. Es war unser Unglück, dass unser einziges Kind mehr seinem Volk als meinem nachkam. Das kommt oft in solchen Ehen vor, und unsere kleine Lucy ist weit dunkler, als ihr Vater je war. Aber dunkel oder hell, sie ist ein liebes kleines Mädchen und mein Schatz.«

Bei diesen Worten sprang die Kleine auf, lief auf die Dame zu und verbarg ihr Gesicht in deren Kleid.

»Dass ich sie in Amerika ließ«, fuhr Mrs. Munro fort, »geschah nur, weil sie von zarter Gesundheit war und der Wechsel ihr hätte schaden können. Sie war der Obhut einer treuen Schottin anvertraut, die vorher in unserem Dienst gestanden hatte. Keinen Augenblick ist es mir auch nur im Traum in den Sinn gekommen, sie als mein Kind verleugnen zu wollen. Als uns das Schicksal aber zusammenführte, Jack, und ich dich lieben lernte, fürchtete ich mich, dir etwas von meinem Kind zu sagen. Gott möge mir vergeben, aber ich glaubte, ich würde dich verlieren, und hatte nicht den Mut, mit dir darüber zu reden. Ich musste zwischen euch beiden wählen, und in meiner Schwäche wandte ich mich von meinem eigenen kleinen Mädchen weg. Drei Jahre lang habe ich ihre Existenz vor dir verborgen gehalten, aber ihre Pflegerin schickte mir Nachrichten, und ich wusste, dass es ihr gut ging. Schließlich konnte ich aber der Sehnsucht nach dem Kind nicht länger widerstehen, und vergebens war mein Bemühen, sie zu unterdrücken. Obgleich ich mir der Gefahr bewusst war, beschloss ich, das Kind herüberkommen zu lassen, und wäre es auch nur auf ein paar Wochen. Ich schickte der Pflegerin hundert Pfund und gab ihr Anweisung zu diesem Haus, sodass sie meine Nachbarin werden könnte, ohne dass ich doch in irgendwelcher Beziehung zu ihr zu stehen schiene. Um recht vorsichtig zu sein, ließ ich das Kind tagsüber nicht aus dem Hause gehen und sein kleines Gesicht und seine Hände mit einer Maske bedecken, damit sich nicht etwa, wenn es jemand am Fenster sähe, das Gerücht verbreiten könnte, es befinde sich hier ein schwarzes Kind[7]. Wäre ich weniger vorsichtig gewesen, so

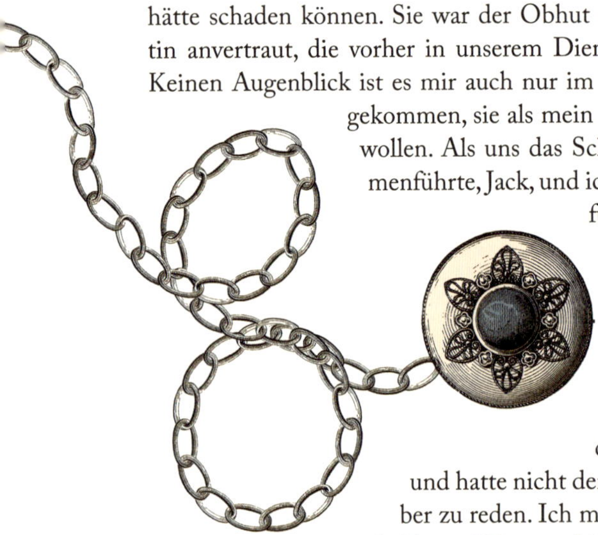

hätte ich vielleicht klüger gehandelt, aber ich war halb wahnsinnig vor Angst, du könntest die Wahrheit erfahren. Du hast mir zuerst mitgeteilt, dass das Häuschen wieder bezogen sei. Nun hätte ich bis zum Morgen warten sollen, aber ich konnte vor Aufregung nicht schlafen, und so schlich ich mich endlich davon, da ich ja wusste, wie schwer du aufzuwecken warst. Aber du sahst mich gehen, und damit fing meine Not an. Am nächsten Tag hattest du es in der Hand, meinem Geheimnis auf die Spur zu kommen, aber du warst großmütig genug, deinen Vorteil nicht zu verfolgen. Drei Tage später waren Kind und Pflegerin kaum zur Hintertür hinaus, als du zur vorderen hereinstürztest. Und heute weißt du nun alles, und ich frage dich: Was soll aus uns, meinem Kind und mir, werden?« Sie schlug ihre Hände zusammen und wartete auf Antwort.

Es dauerte lange zwei Minuten, ehe Grant Munro das Schweigen brach; aber an die Antwort, die er gab, werde ich mich immer gerne erinnern. Er hob die Kleine auf, küsste sie, streckte dann, das Kind auf dem Arme behaltend, der Mutter die Hand hin und wandte sich der Tür zu.

»Wir können die Sache gemütlicher daheim besprechen«, sagte er. »Ich bin kein sehr guter Mann, Effie, aber ich denke doch, ich bin besser, als du mich eingeschätzt hast.«

Holmes und ich folgten ihnen auf dem Heckenweg. Als wir auf die Straße kamen, zupfte mich mein Freund am Ärmel und flüsterte mir zu: »Ich denke, wir können uns in London nützlicher machen als in Norbury.«

Nicht ein Wort äußerte er weiter über den Fall, bis er sich spätabends mit einer brennenden Kerze in der Hand in sein Schlafzimmer begab.

»Watson!«, sagte er. »Sollte es Ihnen einmal so vorkommen, als würde ich etwas zu selbstbewusst oder verwendete weniger Mühe auf einen Fall, als er verdient, so flüstern Sie mir, bitte, nur das eine Wort *Norbury* ins Ohr, und ich werde Ihnen dankbar sein!«

Eine sonderbare
Anstellung

Kurz nach meiner Hochzeit hatte ich eine Praxis im Stadtteil Paddington gekauft. Der alte Mr. Farquhar, von dem ich sie erwarb, hatte einst eine ausgezeichnete Allgemeinpraxis; aber sein Alter und ein Leiden von der Art des Veitstanzes[8], an dem er litt, hatten sie sehr ausgedünnt. Die Öffentlichkeit geht nicht umsonst von dem Grundsatz aus, dass derjenige, der andere heilen will, selbst gesund sein muss, und blickt misstrauisch auf die heilenden Kräfte des Mannes, dessen eigener Fall außerhalb der Reichweite seiner Medikamente liegt. Als mein Vorgänger schwächer wurde, ging seine Praxis zurück, bis sie, als ich sie von ihm kaufte, von zwölfhundert auf wenig mehr als dreihundert pro Jahr gesunken war. Ich hatte jedoch Vertrauen in meine eigene Jugend und Energie und war überzeugt, dass der Betrieb in wenigen Jahren wieder so florieren würde wie früher.
Drei Monate lang, nachdem ich die Praxis übernommen hatte, war ich sehr intensiv mit der Arbeit beschäftigt und sah meinen Freund Sherlock Holmes nur selten, denn ich war zu beansprucht, um die Baker Street zu besuchen, und er selbst ging nur selten irgendwohin, wenn er nicht beruflich unterwegs war. Ich war daher überrascht, als ich eines Morgens im Juni, als ich nach dem Frühstück das **British Medical Journal** las, ein Klingeln hörte, gefolgt von der hohen, etwas schrillen Stimme meines alten Gefährten.
»Mein lieber Watson«, sagte er eintretend, »wie freue ich mich, Sie wiederzusehen! Ich hoffe, Ihre Frau hat sich von allen Aufregungen bei unserem Abenteuer mit dem *Zeichen der Vier* vollkommen erholt.«
»Danke – wir sind beide wohlauf!«, sagte ich, ihm herzlich die Hand schüttelnd.
»Ich hoffe aber auch«, fuhr er fort und setzte sich in den Schaukelstuhl, »dass Sie über die Sorgen des ärztlichen Berufes nicht alles Interesse an unseren kleinen Problemen und Schlussfolgerungen verloren haben.«

»Ganz im Gegenteil. Erst gestern Abend habe ich meine alten Notizen durchgeblättert und einige unserer früheren Erlebnisse hinzugefügt.«
»Sie halten aber Ihre Sammlung doch nicht für abgeschlossen?«
»Durchaus nicht – ich wünsche mir noch mehr solche Abenteuer.«
»Vielleicht heute?«
»Sehr gern heute, wenn Sie möchten.«
»Auch wenn die Reise bis nach Birmingham geht?«
»Sicher.«

»Und die Praxis?«
»Ich übernehme die Kranken eines Kollegen, sooft er verreist, und er ist immer bereit, mir Gegendienste zu leisten.«
»Das ist ja vortrefflich«, rief Holmes. Dann lehnte er sich in den Stuhl zurück und sah mich unter seinen halb geschlossenen Augenlidern scharf an. »Mir scheint, Sie sind kürzlich krank gewesen? Eine Erkältung im Sommer ist immer etwas angreifend.«
»Ich habe letzte Woche wegen eines riesigen Schnupfens drei Tage das Haus hüten müssen; aber ich dachte, jede Spur davon abgeschüttelt zu haben.«
»Jawohl! – Sie sehen vortrefflich aus.«
»Nun woher wissen Sie es dann?«
»Mein lieber Freund, Sie kennen doch meine Methoden.«
»Also, mittels einer Schlussfolgerung?«
»Gewiss.«
»Und was brachte Sie darauf?«
»Ihre Hausschuhe.«
Ich blickte auf meine Glanzlederschuhe. »Wie in aller Welt –?«, begann ich; aber Holmes beantwortete meine Frage, ehe sie ausgesprochen war.

»Ihre Hausschuhe sind neu«, sagte er; »die Sohlen, die Sie mir eben so freundlich zeigten, sind aber leicht angesengt. Zuerst meinte ich, sie seien vielleicht nass geworden und beim Trocknen verbrannt; aber in der Mitte klebt noch eine kleine runde Papiermarke mit der Firma des Fabrikanten. Durch die Feuchtigkeit hätte sie sich natürlich abgelöst – also hatten Sie mit ausgestreckten Füßen am Feuer gesessen, was ein vernünftiger Mensch doch nicht einmal in einem so nassen Sommer wie diesem tun würde, wenn er vollständig gesund ist.«

Wie bei allen merkwürdigen Schlüssen meines Freundes schien die Sache auch diesmal die Einfachheit selbst, sobald Holmes sie erklärte. Er las mir diesen Gedanken vom Gesicht ab und lächelte mit einem Anflug von Bitterkeit. »Ja, ja«, sagte er, »ich schade mir immer selbst, wenn ich mich auf Erklärungen einlasse. Eine Wirkung, deren Ursache man nicht kennt, macht viel mehr Eindruck. – Sie kommen also mit nach Birmingham?«

»Unbedingt. Was ist es für ein Fall?«

»Das werde ich Ihnen in der Bahn erzählen. Mein Klient wartet draußen in dem Wagen. Sie sind doch schnell fertig?«

»Einen Augenblick.« Ich schrieb einen Zettel an meinen Kollegen, lief die Treppe hinauf, um meiner Frau Bescheid zu geben, und traf mit Holmes an der Haustür zusammen.

»Ihr Nachbar ist auch Doktor?«, fragte er und deutete auf das Messingschild.

»Ja, er übernahm seine Praxis zur selben Zeit wie ich.«

»Eine alte Praxis?«

»Nicht älter als meine; beide bestehen, seitdem die Häuser erbaut sind.«

»Da ist Ihnen der bessere Teil zugefallen.«

»Das meine ich auch, aber woher wissen Sie es?«

»Ich sehe es an den Türschwellen, alter Junge. Bei Ihnen sind die Stufen erheblich tiefer ausgetreten als bei ihm. – Aber hier, dieser Herr im Wagen ist mein Klient, Mr. Hall Pycroft.

Erlauben Sie, dass ich Sie ihm vorstelle. – Nun vorwärts, Fahrer. Wir haben gerade noch Zeit, den Zug zu erreichen.«

Der Herr, dem ich im Wagen gegenübersaß, war ein hochgewachsener junger Mann mit offenem, ehrlichem Gesicht, blühenden Farben und einem krausen, blonden Bärtchen. Sein sorgfältig gebürsteter Hut und der saubere schwarze Anzug, den er trug, verrieten den ehrsamen Londoner Bürger aus der Klasse, welche die strammsten Freiwilligen und besten Turner zu liefern pflegt. Von Natur besaß sein rundes, frisches Gesicht den Ausdruck jugendlicher Heiterkeit, doch jetzt ließ er die Mundwinkel vor Verzweiflung herabhängen, und das sah bei ihm sehr komisch aus. Was ihn in seiner Not zu Sherlock Holmes getrieben hatte, erfuhr ich übrigens nicht, bis wir in unserem Abteil erster Klasse die Fahrt nach Birmingham angetreten hatten.

»Jetzt bleiben wir siebzig Minuten ganz ungestört«, erklärte Holmes, »und ich bitte Sie, Mr. Pycroft, meinem Freund hier Ihre interessanten Erlebnisse, genau wie Sie sie mir mitgeteilt haben oder womöglich noch ausführlicher, zu wiederholen. Es wird mir von Nutzen sein, die Ereignisse noch einmal der Reihe nach zu hören. Der Fall mag von Bedeutung sein oder nicht, Watson, jedenfalls hat er etwas Ungewöhnliches, Fremdartiges an sich, was Sie vermutlich ebenso reizen wird wie mich. – Nun also, wenn's beliebt, Mr. Pycroft! Ich werde Sie nicht mehr unterbrechen.«

Unser junger Gefährte streifte mich mit einem etwas befangenen Seitenblick und begann: »Das Schlimmste bei der Geschichte ist, dass ich mich so verdammt habe zum Narren machen lassen. Es kann ja natürlich noch alles ausgeglichen werden, und ich sehe auch nicht ein, wie ich's hätte anders machen sollen. Wenn ich aber meine Stelle verliere und nichts als das Nachsehen behalte, wird's mich gehörig wurmen, dass ich ein solcher Dummkopf gewesen bin. – Ich habe kein Erzählertalent, Doktor Watson, aber Sie sollen hören, wie mir's ergangen ist:

Ich hatte eine Anstellung bei *Coxon & Woodhouse*. In diesem Frühjahr ließ sich die Firma mit der Venezuela-Anleihe hinters Licht führen, Sie erinnern sich wahrscheinlich daran – und da ging das Geschäft in die Brüche. Fünf Jahre war ich dort gewesen, und der alte Coxon gab mir ein ausgezeichnetes Zeugnis, als der Krach kam. Aber natürlich wurden wir Gehilfen, alle siebenundzwanzig, entlassen.

Ich versuchte es hier und dort; doch weil, wie Sie sich denken können, die jungen Leute haufenweise in der gleichen Situation waren wie ich, konnte man lange Zeit nirgends ankommen. Bei Coxon hatte ich drei Pfund die Woche gehabt und alles in allem etwa siebzig Pfund zurückgelegt, aber mein Gespartes war bald aufgebraucht. Schließlich saß ich gründlich in der Klemme und wusste kaum noch, woher ich Briefpapier und Briefmarken nehmen sollte, um die verschiedenen Anzeigen zu beantworten. Die Stiefelsohlen hatte ich mir schon auf den vielen Bürotreppen abgelaufen, und noch immer war keine Aussicht auf einen Posten für mich vorhanden.

Endlich las ich, dass *Mawson & Williams*, die große Maklerfirma in der Lombard Street, eine Stelle ausgeschrieben hatte. Wahrscheinlich halten Sie nicht viel von dieser Stadtgegend, aber das kann ich Ihnen sagen, es ist eins der reichsten Häuser in London. Etwaige Bewerber sollten sich nur schriftlich melden. Das tat ich und schickte auch meine Zeugnisse ein, aber ohne die geringste Hoffnung auf Erfolg. Da kam jedoch umgehend der Bescheid, dass ich mich am nächsten Montag vorstellen und mein neues Amt sogleich übernehmen könne, falls meine Persönlichkeit nicht missfiele.

Weiß der Himmel, wie es bei solchen Bewerbungen zugeht. Manche Leute behaupten, der Geschäftsführer greife zufällig in

den Haufen von Bewerbungen und wähle die erstbeste, die ihm in die Hand fällt. Wie dem auch sein mag, diesmal hatte es mich getroffen, und wer war glücklicher als ich! – Mein Gehalt betrug ein Pfund mehr die Woche als bei Coxon und die Arbeit war ungefähr dieselbe.
Nun komme ich aber zu dem absonderlichen Teil der Angelegenheit: Ich wohnte zur Miete draußen Richtung Hampstead, Potter's Terrace Nr. 17 war meine Adresse. Am selben Abend, nachdem mir die Stelle versprochen war, sitze ich in meinem Zimmer und lasse mir vergnügt eine Pfeife schmecken; da bringt mir die Wirtin eine Karte herein, auf der **Arthur Pinner, Geschäftsagent** gedruckt stand. Diesen Namen hatte ich niemals gehört und konnte mir nicht denken, was der Mann von mir wollte; aber natürlich sagte ich der Wirtin, sie möge den Herrn bitten, heraufzukommen. Ein mittelgroßer Mann trat ein, schwarz von Haar und Bart und mit stark gebogener Nase; er sprach lebhaft und in bestimmtem Ton, wie jemand, der keine Zeit verlieren will.
›Mr. Pycroft, wenn ich nicht irre?‹
›Der bin ich‹, antwortete ich und schob ihm einen Stuhl hin.
›Bisher bei *Coxon & Woodhouse* angestellt?‹
›Jawohl.‹
›Und jetzt bei Mawson angestellt?‹
›Ganz recht.‹
›Was mich zu Ihnen führt, Sir, ist, dass ich viel Gutes von Ihrer kaufmännischen Begabung gehört habe. Sie erinnern sich wohl an Parker, der Geschäftsführer bei Coxon war? Er ist voll des höchsten Lobes für Sie.‹
Natürlich hörte ich das sehr gern. Ich war zwar immer recht fleißig im Büro gewesen, aber doch hätte ich mir nie träumen lassen, dass man in der Kaufmannswelt so von mir spräche.
›Sie haben ein gutes Gedächtnis?‹, fragte er weiter.
›Ziemlich gut‹, erwiderte ich bescheiden.

›Sind Sie, während Sie keine Anstellung hatten, beim Börsenkurs auf dem Laufenden geblieben?‹
›Jawohl, ich lese jeden Morgen den Kurszettel.‹
›Wirklich – nun, das zeugt von wahrem Eifer; dabei können Sie es zu etwas bringen. Mit Ihrer Erlaubnis möchte ich Sie ein wenig auf die Probe stellen. – Warten Sie einmal: Wie stehen die Ayrshire-Pfandbriefe?‹
›Einhundertfünf bis fünfeinhalb.‹
›Und die Neuseeland-Konsols?‹
›Einhundertvier.‹
›Die Britischen Broken Hills?‹
›Sieben bis sieben und ein halb.‹
›Wunderbar!‹, rief er und schlug die Hände zusammen. ›Das passt zu allem, was ich von Ihnen gehört habe. Junger Mann, junger Mann, Sie sind viel zu gut, um Schreiber bei Mawson zu werden.‹
Dieser Ausspruch setzte mich einigermaßen in Erstaunen, wie Sie sich denken können. ›Hm‹, sagte ich, ›andere Leute scheinen doch keine so hohe Meinung von mir zu haben wie Sie, Mr. Pinner. Es war schwer genug, wieder eine Stellung zu finden, und ich bin sehr froh, dass ich sie bekommen habe.‹
›Puh, junger Mann, Sie sollten viel höher streben‹, fing er wieder an. ›Sie sind noch gar nicht in Ihrer rechten Sphäre. Hören Sie auf mich! – Was ich Ihnen bieten kann, ist im Verhältnis zu Ihren Fähigkeiten wenig genug, aber mit Mawsons Stelle verglichen ist es wie Tag und Nacht. Lassen Sie uns noch einmal überlegen. – Wann gehen Sie zu Mawson?‹
›Nächsten Montag.‹
›Ha!‹, lachte er. ›Ich möchte wohl eine kleine Wette wagen, dass Sie gar nicht eintreten.‹

›Ich – nicht bei Mawson?‹

›Nein, Sir. An dem Tag werden Sie Geschäftsführer der *Franco-Midland Hardware Company, Limited,* für Eisen- und Stahlwaren sein, die hundertvierunddreißig Zweiggeschäfte in verschiedenen Städten und Dörfern Frankreichs hat, eins in Brüssel und eins in San Remo gar nicht zu rechnen.‹

Das nahm mir fast den Atem. ›Davon habe ich noch nie gehört‹, sagte ich.

›Natürlich‹, erwiderte er. ›Man hat es nicht an die große Glocke gehängt; die Kapitalien wurden alle unter der Hand gezeichnet, solche Werte braucht man nicht erst öffentlich auszuschreiben. Mein Bruder, Harry Pinner, ist Mitbegründer der Gesellschaft und tritt sofort nach Zeichnung der Aktien als Direktor in den Vorstand. Er wusste, dass ich mit den hiesigen Verhältnissen vertraut bin, und bat mich, ihm einen tüchtigen Mann unter günstigen Bedingungen zu verschaffen – einen jungen, strebsamen, schneidigen Menschen. Parker sprach von Ihnen, und das hat mich heute Abend hergeführt. Als Anfangsgehalt können wir Ihnen zwar nur lumpige fünfhundert Pfund bieten –‹

›Fünfhundert das Jahr!‹, rief ich.

›Anfangs nicht mehr; aber Sie würden obendrein eine Provision von einem Prozent bei jedem Geschäft erhalten, das durch Ihre Vermittlung zustande kommt. Diese Einnahme wird Ihr Gehalt übersteigen; Sie können mir das aufs Wort glauben.‹

›Ich verstehe aber nichts von Stahlwaren.‹

›Macht nichts, mein Lieber! Sie verstehen umso mehr von Zahlen.‹

Mir schwirrte es im Kopf; kaum konnte ich noch still sitzen auf meinem Stuhl. Aber plötzlich kamen mir allerlei Zweifel. ›Ich muss ganz offen mit Ihnen reden‹, sagte ich. ›Mawson gibt mir nur zweihundert Pfund – aber Mawson ist sicher. Von Ihrer Gesellschaft weiß ich wirklich so wenig, dass –‹
›Aha, höchst schlau!‹, rief er, wie außer sich vor Entzücken. ›Sie sind der wahre Mann für uns, Sie lassen sich nicht beschwatzen – und tun auch ganz recht daran. – Hier ist eine Hundertpfundnote; wenn Sie meinen, dass wir uns miteinander verständigen können, so stecken Sie den Schein einfach in die Tasche, als Vorschuss auf Ihr Gehalt.‹
Das entwaffnete mich gänzlich. ›In Ordnung‹, sagte ich, ›und wann würde ich mein neues Amt antreten müssen?‹
›Seien Sie morgen um ein Uhr in Birmingham‹, antwortete er; ›ich habe hier einen Brief an meinen Bruder, den Sie ihm bringen sollen. Sie finden ihn in der Corporation Street 126 b, wo die Gesellschaft vorläufig ihr Büro hat. Er muss natürlich Ihre Anstellung bestätigen, aber – unter uns gesagt – es ist alles so gut wie abgemacht.‹
›Ich weiß wirklich nicht, Mr. Pinner, wie ich Ihnen danken soll‹, rief ich.
›Nicht doch, mein Bester. Sie erhalten nur, was Sie verdienen. – Nun noch zwei Kleinigkeiten – nur der Form wegen – über die wir uns einigen müssen. Dort neben Ihnen liegt ein Blatt Papier. Schreiben Sie:

Ich erkläre mich hierdurch bereit,
in die Franco-Midland Hardware Company, Limited für ein Anfangsgehalt von 500 Pfund als Geschäftsführer einzutreten.‹

Ich tat, was er verlange, und er steckte das Papier ein.
›Und nun noch eins‹, sagte er. ›Was denken Sie wegen Mawson zu tun?‹
Ich hatte Mawson in meiner Freude ganz vergessen. ›Ich werde ihm sogleich schreiben und absagen.‹

›Wissen Sie, davon würde ich entschieden abraten. Ich habe nämlich Ihretwegen mit Mawsons Geschäftsführer einen kleinen Wortwechsel gehabt. Als ich dort war, um Erkundigungen über Sie einzuholen, wurde er sehr unverschämt, beschuldigte mich, Sie seiner Firma abspenstig machen zu wollen und dergleichen. Schließlich verlor ich die Geduld und sagte ihm: ‚Wenn Sie tüchtige Leute haben wollen, so müssen Sie sie auch anständig bezahlen.' Darauf erwiderte er: ‚Pycroft wird lieber unser kleines Gehalt nehmen als Ihr großes' – ‚Und ich wette eine Fünfpfundnote, dass Sie nichts mehr von ihm zu hören bekommen, wenn ich ihm mein Angebot mache', rief ich. ‚Gut, es gilt', sagte er, ‚wir haben ihn von der Straße aufgelesen, und er wird uns anhängen wie eine Klette.' Das waren seine eigenen Worte.‹

›Der unverschämte Mensch!‹, rief ich. ›Ich habe ihn nie im Leben mit Augen eigenen gesehen und brauche auch keine besondere Rücksicht auf ihn zu nehmen. Unter solchen Umständen werde ich also nicht an ihn schreiben.‹

›Richtig so – ich nehme Sie beim Wort‹, sagte er und stand auf. ›Hier ist Ihr Vorschuss von hundert Pfund und hier der Brief. Notieren Sie sich die Adresse: Corporation Street 126 b und versäumen Sie nicht, morgen um ein Uhr an Ort und Stelle zu sein. Gute Nacht! Ich wünsche Ihnen alles Glück, das Sie verdienen.‹ – Weiter ist nichts zwischen uns verhandelt worden, soviel ich mich erinnere. Sie können sich denken, Doktor, wie aufgeregt ich über einen so außergewöhnlichen Glücksfall war. Ich tat vor lauter Entzücken die halbe Nacht hindurch kein Auge zu. Am nächsten Tage fuhr ich mit dem Frühzug nach Birmingham und kam lange vor der verabredeten Zeit dort an. Meine Sachen schaffte ich in ein Hotel und sah mich dann nach der Adresse um. Es war noch eine Viertelstunde zu früh, doch ich dachte, das würde nicht schaden. Die Nummer 126 b stand über einem Durchgang zwischen zwei großen Kaufläden. Er führte zu einer steinernen Wendeltreppe, durch die man in die oberen Stockwerke gelangte, in denen Büros an Geschäftsleute und Anwälte vermietet waren. Alle Namen der Inhaber konnte man unten auf einer Tafel an der Wand lesen; aber die *Franco-Midland Hardware Company, Limited* war nicht darunter! Ein paar Minuten stand ich starr da, und mir sank aller Mut. War etwa die ganze Sache nichts als ein riesiger Schwindel? Da trat ein Herr auf mich zu. Er sah meinem Besucher vom vorhergehenden Abend sehr ähnlich, dieselbe Gestalt, dieselbe Stimme, nur war er glatt rasiert und hatte helleres Haar.

›Sind Sie Mr. Hall Pycroft?‹, fragte er.

›Der bin ich.‹

›Ah, ich erwartete Sie; aber Sie kommen etwas zu früh. Ich erhielt heute früh einen Brief von meinem Bruder; er lobt Sie in den höchsten Tönen.‹

›Ich sah mich vergebens nach einem Schild der Gesellschaft um, als Sie kamen.‹

›Der Name ist noch nicht angeschlagen; wir haben diese Geschäftsräume erst letzte Woche vorläufig gemietet. – Kommen Sie mit mir und lassen Sie uns alles besprechen.‹

Ich folgte ihm eine sehr hohe Treppe bis dicht unter das Dach hinauf, wo er mich in ein paar leere, staubige, kleine Zimmer ohne Teppich und Vorhänge führte. Mir hatte ein großer Raum mit polierten Tischen und einer Reihe von Gehilfen vorgeschwebt, wie ich es gewohnt war; so starrte ich denn etwas verblüfft auf die beiden Holzstühle und den kleinen Tisch, welche nebst einem Notizbuch und einem Papierkorb fast die ganze Einrichtung ausmachten.

›Lassen Sie sich nicht entmutigen, Mr. Pycroft‹, sagte mein neuer Bekannter, als er sah, was ich für ein langes Gesicht machte. ›Rom ist nicht in einem Tage erbaut worden, und wir besitzen reiche Geldmittel, wenn wir auch mit unseren Geschäftsräumen noch nicht so wirken. Setzen Sie sich und geben Sie mir Ihren Brief.‹

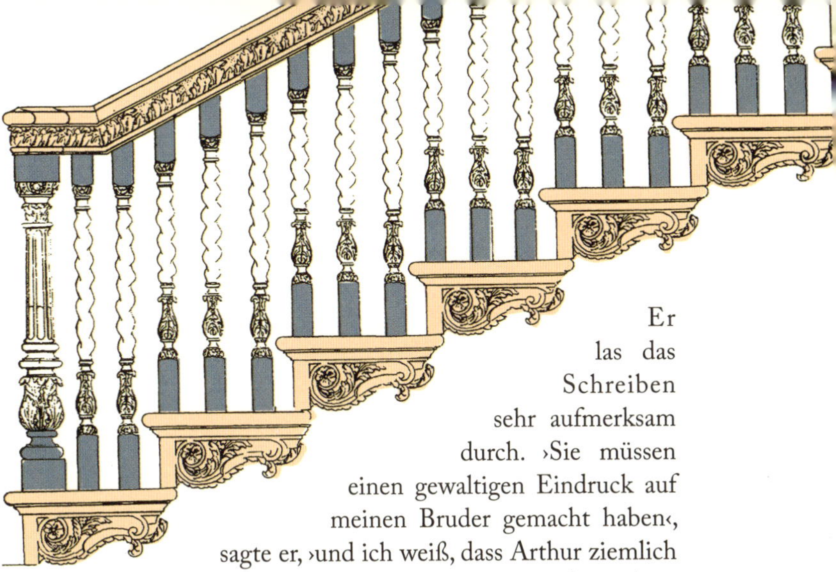

Er las das Schreiben sehr aufmerksam durch. ›Sie müssen einen gewaltigen Eindruck auf meinen Bruder gemacht haben‹, sagte er, ›und ich weiß, dass Arthur ziemlich scharf urteilt. Natürlich lässt er nichts gelten, was nicht aus London kommt, und ich bin ganz für Birmingham; aber diesmal werde ich seinem Rat folgen. Betrachten Sie sich als fest angestellt.‹

›Und was sind meine Aufgaben?‹, fragte ich.

›Sie werden wahrscheinlich sehr bald die Leitung der großen Niederlassung in Paris übernehmen müssen, die mit ihren Sendungen englischer Stahlwaren die Läden unserer hundertvierunddreißig Agenten in Frankreich zu versorgen hat. Der Einkauf soll in der nächsten Woche beendet sein. Bis dahin bleiben Sie in Birmingham und machen sich hier nützlich.‹

›Auf welche Weise?‹

Statt der Antwort nahm er ein dickes rotes Buch aus der Schublade. ›Hier ist ein Adressbuch von Paris; die Geschäfte stehen immer hinter den Namen. Nehmen Sie es mit nach Hause und machen Sie mir einen Auszug von allen Eisenwarenhandlungen. Es wird mir von größtem Nutzen sein, das Verzeichnis zu haben.‹

›Es muss aber doch fertige Geschäftsadressen geben‹, erlaubte ich mir zu bemerken.

›Keine zuverlässigen. Das französische System ist nicht wie unseres. Machen Sie sich an die Arbeit, damit ich die Liste bis Montag um zwölf Uhr habe. Und nun leben Sie wohl, Mr. Pycroft. Wenn Sie weiter Eifer und Verständnis zeigen, werden Sie sich über die Firma nicht zu beklagen haben.‹

Mit dem dicken Buch unter dem Arm ging ich, von sehr gegensätzlichen Gefühlen bewegt, in mein Hotel zurück. Einerseits war ich angestellt und trug meine Hundertpfundnote in der Tasche; andererseits aber hatten auf mich das armselige Aussehen des Büros, der fehlende Name der Firma und noch einige Punkte, die einem Geschäftsmann befremdlich vorkommen, einen recht schlechten Eindruck gemacht. Indessen, was auch daraus werden mochte, ich hatte das Geld und meine Aufgabe. Den ganzen Sonntag über blieb ich bei der Arbeit, und doch war ich am Montag nur bis zum H gelangt. Ich ging zu meinem Vorgesetzten, fand ihn in demselben kahlen Zimmer und erhielt die Anweisung, bis Mittwoch fortzuarbeiten und dann wiederzukommen. Beenden konnte ich die Liste auch bis zum Mittwoch nicht, und so machte ich weiter bis Freitag – das heißt bis gestern. Dann brachte ich Mr. Harry Pinner das fertige Verzeichnis.

›Ich danke Ihnen sehr‹, sagte er, ›vermutlich habe ich die Schwierigkeit der Aufgabe unterschätzt. Die Liste wird aber von wesentlichem Wert für mich sein.‹

›Sie hat viel Zeit gekostet‹, bemerkte ich.

›Nun bitte ich Sie, mir ein Verzeichnis der Möbelhandlungen anzufertigen, die zugleich auch Stahlwaren verkaufen.‹

›Sehr wohl.‹

›Sie können sich morgen Abend um sieben Uhr hier einstellen und mir sagen, ob Sie gut vorwärtskommen. Strengen Sie sich aber nicht zu sehr an. Ein paar Abendstunden in der Day's Music Hall[9] werden Ihnen nach der Arbeit wohltun.‹ Bei diesen Worten lachte er, und ich sah, dass sein zweiter Zahn auf der linken Seite schlecht mit Gold gefüllt war – das fuhr mir durch alle Glieder.«

Sherlock Holmes rieb sich die Hände vor Vergnügen, während ich unseren Klienten verwundert anstarrte.

»Ich begreife Ihr Erstaunen, Doktor«, fuhr er fort; »die Sache verhält sich nämlich folgendermaßen: Als der andere Herr in London während unserer Unterhandlung darüber lachte, dass ich nicht bei Mawson eintreten würde, hatte ich zufällig bemerkt, dass derselbe Zahn bei ihm genauso plombiert war. Damals wie jetzt war mir das Blinken des Goldes aufgefallen. Bedachte ich nun, dass die beiden sich auch in Stimme und Gestalt genau glichen und nur in dem verschieden waren, was sich mit Hilfe von Rasiermesser und Perücke leicht verwandeln ließ, so musste mir einleuchten, dass derselbe Mann vor mir stand. Zwei Brüder können sich freilich ähnlich sehen – aber doch kaum in der Füllung ihrer Zähne.

Als ich mich von ihm verabschiedet hatte und wieder auf der Straße war, wusste ich kaum noch, ob ich bei Sinnen sei. Im Hotel angekommen, goss ich mir einen Krug kaltes Wasser über den Kopf und versuchte meine Gedanken zu ordnen. Weshalb hatte er mich nach Birmingham geschickt? Weshalb war er dort vor mir eingetroffen? Weshalb hatte er einen Brief an sich selber geschrieben? Es überstieg meine Fassungskraft, ich konnte weder Sinn noch Verstand darin finden. Da fiel mir plötzlich ein, dass, was mir unergründlich war, Mr. Holmes vielleicht ganz plausibel erklären könne. Ich hatte gerade noch Zeit, mit dem Nachtzug London zu erreichen, Sie am Morgen aufzusuchen und mit Ihnen beiden nach Birmingham zurückzufahren.«

Als er mit dem Bericht über seine merkwürdigen Erlebnisse zu Ende war, entstand eine Pause. Holmes lehnte sich in die Kissen zurück und sah mich mit wohlgefälligem und doch prüfendem Blick an, wie ein Kenner, der den ersten Schluck eines hochgelobten Jahrgangs kostet.

»Wunderbar, Watson, nicht wahr?«, rief er. »Einige Punkte gefallen mir ganz besonders. Meinen Sie nicht auch, dass eine Zusammenkunft mit Mr. Arthur Harry Pinner in dem Büro der *Franco-Midland Hardware Company, Limited*, für uns beide recht interessant sein würde?«

»Aber wie sollen wir das angehen?«, fragte ich.

»Oh, ganz einfach«, versicherte Pycroft vergnügt. »Sie sind ein paar Freunde von mir, die eine Stellung suchen, und was kann natürlicher sein, als dass ich Sie dem Direktor vorstelle?«

»Natürlich! Selbstverständlich!«, rief Holmes. »Ich möchte mir diesen Herrn ansehen und versuchen, ob ich ihm nicht bei seinem Spiel in die Karten gucken kann. Nun, mein Freund, zu was für Diensten könnten wir uns denn etwa anbieten oder wäre es möglich –?« Damit versank er in tiefes Nachdenken, kaute an seinen Nägeln und starrte aus dem Fenster. Wir bekamen kaum ein Wort von ihm zu hören, bevor wir Birmingham und das Hotel erreicht hatten.

Um sieben Uhr abends gingen wir alle drei zusammen in die Corporation Street zu dem Büro der Firma.

»Es ist zwecklos«, bemerkte unser Klient, »wenn wir zu früh dort sind. Er kommt offenbar nur meinetwegen hin, denn bis dahin ist der Ort völlig verlassen.«

»Das gibt zu denken«, meinte Holmes.

»Dort«, rief jetzt Pycroft, »sagte ich's nicht – da geht er vor uns.« Er zeigte auf einen schmächtigen, wohlgekleideten Mann mit hellbraunem Haar, der die andere Seite der Straße entlanghastete. Während wir ihn beobachteten, sah er zu einem Jungen hinüber, der gerade die neueste Abendzeitung ausrief. Rasch drängte

er sich zwischen den Fahrzeugen und Bussen hindurch, kaufte ein Blatt, ergriff es hastig und verschwand damit in einem Torweg.
»Jetzt geht er ins Büro«, sagte unser Klient, »das ist der Eingang. Kommen Sie nur, ich werde schon dafür sorgen, dass Sie keinerlei Schwierigkeiten haben.«
Ihm folgend stiegen wir bis zum fünften Stock hinauf, wo unser Klient an eine halb offen stehende Tür klopfte. Eine Stimme rief »Herein!«, und wir betraten das kahle, unmöblierte Zimmer, welches wir aus Pycrofts Beschreibung kannten.
An dem einzigen Tisch saß der Mann, den wir auf der Straße gesehen hatten; die Abendzeitung lag vor ihm ausgebreitet. Als er den Kopf erhob, glaubte ich noch nie ein Gesicht gesehen zu haben, das solchen Kummer ausdrückte und ein Entsetzen verriet, wie es nur wenige Menschen einmal im Leben befällt. Schweißtropfen standen ihm auf der Stirn, sein Gesicht war kreideweiß, und die Augen starrten wild umher. Er schien seinen Angestellten nicht gleich zu erkennen, und auch an Pycrofts verwunderter Miene merkte man leicht, dass dies keineswegs das gewöhnliche Aussehen seines Vorgesetzten war.
»Was fehlt Ihnen, Mr. Pinner?«, rief er.
»Ich fühle mich allerdings nicht ganz wohl«, erwiderte dieser, sich mit großer Anstrengung zusammenraffend; »wer sind denn die Fremden, die Sie mitbringen?«
»Mr. Harris aus Bermondsey und Mr. Price von hier«, stellte uns Pycroft mit geläufiger Zunge vor; »zwei meiner Freunde, sehr kundig im Geschäft, aber seit langer Zeit ohne Anstellung. Vielleicht ließe sich bei der Gesellschaft ein Platz für sie finden.«
»Wohl möglich, wohl möglich!«, rief Pinner mit unheimlichem Lächeln. »Kein Zweifel, wir werden etwas für Sie tun können. Was ist denn Ihr besonderes Fach, Mr. Harris?«
»Ich bin Buchhalter«, antwortete Holmes.
»Gut – wir werden Ihre Dienste brauchen; und Sie, Mr. Price?«

»Korrespondent«, sagte ich.
»Ich hoffe, dass Sie bei der Gesellschaft eintreten können; sobald ein Beschluss darüber gefasst ist, will ich Sie benachrichtigen. Aber bitte, nun gehen Sie wieder. Lassen Sie mich um Gottes willen allein!«
Er stieß die letzten Worte heraus, als ob der Zwang, den er sich bisher angetan, plötzlich über seine Kräfte ginge. Holmes und ich sahen einander befremdet an, während Pycroft sich dem Tisch näherte.
»Sie vergessen, Mr. Pinner«, sagte er, »dass Sie mich herbestellt haben, um Ihre Aufträge in Empfang zu nehmen.«
»Ja, versteht sich«, antwortete er in ruhigerem Ton. »Warten Sie bitte einen Augenblick; auch Ihre Freunde können hierbleiben. In drei Minuten stehe ich Ihnen ganz zu Diensten; ich darf wohl Ihre Geduld so lange in Anspruch nehmen.« Er erhob sich mit sehr höflicher Miene, machte uns eine Verbeugung und verschwand durch eine Tür am anderen Ende des Zimmers, die er hinter sich schloss.
»Was nun?«, flüsterte Holmes. »Geht er auf und davon?«
»Unmöglich«, erwiderte Pycroft.
»Weshalb?«
»Die Tür führt in ein inneres Zimmer ohne Ausgang.«
»Ist es möbliert?«
»Gestern war es leer.«
»Was in aller Welt tut er dann drinnen? – Die Geschichte ist mir höchst rätselhaft. Wenn jemals ein Mensch halb wahnsinnig vor Entsetzen ausgesehen hat, so ist's dieser Pinner. Was kann ihm solche Angst einjagen?«
»Er hält uns für Geheimpolizisten«, meinte ich.
»Das wird's sein«, stimmte mir Pycroft bei; aber Holmes schüttelte den Kopf.
»Er wurde nicht erst so leichenblass, als wir eintraten, er war es schon vorher. Es könnte wohl sein –«

Holmes' Worte wurden durch ein lautes Klopfen unterbrochen, das aus dem Nebenzimmer zu kommen schien.
»Was zum Henker pocht er denn an seine eigene Tür?«, rief Pycroft.
Wieder kam das rat–tat–tat, aber diesmal lauter und lauter.
Wir blickten verdutzt auf die geschlossene Tür. Holmes stand mit starren Zügen, aber in heftigster Aufregung weit vorgebeugt da. Dann hörte man plötzlich einen glucksenden, gurgelnden Ton und ein schnelles Trommeln gegen eine Holzwand. Augenblicklich sprang Holmes durchs Zimmer und rannte gegen die Tür. Sie war von innen verschlossen. Seinem Beispiel folgend warfen wir uns mit aller Macht dagegen. Die Tür krachte in den Angeln und fiel schnell mit lautem Gepolter zu Boden. Wir stürmten darüber hinweg, ins Zimmer hinein – es war leer. Doch schon im nächsten Augenblick erkannten wir unseren Irrtum. In einem Winkel, dicht neben dem Zimmer, aus dem wir kamen, war eine zweite Tür. Holmes sprang hin und stieß sie auf. Ein Rock und eine Weste lagen am Boden, und an einem Haken hinter der Tür hatte sich der Direktor der *Franco-Midland Hardware Company, Limited,* an seinem eigenen Hosenträger aufgehängt. Seine Knie waren emporgezogen, sein Kopf steckte in der Schlinge, und mit den Fersen, die gegen die Holztür schlugen, verursachte er den Lärm, der uns zuerst stutzig gemacht hatte. Augenblicklich fasste ich ihn um den Leib und hielt ihn empor, während Holmes und Pycroft die elastischen Tragbänder lösten, die sich ihm fest in die Haut eingeschnürt hatten. Dann trugen wir ihn in das Nebenzimmer, wo er aschgrau im Gesicht mit blauroten Lippen keuchend dalag, nur noch ein elendes Wrack des Menschen, der er vor fünf Minuten gewesen war.

»Wie steht's mit ihm – was meinen Sie, Watson?«, fragte Holmes.
Ich beugte mich über ihn, um seinen Zustand zu untersuchen. Der Puls war schwach und setzte aus, aber die Atemzüge wurden länger, und bei dem leisen Beben der Lider zeigte sich dann und wann der Augapfel.
»Um ein Haar war's aus mit ihm«, sagte ich; »aber jetzt kommt er durch. Bitte öffnen Sie das Fenster und reichen Sie mir die Wasserflasche.«
Ich lockerte seinen Kragen, goss ihm kaltes Wasser übers Gesicht und hob und senkte seine Arme, bis er einen langen, natürlichen Atemzug tat. Nun war es nur noch eine Frage der Zeit, bis er wieder zum Bewusstsein kommen würde.
Holmes stand am Tisch, mit den Händen in den Taschen und das Kinn auf die Brust gesenkt. »Jetzt sollten wir eigentlich die Polizei rufen«, sagte er, »aber ich gestehe, dass ich ihr, wenn sie kommt, gern den fertigen Fall vorlegen möchte.«
»Ich werde ganz und gar nicht klug daraus«, rief Pycroft und fuhr sich durch das Haar. »Weshalb in aller Welt hat man mich hierhergeholt, wenn man doch –«
»Pah«, unterbrach ihn Holmes ungeduldig, »das ist alles sonnenklar; nur dieser letzte Schachzug –«
»Sie verstehen also das Übrige?«
»Nun, das liegt doch auf der Hand – nicht wahr, Watson?«
Ich zuckte die Achseln. »Ich muss gestehen, dass ich noch im Dunkeln bin.«
»Aber wenn man die ganze Sache von Anfang an überlegt, lässt sich doch nur *ein* Schluss daraus ziehen.«
»Wie erklären Sie sie sich denn?«
»Alles dreht sich um zwei Punkte. Erstens sollte Pycroft dazu gebracht werden, seinen Eintritt in den Dienst der angeblichen Aktiengesellschaft schriftlich zu erklären. Ist das nicht schon ein deutlicher Wink?«

»Was meinen Sie denn, wozu sie die Erklärung brauchten?«
»Nicht des Geschäfts wegen, denn solche Verabredungen werden meist mündlich getroffen, und hier lag kein plausibler Grund vor, eine Ausnahme zu machen. Merken Sie denn nicht, Pycroft, dass den Leuten alles daran lag, eine Probe Ihrer Handschrift zu bekommen, was sich auf keine andere Weise erreichen ließ?«

»Aber wozu denn?«
»Richtig! Wozu? Wenn wir darauf die Antwort wissen, so sind wir der Lösung unseres Problems um ein gutes Teil näher gerückt. Wozu? Es kann nur *einen* Grund dafür geben: Jemand wollte Ihre Handschrift nachmachen und musste sich zu dem Zweck erst eine Probe verschaffen. Wenn wir nun zu dem zweiten Punkt übergehen, so finden wir, dass der eine Licht auf den anderen wirft. Dieser zweite Punkt ist Pinners Verlangen, dass Sie Ihre Stellung bei Mawson nicht aufkündigen, sondern den dortigen Geschäftsführer in dem Glauben lassen sollten, ein Mr. Hall Pycroft, den er niemals gesehen hatte, werde sich am Montagmorgen im Büro einstellen.«
»Großer Gott«, rief unser Klient, »wie stockblind bin ich gewesen!«
»Jetzt wird Ihnen auch die Sache mit der Handschrift einleuchten. Jemand, dessen Schrift ganz anders war als die, mit welcher Sie sich um die Stelle bewarben, wäre natürlich gleich aufgeflogen. Aber der Betrüger eignete sich Ihre Schrift an und sicherte dadurch seine Stellung; vorausgesetzt, dass niemand im Büro Sie persönlich kannte.«
»Keine Seele«, stöhnte Pycroft.

»Natürlich war es von der größten Wichtigkeit, dass Sie nicht noch Ihren Entschluss änderten oder in Kontakt zu irgendjemand traten, der Ihnen von Ihrem Doppelgänger bei Mawson erzählen konnte. Deshalb erhielten Sie einen anständigen Vorschuss, mussten nach Birmingham reisen und bekamen genug zu tun, damit Sie sich nicht etwa einfallen ließen, nach London zurückzufahren und den Leuten ihr Spiel zu verderben.«

»Aber weshalb gab der Mensch sich für seinen eigenen Bruder aus?«

»Oh, auch das ist sehr leicht zu erklären. Augenscheinlich sind nur zwei im Komplott. Der andere stellt Sie im Büro vor. Der Erste hatte Sie angeworben; um aber einen Arbeitgeber für Sie zu finden, hätte er eine dritte Person in seinen Plan einweihen müssen, was er womöglich vermeiden wollte. Er veränderte also sein Aussehen, soweit es möglich war, und verließ sich darauf, dass Sie es der Familienähnlichkeit zuschreiben würden, wenn Ihnen die Ähnlichkeit trotzdem auffiele, was kaum ausbleiben konnte. Ohne den glücklichen Zufall mit dem plombierten Zahn hätten Sie vielleicht niemals Verdacht geschöpft.«

Pycroft schüttelte wie verzweifelt seine geballten Fäuste. »Großer Gott«, rief er, »was mag wohl der andere Hall Pycroft dort bei Mawson getan haben, während man mich hier zum Narren hielt! – Was soll aber nun geschehen, Mr. Holmes? Sagen Sie mir, was lässt sich tun?«

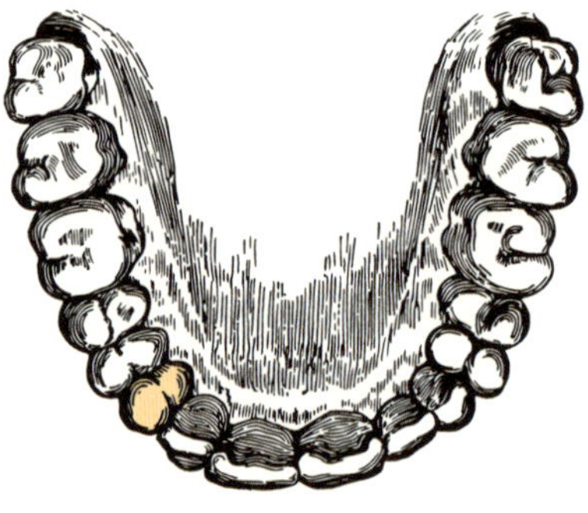

»Wir müssen an Mawson telegrafieren.«
»Am Samstag wird das Geschäft schon um zwölf Uhr geschlossen.«
»Das schadet nichts. Ein Portier oder Aufseher ist gewiss da.«
»Ganz richtig. Es ist dort Tag und Nacht ein Wächter angestellt, wegen der hohen Wertpapiere, die Mawson in Verwahrung hat. Ich habe in der Stadt davon sprechen hören.«
»Nun gut, wir telegrafieren dem Wächter und erfahren durch ihn, ob alles in Ordnung ist und ob ein Schreiber Ihres Namens dort arbeitet. So weit ist alles klar; unverständlich bleibt nur noch, warum der Gauner hier, sobald er uns gesehen hatte, hingegangen ist, um sich aufzuhängen.«
»Die Zeitung!«, krächzte eine Stimme hinter uns. Der Mensch saß aufrecht da, leichenblass und grauenhaft anzusehen; in seinen Augen konnte man das zurückkehrende Bewusstsein lesen, und er rieb mit den Händen krampfhaft an dem breiten roten Streifen, der noch seinen Hals umzog.
»Die Zeitung – natürlich!«, rief Holmes und schlug sich vor die Stirn. »Ich Narr! So voll hatte ich den Kopf von allem, was hier vorging, dass ich keinen Augenblick an die Zeitung gedacht habe, die doch das Geheimnis enthält.«
Er breitete das Blatt auf dem Tisch aus und ließ gleich darauf einen Schrei des Triumphes hören.
»Sehen Sie her, Watson! Es ist eine Londoner Zeitung, das Abendblatt des **Standard**. Hier ist, was wir brauchen. Sehen Sie nur die Überschrift: **Londoner Großverbrechen. Mord bei Mawson & Williams. Großer Raubversuch. Täter ergriffen.** – Bitte lesen Sie es uns laut vor, Watson; wir sind alle begierig, Näheres zu erfahren.«
Der Artikel stand gleich oben in der Zeitung. Offenbar bildete das Ereignis augenblicklich das Hauptinteresse in der ganzen Stadt. Der Bericht lautete wie folgt:

Ein verwegener Raubversuch, der den Tod eines Menschen zur Folge hatte und mit der Ergreifung des Mörders endete, ist heute Nachmittag in der Innenstadt unternommen worden. Seit längerer Zeit hat das bekannte Geschäftshaus von Mawson & Williams Wertpapiere in Verwahrung gehabt, deren Gesamtbetrag eine Million Pfund weit überstieg. Zur Sicherung dieses Schatzes waren umfangreiche Vorsichtsmaßregeln getroffen worden. Er befand sich in einem Geldschrank allerneuester Technik, und ein bewaffneter Wächter war Tag und Nacht im Dienst. In der vergangenen Woche nun wurde von der Firma ein neuer Schreiber namens Hall Pycroft angestellt, der aber niemand anders zu sein scheint als der berüchtigte Fälscher und Einbrecher Beddington, der samt seinem Bruder gerade erst eine fünfjährige Zuchthausstrafe abgebüßt hat. Es war ihm gelungen, sich auf bisher unaufgeklärte Weise unter falschem Namen die Stelle zu verschaffen, und er nutzte dies, um Abdrücke von verschiedenen Schlössern zu nehmen und sich Informationen über die Lage des Kassenzimmers und über die Geldschränke zu beschaffen.

Bei Mawson pflegen die Gehilfen und Beamten am Samstag das Geschäft schon um zwölf Uhr mittags zu verlassen. Als daher der Stadtpolizist Tuson zwanzig Minuten nach ein Uhr einen Herrn mit einer Reisetasche die Stufen herabkommen sah, wunderte ihn das sehr. Sein Verdacht war erregt, er folgte dem Menschen, und es gelang ihm mithilfe des Schutzmanns Pollack, den Kerl nach verzweifeltem Widerstand festzunehmen.

Es zeigte sich, dass ein riesiger Raub begangen worden war. Der Reisesack enthielt amerikanische Eisenbahnaktien, deren Wert sich etwa auf einhunderttausend Pfund belief, nebst Bergwerksobligationen und Pfandbriefen mit sehr hohem Betrag.
Bei der Hausdurchsuchung fand man den Leichnam des ermordeten Wächters in den größten Kassenschrank hineingezwängt, wo er ohne das tätige Eingreifen des Polizisten Tuson nicht vor Montagfrüh entdeckt worden wäre. Der Schädel war dem Unglücklichen mit einem Feuerhaken von hinten her eingeschlagen worden. Ohne Zweifel hatte sich Beddington, unter dem Vorwand, etwas vergessen zu haben, Eintritt verschafft, hatte den Wächter getötet, schnell den großen Kassenschrank geleert und sich mit der Beute davongemacht. Sein Bruder, der sonst immer mit ihm zu arbeiten pflegt, scheint bei diesem Unternehmen nicht beteiligt zu sein, soviel man bis jetzt weiß, doch die Polizei ist dabei, nach seinem Aufenthaltsort zu forschen.

»Da können wir der Polizei einige Mühe ersparen«, sagte Holmes mit einem Blick auf die jämmerlich zusammengekrümmte Gestalt, die im Winkel kauerte. »Die menschliche Natur ist doch ein recht wunderliches Gemisch, Watson! Sie sehen, dass selbst ein Schurke und Mörder eine solche Zuneigung erwecken kann, dass sein Bruder sich dem Selbstmord zuwendet, als er erfährt, dass er ergriffen wurde. Uns bleibt übrigens keine Wahl; wir wissen, was wir zu tun haben. Der Doktor und ich werden hier Wache halten, und Sie, Pycroft, holen unterdessen die Polizei.«

Die „Gloria Scott"

»Hier, Watson, habe ich Unterlagen«, sagte mein Freund Sherlock Holmes, als wir uns an einem Winterabend vorm Kaminfeuer gegenübersaßen, »deren Durchsicht sich sicher für Sie lohnen wird. Es sind Akten aus dem ungewöhnlichen Fall der *Gloria Scott*, und hier ist der Brief, der dem Friedensrichter Trevor ein tödliches Entsetzen bereitete.«
Damit zog er aus einer Schublade eine kleine vergilbte Rolle, machte die Schnur auf und hielt mir ein halbes schiefergraues Papier hin, auf das ein paar Zeilen gekritzelt waren. Es lautete:

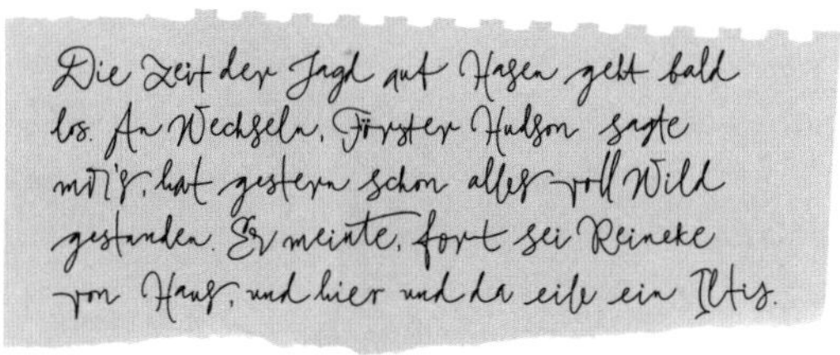
Die Zeit der Jagd auf Hasen geht bald los. An Wechseln, Förster Hudson sagte mir's, hat gestern schon alles voll Wild gestanden. Er meinte, fort sei Reineke vom Haus, und hier und da eile ein Iltis.

Als ich diese rätselhaften Worte gelesen hatte und wieder aufschaute, sah ich, wie Holmes ein Lächeln über den Ausdruck meines Gesichtes unterdrückte.
»Sie machen ein recht erstauntes Gesicht«, sagte er.
»Ich kann nicht verstehen, wie eine solche Botschaft Entsetzen einzuflößen vermochte. Sie kommt mir eher lächerlich als sonst etwas vor.«
»Allem Anschein nach. Dennoch steht die Tatsache fest, dass der Leser, ein schöner, kräftiger Mann in höherem Lebensalter, geradezu davon zu Boden geschmettert wurde wie von einem Keulenschlag.«
»Sie machen mich neugierig«, erwiderte ich. »Warum sagten Sie aber soeben, es lägen ganz besondere Gründe vor, weshalb ich mich in diesen Fall vertiefen sollte?«

»Weil es der allererste war, mit dem ich zu tun hatte.«
Schon oft hatte ich versucht, aus meinem Freund herauszulocken, was ihn zuerst auf die Detektivlaufbahn geführt hatte, aber er hatte niemals Lust auf eine Erklärung gezeigt. Jetzt rückte er sich auf seinem Lehnstuhl etwas nach vorn und rollte die Papiere auf seinen Knien auseinander. Dann zündete er seine Pfeife an und saß eine Weile schweigend da, während seine Augen die Seiten überflogen.
»Sie haben mich niemals von Victor Trevor reden hören?«, fragte er mich endlich. »Er war während meiner zweijährigen Studienzeit mein einziger Freund. Sehr gesellig bin ich nie gewesen, Watson, ich ging lieber grübelnd in meinen vier Wänden meinen eigenen kleinen Ideen nach, sodass ich wenig Kontakt zu Altersgenossen hatte. Von Fechten und Boxen abgesehen, fand ich an athletischen Künsten keinen Geschmack, auch die Art meines Studiums war anders; so hatten wir gar keine Berührungspunkte miteinander. Trevor war der Einzige, den ich näher kennenlernte, und das auch nur ganz zufällig dadurch, dass sich sein Bullterrier eines schönen Morgens in meine Knöchel verbissen hatte.

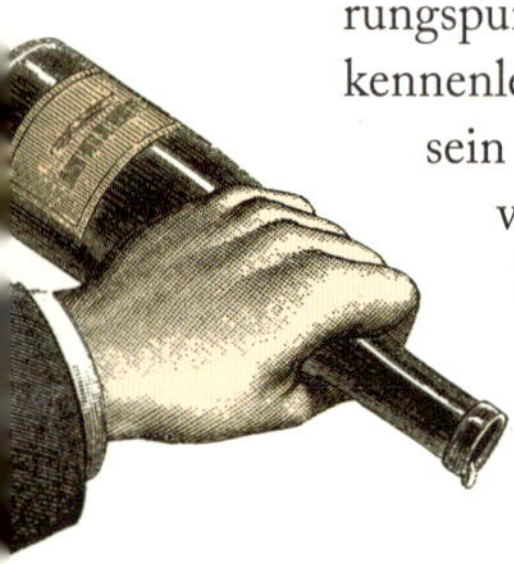

Es war eine prosaische Art, eine Freundschaft zu schließen, aber sie war effektiv. Ich musste zehn Tage lang liegen, aber Trevor kam immer herein, um sich nach mir zu erkundigen. Zuerst war es nur ein Minutengespräch, aber bald wurden seine Besuche länger, und vor Ende des Semesters waren wir enge Freunde. Er war ein herzhafter, temperamentvoller und energiegeladener Bursche, in vielerlei Hinsicht das genaue Gegenteil von mir, aber wir hatten einige Dinge gemeinsam, und es war ein Band der Verbundenheit, als ich herausfand, dass er genauso wenige Freunde hatte wie

ich. Schließlich lud er mich zu seinem Vater nach Donnithorpe in Norfolk ein, und ich nahm seine Gastfreundschaft für einen Monat der langen Ferien an. Der alte Trevor war offenbar ein ziemlich wohlhabender und angesehener Mann, Friedensrichter und Grundbesitzer in Donnithorpe, einem kleinen Orte nördlich von Langmere. Das Wohnhaus war ein altertümliches ausgedehntes Steingebäude mit eichenen Querbalken, Pfosten und Türen, zu dem eine schöne Lindenallee führte. In den nahen Moorheiden fehlte es nicht an allerlei Vogelwild; dazu kam ein guter Fischbestand, eine kleine, aber erlesene Bücherei, die, wie ich hörte, von einem früheren Besitzer übernommen war, und eine passable Küche, sodass man es wohl einen Monat aushalten konnte.

Trevor senior war Witwer und mein Freund sein einziger Sohn. Wie man mir sagte, hatte er auch eine Tochter gehabt, aber sie war, während sie in Birmingham zu Besuch war, an Diphtherie gestorben. Der Vater interessierte mich sehr. Er war ein Mann von wenig Kultur, aber mit einer beträchtlichen Menge an roher Kraft, sowohl körperlich als auch geistig. Er kannte kaum ein Buch, aber er war weit gereist, hatte viel von der Welt gesehen. Und hatte sich alles gemerkt, was er gelernt hatte. Er war ein dicklicher, stämmiger Mann mit krausem Haar, einem braunen, wettergegerbten Gesicht und blauen Augen, die bis an den Rand der Grimmigkeit scharf waren. Dennoch war er auf dem Land für seine Freundlichkeit und Nächstenliebe geachtet, und er war für die Milde seiner Urteile von der Richterbank aus bekannt.

Eines Abends, wenige Tage nach meiner Ankunft, saßen wir nach dem Essen bei einem Glas Portwein, als der junge Trevor anfing, von meinen scharfen Beobachtungen und Schlussfolgerungen zu erzählen, die ich damals schon systematisiert

hatte, auch wenn ich noch nicht ahnte, welche Rolle sie in meinem Leben spielen sollten. Offenbar dachte der Alte, sein Sohn übertreibe, als dieser ein paar unbedeutende Kunststückchen von mir zum Besten gab, und sagte mit großmütigem Lachen:
›Mr. Holmes, ich bin ein ausgezeichnetes Objekt, nun zeigen Sie mal, ob Sie was von mir ausklügeln können!‹
›Ich fürchte, dass das etwas schwer ist‹, antwortete ich. ›Ich denke, Sie haben während der letzten zwölf Monate gefürchtet, es könnte ein Angriff auf Ihre Person gemacht werden.‹
Das Lachen erstarb auf seinen Lippen, und ganz überrascht starrte er mich an.
›Ja, das ist wahr‹, sagte er. ›Du weißt, Victor, als wir das Wilddiebsnest ausnahmen, schworen sie uns den Tod, und auf Sir Edward Holly ist tatsächlich ein Mordversuch gemacht worden. Seitdem bin ich immer auf der Hut gewesen, habe aber keine Ahnung, wie Sie das wissen können.‹
›Sie haben einen sehr schönen Stock‹, antwortete ich. ›Aus der Aufschrift habe ich gesehen, dass Sie ihn erst ein Jahr besitzen. Sie haben aber seinen Knopf mit vieler Mühe ausgebohrt und mit geschmolzenem Blei ausgegossen, sodass er nun eine furchtbare Waffe ist. Ich schloss, dass Sie solche Vorsichtsmaßnahmen nicht treffen würden, wenn Sie nicht eine Gefahr voraussähen.‹
›Sonst noch was?‹, fragte er lächelnd.
›Sie sind in Ihrer Jugend ein großer Boxer gewesen.‹
›Wieder richtig. Woher wussten Sie das? Hat etwa meine Nase durch einen Stoß ihre gerade Richtung verloren?‹
›Nein‹, sagte ich. ›Die Ohren sind's. Sie zeigen die dem richtigen Boxer eigene Abflachung und Verdickung.‹

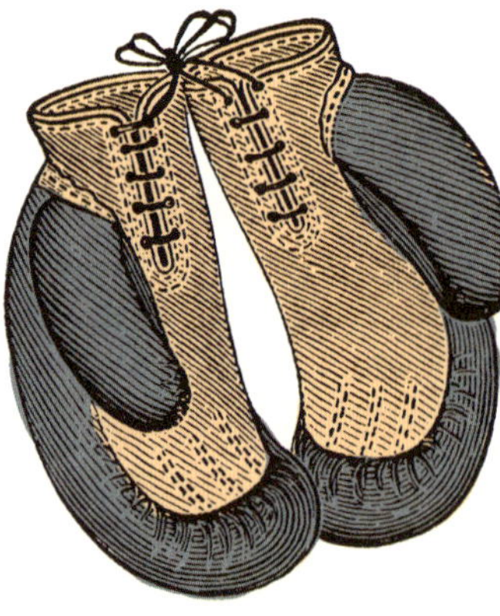

›Sonst noch was?‹
›Sie haben viel gegraben – wegen Ihrer Schwielen.‹
›Habe mein ganzes Geld in den Goldgruben verdient.‹
›Sie sind in Neuseeland gewesen.‹
›Wieder richtig.‹
›Sie haben Japan besucht.‹
›Ganz recht.‹
›Und Sie standen in den intimsten Beziehungen zu jemandem, dessen Anfangsbuchstaben *J. A.* waren und den Sie später ganz aus Ihrem Gedächtnis zu löschen versuchten.‹
Bei diesen Worten richtete sich Mr. Trevor langsam auf, heftete seine großen blauen Augen mit einem eigentümlichen wilden und starren Ausdruck auf mich und fiel dann bewusstlos nieder, mit dem Gesicht zwischen die auf dem Tischtuch liegenden Nussschalen. Sie können sich denken, Watson, wie erschrocken wir beide, sein Sohn und ich, waren. Doch ging der Anfall bald vorüber, denn als wir seinen Kragen aufknöpften und ihm Wasser übers Gesicht spritzten, seufzte er ein- oder zweimal tief auf und richtete sich auf.
›Ach‹, sagte er mit erzwungenem Lächeln, ›hoffentlich hab ich euch nicht erschreckt. So stark ich aussehe, das Herz ist ein wunder Punkt bei mir, und es gehört nicht viel dazu, mich umzuwerfen. Ich weiß nicht, wie Sie das fertigbringen, Mr. Holmes, aber mir scheint's, alle Detektive, real wie erfunden, sind nichts gegen Sie. Das ist Ihr eigentlicher Beruf, glauben Sie jemandem, der etwas von der Welt gesehen hat!‹
Und dieser Hinweis zusammen mit der übertriebenen Wertschätzung meiner Geschicklichkeit brachte mich, Sie können es mir glauben, Watson, zuallererst auf den Gedanken, es könnte vielleicht mein Beruf werden, was bis dahin Spielerei gewesen war. In jenem Augenblick war ich freilich noch zu sehr über das plötzliche Unwohlsein meines Gastgebers betroffen, um irgendwelchen anderen Gedanken Raum zu geben.

›Ich hoffe, meine Worte haben Ihnen keinen Schmerz bereitet‹, sagte ich.

›Nun, jedenfalls haben Sie einen etwas empfindlichen Punkt berührt. Wollen Sie mir sagen, wie Sie zu der Kenntnis gekommen sind und wie weit Ihre Kenntnis reicht?‹ Er sprach jetzt in halb scherzhaftem Ton, aber ich sah im Hintergrund seiner Augen noch einen Ausdruck des Schreckens.

›Es ist das Einfachste von der Welt‹, sagte ich. ›Als Sie damals Ihren Arm entblößten, um den Fisch ins Boot zu holen, sah ich an Ihrem inneren Ellenbogen *J. A.* eintätowiert. Die Buchstaben waren noch lesbar, aber ihr verschwommenes Aussehen und der fleckige Zustand der Haut ringsum ließen klar erkennen, dass man versucht hatte, sie verschwinden zu lassen. Daraus ergab sich ohne Weiteres der Schluss, dass Ihnen die Buchstaben einmal sehr wichtig gewesen waren und dass Sie sie dann zu vergessen wünschten.‹

›Was für ein Auge Sie haben!‹, rief er mit einem Seufzer der Erleichterung. ›Sie haben genau das Richtige getroffen. Aber wir wollen das ruhen lassen! Von allen Erinnerungen ist die an eine tote Liebe am übelsten. Kommt ins Billardzimmer und lasst uns da gemütlich eine Zigarre rauchen!‹

Von dem Tage an lag in Mr. Trevors Benehmen gegen mich bei aller Herzlichkeit stets ein gewisser Argwohn. Sogar seinem Sohn konnte das nicht entgehen. ›Du hast meinem Vater mitgespielt‹, sagte er, ›dass er immer in Zweifel sein wird, was du weißt und was du nicht weißt.‹ Ich glaube sicher, er wollte es nicht zeigen, aber dieses Gefühl war so mächtig in ihm, dass es in allem, was er tat, hervortrat. Schließlich war ich so sehr überzeugt, dass ihm in meiner Nähe unbehaglich zumute war, dass ich beschloss, ihm durch längere Anwesenheit in seinem Hause nicht mehr lästig zu fallen. Aber gerade am Tag vor meiner Abreise sollte noch ein Ereignis eintreten, das sich später als folgenschwer erwies.

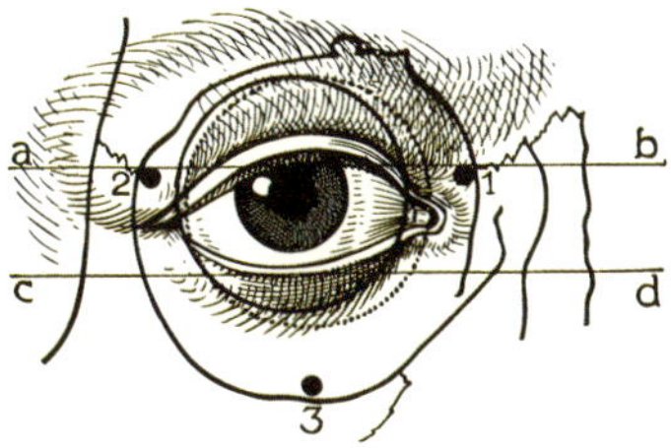

Wir saßen gerade alle drei auf Gartenstühlen auf der Wiese, sonnten uns behaglich und ließen unsere Augen weithin über das Moor schweifen, als das Mädchen kam und sagte, es wäre ein Mann an der Tür und wollte Mr. Trevor sprechen.
›Wie ist sein Name?‹, fragte mein Gastgeber.
›Er wollte ihn nicht nennen.‹
›Was will er denn?‹
›Er sagt, Sie kennten ihn und er wolle Sie nur einen Augenblick sprechen.‹
›Dann lassen Sie ihn hierherkommen!‹
Einen Augenblick später erschien eine kleine, ausgemergelte Gestalt mit kriechender Haltung und schleppendem Gang. Der Mann trug eine offene Jacke mit teerbefleckten Ärmeln, ein rot und schwarz gewürfeltes Hemd, eine Latzhose und schwere, ganz abgetragene Stiefel. Sein braunes, eingefallenes Gesicht zeugte von Verschmitztheit, ein beständiges Lächeln ließ eine unregelmäßige Reihe gelber Zähne sehen, und seine runzeligen Hände waren halb geschlossen, wie es Matrosen eigen ist. Als er über den Rasen auf uns zuschlenderte, hörte ich ein sonderbares schluckendes Geräusch in Mr. Trevors Kehle und sah ihn plötzlich aufspringen und ins Haus eilen. Im Augenblick war er wieder zurück, und als er an mir vorüberschritt, ging ein starker Brandygeruch von ihm aus.
›Nun, mein Bester‹, sagte er, ›was kann ich für Sie tun?‹
Der Matrose stand da und sah ihn mit halb zugekniffenen Augen und zähnefletschendem Lächeln an.
›Sie kennen mich nicht?‹, fragte er.
›Ach, du meine Güte! Das ist doch Hudson!‹, sagte Mr. Trevor in überraschtem Ton.
›'s ist Hudson, ja!‹, sagte der Seemann. ›Dreißig Jahre und länger ist's her, seit ich Sie nicht gesehen habe. Sie haben hier Ihr Haus,

und ich muss mir noch mein Salzfleisch aus'm Tranfass fischen!‹
›Still! Sie werden sehen, ich hab die alten Zeiten nicht vergessen!‹, rief Mr. Trevor, trat an den Matrosen heran und sprach leise ein paar Worte zu ihm. ›Gehen Sie in die Küche!‹, fuhr er laut fort. ›Da wird man Ihnen zu essen und zu trinken geben. Ich werde schon eine Stelle für Sie finden.‹
›Danke‹, sagte der Seemann und fuhr sich mit der Hand an die Stirn. ›Komm gerade von einer zweijährigen Achtknotenlustfahrt, dazu ziemlich knapp dran, und mal ausruhen tut mir auch gut. Da dacht ich, versuch's mal bei Mr. Beddoes oder bei Ihnen.‹
›Was?‹, rief Mr. Trevor. ›Sie wissen, wo Mr. Beddoes ist?‹
›Himmel auch, ich weiß, wo alle meine alten Freunde sind‹, erwiderte die Teerjacke mit tückischem Lächeln und schlenderte hinter dem Mädchen her zur Küche.

Mr. Trevor murmelte einige unverständliche Worte über Kameradschaft zur See und Goldgraben, ließ uns dann auf der Wiese allein und ging ins Haus. Als wir ihm eine Stunde später folgten, fanden wir ihn total betrunken auf dem Sofa im Speisezimmer ausgestreckt liegen. Der ganze Vorfall hatte einen äußerst widerwärtigen Eindruck auf mich gemacht, und ich war am nächsten Tage recht froh, Donnithorpe hinter mir zu lassen, denn ich fühlte, dass meine Gegenwart für meinen Freund eine Qual sein musste.

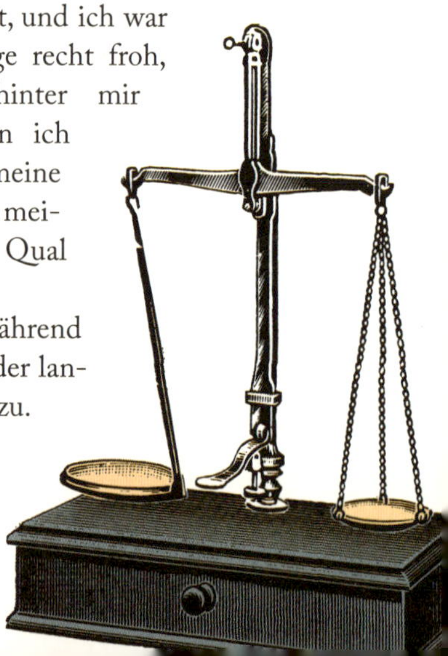

Dies alles trug sich während des ersten Monats der langen Sommerferien zu.

Ich ging dann nach London und arbeitete dort sieben Wochen angestrengt an einigen Experimenten aus der organischen Chemie. Eines Tages aber, als der Herbst schon ziemlich vorgerückt war und die Ferien zur Neige gingen, erhielt ich ein Telegramm von meinem Freunde, in dem er mich dringend bat, nach Donnithorpe zurückzukommen, da er meinen Rat und Beistand bräuchte. Natürlich ließ ich alles liegen und fuhr wieder Richtung Norden.
Er erwartete mich mit dem Einspänner am Bahnhof, und ein Blick sagte mir, dass die letzten beiden Monate eine schwere Zeit für ihn gewesen waren. Er sah eingefallen und verkümmert aus und hatte nicht mehr das ihm früher eigene muntere und lustige Wesen.
›Mein Vater liegt im Sterben‹, waren die ersten Worte, die er sprach.
›Unmöglich!‹, rief ich. ›Was ist's?‹
›Schlag! Nervenschlag! Den ganzen Tag schon ringt er mit dem Tode. Wer weiß, ob wir ihn noch am Leben treffen.‹
Wie Sie sich denken können, Watson, erschütterte mich die unerwartete Nachricht.
›Was war die Ursache?‹, fragte ich.
›Ja, das ist's eben. Springen Sie in den Wagen, und wir können darüber während des Fahrens sprechen! Erinnern Sie sich an den Menschen, der am Abend vor Ihrer Abreise auftauchte?‹
›Vollkommen.‹
›Wissen Sie, wen wir damals in unser Haus aufnahmen?‹
›Keine Ahnung.‹
›Es war der Teufel, Holmes!‹, rief er.
Erstaunt starrte ich ihn an.
›Ja, es war der Teufel selbst. Wir haben seitdem keine ruhige Stunde gehabt – nicht eine einzige. Mein Vater wagte seit jenem Abend an nicht mehr, seinen Kopf zu heben, und

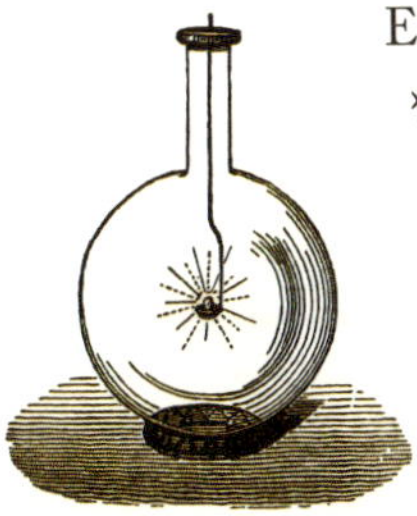

jetzt ist das Leben in ihm vernichtet und sein Herz gebrochen – alles durch diesen höllischen Hudson.‹

›Was gab ihm denn so viel Macht über ihn?‹

›Ja, ich gäbe viel darum, wenn ich das wüsste. Der freundliche, mildherzige, gute alte Mann! Wie konnte er in die Klauen dieses Schuftes geraten sein! Aber ich bin so froh, dass Sie gekommen sind, Holmes! Ich habe solches Vertrauen in Ihr Urteil und Ihre Verschwiegenheit und weiß, Sie werden mir den besten Rat geben.‹

Wir jagten auf der glatten weißen Landstraße dahin, während die weiten Moorstrecken vor uns im roten Licht der untergehenden Sonne erglühten. Über den Baumgipfeln zu unserer Linken konnte ich schon die hohen Schornsteine und den Fahnenmast auf dem Trevor'schen Herrenhaus sehen.

›Mein Vater machte den Burschen zum Gärtner‹, sagte mein Begleiter, ›und dann, als er damit nicht zufrieden war, sogar zum Kellermeister. Das ganze Hauswesen schien ihm ausgeliefert zu sein, und er ging herum und tat, was ihm in den Sinn kam. Die Dienstmädchen beklagten sich über seine unsauberen Gewohnheiten, seine Trunkenheit und über seine gemeine Sprache. Vater versuchte sie durch Lohnerhöhung zu entschädigen. Der Bursche nahm ohne Weiteres das Boot meines Vaters und sein bestes Gewehr und lud sich selbst zu kleinen Jagdpartien ein. Das tat er alles mit solchem höhnischen, tückischen, frechen Gesichtsausdruck, dass ich ihn zwanzigmal niedergeschlagen hätte, wäre er nicht ein alter Mann gewesen. Ich sage Ihnen, Holmes, ich musste während dieser ganzen Zeit mit Gewalt an mich halten, und jetzt frage ich mich, ob es nicht besser gewesen wäre, ich hätte mich etwas mehr gehen lassen.

Nun, es wurde noch immer schlimmer, und dieses Vieh, der Hudson, nahm sich immer mehr heraus, bis endlich der übers Maß gefüllte Eimer überlief und ich Hudson, als er einmal meinem Vater in meiner Gegenwart eine unverschämte Antwort gab, an der Schulter packte und aus dem Zimmer schob. Gelb vor Wut und mit giftsprühenden Augen, die drohender wirkten, als es Worte vermocht hätten, schlich er sich fort. Was zwischen meinem armen Vater und dem Schuft darauf stattgefunden hat, weiß ich nicht, aber Papa kam am nächsten Tage zu mir und fragte, ob ich Hudson um Entschuldigung bitten wollte. Wie Sie sich denken können, weigerte ich mich und hielt meinem Vater vor, wie er diesem Elenden erlauben könnte, ihm und allen Hausbewohnern so auf dem Kopfe herumzutanzen.

‚Ach, mein Junge', sagte er, ‚du hast gut reden, aber du weißt nicht, wie meine Lage ist. Doch du sollst es erfahren, komme, was da wolle! Du würdest nichts Böses von deinem armen alten Vater glauben, oder, Junge?' Er war sehr bewegt und schloss sich den ganzen Tag in sein Arbeitszimmer ein, wo er, wie ich durch das Fenster sehen konnte, eifrig schrieb.

An jenem Abend trat etwas ein, das uns Erlösung zu bringen schien: Hudson erklärte uns nämlich, er wolle fortgehen. Er kam nach dem Essen ins Speisezimmer und kündigte uns seine Absicht mit der schweren Zunge eines Halbtrunkenen an.

‚Hab genug von Norfolk', sagte er. ‚Will 'nunter zu Mr. Beddoes in Hampshire. Er wird, glaub ich, ebenso froh sein, wenn ich komme, wie Sie's waren.' ‚Sie gehen nicht im Zorn weg, Hudson, hoffe ich?', sagte mein Vater mit einem mehr als sanftmütigen Ausdruck, der mein Blut zum Kochen brachte.

‚Man hat mich noch nicht um Entschuldigung gebeten', sagte er mürrisch und lauernd, indem er zu mir hinschielte.

‚Victor, du wirst zugeben, du hast diesen würdigen Mann zu rau behandelt', sagte Papa, an mich gewandt.

‚Im Gegenteil, ich denke, wir haben uns ihm beide ganz außerordentlich freundlich gezeigt', lautete meine Antwort.

‚So, meinen Sie? So?', knurrte er. ‚Sehr gut, junger Mann! Wir werden ja sehen.' Damit schlenderte er aus dem Zimmer, und eine halbe Stunde später war er fort. Mein Vater befand sich aber fortan in einem Zustand bejammernswerter nervöser Aufregung. Jede Nacht hörte ich ihn in seinem Zimmer ruhelos auf und ab gehen, und als er endlich wieder etwas ruhiger zu werden anfing, gerade da traf ihn der Schlag.‹

›Und wie?‹, fragte ich eifrig.

›Auf ganz sonderbare Weise. Gestern Abend bekam mein Vater einen Brief, der den Stempel Fordingbridge trug. Mein Vater las ihn, schlug sich mit beiden Händen an den Kopf und fing an, kleine Kreise beschreibend, im Zimmer herumzulaufen, ganz als wenn er von Sinnen wäre. Als ich ihn endlich aufs Sofa niederzog, waren sein Mund und seine Augenlider auf einer Seite ganz schief, und ich sah, dass er einen Schlaganfall gehabt hatte. Dr. Fordham kam sofort herüber, und wir brachten ihn zu Bett; aber die Lähmung griff weiter um sich, und kein einziges Zeichen von wiederkehrendem Bewusstsein hat sich eingestellt; ich zweifle, dass wir ihn noch am Leben finden.‹

›Das klingt ja entsetzlich, Trevor!‹, rief ich. ›Was stand denn so Schreckliches in diesem Brief?‹

›Gar nichts Schreckliches. Das ist das Unbegreifliche daran. Was da stand, war albern und nichtssagend. Ach, mein Gott, es ist, wie ich gefürchtet habe!‹

Während er sprach, bogen wir in die Toreinfahrt ein, gerade auf das Haus zu, und sahen, dass alle Rollläden heruntergelassen waren. Als wir dann vorfuhren, zog sich das Gesicht meines Freundes vor Schmerz krampfhaft zusammen, da er einen Herrn in schwarzer Kleidung heraustreten sah.

›Wann ist es eingetreten, Doktor?‹, fragte Trevor.

›Fast unmittelbar nach Ihrer Wegfahrt.‹

›Ist er noch einmal zum Bewusstsein gekommen?‹

›Nur einen Augenblick vor dem Ende.‹

›Hat er mir noch etwas sagen wollen?‹

›Nichts, als dass die Papiere im japanischen Zimmer im Sekretär lägen.‹

Mein Freund ging mit dem Arzt ins Sterbezimmer hinauf, während ich im Arbeitszimmer zurückblieb und mir die ganze Geschichte immer und immer wieder durch den Kopf gehen ließ. Meine Gedanken waren sehr düster. Was war Trevors Vergangenheit? Boxer, Seemann und Goldgräber; und wie war er in die Gewalt dieses schielenden Schuftes geraten? Und warum ließ ihn eine Anspielung auf die halb verwischte Tätowierung an seinem Arm in Ohnmacht fallen und ein Brief aus Fordingbridge zu Tode erschrecken? Da fiel mir ein, dass Fordingbridge in Hampshire liegt und dass dieser Mr. Beddoes, den der Matrose hatte aufsuchen und bei dem er voraussichtlich ebenfalls hatte Erpressungsversuche machen wollen, auch in Hampshire leben sollte. Dann konnte der Brief entweder von dem Matrosen kommen und die Mitteilung enthalten, er habe das schuldbergende Geheimnis, das offenbar zu vermuten war, verraten, oder das Schreiben kam von Beddoes, der einen alten Genossen vor dem Verrat warnen wollte. So weit schien alles ziemlich klar. Aber wie konnte dann der Brief – nach den Worten meines Freundes – nichtssagend und albern sein? Er musste ihn falsch verstanden haben. Und war dem so, so handelte es sich jedenfalls um einen jener fein ausgeklügelten Chiffrebriefe, die für den ahnungslosen Leser etwas ganz anderes besagen als für den Eingeweihten. Diesen Brief musste ich sehen. Hatte er eine versteckte Bedeutung, so war ich überzeugt, ich brächte sie heraus. Eine Stunde saß ich grübelnd im Düsteren da, bis schließlich eine weinende Magd eine Lampe hereinbrachte. Ihr auf den Fersen folgte mein Freund Trevor, bleich, aber gefasst, und hielt in seinen Händen dieselben Papiere, die hier auf meinen Knien liegen. Er nahm mir gegenüber Platz, zog die Lampe auf dem Tische näher heran und reichte mir ein kurzes Schreiben hin, das, wie Sie sehen, auf ein einzelnes Blatt graues Papier gekritzelt ist. Es lautete:

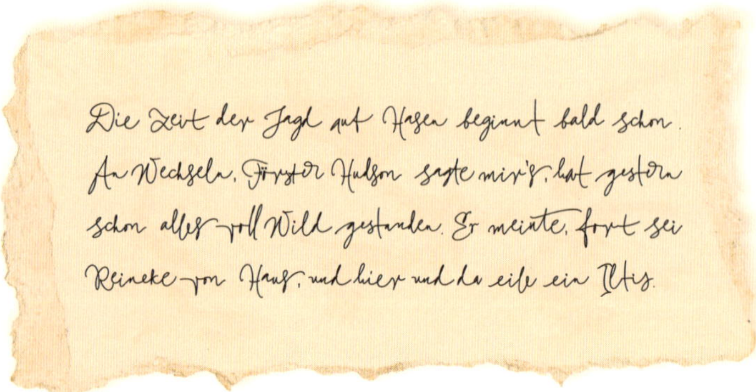
Die Zeit der Jagd auf Hasen beginnt bald schon.
An Wechseln, Förster Hudson sagte mir's, hat gestern
schon alles voll Wild gestanden. Er meinte, fort sei
Reineke von Haus, und hier und da eile ein Iltis.

Ich kann wohl sagen, beim ersten Lesen dieser Zeilen sah ich ebenso verblüfft aus wie Sie jetzt eben. Dann las ich sie noch einmal langsam durch. Es war offenbar, wie ich mir gedacht hatte, und es musste sich hinter dieser sonderbaren Wortfolge eine andere Bedeutung verstecken. Oder konnten diese Ausdrücke einen vorweg vereinbarten Sinn haben? Dann natürlich war die Bedeutung ganz willkürlich und konnte ohne den Schlüssel in keiner Weise durch Schlussfolgerungen gefunden werden. Und doch wollte ich das nicht glauben; auch wies schon das Wort *Hudson* daraufhin, dass sich die Mitteilung auf den von mir vermuteten Gegenstand bezog und dass sie eher von Beddoes als vom Matrosen herrührte. Ich versuchte es mit Rückwärtslesen, aber auch das war nicht gerade ermutigend. Dann ließ ich jedes zweite Wort weg, doch auch das gab keine Auskunft. Dann aber, im nächsten Augenblick, hielt ich den Schlüssel des Rätsels in Händen; ich sah, dass das erste Wort und dann jedes dritte zusammen eine Botschaft bildeten, die wohl geeignet sein konnte, den alten Trevor zur Verzweiflung zu bringen.

Kurz und glatt war die Warnung, wie ich sie nun meinem Gegenüber vorlas:

Die Jagd beginnt. Hudson hat alles gestanden. Fort von hier, eile!

Victor Trevor ließ sein Gesicht in seine zitternden Hände sinken. ›Ich denke, so ist's‹, sagte er. ›O, das ist schlimmer als der

Tod, denn es bedeutet Schande obendrein! Aber was sollen die Wörter *Wechsel*, *Förster*, *Iltis*?‹

›Sie besagen für die Mitteilung selbst gar nichts, aber für uns ziemlich viel, wenn wir sonst kein Mittel hätten, den Absender zu entdecken. Sehen Sie, er hat zuerst geschrieben: ›Die – – Jagd – – beginnt – –‹ und so weiter. Dann hatte er gemäß der Verabredung zwischen je zwei Wörter zwei andere zu setzen. Naturgemäß brauchte er die Wörter, die ihm zuerst in den Sinn kamen, und da sich darunter so viele auf den Jagdsport bezügliche befinden, so kann man ziemlich sicher sein, dass der Schreiber ein leidenschaftlicher Schütze ist. Wissen Sie irgendetwas von diesem Beddoes?‹

›Allerdings‹, erwiderte er; ›jetzt, da Sie mich daran erinnern, fällt mir ein, dass mein Vater jeden Herbst eine Einladung zur Jagd von ihm erhielt.‹

›Dann geht das Schreiben zweifellos von ihm aus‹, sagte ich, ›und wir haben nur noch das Geheimnis aufzudecken, das der Matrose über den Häuptern dieser beiden wohlhabenden und geachteten Männer zu halten scheint.‹

›Ach, Holmes! Ich fürchte, es steckt Sünde und Schande dahinter‹, stöhnte mein Freund. ›Aber vor Ihnen habe ich kein Geheimnis. Hier ist das Schreiben, das mein Vater verfasst hat, als er sah, dass die von Hudson drohende Gefahr immer näher rückte. Ich fand es im japanischen Zimmer, wie er dem Arzt gesagt hatte. Nehmen Sie und lesen Sie es mir vor! Denn mir fehlt Kraft und Mut, es selbst zu tun.‹

Und das sind hier eben die Papiere, Watson, die er mir gab, und ich will sie Ihnen vorlesen, wie ich sie ihm in jener Nacht in dem alten Studierzimmer vorgelesen habe. Sie tragen, wie Sie sehen, die Aufschrift: *Erlebnisse auf der Fahrt der Barke Gloria Scott, die Falmouth am 8. Oktober 1855 verließ und am 6. November 15 Grad 20 Minuten nördlicher Breite, 25 Grad 14 Minuten westlicher Länge unterging*. Der Bericht ist in Form eines Briefes verfasst und lautet:

Mein lieber Sohn! Jetzt, wo der Augenblick der Schmach herannaht und schon seinen dunklen Schatten auf meinen Lebensabend wirft, kann ich es mit voller Wahrheit und Aufrichtigkeit niederschreiben: Nicht der Schrecken des Gesetzes, nicht der Verlust meiner weithin angesehenen Stellung, auch nicht mein Sturz in den Augen aller meiner Bekannten schneidet mir so ins Herz wie der Gedanke, dass du dich für mich schämen sollst, du, der mich liebt, und der, hoffe ich, selten Grund hatte, mich anders als mit Achtung anzusehen. Wenn mich aber der Schlag trifft, der mir beständig droht, dann wünsche ich, sollst du dies lesen und von mir selbst ungeschminkten Bericht erhalten, aus dem du das Maß meiner Schuld ersehen kannst. Sollte jedoch alles gut ablaufen, wenn Gott will, und dieses Schreiben aus irgendeinem Zufall noch nicht vernichtet sein und dir in die Hände fallen, dann beschwöre ich dich bei allem, was dir heilig ist, bei dem Andenken an deine teure Mutter und an die Liebe, die uns verbunden hat, wirf es ins Feuer und tilge es ganz aus deinem Gedächtnis!
Wenn also dein Auge diese Zeilen liest, werde ich schon angeklagt und vor Gericht geschleppt sein oder, was wahrscheinlicher ist, denn du kennst meine Herzschwäche, mit auf immer verstummter Zunge als Beute des Todes daliegen. In beiden Fällen ist die Zeit der Vertuschung vorbei, und jedes Wort, das du hier liest, ist die nackte Wahrheit; das schwöre ich dir, so wahr ich auf Barmherzigkeit hoffe.
Mein Name, teurer Sohn, ist nicht Trevor. In meinen jungen Jahren hieß ich James Armitage, und du kannst jetzt verstehen, wie es mich vor einigen Wochen erschüttern musste, als dein Studienfreund Worte an mich richtete, aus denen hervorzugehen schien, dass er mein Geheimnis entdeckt habe. Als Armitage trat ich bei einem Londoner Bankhaus ein, und als Armitage wurde ich wegen Gesetzesbruchs vor Gericht gezogen und zur Strafverschickung verurteilt. Denke darum nicht zu schlecht von mir, mein Junge! Es war eine sogenannte Ehrenschuld, die ich zu tilgen hatte, und ich verwendete dazu Geld, das mir nicht gehörte, in der Gewissheit, es ersetzen zu können, ehe auch nur die Möglichkeit der Entdeckung bestand. Aber das schrecklichste Unglück verfolgte mich. Das Geld, auf das ich gerechnet hatte, blieb aus, und eine unvermutete Kontrolle deckte das

Defizit auf. Der Fall hätte milde beurteilt werden können, aber vor dreißig Jahren war die Gesetzesauslegung und Rechtsprechung weit schärfer als heutzutage, und mein dreiundzwanzigster Geburtstag fand mich als Missetäter mit siebenunddreißig anderen Sträflingen im Zwischendeck der nach Australien segelnden Barke Gloria Scott angekettet.
Es war im Jahre 1855, als der Krimkrieg noch in voller Wucht tobte, und die alten Sträflingsschiffe dienten vielfach zum Truppentransport zum Schwarzen Meer. Die Regierung sah sich daher genötigt, zur Verschickung der Strafkolonisten kleinere oder weniger geeignete Schiffe zu nutzen. Die Gloria Scott war als Chinafahrer[10] zum Teehandel verwendet worden, aber sie war ein altmodisches, schwer gebautes, breitbugiges Fahrzeug, das den neuen scharfbugigen Kuttern weit nachstand. Bei fünfhundert Tonnen Tragfähigkeit zählte sie außer ihren achtunddreißig Zuchthausvögeln eine Mannschaft von sechsundzwanzig Köpfen, achtzehn Seesoldaten, einen Kapitän, drei Maate, einen Arzt, einen Kaplan und vier Wärter. So fasste sie alles in allem an hundert Seelen, als wir von Falmouth in See stachen. Die Wände zwischen den Sträflingszellen waren nicht, wie gewöhnlich auf diesen Schiffen, von dickem Eichenholz, sondern ganz dünn und zerbrechlich. Mein nächster Nachbar nach Backbord war mir schon, als man uns zum Kai hinunterführte, vor allen aufgefallen. Er war ein junger Mann mit bleichem, bartlosem Gesicht, langer, dünner Nase und starkem Kieferknochen. Er trug seinen Kopf sehr keck in der Luft, hatte einen schwadronierenden Stil des Gehens und war vor allem durch seine außergewöhnliche Größe bemerkenswert. Ich glaube nicht, dass irgendeiner unserer Köpfe bis zu seiner Schulter gekommen wäre, und ich bin sicher, dass er nicht weniger als sechseinhalb Fuß gemessen haben konnte. Es war seltsam, unter so vielen traurigen und müden Gesichtern eines zu sehen, das voller Energie und Entschlossenheit war. Sein Anblick war für mich wie ein Feuer in einem Schneesturm. Ich war also froh, dass er mein Nachbar war, und noch froher, als ich mitten in der Nacht ein Flüstern dicht an meinem Ohr hörte und feststellte, dass er es geschafft hatte, eine Öffnung in das Brett zu schneiden, das uns trennte.

'Hallo, Kollege!', sagte er. 'Wie heißen Sie, und was haben Sie ausgefressen?'
Ich antwortete ihm und fragte meinerseits nach seinem Namen.
'Ich bin Jack Prendergast', sagte er, 'und bei Gott, Sie werden meinen Namen segnen lernen, ehe wir wieder voneinandergehen.'
Ich erinnerte mich augenblicklich an seinen Fall, denn er hatte kurz vor meiner eigenen Festnahme ungeheures Aufsehen im ganzen Land erregt. Prendergast war von guter Herkunft und ein sehr begabter Mensch, besaß aber eine unheilbare Neigung zu gesetzlosem Tun und hatte die ersten Londoner Kaufleute durch die ausgeklügelsten Gaunereien um gewaltige Summen gebracht.
'Ah, ich sehe, Sie erinnern sich an meinen Fall', sagte er stolz.
'Allerdings, sehr gut.'
'Dann erinnern Sie sich vielleicht auch an etwas Merkwürdiges dabei?'
'Was soll das sein?'
'Ich hatte ziemlich eine Viertelmillion Pfund, nicht?'
'So hieß es.'
'Aber man konnte nichts wiederfinden, was?'
'Nein.'
'Nun, wo denken Sie, dass das Geld geblieben ist?', fragte er.
'Ich habe keine Ahnung.'
'Gerade zwischen meinem Finger und Daumen', sagte er. 'Bei Gott, meines Vaters Sohn hat mehr Dukaten als Sie Haare auf dem Kopfe! Und wenn man Geld hat, mein Lieber, und es zu verwenden und auszugeben versteht, so kann man alles machen. Nun werden Sie es nicht für wahrscheinlich halten, dass ein Mann, der alles machen kann, seine Hosen in dem stinkigen Schiffsraum eines rattenwimmelnden, wurmzerfressenen, muffigen alten Kastens von Chinaküstenfahrer durchscheuern will. Nein, mein Bester, solch ein Mann sieht, wo er selbst bleibt und wo seine Genossen bleiben. Darauf können Sie Gift nehmen! Schließen Sie sich ihm an, und Sie können auf die Bibel schwören, dass er Sie durchbringt!
So redete er fort, und zuerst dachte ich, es wäre nur Geschwätz; aber nach einiger Zeit, als er meiner sicher zu sein glaubte und mich mit aller Feierlichkeit hatte Verschwiegenheit geloben lassen, weihte er mich in der Tat

in einen Plan ein, den man schon lange gefasst hatte und der auf nichts anderes ausging, als sich des Schiffes zu bemächtigen. Ein Dutzend Sträflinge hatte ihn ausgeheckt, ehe sie an Bord gebracht worden waren; Prendergast war das Haupt des Unternehmens und sein Geld die Triebkraft.
‚Ich hatte einen Partner', sagte er, ‚einen ausnahmsweise guten Kerl, so fest und treu wie der Schaft am Lauf. Er hat die Nase vorn, wahrhaftig; und wo, denken Sie, dass er sich in diesem Augenblicke befindet? Na, er ist unser Schiffskaplan, der Kaplan, nichts weniger. Er kam an Bord in schwarzem Rock, mit seinen Papieren in Ordnung und mit Geld genug im Sack, das ganze Ding da vom Kiel bis zum Topmast zu kaufen. Die Mannschaft ist mit Leib und Seele sein. Er konnte sie haben, und er kaufte sie, noch ehe sie sich heuern ließen. Er hat zwei Wärter gewonnen und Mercer, den zweiten Maat, und er hätte den Kapitän selbst gekriegt, wenn sich's gelohnt hätte.'
‚Was werden wir nun tun?', fragte ich.
‚Was denken Sie?', sagte er. ‚Wir wollen einigen von den Soldaten die Röcke röter machen, als sie ihnen der Schneider je liefern könnte.'
‚Aber sie sind bewaffnet!'
‚Und das werden wir auch sein, mein Junge! Für jeden von uns gibt's ein Paar Pistolen, und wenn wir das Schiff mit der Mannschaft im Rücken nicht tragen können, sollten wir alle in ein Mädcheninternat geschickt werden. Sie sprechen heute Abend mit ihrem Maat auf der linken Seite und sehen, ob man ihm trauen kann!'
Ich folgte der Anweisung und fand in meinem anderen Nachbarn einen jungen Mann, der sich in ähnlicher Lage befand wie ich selbst und wegen Fälschung verurteilt worden war. Er hieß Evans, nahm aber später ebenfalls einen anderen Namen an und ist jetzt ein reicher, gutgestellter Mann im südlichen England. Bereitwillig schloss er sich der Verschwörung an, da es keinen anderen Weg zur Rettung für uns gab, und ehe wir noch das nördliche Spanien erreicht hatten, blieben nur zwei Gefangene übrig, die nicht mit uns unter einer Decke steckten. Der eine war ein Schwächling, dem wir nichts anzuvertrauen wagten, und der andere litt an Gelbsucht und konnte für uns von keinem Nutzen sein.

Von Anfang an stand eigentlich dem Gelingen unseres Planes nichts im Weg. Die Mannschaft war ein für den Zweck besonders ausgelesenes Pack von Schuften. Der vermeintliche Kaplan kam zur Erbauung in unsere Zellen mit einer schwarzen Tasche in der Hand, die scheinbar voll von Traktätchen und geistlichen Büchern war; und das tat er so fleißig, dass wir am dritten Tage jeder am Fuß des Bettes eine Feile, eine Doppelpistole, ein Pfund Pulver und zwanzig Patronen verstaut hatten. Zwei von den Wärtern standen, wie gesagt, in Prendergasts Sold, und der zweite Maat war sein erster Gehilfe. Der Kapitän, zwei Maate, zwei Wärter, Leutnant Martin mit seinen achtzehn Rotröcken und der Doktor, das war alles, was uns gegenüberstand. Trotz dieser sicheren Aussichten waren wir doch entschlossen, keine Vorsicht aus dem Auge zu lassen und unseren Überfall plötzlich zur Nachtzeit auszuführen. Es kam jedoch schneller dazu, als wir gedacht hatten.
Als nämlich eines Abends, so in der dritten Woche nach unserer Abfahrt, der Doktor herunterkam, um nach einem kranken Sträfling zu sehen, legte er zufällig seine Hand auf das Fußende des Bettes und fühlte dabei den Umriss der Doppelpistole. Hätte er den Mund gehalten, so wäre vielleicht unser ganzer schöner Plan in die Luft geflogen; aber er war ein aufgeregter kleiner Mann, und so stieß er einen Schrei der Überraschung aus und wurde so bleich, dass der vor ihm liegende Sträfling erkannte, dass die Zeit gekommen war, sich mit aller Kraftanstrengung aufrichtete und ihn packte. Bevor der Doktor noch Lärm schlagen konnte, war er geknebelt, gefesselt und unter das Bett gerollt. Er hatte die zum Deck führende Tür offen gelassen, und wir waren im Nu durch. Die beiden Schildwachen wurden niedergeschossen und ebenso der Corporal, der herbeigeeilt kam, um zu sehen, was los wäre. Zwei andere Soldaten standen am Eingange des Salons, ihre Musketen aber waren, scheint's, nicht geladen; denn ohne zu feuern, versuchten sie, ihre Bajonette aufzustecken, und wurden von uns niedergeschossen. Dann stürzten wir zur Kajüte des Kapitäns, aber als wir dabei waren, die Tür aufzustoßen, hörten wir innen einen Knall und sahen dann den Kapitän mit dem Kopf auf der den Tisch bedeckenden Karte des Atlantischen Ozeans liegen, während

der Kaplan mit rauchender Pistole neben ihm stand. Die beiden Maate waren von der Mannschaft gefangen genommen worden, und die ganze Geschichte schien glücklich abgelaufen zu sein.
Der Salon lag neben der Kapitänskabine. Dort wandten wir uns hin und sanken erschöpft auf die Diwane nieder, alle zugleich durcheinandersprechend; denn das Gefühl, wieder freie Menschen zu sein, erfüllte uns mit ganz unbändiger Freude. Ringsherum liefen Wandschränke, und Wilson, der Pseudokaplan, riss einen auf und zog ein Dutzend Flaschen Sherry hervor. Wir schlugen den Flaschen die Köpfe ab, gossen uns Humpen voll und wollten eben anstoßen, als auf einmal ohne jede Warnung Musketengeknall unser Ohr traf und der Salon sich so mit Rauch füllte, dass wir nicht über den Tisch sehen konnten. Als sich der Pulverdampf verzogen hatte, glich der Platz einem Schlachtfeld. Wilson und acht andere lagen zuckend am Boden; noch jetzt wird mir übel, wenn ich mir den Anblick ins Gedächtnis zurückrufe. Das Unvermutete und Schreckliche dieses Zwischenfalles machte einen so niederschmetternden Eindruck auf uns, dass ich glaube, wir hätten gar keine Gegenwehr geleistet, wäre nicht Prendergast gewesen. Der aber brüllte wie ein verwundeter Stier und stürzte zur Tür hinaus, wir alle, die noch unverwundet waren, hinter ihm drein. Im Nu waren wir oben, und da, auf dem Hinterdeck, standen der Leutnant und zehn von seiner Truppe. Die Oberlichtfenster über dem Salontisch hatten ein wenig offen gestanden, und durch den Spalt hatten die Soldaten gefeuert. Wir warfen uns auf sie, ehe sie wieder geladen hatten; sie leisteten großen Widerstand, aber wir gewannen die Oberhand, und in fünf Minuten war alles vorüber. Prendergast war wie vom Teufel besessen und warf jeden Soldaten, der ihm in die Hände kam, tot oder lebendig über Bord. Als der Kampf vorüber war, blieb von unseren Gegnern niemand weiter übrig als die Wärter, die Maate und der Doktor.
Und ihretwegen entbrannte nun der große Streit. Viele von uns waren über alles froh, ihre Freiheit gewonnen zu haben, wollten aber keine weitere Blutschuld auf ihre Seelen laden. Wenn wir auch, um unsere Freiheit wiederzuerlangen, die Soldaten, die eben auf uns geschossen hatten, niederschlagen halfen, so konnten wir es doch nicht mit kaltem Blut mit

ansehen, dass man unsere Mitmenschen mordete. Acht von uns, fünf Sträflinge und drei Matrosen, erklärten, wir würden nicht zulassen, dass man die fünf tötete. Aber Prendergast und seine Partei wichen keinen Zollbreit zurück. Sicherheit könnte es für uns nur geben, erklärte er, wenn wir reinen Tisch machten, und er würde keine Zunge übrig lassen, die einmal gegen uns aussagen könnte. Fast hätten wir das den Gefangenen bestimmte Los geteilt, aber schließlich sagte Prendergast, wenn wir nicht anders wollten, so sollten wir ein Boot nehmen und uns davonmachen. Wir waren über diesen Ausweg hocherfreut, denn wir fühlten uns schon ganz krank von dem Anblick des Gemetzels und sahen, dass es noch schlimmer kommen würde. Man gab jedem von uns einen Matrosenanzug, dazu erhielten wir ein Fass Wasser, zwei Gefäße, eins voll Salzfleisch, das andere voll Biskuit, und einen Kompass. Prendergast warf uns noch eine Karte ins Boot und rief uns zu, wir wären Seeleute, deren Fahrzeug unter 15 Grad nördlicher Breite und 25 Grad westlicher Länge Schiffbruch gelitten hätte, kappte das Tau und ließ uns fahren.

Und nun komme ich zu dem merkwürdigsten Teil meiner Geschichte, mein lieber Sohn! Die Seeleute hatten das Vorschiff während des Aufruhrs nach hinten gezogen, aber jetzt, als wir sie verließen, brachten sie es wieder gerade, und da es einen leichten Wind aus Nord und Ost gab, begann die Bark langsam von uns wegzuziehen. Unser Boot lag auf und ab schwankend auf den langen, glatten Wogen, und Evans und ich, die noch am meisten von allen Bootsinsassen verstanden, saßen im Vorderteil des Bootes, suchten unsere Lage zu bestimmen und einen Plan zu entwerfen, welche Küste wir gewinnen sollten. Es war ein hübsches Problem, denn die Kapverdischen Inseln lagen etwa 500 Seemeilen nördlich von uns und die afrikanische Küste etwa 700 Meilen im Osten. Da der Wind im Großen und Ganzen auf Nord drehte, dachten wir, dass Sierra Leone am besten sein könnte, und wendeten unseren Kopf in diese Richtung, wobei die Bark zu diesem Zeitpunkt fast mit dem Rumpf nach unten auf unserer Steuerbordseite lag. Plötzlich sahen wir, wie eine dichte schwarze Rauchwolke von ihr aufstieg, die wie ein monströser

Baum über der Himmelslinie hing. Wenige Sekunden später ertönte ein donnerndes Gebrüll, und als sich der Rauch lichtete, war von der Gloria Scott nichts mehr zu sehen. In einem Augenblick drehten wir den Kopf des Bootes wieder herum und zogen mit aller Kraft zu der Stelle, an der der noch über dem Wasser schwebende Dunst den Schauplatz der Katastrophe markierte.
Es dauerte eine lange Stunde, bis wir hinkamen, und zuerst fürchteten wir, wir wären zu spät gekommen, um noch einem Hilfsbedürftigen beistehen zu können. Ein zersplittertes Boot und eine Menge Balken und Spierstücke, die mit den Wogen auf und nieder tanzten, zeigten uns, wo das Schiff seinen Untergang gefunden hatte; aber kein Lebenszeichen machte sich bemerkbar, und schon hatten wir uns mit schwerem Herzen weggewandt, da vernahmen wir einen Hilferuf und sahen nun nicht weit von uns ein Wrackstück treiben und quer darüber einen Menschen ausgestreckt. Als wir ihn an Bord gezogen hatten, erfuhren wir, dass wir einem jungen Matrosen namens Hudson das Leben gerettet hatten; er war aber so erschöpft, dass er uns erst am folgenden Morgen über die Ereignisse auf der Gloria Scott Auskunft zu geben vermochte.
Nach seinem Bericht hatten sich, wie es scheint, Prendergast und seine Genossen nach unserer Abfahrt darangemacht, die verbleibenden fünf Gefangenen vom Leben zum Tode zu befördern: Die beiden Wärter wurden erschossen und über Bord geworfen und ebenso der dritte Maat. Dann stieg Prendergast ins Zwischendeck hinunter und schnitt mit eigener Hand dem unglücklichen Schiffsarzt die Kehle durch. Nun blieb nur noch der erste Maat übrig, ein kühner, tatkräftiger Mann. Als er den Sträfling mit blutigem Messer auf sich zukommen sah, streifte er seine Fesseln ab, die er schon vorher auf irgendeine Weise hatte lockern können, eilte die Treppe hinunter und verschwand im hinteren Schiffsraum. Ein Dutzend Sträflinge, die mit gespannten Pistolen nach ihm suchten, fanden ihn mit einer Zündholzschachtel in der Hand neben einem offenen Pulverfass stehen. Er rief ihnen warnend zu, er würde sie sämtlich in die Luft sprengen, wenn sie ihn nicht in Frieden ließen. Einen Augenblick darauf erfolgte die Explosion, von der Hudson meinte, sie

sei eher durch eine fehlgehende Kugel veranlasst worden als durch ein Zündholz des Maats. Mag die Ursache sein, welche sie wolle, es war das Ende der Gloria Scott und alles Lebenden auf ihr mit Ausnahme des von uns geretteten Hudson.
Das ist, mein Sohn, in wenigen Worten die schreckliche Geschichte, in die ich verwickelt war. Am nächsten Morgen nahm uns die nach Australien segelnde Brigg[11] Hotspur auf, deren Kapitän ohne Weiteres unserer Aussage Glauben schenkte, wir hätten uns aus dem Schiffbruch eines Passagierschiffes gerettet. Das Transportschiff Gloria Scott wurde von der Admiralität für verschollen erklärt, und von seinem wirklichen Schicksal ist niemals auch nur ein Wort durchgesickert. Nach einer vorzüglichen Fahrt setzte uns die Hotspur in Sidney an Land, wo wir, Evans und ich, andere Namen annahmen und uns bis zu den Goldgruben[12] durchschlugen. Hier war es uns ein Leichtes, unter den Angehörigen aller Nationen, die dort zusammenströmten, die Erinnerung an unsere frühere Existenz völlig zu verwischen.
Den Rest brauche ich kaum zu erzählen. Wir hatten Glück und kamen vorwärts. Wir machten Reisen und kehrten endlich als reiche Kolonialen nach England zurück, wo wir uns Landgüter kauften. Länger als zwanzig Jahre haben wir ein friedvolles und schönes Leben geführt und hegten die Hoffnung, unsere Vergangenheit wäre auf immer vergraben. Nun kannst du dir meine Gefühle vorstellen, als ich in dem Matrosen, der uns aufsuchte, auf den ersten Blick den Mann erkannte, den wir damals von den Trümmern der Gloria Scott aufgelesen hatten. Er war irgendwie auf unsere Spur gekommen und hatte beschlossen, aus unserer Furcht Kapital zu schlagen. Du wirst nun auch begreiflich finden, warum ich mit ihm im Guten auszukommen suchte, und wirst einigermaßen die Angst verstehen, die mich jetzt erfüllt, da er mit Drohungen auf der Zunge zu seinem zweiten Opfer gegangen ist.

Unten steht noch in einer Schrift, so zitterig, dass sie kaum lesbar ist:

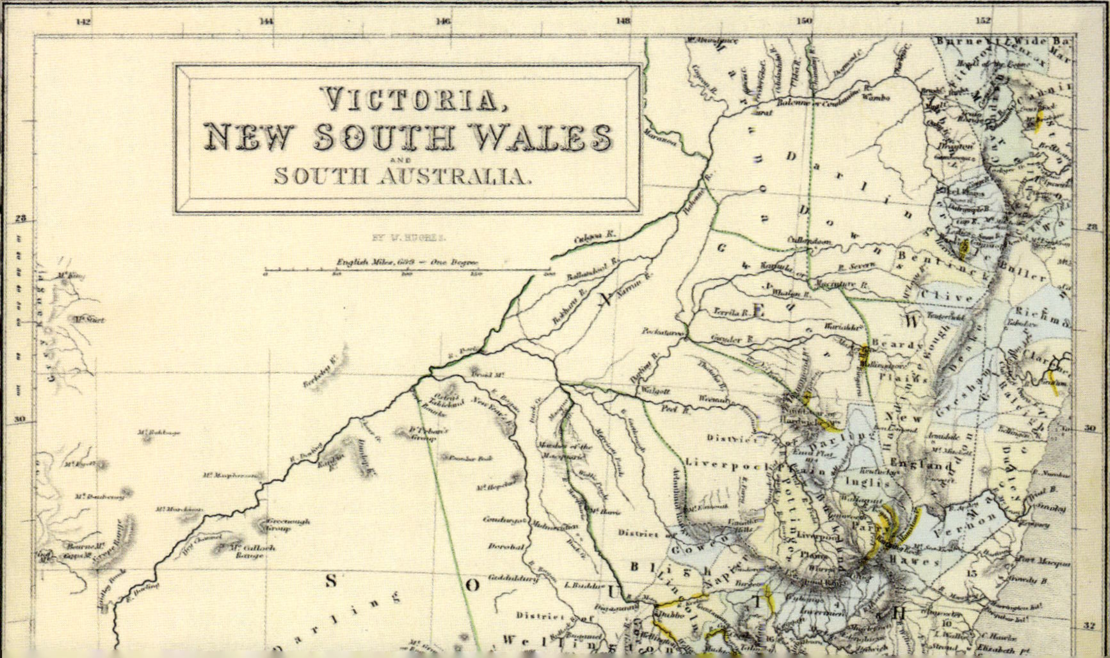

VICTORIA,
NEW SOUTH WALES
AND
SOUTH AUSTRALIA.
BY W. HUGHES.
English Miles, 69.3 = One Degree
142
144
146
148
150
152
28
30
32
Darling Downs
Liverpool Plains
New England
Bligh
Gowen
Napier
Pottinger
Buckland
Parry
Hawes
Inglis
Beardy Plains
Clive
Bentinck
Buller
Vernon
Gresham
Raleigh
Richmond
Clarence
Cavendish
Stanley
Macquarie
Dudley
Wellington
Lincoln
Darling
Culgoa R.
Balonne R.
Narran R.
Bokhara R.
Ballandool R.
Condamine R.
Peel R.
Gwydir R.
Barwon
Darling R.
Walgett
Terrila R.
Whalan R.
Macintyre R.
R. Severn
Cullendoon
Wambo
Drayton
Moreton
Port Macquarie
Grey Range
Mt. Sturt
Mt. Poole
Berkeley Rg.
Greenough Group
Gilloch Range
Stanley Range
R. Darling
Bourke
District of Bligh
District of Wellington
Armidale
Tamworth
Goonoo
Mt. Harris
Mt. Macpherson
Mt. Murchison
Mt. Dunberry
Mt. Hopeless
Dubbo

Der Goldrausch von New South Wales

Am 15. Februar 1823 entdeckte der Landvermesser James McBrien am australischen Fish River in New South Wales das erste offizielle Gold in der Geschichte der australischen Kolonialzeit. In den nächsten zwei Jahrzehnten gab es hier und da weitere Goldfunde, bevor es in den 1850er-Jahren zum ersten Goldrausch Australiens kam.

Im Februar 1851 entdeckte Edward Hargraves, der erfolglos von seiner Goldsuche in Kalifornien zurückgekehrt war, in einem Wasserlauf in der Nähe von Bathurst ein „Goldkorn“, wie er es nannte. Zunächst behielt er den Fund für sich, dann reiste er jedoch nach Sydney, um sich dort mit dem Kolonialminister zu treffen. Er erhielt eine Belohnung von £10,000, eine lebenslange Rente und wurde zum "Commissioner of Lands" ernannt.

Der Goldfund wurde im Mai 1851 verkündet und innerhalb weniger Tage waren an der Stelle 100 Goldgräber auf der Suche nach ihrem Gold. Im Juni waren es bereits über 2000 Menschen, die in der Umgebung von Bathurst schürften, und Tausende weitere waren auf dem Weg. Im darauffolgenden Jahr betrug die Ausbeute des Goldrauschs ganze 850.000 Unzen, was rund 25 Tonnen entspricht.

Auch in den umliegenden Regionen stieß man auf Gold und die koloniale Staatskasse füllte sich so immens, dass die britische Regierung 1854 die Gründung der Sydney Mint, der ersten königlichen Münzanstalt außerhalb Englands, genehmigte.

Diese Periode in der Geschichte der Kolonie führte zu einem schnellen Wachstum der Bevölkerung und einem bedeutenden Aufschwung der Wirtschaft. Zehn Jahre nach dem Beginn des Goldrausches im Jahr 1851 war die Bevölkerung von New South Wales von 200.000 auf 357.000 Menschen angewachsen, ein Zuwachs von 78 %.

Gleichzeitig verursachte der Goldrausch auch große soziale und wirtschaftliche Probleme. Die schwierigen Lebens- und Arbeitsbedingungen führten zu Alkoholmissbrauch der zugunsten der Minen aufgaben. Dies trieb die Preise für beispielsweise Verpflegung und Werkzeug in unrealistische Höhen. Außerdem wuchs die Unzufriedenheit unter den Schürfern rasant, als die Regierung Beschränkungen und Gebühren für den Abbau auferlegte und dies auch mit polizeilicher Gewalt durchsetzte.

In der Mitte des 20. Jahrhunderts ging die Goldproduktion in New South Wales zurück. 1980 bekam sie durch verbesserte Technologien und den hohen Goldpreis neuen Aufschwung. Heutzutage stellen die Minen von New South Wales noch immer den größten Untertagebau Australiens dar.

WALES
Lachlan
District of
Montagle
Murrumbidgee
VICTORIA
Wimmera
Australia Felix
Rodney
Dalhousie
Murray
Anglesey
Bourke
Dundas
Villiers
Hampden
Heytesbury
Polworth
Grenville
Mornington
Evelyn
Dargo
Bruce
Abinger
Wellesley
Auckland
Dampier
Howe
SYDNEY
Port Jackson
Broken B.
Botany B.
Wollongong Hr.
Jervis B.
Twofold B.
C. Howe
C. Otway
Portland
Wilson Prom.
Port Albert
Western Pt.
Pt. Phillip
Gold Deposits
Reference to the Counties in New South Wales
1 Argyle
2 Bathurst
3 Bligh
4 Brisbane
5 Camden
6 Cook
7 Cumberland
8 Durham
9 Georgiana
10 Gloucester
11 Hunter
12 King
13 Macquarie
14 Murray
15 Northumberland
16 Phillip
17 Roxburgh
18 St. Vincent
19 Wellington
20 Westmoreland
142 Longitude East 144 of Greenwich 146
148
150
152
154
34
36
38

Beddoes schreibt in Geheimschrift, dass H. alles verraten hat. Teurer Vater im Himmel, sei unseren Seelen gnädig!

Das war der Bericht, den ich in jener Nacht dem jungen Trevor vorgelesen habe, und ich denke, er war unter solchen Umständen dramatisch genug. Dem guten Burschen brach das Herz darüber, und er ging nach Ceylon, wo er Teepflanzer wurde. Wie ich höre, geht es ihm dort gut. Was den Matrosen und Beddoes anlangt, so hat man von keinem von beiden je wieder etwas gehört seit dem Tag, an dem der warnende Brief geschrieben wurde. Beide sind ganz und gar verschollen. Eine Anzeige bei der Polizei oder bei Gericht war nicht erfolgt. Beddoes muss also für wirklich geschehen halten, was nur eine Drohung gewesen war. Man hatte Hudson noch in der Gegend umherschleichen sehen, und nach der Annahme der Polizei war er mit Beddoes auf und davon gegangen. Ich glaube, in Wahrheit ist es gerade umgekehrt. Für mich ist es höchstwahrscheinlich, dass Beddoes, zur Verzweiflung gebracht, an dem vermeintlichen Verräter Rache genommen hat und mit so viel Mitteln, wie er nur zusammenraffen konnte, geflohen ist. Das ist der Tatbestand dieses Falles, Doktor, und wenn er für Ihre Sammlung von Wert sein sollte, so stelle ich ihn Ihnen herzlich gern zur Verfügung.«

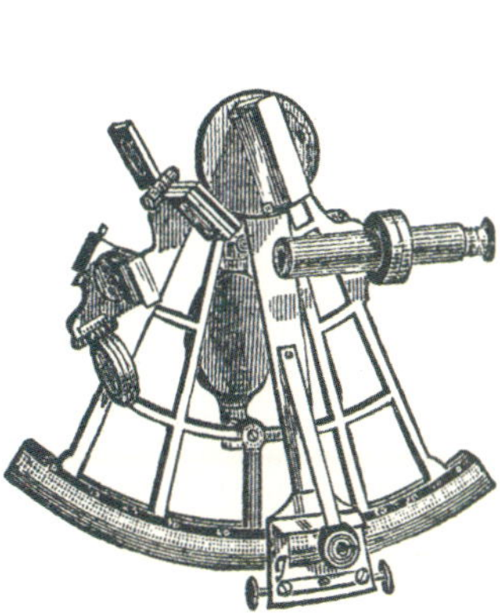

Das
Musgrave-Ritual

Unter den vielen Widersprüchen im Charakter meines Freundes Sherlock Holmes war mir einer immer besonders aufgefallen. Es gab wohl in geistiger Beziehung keinen methodischeren Menschen auf Erden als ihn, und obwohl auch er eine gewisse stille Schlichtheit in der Kleidung an den Tag legte, war er doch in seinen persönlichen Gewohnheiten einer der unordentlichsten Männer, die jemals einen Mitbewohner in die Verzweiflung getrieben haben.

Nicht, dass ich in dieser Hinsicht selbst im Geringsten konventionell wäre. Das raue, harte Leben in Afghanistan, vereint mit meinem natürlichen Hang zur Ungebundenheit, hat mich in manchen Dingen weit nachlässiger gemacht, als es sich eigentlich für einen Mediziner gehört. Aber immerhin beobachte ich gewisse Grenzen, und wenn ich mit jemand zusammenwohne, der seine Zigarren im Kohlenkasten und den Tabak in einem persischen Pantoffel aufbewahrt und der seine unbeantworteten Briefe mit dem Jagdmesser einfach an dem hölzernen Kaminsims aufspießt, dann komme ich mir, im Vergleich zu ihm, musterhaft ordentlich vor. Auch bin ich stets der Meinung gewesen, dass, wer Pistolenschießen üben will, es draußen im Freien tun sollte. Wenn sich daher Holmes in einer seiner wunderlichen Stimmungen mit der Schießwaffe und hundert Stück Patronen in den Lehnstuhl setzte und auf die Wand gegenüber als Verzierung seinen Namen mit Kugelnarben schrieb, so wurde dadurch, meiner Überzeugung nach, weder die Luft noch das Aussehen unseres Zimmers verbessert.

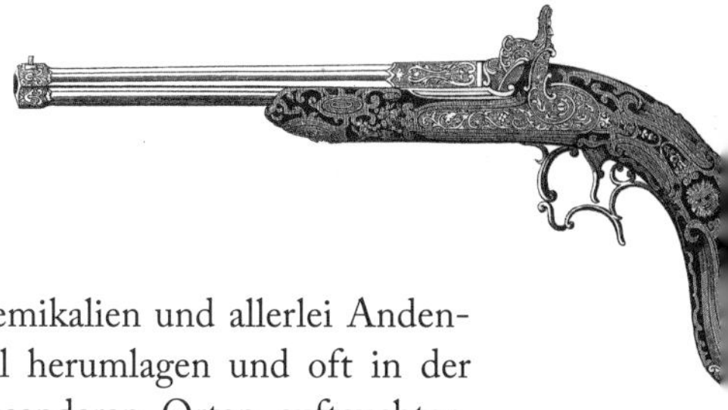

Unsere Wohnung war voller Chemikalien und allerlei Andenken an Kriminalfälle, die überall herumlagen und oft in der Butterdose oder an noch unpassenderen Orten auftauchten. Das Schlimmste waren aber seine Papiere. Ein Schriftstück zu vernichten widerstrebte ihm in höchstem Grade, besonders wenn es sich auf einen seiner interessanten Fälle bezog, und doch brachte er es höchstens einmal alle Jahre zu dem Entschluss, die Sachen durchzusehen und zu ordnen. Wie ich irgendwo in diesen unzusammenhängenden Memoiren erwähnt habe, folgten auf die Ausbrüche leidenschaftlicher Energie, wenn er die bemerkenswerten Kunststücke vollbrachte, mit denen sein Name verbunden ist, Reaktionen der Lethargie, während derer er mit seiner Geige und seinen Büchern herumlag und sich kaum bewegte, außer vom Sofa zum Tisch. So häuften sich also seine Papiere von einem Monat zum anderen auf, bis es keinen Winkel des Zimmers mehr gab, in dem nicht Bündel von Manuskripten umherlagen, die unter keiner Bedingung verbrannt werden durften und über die, außer ihrem Eigentümer, niemand verfügen konnte.

Als wir einmal an einem Winterabend zusammen am Kamin saßen, erlaubte ich mir die Bemerkung, er werde nun wohl genug Auszüge von Kriminalakten in sein Sammelbuch geklebt haben und solle die nächsten zwei Stunden dazu verwenden, unser Wohnzimmer nur einigermaßen aufzuräumen und einen menschlichen Zustand herzustellen. Dass mein Verlangen vollständig gerechtfertigt war, ließ sich nicht leugnen; so begab sich denn Holmes mit einem sehr langen Gesicht in sein Schlafzimmer, und als er gleich darauf wiederkam, schleifte er einen großen Blechkoffer hinter sich her. Er stellte ihn mitten ins Zimmer, kauerte sich auf einen Schemel daneben und schlug den Deckel zurück. Der Koffer war etwa zu einem Drittel mit vielen einzelnen rot verschnürten Papierbündeln angefüllt.

»Hier gibt's Fälle im Überfluss, Watson«, sagte mein Freund mit schlauem Lächeln. »Wenn Sie wüssten, was ich alles in diesem Koffer habe, würden Sie mich vielleicht bitten, ein paar Pakete herauszunehmen, statt noch mehr hineinzulegen.«

»Das sind wohl die Akten über Ihre älteren Sachen?«, fragte ich.

»Ich habe mir schon oft gewünscht, Auszüge davon zu bekommen.«
»Jawohl, mein Freund, das sind lauter Fälle, die ich bearbeitet habe, bevor mein Biograf erschien, um meinen Ruhm zu verkünden.«
Er nahm ein Bündel nach dem anderen heraus und betrachtete es mit fast zärtlichen Blicken. »Nicht alles ist mir gelungen, Watson«, sagte er, »aber es sind einige ganz hübsche kleine Probleme darunter. Hier sind die Aufzeichnungen über die Tarleton-Morde, die Geschichte des Weinhändlers Vamberry, das Abenteuer der alten Russin, das sonderbare Vorkommnis mit der Aluminium-Krücke, außerdem ein langer Bericht über Ricoletti mit dem Klumpfuß und seine furchtbare Frau. Und hier – ja, das ist wirklich etwas ganz Besonderes.«
Er holte aus der Tiefe des Koffers ein kleines hölzernes Kistchen mit einem Schiebedeckel hervor, das wie eine Spielzeugschachtel aussah. Darin lagen ein zerknittertes Stück Papier, ein altmodischer bronzener Schlüssel, ein Holzpflock, um den ein Knäuel Bindfaden gewickelt war, und drei verrostete Metallplättchen.
Holmes lächelte über mein verwundertes Gesicht.

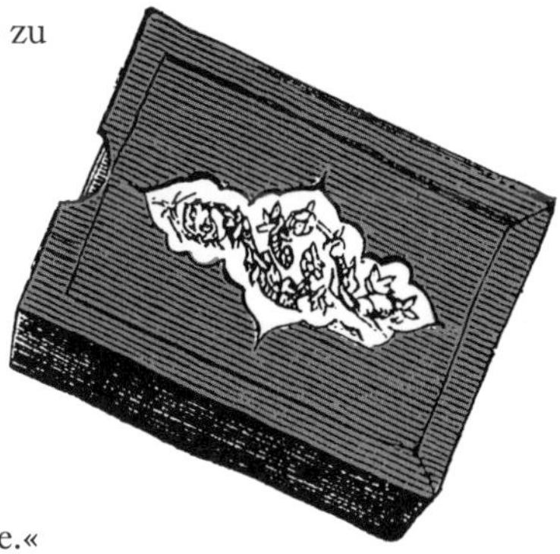

»Nun, mein Freund, was sagen Sie zu diesem Kram?«
»Es ist eine merkwürdige Sammlung.«
»Ja, sehr merkwürdig, und die Geschichte, die damit zusammenhängt, würde Ihnen noch absonderlicher vorkommen.«
»Also es knüpft sich eine Geschichte daran?«
»Ja, sogar ein Stück Weltgeschichte.«
»Wie ist das möglich?«

Holmes nahm die Gegenstände nacheinander heraus und legte sie in einer Reihe auf den Tisch. Dann zog er einen Stuhl heran, setzte sich und betrachtete sie mit zufriedenen Blicken.

»Dies«, sagte er, »ist alles, was mir zum Andenken an die merkwürdige Begebenheit übrig geblieben ist, die sich auf das Abenteuer des Musgrave Rituals bezieht.«

Ich hatte ihn schon öfters von dem Fall reden hören, doch war es mir nie gelungen, etwas Näheres darüber zu erfahren. »Sie würden mir einen großen Gefallen tun«, sagte ich, »wenn Sie mir davon erzählen würden.«

»Dann bliebe ja all der Krimskrams hier doch wieder liegen. Wie verträgt sich denn das mit Ihrer Ordnungsliebe, Watson?«, erwiderte er, mich schalkhaft anblinzelnd. »Aber es wäre mir wirklich lieb, wenn Sie den Fall in Ihre Berichte aufnehmen würden, weil Dinge dabei vorkommen, wie sie weder in der Verbrecherchronik unseres Landes noch in irgendeiner anderen verzeichnet sind, soviel ich weiß. Ihre Schilderung meiner bescheidenen Taten würde höchst unvollständig sein, wenn dieser sonderbare Vorgang dabei fehlte.

Sie erinnern sich vielleicht, wie die Angelegenheit der *Gloria Scott* und mein Gespräch mit dem unglücklichen Mann, von dessen Schicksal ich Ihnen erzählte, meine Aufmerksamkeit zum ersten Mal in die Richtung des Berufes lenkte, der zu meinem Lebenswerk geworden ist. Sie sehen mich jetzt, wo mein Name weit und breit bekannt geworden ist und wo ich sowohl in der Öffentlichkeit als auch bei den Behörden als letzte Instanz in Zweifelsfällen anerkannt bin. Schon als Sie mich kennenlernten, zur Zeit der Affäre, an die Sie in *Studie in Scharlachrot* erinnert haben, hatte ich bereits beachtliche, wenn auch nicht sehr einträgliche Verbindungen aufgebaut. Sie können sich also kaum vorstellen, wie schwer ich mich anfangs tat und wie lange ich warten musste, bis ich so weit gekommen war. Meine erste Wohnung in London war in der Montague Street, ganz nahe beim British Museum. Dort saß ich, wartete auf Klienten und nutzte gleichzeitig meine zu übermäßige Freizeit zum Studium von mancherlei Wissenschaften, die mir interessant vorkamen. Dann und wann wurden mir, hauptsächlich durch Vermittlung früherer Universitätsfreunde, allerlei Probleme vorgelegt; denn während meiner letzten Studienjahre war unter den Studenten viel von mir und meiner Methode die Rede gewesen. Von diesen ersten Fällen hat keiner ein so allgemeines Interesse erregt und ist mir dadurch auch für mein späteres Fortkommen so nützlich gewesen wie die Geschichte vom Musgrave Ritual mit ihrer sonderbaren Verkettung der Umstände, die zu einem höchst denkwürdigen Ergebnis führten.

Reginald Musgrave war mit mir auf der Universität gewesen, doch kannten wir uns damals nur flüchtig. Er galt als hochmütig bei den jüngeren Studenten, vielleicht zu Unrecht, denn mir schien, dass er die stolze Miene nur zur Schau trug, um seinen großen Mangel an Selbstvertrauen zu verbergen. Er war ein Mann von überaus aristokratischem Typ, dünn, mit schmaler Nase und großäugig, mit langsamen und doch höflichen Manieren, alles verriet den geborenen Aristokraten. Er war auch wirklich der Abkömmling einer der ältesten Familien des Königreichs, das heißt, er stammte aus der jüngeren Linie, die sich im 16. Jahrhundert von den im Norden ansässigen Musgraves getrennt und im westlichen Sussex niedergelassen hatte, wo ihr Schloss in Hurlstone vielleicht das älteste noch bewohnte Gebäude der ganzen Grafschaft ist. Wenn ich die stolze Haltung des Mannes und sein bleiches, scharf geschnittenes Gesicht betrachtete, musste ich unwillkürlich an graue Torgewölbe, steinerne Bogenfenster und den ehrwürdigen Bau einer mittelalterlichen Burg denken. Hier und da unterhielten wir uns miteinander, und ich erinnere mich, dass er mehrmals ein großes

Interesse für meine Beobachtungen und Schlussfolgerungen äußerte.

Seit vier Jahren hatte ich nichts von ihm gesehen, als er eines Tages in der Montague Street bei mir eintrat. Er war wenig verändert, ging sehr modisch gekleidet – er legte schon immer großen Wert auf seinen Anzug –, und sein Wesen war noch ebenso gemessen und verbindlich wie damals.

›Wie ist es Ihnen die Zeit über ergangen, Musgrave?‹, fragte ich, nachdem wir uns freundlich die Hand geschüttelt hatten.

›Sie werden wohl gehört haben, dass mein Vater vor zwei Jahren gestorben ist‹, antwortete er. ›Seitdem musste ich das Gut in Hurlstone verwalten, und da ich gleichzeitig Abgeordneter des Bezirks bin, führe ich ein vielbeschäftigtes Leben. Ist es wahr, was man mir sagt, Holmes, dass Sie Ihr Talent, mit dem Sie uns so oft in Erstaunen gesetzt haben, jetzt zum Beruf machen?‹

›Jawohl, ich will mir dadurch meinen Lebensunterhalt erwerben.‹

›Das freut mich sehr, denn Ihr Rat wäre mir jetzt von großem Wert. Bei uns in Hurlstone sind merkwürdige Dinge geschehen, und die Polizei ist außerstande, Licht in das Dunkel zu bringen. Es ist wirklich ein höchst seltsames und unerklärliches Vorkommnis.‹

Sie können sich denken, Watson, mit welcher Begierde ich seinen Worten lauschte, endlich schien sich mir die günstige Gelegenheit zu bieten, auf die ich während all der langen untätigen Monate gehofft hatte. Was anderen missglückte, würde mir gelingen, davon war ich fest überzeugt; es galt nur noch, eine Probe meines Könnens zu erbringen.

›Bitte, Musgrave, erzählen Sie mir alles Nähere‹, rief ich.

Er nahm mir gegenüber Platz und zündete sich eine Zigarette an, die ich ihm hingeschoben hatte.

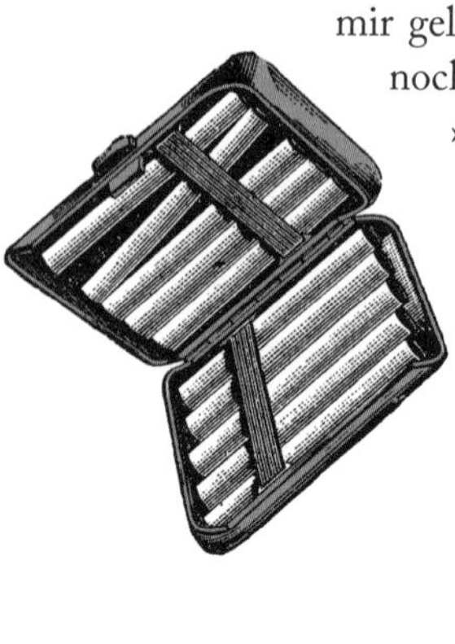

›Vor allem muss ich Ihnen sagen‹, begann er, ›dass ich zwar unverheiratet bin, aber doch in Hurlstone eine große Dienerschaft habe, denn das Schloss ist ein weitläufiger alter Bau und schwer in Ordnung zu halten. Auch ein Wildpark gehört dazu, und um die Zeit der Fasanenjagd sind jedes Jahr viele Gäste im Haus, sodass für genügende Bedienung gesorgt sein muss. Alles in allem hatte ich acht Dienstmädchen, den Koch, den Hausmeister, zwei Diener und einen Laufburschen. Für den Garten und die Ställe sind natürlich noch besondere Leute da. Von allen Dienern hatten wir Brunton, den Hausmeister, am längsten bei uns. Als er damals bei meinem Vater eintrat, war er eigentlich Schullehrer, aber ohne Stelle. Durch große Umsicht und Tatkraft machte er sich bald in der Haushaltung vollständig unentbehrlich. Er ist ein schöner Mann von hohem Wuchs, mit prächtiger Stirn und wird jetzt kaum vierzig Jahre alt sein, obwohl er bereits seit zwanzig Jahren in unserem Dienst steht. Bei seinen äußeren Vorzügen und seiner ungewöhnlichen Begabung – er spricht mehrere Sprachen, ist sehr musikalisch und spielt fast alle Instrumente – ist es schwer begreiflich, wie ihm die Stellung in unserem Haus so lange genügen konnte. Er muss sich zu wohl gefühlt haben, um den Gedanken an einen Wechsel überhaupt aufkommen zu lassen. Der Hausmeister von Hurlstone machte auf meine Gäste stets einen unvergesslichen Eindruck. Doch diese Vortrefflichkeit hatte einen Fehler. Er war eine Art Don Juan, und Sie können sich vorstellen, dass ein Mann wie er diese Rolle in einem kleinen stillen Landbezirk ohne Schwierigkeit durchführte. Solange er verheiratet war, ging alles gut; aber seit er Witwer ist, kommen wir aus der Not mit ihm gar nicht heraus. Vor einigen Monaten hatten wir Hoffnung, er werde nun Frieden finden, denn er verlobte sich mit dem zweiten Hausmädchen, Rachel Howells. Seitdem hat er ihr aber den Laufpass gegeben und sich Janet Tregellis zugewandt, der Tochter des Oberwildhüters. Rachel ist Waliserin von Geburt, ein gutes

Mädchen, aber von sehr leidenschaftlichem Gemüt. Sie verfiel in ein Nervenfieber und geht jetzt – oder ging vielmehr bis gestern nur noch wie der Schatten von ihrem früheren Selbst im Haus umher. Das war unser erstes Trauerspiel in Hurlstone, aber bald darauf folgte ein zweites, dem die Blamage und Entlassung des Hausmeisters Brunton voranging.

Die Sache hat sich folgendermaßen zugetragen: Ich erwähnte bereits, dass der Mann ungewöhnlich begabt war, aber gerade seine Klugheit hat ihn ins Verderben gestürzt, denn sie scheint in ihm eine unersättliche Neugier nach Dingen erzeugt zu haben, die ihn nicht im Geringsten angehen. Ich hatte keine Ahnung, wie weit ihn das führen würde, bis der reinste Zufall mir endlich die Augen öffnete.

Letzte Woche – es war am Donnerstag, wenn Sie es ganz genau wissen wollen – konnte ich einmal nachts nicht einschlafen, weil ich törichterweise eine Tasse starken schwarzen Kaffee nach dem Abendessen getrunken hatte. Bis zwei Uhr versuchte ich es auf alle Art, da aber an Schlaf nicht zu denken war, stand ich endlich auf und zündete mir ein Licht an, um einen angefangenen Roman weiterzulesen. Das Buch war jedoch im Billardzimmer liegen geblieben, und so zog ich denn meinen Schlafrock an und ging, es mir zu holen.

Um ins Billardzimmer zu gelangen, musste ich in dem weitläufigen Gebäude erst eine Treppe hinunter und über den Gang gehen, der zur Bibliothek und zur Gewehrkammer führt. Nun denken Sie sich mein Erstaunen, als ich diesen Gang betrat und am Ende einen Lichtschimmer wahrnahm, der aus der offenen Tür der Bibliothek kam. Ehe ich zu Bett ging, hatte ich dort selbst die Lampe gelöscht und die Tür geschlossen. Natürlich dachte ich zuerst an Einbrecher. Die Wände in den Korridoren von Hurlstone sind reich mit

alten Waffen verziert; ich nahm eine Streitaxt vom Nagel, ließ mein Licht zurück, schlich auf den Zehen den Gang hinunter und blickte verstohlen durch die offene Tür hinein.
Brunton, der Hausmeister, war in der Bibliothek. Er saß ganz angezogen in einem Lehnstuhl, hatte ein Blatt Papier wie eine Karte auf seinem Knie ausgebreitet und den Kopf in die Hand gestützt, als wäre er tief in Gedanken; eine dünne Kerze, die auf dem Tisch brannte, verbreitete nur einen schwachen Schein. Ich stand stumm vor Staunen im Dunkeln da, meinen Diener beobachtend. Plötzlich erhob er sich, ging zum Schreibtisch an der Wand, schloss ihn auf, nahm aus einer Schublade ein Blatt Papier, kehrte damit zu seinem Sitz zurück, legte es auf den Tisch neben die Kerze und begann es mit der größten Aufmerksamkeit zu lesen. In meiner Entrüstung über sein freches Durchstöbern unserer Familienurkunden tat ich einen Schritt vorwärts. Brunton blickte auf. Als er mich in der Türöffnung stehen sah, wurde sein Gesicht aschfahl vor Schrecken, und blitzschnell steckte er das kartenähnliche Papier, das er zuerst besichtigt hatte, in seine Brusttasche.
‚Das also', rief ich, ‚ist Ihr Dank für das Vertrauen, das wir in Sie gesetzt haben! – Gleich morgen verlassen Sie meinen Dienst!'
Er war wie vernichtet und schritt mit gesenktem Kopf an mir vorüber, ohne ein Wort zu erwidern. Die Kerze brannte noch auf dem Tisch, und ich warf einen Blick auf das Papier, das Brunton aus dem Schreibtisch genommen hatte. Zu meiner Überraschung enthielt es gar nichts Wichtiges, sondern war nur eine Abschrift des sogenannten *Musgrave Rituals* mit seinen sonderbaren Fragen und Antworten, an die sich ein alter Brauch in unserer Familie knüpft, den seit Jahrhunderten jeder Musgrave zu seiner Volljährigkeit durchmachen muss. Er hat weder ein allgemeines Interesse noch irgendwelchen praktischen Nutzen, außer vielleicht für den Altertumsforscher, ähnlich wie unsere Adelsschilde und Wappenbilder.‹

›Auf das Papier wollen wir lieber später zurückkommen‹, sagte ich.
›Wenn Sie es für nötig halten‹, antwortete er zögernd. ›Ich fahre also mit meinem Bericht fort: Nachdem ich den Schreibtisch, in dem noch der Schlüssel steckte, wieder zugeschlossen hatte, wollte ich eben das Zimmer verlassen, als ich zu meiner Überraschung den Hausmeister wieder vor mir stehen sah.
‚Mr. Musgrave', sagte er, und seine Stimme klang heiser vor innerer Bewegung, ‚ich kann die Schande nicht ertragen. Von jeher bin ich stolz auf meinen Stand gewesen, und die Schmach überlebe ich nicht. Sie jagen mich in den Tod, Sir, glauben Sie es mir, wenn Sie mich zur Verzweiflung treiben. Können Sie mich, nach dem, was vorgefallen ist, nicht länger im Dienst behalten, so geben Sie mir eine Kündigungsfrist und lassen Sie mich nächsten Monat fortgehen, als ob ich es freiwillig täte. Vor allen Leuten, die ich so gut kenne, fortgejagt zu werden, das könnte ich nicht ertragen.'
‚Sie verdienen durchaus keine Schonung, Brunton', entgegnete ich; ‚ganz ehrlos haben Sie gehandelt! Doch will ich Sie nicht der öffentlichen Schande preisgeben, weil Sie so lange in unserer Familie waren. Von einem Monat kann aber keine Rede sein. Machen Sie, dass Sie in einer Woche fortkommen; welche Gründe Sie dafür angeben wollen, ist mir gleich.'
‚Nicht mehr als eine Woche, Sir?', rief er verzweifelt. ‚Wenigstens vierzehn Tage – gewähren Sie mir vierzehn Tage!'
‚Eine Woche', wiederholte ich. ‚Sie sind dann noch viel zu glimpflich davongekommen.'
Er ließ den Kopf auf die Brust sinken und schlich wie gebrochen hinaus; ich aber löschte das Licht und kehrte in mein Zimmer zurück.
Während der nächsten zwei Tage war Brunton sehr eifrig in seinem Dienst. Ich erwähnte das Vorgefallene mit keiner Silbe und wartete nicht ohne Spannung, wie er es anstellen würde,

seine Schmach zu verheimlichen. Am dritten Morgen erschien er nicht wie gewöhnlich nach dem Frühstück, um meine Befehle für den Tag entgegenzunehmen. Als ich das Esszimmer verließ, traf ich zufällig das Dienstmädchen Rachel Howells. Sie war, wie gesagt, erst kürzlich von ihrer schweren Krankheit genesen und sah so entsetzlich bleich aus, dass ich sie schalt, weil sie sich zu früh an die Arbeit begeben hatte.

‚Gehen Sie gleich zu Bett', sagte ich, ‚und nehmen Sie Ihre Pflichten erst wieder auf, wenn Sie stark genug sind.'

Sie sah mich mit so seltsamen Blicken an, dass ich fürchtete, ihr Verstand habe gelitten.

‚Ich fühle mich stark genug, Mr. Musgrave', antwortete sie.

‚Wir wollen sehen, was der Doktor sagt. Jedenfalls arbeiten Sie jetzt nicht weiter, und wenn Sie hinuntergehen, schicken Sie Brunton zu mir, ich will ihn sprechen.'

‚Der Hausmeister ist fort', sagte sie.

‚Fort! Wohin?'

‚Er ist fort. Niemand hat ihn gesehen. In seinem Zimmer ist er auch nicht. Jawohl, er ist fort – ganz fort.' Sie lehnte sich gegen die Wand, brach in ein grässliches Gelächter aus und verfiel dann in krampfhaftes Schluchzen. Entsetzt über diesen plötzlichen hysterischen Anfall, stürzte ich zur Klingel, um Hilfe herbeizurufen. Das Mädchen wurde, noch immer schreiend und schluchzend, auf ihr Zimmer gebracht, und ich zog nun selbst Erkundigungen über Brunton ein. Kein Zweifel, er war verschwunden. Sein Bett fand man unberührt, und seit dem letzten Abend war er von niemand mehr gesehen worden. Wie er jedoch das Haus hatte verlassen können, blieb ein Rätsel, da sämtliche Fenster und Türen am Morgen noch fest verschlossen waren. Seine Kleider, seine Uhr, sogar sein Geld fand man im Zimmer vor, es fehlte nur der schwarze Anzug, den er gewöhnlich trug. Auch die Pantoffeln waren fort und die Stiefel zurückgeblieben. Kein Mensch wusste sich zu erklären, wohin der Hausmeister in jener Nacht gegangen sein könne und was aus ihm geworden sei.

Wir durchsuchten das ganze Haus und alle Nebengebäude, ohne eine Spur von ihm zu entdecken. Es ist, wie gesagt, ein förmliches Labyrinth, besonders der älteste Flügel, der jetzt fast unbewohnt ist; überall forschten wir nach dem Verschwundenen, aber ohne jeden Erfolg. Dass er ohne Eigentum fortgegangen sein sollte, schien mir unglaublich – und doch, wo konnte er sein? Ich wandte mich an die Ortspolizei, auch ihre Bemühung war vergeblich. Es hatte die Nacht zuvor geregnet; wir besichtigten den Rasenplatz und alle Gänge und Wege, es fanden sich aber keine Fußspuren. So standen die Dinge, als ein neues Ereignis unsere Gedanken von dem ursprünglichen Rätsel ablenkte.

Zwei Tage lang war Rachel Howells sehr krank gewesen; bald raste sie in Fieberfantasien, bald verfiel sie in einen hysterischen Zustand, sodass eine Pflegerin nachts bei ihr wachen musste. In der dritten Nacht wurde die Kranke ruhiger, und sobald die Wärterin sah, dass sie sanft schlief, nickte auch sie im Lehnstuhl ein. Als sie früh am Morgen erwachte, stand das Fenster offen, das Bett war leer und von der Kranken nirgends eine Spur. Man weckte mich sofort, und ich machte mich mit zwei Dienern auf, um nach dem Mädchen zu suchen. Die von ihr eingeschlagene Richtung war leicht zu finden, wir konnten ihre Fußtritte vom Fenster aus über den Rasen bis an den Rand des Weihers verfolgen, wo sie plötzlich dicht neben dem Kiespfad aufhörten, der aus den Anlagen führt. Der See ist an dieser Stelle über acht Fuß tief, und Sie können sich unseren

Schrecken denken, als wir sahen, dass sich die Spur der armen Geisteskranken dort am Ufer verlor. Natürlich ließ ich den See gleich ausfischen, aber der Leichnam fand sich nicht. Stattdessen wurde ein höchst seltsamer Gegenstand an die Oberfläche befördert. Es war ein Leinwandsack, der einen formlosen, verbogenen Gegenstand aus verrostetem und schwarz angelaufenem Metall enthielt nebst mehreren matten Kieseln oder Glasstücken. Außer diesem merkwürdigen Fund hat man aus dem Weiher nichts herausgezogen. Obwohl wir nun aber seit gestern alle möglichen Erkundigungen und Nachforschungen angestellt haben, sind wir über das Schicksal von Rachel Howells und Richard Brunton vollständig im Dunkeln geblieben. Die Polizei der Grafschaft ist mit ihrem Latein am Ende, und als letzte Hilfe habe ich Sie aufgesucht.‹

Sie können sich vorstellen, Watson, wie begierig ich auf diesen seltsamen Bericht lauschte und wie eifrig ich bemüht war, die einzelnen Teile zusammenzufügen und nach einem Faden zu suchen, der sie untereinander verbände.

Der Hausmeister war fort, das Mädchen nicht zu finden. Rachel hatte Brunton geliebt und dann Grund gehabt, ihn zu hassen. Sie war feurig und leidenschaftlich und befand sich unmittelbar nach seinem Verschwinden in der schrecklichsten Aufregung. Der Sack mit dem sonderbaren Inhalt war von ihr in den See geworfen worden. Alle diese Einzelheiten mussten wohl in Betracht gezogen werden, aber durch keine derselben kam man der Sache auf den Grund. Von welchem Punkt war die Verwicklung ausgegangen? Wo steckte das Ende des verwirrten Knäuels?

›Ich muss das Papier sehen, Musgrave‹, sagte ich, ›das Ihr Hausmeister sich verschaffte, selbst auf die Gefahr hin, seine Stellung zu verlieren.‹

›Dieses sogenannte Ritual unserer Familie ist ein höchst absurdes Schriftstück‹, erwiderte er, ›das keinen anderen Wert hat als sein hohes Alter. Ich habe eine Abschrift bei mir, wenn Sie einmal einen Blick darauf werfen wollen.‹

Er händigte mir dieses Blatt aus, das Sie hier vor sich sehen, Watson; die sonderbaren Fragen und Antworten, die jeder Musgrave hersagen musste, sobald er volljährig war, lauteten:

Wem gehörte sie?
Dem, der nicht mehr ist.
Wer soll sie haben?
Der, welcher kommt.
Welcher Monat war es?
Der sechste vom ersten.
Wo war die Sonne?
Über der Eiche.
Wo war der Schatten?
Unter der Ulme.
Wie maß man ihn aus?
Nach Norden zehn und zehn, nach Osten fünf und fünf, nach Süden zwei und zwei, nach Westen eins und eins und darunter.
Was sollen wir dafür geben?
All unser Gut.
Warum geben wir es hin?
Um des Vertrauens willen.

›Das Original trägt kein Datum, aber der Schreibweise nach muss es aus der Mitte des siebzehnten Jahrhunderts stammen‹, bemerkte Musgrave. ›Ich fürchte jedoch, es wird Ihnen zur Lösung jenes Rätsels kaum behilflich sein können.‹

›Es enthält jedenfalls ein zweites Geheimnis‹, sagte ich, ›das mir noch weit interessanter zu sein scheint als das erste. Möglich, dass uns auch das klar wird, sobald wir das andere gelöst haben. – Nichts für ungut, Musgrave, aber Ihr Hausmeister muss ein sehr kluger Mann gewesen sein, wenigstens hat er mehr Scharfsinn bewiesen als zehn Generationen seiner Herren.‹
›Ich verstehe Sie nicht recht‹, meinte Musgrave, ›das Papier scheint mir doch keinerlei praktischen Zweck zu haben.‹
›Das möchte ich bestreiten, mir scheint es ein Dokument von ungewöhnlicher Wichtigkeit, und Brunton war ohne Zweifel derselben Ansicht. Vermutlich hat er es schon früher gesehen als in jener Nacht, in der Sie ihn ertappten.‹
›Wohl möglich; wir gaben uns keine Mühe, es zu verbergen.‹
›Er wollte sich bei dieser letzten Gelegenheit nur noch einmal alles ins Gedächtnis rufen, wie mir scheint. Sie erwähnten ja auch eine Art Karte oder einen Plan, den er bei Ihrem Erscheinen in die Tasche steckte, nicht wahr?‹
›Ganz recht. Aber was ging denn Brunton unser alter Familienbrauch an, und was soll das Kauderwelsch überhaupt bedeuten?‹ –
›Das würde man wohl ohne allzu große Schwierigkeit herausfinden können‹, sagte ich. ›Wenn Sie nichts dagegen haben, fahren wir mit dem ersten Zug zusammen nach Sussex, um die Sache an Ort und Stelle etwas genauer zu untersuchen.‹

Noch am selben Nachmittag trafen wir in Hurlstone ein. Vielleicht haben Sie schon einmal eine Abbildung des berühmten alten Schlosses gesehen und eine Beschreibung davon gelesen. Ich erwähne nur, dass es in Form eines lateinischen L gebaut ist; der lange Arm ist der neuere Teil, während der kürzere den alten Bau als Flügel darstellt, an den das andere angebaut wurde. Über dem niedrigen, schweren Türgerüst in der Mitte des Flügels ist die Jahreszahl 1607 eingemeißelt, aber alle Sachverständigen stimmen darin überein, dass Balken und Mauerwerk in Wirklichkeit bedeutend älter sind. Die furchtbar dicken Wände und die winzigen Fenster des alten Schlosses veranlassten die Familie im letzten Jahrhundert, den Neubau zu unternehmen; der alte Flügel wurde nur noch als Vorratshaus und Keller benutzt. Ein prachtvoller Park mit herrlichen alten Bäumen umgab das Haus; der Weiher, von dem mein Klient gesprochen hatte, lag dicht an der breiten Allee, etwa zweihundert Meter vom Wohngebäude.

Ich war bereits fest überzeugt, Watson, dass die drei Rätsel im Grunde nur ein einziges waren und wir bloß das Musgrave-Ritual richtig zu verstehen brauchten, um Aufschluss darüber zu erhalten, was aus Rachel Howells und dem verschwundenen Hausmeister geworden sei. – So wandte ich denn meine ganze Aufmerksamkeit dem seltsamen Schriftstück zu. Warum lag wohl dem langjährigen Diener der Familie so viel daran, die alte Formel zu untersuchen? Offenbar, weil er etwas darin sah, was allen Gliedern dieses Adelsgeschlechts seit Jahrhunderten entgangen war und wovon er sich einen persönlichen Vorteil versprach. Was konnte das sein und welchen Einfluss hatte es auf sein Schicksal gehabt?

Beim Lesen des Rituals war mir gleich klar geworden, dass die angegebenen Maße sich auf einen Platz beziehen müssten, auf den der übrige Inhalt der Urkunde hinwies. Ließ sich dieser Platz finden, so kam man vielleicht dem Geheimnis auf die Spur, welches die alten Musgraves auf so absonderliche Art verewigt hatten. Zwei Wegweiser halfen uns zu Beginn der Untersuchung: eine Eiche und eine Ulme. In Bezug auf die Eiche war kein Zweifel möglich. Gerade gegenüber dem Haus, links von der Allee, erhob sich ein wahrer Patriarch unter den Bäumen, die herrlichste Eiche, die ich je gesehen habe.

›Sie wuchs gewiss schon hier, als das Ritual aufgesetzt wurde‹, sagte ich im Vorbeifahren.

›Vermutlich schon vor der Eroberung Englands durch die Normannen[13]‹, antwortete mein Klient, ›der Baum hat einen Umfang von 23 Fuß.‹

Das war ein fester Punkt, von dem ich ausgehen konnte.

›Haben Sie auch ebenso alte Ulmen?‹, fragte ich.

›Eine uralte Ulme stand dort drüben, aber vor zehn Jahren wurde sie vom Blitz getroffen, und man hat den Stumpf abgehauen.‹

›Kann man die Stelle noch sehen?‹

›Jawohl.‹

›Andere Ulmen gibt es nicht?‹

›Nein, aber eine Menge Buchen.‹

›Bitte zeigen Sie mir den Standort dieser Ulme.‹

Wir fuhren in unserem leichten Dogcart[14] am Schloss vor, und Musgrave ging mit mir zu dem Platz auf dem Rasen, wo die Ulme früher gestanden hatte. Die Stelle war halbwegs zwischen dem Haus und der Eiche. Meine Untersuchung machte entschiedene Fortschritte.

›Wäre es wohl möglich, herauszufinden, wie hoch die Ulme gewesen ist?‹, fragte ich.
›Das kann ich Ihnen gleich sagen. Sie war 64 Fuß hoch.‹
›Woher wissen Sie das?‹, fragte ich erstaunt.
›Mein alter Lehrer ließ mich bei den Aufgaben in der Trigonometrie immer Höhenmessungen anstellen. Als Knabe habe ich die Höhe eines jeden Baumes und sämtlicher Gebäude auf dem Gute ausgerechnet.‹
Dies war ein unerwarteter Glücksfall. Ich hatte kaum gehofft, die Tatsachen so rasch ermitteln zu können.
›Bitte sagen Sie mir, ob der Hausmeister je eine derartige Frage an Sie gestellt hat.‹
Musgrave sah mich verwundert an. ›Jetzt wo Sie mich danach fragen, fällt mir ein, dass Brunton mich wirklich vor einigen Monaten nach der Höhe dieses Baumes gefragt hat; er hatte sich mit dem Stallknecht darüber gestritten.‹
Das war mir eine willkommene Nachricht, Watson, ein Beweis, dass ich auf dem richtigen Weg war. Ich blickte zur Sonne, die schon tief am Himmel stand, und berechnete, dass sie in etwa einer Stunde gerade die höchsten Äste der alten Eiche treffen würde. *Eine* Bedingung im Ritual war dann erfüllt. Mit dem Schatten der Ulme musste das äußerste Ende des Schattens gemeint sein, sonst hätte man den Stamm als Richtlinie genommen. Es galt demnach herauszufinden, bis wohin der Schatten fallen würde, sobald die Sonne die Eiche berührte.«
»Das muss recht schwierig gewesen sein, Holmes; die Ulme war ja nicht mehr da.«
»Hatte Brunton es geschafft, so musste es mir auch gelingen. In Wirklichkeit war es leichter, als es scheint. Ich ging mit Musgrave in sein Arbeitszimmer, schnitzte mir den Holzpflock, den Sie hier sehen, und knüpfte diesen langen Strick daran fest, bei dem ich jeden Meter durch einen Knoten markierte. Dann band ich zwei Angelruten aneinander, deren Länge genau sechs Fuß

betrug, und ging mit meinem Klienten wieder an die Stelle, wo die Ulme gestanden hatte. Die Sonne streifte eben die höchsten Wipfel der Eiche. Ich steckte die Angelrute aufrecht in den Boden, sah, wohin ihr Schatten fiel, und maß ihn ab. Er war gerade neun Fuß lang. Natürlich ließ sich die Rechnung jetzt leicht machen. Wenn eine Rute von sechs Fuß einen neun Fuß langen Schatten warf, so musste ein 64 Fuß hoher Baum einen 96 Fuß langen Schatten werfen, und die Richtung beider konnte nur gleich sein. Ich maß die Strecke aus, kam dabei fast bis an die Mauer des Hauses und steckte meinen Holzpflock dort fest. Nun stellen Sie sich mein Entzücken vor, Watson, als ich kaum zwei Zoll von meinem Pflock entfernt eine trichterförmige Vertiefung im Boden bemerkte. Es war das Zeichen, welches sich Brunton bei seinen Messungen gemacht hatte. Also war ich noch immer auf seiner Fährte.

Von diesem Ausgangspunkt begann ich nun die Maße abzuschreiten, nachdem ich zuerst mit meinem Kompass die Himmelsrichtungen festgestellt hatte. Zehn Schritte mit jedem Fuß führten mich längs der Hausmauer hin, und ich bezeichnete den Punkt wieder durch einen Pflock. Nun tat ich genau je fünf Schritte nach Osten und je zwei nach Süden. Dadurch gelangte ich bis dicht an die Schwelle der alten Tür. Die zwei Schritte nach Westen musste ich auf den Steinfliesen des Hausflurs machen, und damit hatte ich die im Ritual bezeichnete Stelle erreicht.

Hier stand ich; aber wie groß meine Enttäuschung war, lässt sich nicht beschreiben, Watson.

Im ersten Augenblick war ich fest überzeugt, dass ich mich bei meiner Berechnung gründlich geirrt haben müsse. Die untergehende Sonne schien hell in den Hausflur hinein, und ich sah, dass das alte ausgetretene graue Steinpflaster fest zusammengekittet und sicherlich seit langen Jahren nicht aufgerissen worden war. Brunton hatte hier nicht nachgegraben. Ich klopfte auf den Boden, aber es klang überall gleich, auch zeigte sich nirgends ein Riss oder eine Spalte. Zum Glück hatte aber jetzt auch Musgrave angefangen, die Bedeutung meiner Forschungen einzusehen, und seine Aufregung war ebenso groß wie meine. Er holte das Papier heraus, um noch einmal alles nachzurechnen.

›*Und darunter*,‹ rief er, ›*und darunter* – das haben Sie fortgelassen!‹

Ich hatte gedacht, man sollte ein Loch graben, aber jetzt sah ich plötzlich meinen Irrtum ein.

›Es ist also ein Keller darunter?‹, rief ich.

›Natürlich; er ist ebenso alt wie das Gebäude; durch die Tür dort geht's hinab.‹

Wir stiegen eine Wendeltreppe hinunter; mein Gefährte strich ein Zündholz an und machte Licht in einer großen Laterne, die auf einem Fass in der Ecke stand. Sofort war uns beiden klar, dass wir den richtigen Platz entdeckt hatten, den auch vor uns schon andere Leute kürzlich besucht haben mussten. Der Keller war als Holzstall benutzt worden, aber die Scheite, die offenbar zuvor zerstreut auf dem Boden umhergelegen hatten, waren jetzt an beiden Seiten aufgeschichtet, sodass der mittlere Raum frei blieb. Unser Blick fiel auf eine große schwere Steinplatte mit einem verrosteten Eisenring in der Mitte, an welchem ein wollenes kariertes Halstuch festgebunden war.

›Das ist ja Bruntons Tuch‹, rief mein Klient, ›ich habe es ihn tragen sehen, das kann ich beschwören. Was hat der Schurke hier unten vorgehabt?‹

Auf meinen Vorschlag wurden ein paar Leute von der Ortspolizei herbeigerufen, und dann versuchte ich, die Steinplatte mithilfe des Halstuchs in die Höhe zu ziehen. Ich konnte sie nur wenig von der Stelle bewegen, erst als einer der Polizisten mir seinen Beistand lieh, gelang es uns mit vereinten Kräften, sie fortzuschieben. Ein schwarzes Loch gähnte zu unseren Füßen, und als Musgrave mit der Laterne hinunterleuchtete, sahen wir eine etwa sieben Fuß tiefe Kammer, die ungefähr fünf Fuß im Quadrat maß. Auf einer Seite stand ein flacher, eisenbeschlagener Holzkoffer, in dessen zurückgeschlagenem Deckel ein seltsam geformter altmodischer Schlüssel steckte. Eine dicke Staubschicht lag darauf, und von dem Gewürm und der Feuchtigkeit war das Holz so zerfressen und verfault, dass sich drinnen Schwämme und Pilze in Menge angesiedelt hatten. Verschiedene runde Metallstücke – vermutlich alte Münzen –, wie ich hier einige habe, lagen auf dem Boden des Koffers verstreut; etwas anderes enthielt er nicht. In jenem Augenblick dachten wir jedoch nicht an den alten Koffer, wir starrten nur auf die Gestalt, die davor kauerte. Es war ein Mann in schwarzem Anzug, der die Arme nach beiden Seiten ausgestreckt mit dem Kopf auf dem Rande des Koffers lag. In dieser Stellung war ihm alles Blut ins Gesicht getreten, und das verzerrte blaurote Antlitz war ganz unkenntlich. Doch seine Größe, sein Haar und sein Anzug genügten, um meinem Klienten den Beweis zu liefern, dass es der verschwundene Hausmeister war. Wir zogen ihn hoch; er war schon seit mehreren Tagen tot, aber es fand sich keine Wunde oder sonstige Verletzung an seiner Person, die auf ein gewaltsames Ende schließen ließ. Als man den Leichnam zum Keller hinausgeschafft hatte, standen wir abermals einem schauerlichen Rätsel gegenüber.

Ich muss gestehen, dass ich dies Ergebnis meiner Forschung als eine schwere Enttäuschung empfand. Nach meiner Berechnung sollte das Problem gelöst sein, sobald ich den Ort gefunden hatte, auf den das Ritual hinwies; aber jetzt war ich anscheinend noch ebenso weit davon entfernt, zu ergründen, was wohl die alten Musgraves mit so außerordentlicher Vorsicht hier verbergen wollten. Zwar hatte ich den unglücklichen Brunton gefunden, doch galt es noch, sein Schicksal zu enträtseln und zu ermitteln, welche Rolle das verschwundene Mädchen dabei gespielt hatte.

Ich setzte mich auf ein Fass, das im Winkel stand, und überlegte die Sache aufs Gründlichste. Sie kennen meine Methoden, Watson. Ich versuche mich an die Stelle des Menschen zu versetzen, um den es sich handelt, und einen Maßstab für seine geistigen Fähigkeiten zu gewinnen; dann frage ich mich, was ich selbst unter diesen Umständen getan haben würde. Dass ich auf Bruntons scharfen Verstand zählen konnte, erleichterte mir die Sache wesentlich; ich brauchte nun nur von meinem eigenen Standpunkt auszugehen. Er wusste, es war etwas Wertvolles verborgen; den Ort hatte er entdeckt, aber der Stein, der ihn verschloss, war zu schwer, als dass ein Mann ihn allein hochheben konnte. Was war nun zu tun? Sollte er sich Hilfe von außen verschaffen? Selbst wenn diese noch so zuverlässig war, hätte er doch die Türen aufschließen müssen, und das würde leicht zu einer Entdeckung geführt haben. Weit besser war es, wenn ihm ein Bewohner des Hauses Beistand leistete. Aber wen konnte er darum angehen? Das Mädchen war ihm treu ergeben gewesen. Nun kann ein Mann sich aber nur schwer vorstellen, dass er die Liebe einer Frau unwiederbringlich verloren haben soll, und wenn er sie noch so schlecht behandelt hat. Er beschloss, Rachel Howells ein paar Aufmerksamkeiten zu erweisen, sich mit ihr zu versöhnen und sie zu bestimmen, ihn bei seinem Vorhaben zu unterstützen. Sie gingen zur Nachtzeit zusammen in den Keller, und mit ihrer vereinten Anstrengung gelang es, die Steinplatte hochzuheben. So weit konnte ich ihnen folgen, als hätte ich ihr Tun selbst mit angesehen.

Für zwei Leute, einen Mann und ein Mädchen, musste es eine schwere Arbeit gewesen sein, den Stein fortzuschaffen; wir hatten uns dabei sehr anstrengen müssen, ich und der starke Polizist. Womit konnten sie sich helfen? Was ich an ihrer Stelle getan hätte, wusste ich wohl. Ich stand auf und untersuchte die Holzstücke, die auf dem Boden umherlagen. Bald fand ich, was ich erwartete. Ein etwa drei Fuß langes Holzscheit war an einem Ende zusammengepresst und mehrere waren platt gedrückt, als habe eine bedeutende Last darauf gelegen. Offenbar hatten sie den Stein verschoben und die Holzstücke in den Spalt gesteckt, bis sie endlich, sobald die Öffnung groß genug war, um durchzukriechen, das Scheit der Länge nach dazwischen geklemmt hatten, damit sich das Loch nicht schließen könne. Bis dahin war ich noch sicher in meinen Folgerungen.

Aber wie sollte ich mir nun die Fortsetzung des nächtlichen Trauerspiels vorstellen? Natürlich konnte nur einer in das Loch hinuntersteigen, und das war Brunton. Das Mädchen musste oben gewartet haben. Brunton schloss den Koffer auf, reichte den Inhalt vermutlich seiner Helfershelferin – und was geschah dann? – War das glimmende Feuer der Rachsucht plötzlich in der leidenschaftlichen Waliserin entflammt, als sie den Mann in ihrer Gewalt sah, der sie betrogen und ihr vielleicht ein größeres Unrecht angetan hatte, als wir ahnten? – War das Scheit aus Zufall abgerutscht, sodass die Steinplatte niederfiel und dadurch Brunton sein schauerliches Grab bereitete? Hatte Rachel nur durch ihr Schweigen seinen Tod verschuldet? Oder hatte sie durch einen plötzlichen Stoß mit eigener Hand die Stütze fortgeschleudert, sodass die Platte von selbst zufiel? Wie es sich auch zugetragen – mir war, als sähe ich die Gestalt in wilder Hast die Treppe hinauf entfliehen, während ihre Hände den geraubten Schatz umklammert hielten. In den Ohren gellte ihr fort und fort das dumpfe Angstgeschrei ihres treulosen Geliebten; sie hörte ihn wie wahnsinnig mit aller Kraft gegen die Steinplatte hämmern, die ihn abschloss von Luft und Leben.

Deshalb ihr totenbleiches Gesicht, ihre zerrütteten Nerven, ihr hysterisches Gelächter am nächsten Morgen. – Aber was war in dem Kasten gewesen? Was hatte sie damit getan? – Es konnte nichts anderes sein als das alte Metall und die Kiesel, die mein Klient aus dem Weiher aufgefischt hatte. Sie musste den Leinwandsack bei der ersten Gelegenheit hineingeworfen haben, um die letzte Spur ihres Verbrechens zu tilgen.

Wohl zwanzig Minuten lang hatte ich regungslos dagesessen. Musgrave stand noch immer mit bleicher Miene vor mir, schwang die Laterne hin und her und starrte in das Loch hinunter.

CHARLES I.st
King of England, Scotland,
France & Ireland, &c.
Van Dike pinx.
T. Woodman & H. Mutlow Fecit
HONI SOIT QUI MAL Y PENSE
DIEU ET MON DROIT

… wurde der Name Stewart zur französischen Schreibweise Stuart umgeändert. Nach dem Tod der kinderlosen Elisabeth I. von England fiel die englische Krone durch Erbschaft an König James Stuart VI. von Schottland. Er vereinte 1603 beide Länder in Personalunion und wurde so 1604 als James I. König von Großbritannien.

Charles I. (dt.: Karl I.) war der Sohn von James I. und wurde 1600 in Schottland geboren. Nachdem sein Vater zum König gekrönt wurde, zog Charles I. mit drei Jahren nach London. Sein älterer Bruder starb in jungen Jahren, wodurch Charles zum direkten Nachfolger seines Vaters und 1625 zum König Englands, Schottlands und Irlands gekrönt wurde.

Doch seine Vorstellung der königlichen Herrschaft war eine absolutistische. Er war ein Anhänger des „Divine Right of Kings", also eines gottgegebenen Herrschaftsrechts, und war überzeugt, nur vor Gott Rechenschaft über seine Taten ablegen zu müssen. Damit stieß er auf viel Kritik, die durch zusätzliche Spannungen zwischen Anglikanern, Puritanern, Presbyterianern und Katholiken in ganz Großbritannien noch verstärkt wurde.

Während im ganzen Königreich Proteste gegen den König entstanden, bereitete Charles einen Staatsstreich vor, um seine politischen Gegner am Tag einer Kabinettssitzung verhaften zu lassen. Sein Vorhaben misslang und brachte das Parlament noch weiter gegen sich auf, weswegen Charles London verlassen musste. Er sammelte seine Anhängerschaft in Oxford, während in London eine Armee gegen die Royalisten aufgestellt wurde. Der Weg in einen englischen Bürgerkrieg war nun unvermeidbar.

Im Kampf wurden die Königstreuen stark in den Regionen von Wales, Cornwall und dem Nordosten unterstützt („Cavaliers" genannt) und die Parlamentarier („Roundheads") wussten Schottland auf ihrer Seite.

Charles musste sich im Jahr 1647 geschlagen geben und wurde von den Schotten an das englische Unterhaus ausgeliefert. Nach weiteren Unruhen, in denen er aus der Gefangenschaft heraus versuchte, Schottland davon zu überzeugen, sich doch noch auf seine Seite zu schlagen, kam es zu einem letzten Aufstand von übergelaufenen schottischen Kämpfern. Dieser wurde in der Schlacht von Preston durch die Roundheads zerschlagen und bedeutete das Ende des Bürgerkrieges. Charles I. wurde zum Tode verurteilt und am 30. Januar 1649 enthauptet.

Die Folgen des Bürgerkriegs waren die zeitweilige Abschaffung der Monarchie und die Errichtung der englischen Republik, das sogenannte Commonwealth. In den Folgejahren führten die Roundheads Strafzüge gegen Schottland und Irland, wo es weitere Aufstände von Cavaliers gegeben hatte, um die Regionen wieder unter englische Kontrolle zu bringen. Heute spricht man in diesem Zusammenhang von den Kriegen der Drei Königreiche (England, Schottland und Irland), die erst 1651 ein Ende zugunsten Englands fanden.

›Das sind Münzen aus der Zeit von Charles I.[15],‹ sagte er, mir einige der Metallstücke hinhaltend, die im Koffer zurückgeblieben waren. ›Sie sehen, dass wir die Entstehungszeit des Katechismus ganz richtig angegeben haben.‹

›Vielleicht findet sich noch etwas anderes, das Charles I. gehörte‹, rief ich, als mir die Bedeutung der beiden Fragen des Katechismus plötzlich aufdämmerte. ›Lassen Sie mich den Inhalt des Sackes sehen, den Sie aus dem See herausgeholt haben.‹

Wir begaben uns in sein Arbeitszimmer, und dort zeigte er mir die einzelnen Stücke. Dass er dem Fund keine Wichtigkeit beigelegt hatte, begriff ich wohl, als ich einen Blick darauf warf; das Metall war fast schwarz und die Steine matt und glanzlos. Ich rieb jedoch einen derselben auf meinem Ärmel, und er strahlte wie ein Feuerfunke in meiner halb geschlossenen Hand. Das Metall hatte die Form eines doppelten Ringes, war aber ganz krumm und verbogen, sodass sich nicht mehr erkennen ließ, was es ursprünglich gewesen sein mochte.

›Wir dürfen nicht vergessen‹, sagte ich, ›dass die Partei der Königstreuen sich selbst nach Charles' Tode noch eine Zeit lang in England behauptet hat und dass sie schließlich bei ihrer Flucht manche von ihren größten Kostbarkeiten vergraben und zurücklassen mussten, um sie nach ihrer Rückkehr unter friedlicheren Verhältnissen wieder in Besitz zu nehmen.‹

›Mein Urahne, Sir Ralph Musgrave, war einer der angesehensten Kavaliere und die rechte Hand Charles II. während seiner Irrfahrten in der Fremde‹, sagte mein Klient.

›Wirklich? – Nun, dann hätten wir ja das Glied, das uns noch gefehlt hat. Ich muss Sie beglückwünschen, dass Sie – freilich auf tragische Art – in den Besitz eines Schatzes gekommen sind, der, außer seinem großen wirklichen Wert, noch als geschichtliche Besonderheit eine ganz außergewöhnliche Bedeutung hat.‹

›Was ist es denn?‹, stieß er verwundert heraus.

›Nichts Geringeres als die alte Krone von England.‹

›Die Krone?‹

›Jawohl. Sie wissen ja, wie es in dem Ritual heißt – wie lauten doch die Worte? – ‚Wem gehörte sie?' – ‚Dem, der nicht mehr ist.' Das war nach Charles' Hinrichtung. – ‚Wer soll sie haben?' – ‚Der, welcher kommt.' Das deutet auf Charles II. hin, dessen Thronbesteigung man schon voraussah. Es ist wohl außer Zweifel, dass dies formlose und zerbrochene Diadem einst die Stirne der königlichen Stuarts[16] geschmückt hat.‹

›Und wie kam es in den Weiher?‹

›Das ist eine Frage, die nicht so schnell zu beantworten ist‹, erwiderte ich und legte ihm dann die lange Reihenfolge von Beweisen und Vermutungen vor, die sich mir aufgedrängt hatten. Die Dämmerung brach herein, und der Mond glänzte hell am Himmel, bevor ich mit meinem Bericht zu Ende war.

›Wie kam es aber, dass Charles bei seiner Rückkehr die Krone doch nicht erhielt?‹, fragte Musgrave und steckte die Kostbarkeiten wieder in den Leinensack.

›Dies ist der einzige Punkt, der wahrscheinlich immer unaufgeklärt bleiben wird. Vermutlich war der Musgrave, der um das Geheimnis wusste, in der Zwischenzeit gestorben und hatte seinen Nachkommen die schriftliche Anweisung hinterlassen, welcher er jedoch aus irgendeinem Grunde keine Erläuterung beigefügt hat. Von diesem Tage an ist das Schriftstück von Vater auf Sohn vererbt worden, bis es endlich einem Mann in die Hände fiel, der seine rätselhafte Bedeutung zu entziffern verstand, und als er den Schatz heben wollte, dies mit seinem Leben büßen musste.‹

Das ist die Geschichte vom Musgrave-Ritual, Watson. Die Krone wird noch in Hurlstone aufbewahrt, doch hat man der Familie bei Gericht Schwierigkeiten gemacht, und sie musste eine bedeutende Summe zahlen, bevor man ihr gestattete, den Schatz zu behalten. Wenn Sie einmal in der Gegend sind und sich auf mich berufen, wird man Ihnen die alte Krone mit Vergnügen zeigen.

Von der
Frau hat man
nichts wieder gehört;
sie ist, aller Wahrscheinlichkeit nach,
in irgendein überseeisches Land entflohen
und hat die Erinnerung
an ihr Verbrechen mitgenommen.«

Die Junker
von Reigate

Im Frühling 1887 hatte mein Freund Sherlock Holmes derartige Anstrengungen durchgemacht, dass es einige Zeit brauchte, ehe er wieder zu Kräften kommen konnte. Die ganze Sache der Netherland-Sumatra Company und die kolossalen Pläne des Barons Maupertuis sind in den Köpfen der Öffentlichkeit noch zu präsent und haben zu sehr mit Politik und Finanzen zu tun, um ein passendes Thema für diese Serie von Skizzen zu sein. Sie führten jedoch auf indirekte Weise zu einem einzigartigen und komplexen Problem, das meinem Freund die Gelegenheit gab, den Wert einer neuen Waffe unter den vielen zu demonstrieren, mit denen er seinen lebenslangen Kampf gegen das Verbrechen geführt hat. Es war, wie ich aus meinem Notizbuch weiß, am 14. April, als ich durch ein Telegramm aus Lyon die Nachricht erhielt, Holmes liege im Hotel Dulong krank darnieder. Ich reiste sofort ab und stand schon vierundzwanzig Stunden später an seinem Bett, wo ich mich glücklicherweise sogleich überzeugen konnte, dass die Symptome der Krankheit nicht allzu gefährlich waren. Selbst seine eiserne Konstitution vermochte die Last nicht auszuhalten, die er sich seit Monaten aufbürdete. Während dieser Zeit hatte er seine Nachforschungen unablässig betrieben, täglich mindestens fünfzehn Stunden gearbeitet und sich oft, wie er mir versicherte, fünf Tage hintereinander ausschließlich der ihm gestellten Aufgabe gewidmet. Der großartige Erfolg seiner Bemühungen konnte die Folgen einer so furchtbaren Überanstrengung nicht von ihm abwenden; während ganz Europa vom Ruhm seines Namens widerhallte und er von allen Seiten mit Dankschreiben und

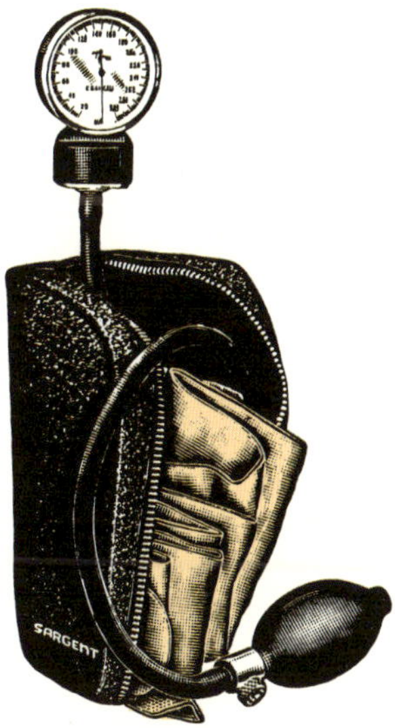

Glückwunschtelegrammen überschüttet wurde, fand ich ihn in einem Zustand tiefster Niedergeschlagenheit. Was die Polizei dreier Länder vergebens versuchte, war ihm gelungen – er hatte dem vollendetsten Schwindler von ganz Europa in die Karten gesehen und ihm das Handwerk gelegt; aber nicht einmal dies Bewusstsein vermochte ihn aus seiner nervösen Niedergeschlagenheit aufzurütteln.

Schon nach drei Tagen kamen wir zusammen wieder in der Baker Street an, aber bald stellte sich heraus, dass Holmes dringend eine Luftveränderung brauchte, und auch für mich hatte der Gedanke, eine Woche im Frühling auf dem Land zuzubringen, großen Reiz.

Mein alter Freund, Colonel Hayter, dem ich in Afghanistan ärztlichen Beistand geleistet, wohnte seit einiger Zeit in der Nähe von Reigate in Surrey und forderte mich wiederholt auf, ihn doch einmal in seinem Landhaus zu besuchen. Noch kürzlich hatte er mitgeteilt, er würde auch meinen Freund, falls er mich begleiten wollte, sehr gern als Gast bei sich empfangen. Es bedurfte zuerst einiger Überredungskünste, aber als Holmes erfuhr, es sei eine Junggesellenwirtschaft und er könne dort völlige Freiheit haben, ging er auf meine Pläne ein. Etwa eine Woche nach unserer Rückkehr aus Lyon befanden wir uns bereits unter Hayters gastfreundlichem Dach. Der Colonel war ein wackerer alter Krieger, der viel von der Welt gesehen hatte, und meine Erwartung, dass Holmes und er allerlei gemeinsame Anknüpfungspunkte finden würden, ging rasch in Erfüllung.

Am Abend unserer Ankunft saßen wir nach dem Dinner in der Bibliothek des Colonels. Holmes lag auf dem Sofa ausgestreckt, während ich mit Hayter die Waffensammlung in seinem Gewehrschrank musterte.

»Es wird gut sein«, sagte er plötzlich, »wenn ich eine von diesen Pistolen mit in mein Schlafzimmer hinaufnehme, zum Schutz gegen einen möglichen Überfall.«

»Einen Überfall?«

»Ja, wir sind kürzlich hier in nicht geringe Aufregung versetzt worden. Bei dem alten Acton, einem der größten Grundbesitzer der Grafschaft, wurde letzten Montag eingebrochen. Viel Schaden haben die Diebe nicht angerichtet, aber die Polizei hat sie noch nicht ergriffen.«

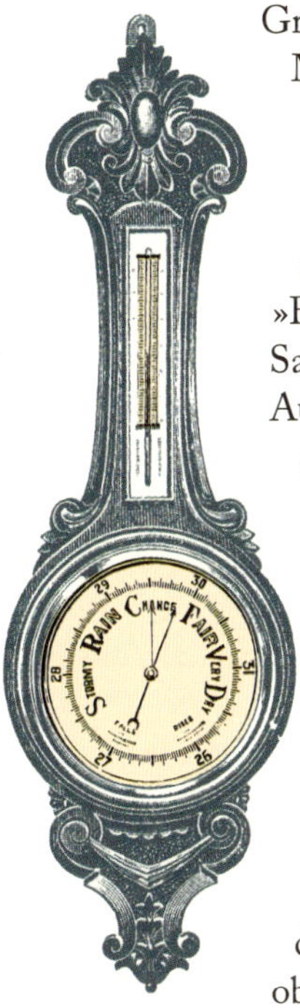

»Hat man keinen Verdacht?«, fragte Holmes mit bedeutsamem Augenzwinkern.

»Bis jetzt nicht«, antwortete der Colonel. »Die Sache ist zu geringfügig und verdient Ihre Aufmerksamkeit nicht, Mr. Holmes, nach dem großen internationalen Werk, das Sie vollbracht haben. Es handelt sich nur um ein ganz gewöhnliches Verbrechen.«

»O, ich bitte Sie«, sagte Holmes bescheiden, und doch freute ihn die Anerkennung, denn er lächelte zufrieden.

»Hat denn der Fall gar kein besonderes Interesse?«

»Ich glaube kaum. Die Diebe durchsuchten die Bibliothek, fanden aber wenig, was die Mühe lohnte. Sie haben das Unterste zuoberst gekehrt, sämtliche Schubladen aufgebrochen und die Schränke durchwühlt, schließlich aber nur einen Band von Popes *Homer*[17], zwei vergoldete Leuchter, einen elfenbeinernen Briefbeschwerer, einen kleinen in Holz gefassten Barometer und eine Rolle Bindfaden mitgenommen.«

»Was für eine merkwürdige Auswahl!«, rief ich.

»Die Kerle haben offenbar das Erstbeste zusammengerafft, was ihnen in die Hände kam.«

Holmes brummte etwas auf dem Sofa vor sich hin.

»Die Bezirkspolizei sollte sich da etwas draus machen«, sagte er dann. »Es ist doch ganz klar, dass –«
Doch schon hob ich warnend die Hand in die Höhe. »Sie sind hier, um sich auszuruhen, alter Junge. Lassen Sie sich nur um Gottes willen in keine neue Untersuchung ein, solange Ihre Nerven noch ganz zerrüttet sind.«
Holmes zuckte mit einem Blick komischer Resignation in Richtung des Colonels mit den Schultern, und das Gespräch driftete in weniger gefährliche Bahnen ab.
Es war aber vom Schicksal bestimmt, dass alle ärztliche Vorsicht vergebens sein sollte. Schon am nächsten Morgen drängte sich uns das Problem von selbst auf, und wir konnten es nicht länger unberücksichtigt lassen. Unser Landaufenthalt erhielt dadurch eine Bedeutung, die kein Mensch vorausgesehen hätte.
Wir saßen noch beim Frühstück, als der Hausmeister des Colonels ohne jede Förmlichkeit ins Zimmer gestürzt kam.
»Haben Sie's schon gehört, Sir«, stieß er keuchend heraus, »was bei den Cunninghams geschehen ist?«
»Wieder ein Einbruch?«, rief der Colonel und hielt seine Kaffeetasse, die er eben zum Munde führen wollte, unbeweglich in der Luft.
»Nein, ein Mord.«
»Wirklich? – Wer ist denn tot – der Friedensrichter oder sein Sohn?«

»Keiner von beiden, sondern William, der Kutscher. Mitten durchs Herz geschossen – konnte keinen Laut mehr von sich geben.«
»Wer hat ihn denn erschossen?«
»Der Einbrecher. Er floh wie ein Pfeil davon und ist entkommen. William kam gerade dazu, als der Kerl das Vorratskammerfenster eindrückte. Während er das Eigentum seines Herrn rettete, fand er selbst den Tod.«

»Wann war das?«
»Letzte Nacht, Sir, gegen zwölf Uhr.«
»Wir werden gleich nachher hinübergehen, um uns näher zu erkundigen«, sagte der Colonel und frühstückte gelassen weiter. »Eine abscheuliche Geschichte«, fuhr er fort, als der Hausmeister sich entfernt hatte. »Der alte Cunningham ist ein guter Mann und der angesehenste Gutsbesitzer von Reigate. Er wird sich die Sache schrecklich zu Herzen nehmen, denn der Kutscher ist seit Jahren in seinem Dienst und hat sich immer gut gehalten. Offenbar waren es dieselben Verbrecher, die bei Acton eingebrochen sind.«
»Wo sie die merkwürdige Auswahl von Gegenständen gestohlen haben?«, sagte Holmes nachdenklich.
»Jawohl.«
»Hm! Möglich, dass es die einfachste Sache von der Welt ist – aber auf den ersten Blick scheint es doch sonderbar, meinen Sie nicht auch? – Diebe, die in Landhäuser einbrechen, pflegen sonst den Schauplatz ihrer Taten zu verändern und nicht innerhalb weniger Tage zwei Nachbarn einen Besuch abzustatten. Als Sie gestern Abend von Vorsichtsmaßregeln sprachen, fuhr mir der Gedanke durch den Kopf, dass dieser Bezirk für den Augenblick wahrscheinlich so sicher vor den Räubern sei wie kein anderer. Ein Beweis, dass ich noch immer viel zu lernen habe.«
»Vermutlich ist der Dieb ein Ortsangehöriger«, sagte der Colonel. »Das erklärt auch, warum er sich gerade Acton und Cunningham ausgesucht hat, die beiden größten Grundbesitzer der Gegend.«
»Auch die reichsten?«
»Von Haus aus, ja; aber sie haben jahrelang miteinander im Prozess gelegen und haben dabei tüchtig gezahlt. Der alte Acton erhebt Ansprüche auf Cunninghams halbes Gut, und die Anwälte haben mit beiden Händen zugegriffen.«

»Wenn der Dieb von hier ist, wird man ihn ohne Schwierigkeit ergreifen können«, äußerte Holmes und gähnte dazu. »Ich weiß schon, was Sie sagen wollen, Watson; aber seien Sie nur ruhig, ich mische mich nicht ein.«

In diesem Augenblick riss der Hausmeister die Tür auf. »Inspektor Forrester!«, meldete er.

Der Beamte, ein junger Mann mit klugem, durchdringendem Blick, trat rasch ein. »Guten Morgen, Colonel«, sagte er, »entschuldigen Sie, wenn ich störe. Mir wurde gesagt, Mr. Holmes aus der Baker Street sei hier.«

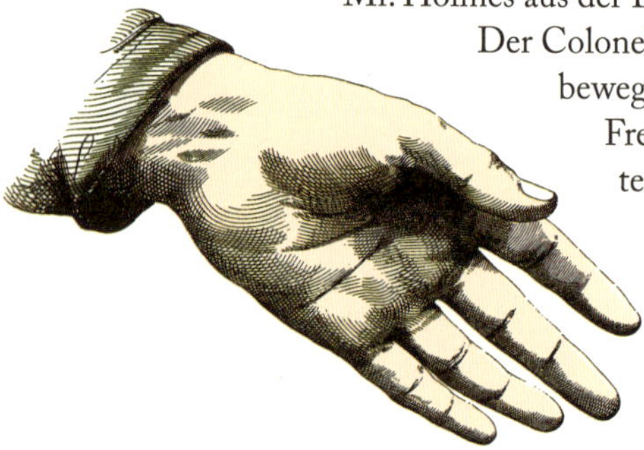

Der Colonel machte eine Handbewegung zu meinem Freund hin, und Forrester verbeugte sich.

»Wir glaubten, Sie würden es vielleicht der Mühe wert erachten, mit hinüberzukommen.«

»Das Schicksal erklärt sich gegen Sie, Watson«, sagte Holmes lachend. »Wir sprachen gerade von der Angelegenheit, als Sie kamen, Inspektor. Vielleicht berichten Sie uns noch einige Einzelheiten.«

Die Art, wie er sich bei diesen Worten in den Stuhl zurücklehnte, war mir wohlbekannt. Ich sah ein, dass jeder Widerspruch nutzlos sein würde und ich der Sache ihren Lauf lassen müsse.

»Der Einbruch bei Acton ist ganz unaufgeklärt geblieben. Aber diesmal fehlt es uns nicht an Anhaltspunkten, und es handelt sich ohne Zweifel um den gleichen Verbrecher. Der Mann ist gesehen worden.«

»Wirklich!«

»Ja, gewiss. Aber nachdem er den Schuss abgesetzt hatte, der den armen William Kirwan das Leben kostete, ist er entflohen wie ein gehetztes Wild. Mr. Cunningham sah ihn aus dem oberen Schlafzimmerfenster und sein Sohn Alec vom Hausflur aus. Um Viertel vor zwölf ist der Lärm entstanden. Der alte Cunningham war gerade zu Bett gegangen, und Mr. Alec saß im Schlafrock da und rauchte noch eine Pfeife. Beide hörten den Kutscher William um Hilfe rufen. Mr. Alec lief hinunter, um zu sehen, was los war. Die Hintertür stand offen, und als er am Fuß der Treppe war, sah er draußen zwei Männer, die miteinander rangen. Da fiel ein Schuss, der eine Mann sank zu Boden, der Mörder aber stürzte durch den Garten und sprang über die Hecke. Cunningham sah noch vom Fenster aus, wie der Kerl die Landstraße erreichte, dann verlor er ihn aus dem Blick. Mr. Alec blieb bei dem Sterbenden, um zu versuchen, ob noch Hilfe möglich sei, und so hatte der Verbrecher Zeit, zu entkommen. Wir wissen nur, dass es ein mittelgroßer Mann war, der einen dunklen Anzug trug. Von seinem Äußern ist sonst nichts bekannt; doch wird mit aller Kraft nach ihm gefahndet, und wenn er nach auswärts geflohen ist, werden wir ihn bald haben.«

»Wie kam dieser William dorthin? Hat er vor seinem Tod nichts ausgesagt?«

»Kein Wort. Er wohnte mit seiner Mutter im Pförtnerhäuschen und war dem Herrn treu ergeben; wir glauben, er habe noch einmal nachsehen wollen, ob alles im Haus auch sicher sei. Seit dem Einbruch bei Acton war jedermann stets auf der Hut. Der Räuber muss gerade die Tür aufgebrochen haben – das Schloss war gesprengt –, als William hinzukam.«

»Hat William nichts zu seiner Mutter gesagt, bevor er fortging?«

»Sie ist alt und taub, man kann wenig aus ihr herausbekommen. Der Schreck hat sie halb wahnsinnig gemacht; aber man sagt, sie sei nie recht klar im Kopf gewesen. – Etwas sehr Wichtiges muss ich Ihnen noch zeigen. Hier – sehen Sie!«

Er nahm einen Fetzen Papier aus seinem Taschenbuch und glättete ihn auf dem Knie.
»Dies hier fand ich in der Hand des Toten zwischen Daumen und Zeigefinger. Es scheint von einem größeren Blatt abgerissen zu sein. In dieser Stunde, die dort erwähnt ist, ereilte den armen Menschen sein Schicksal. Der Mörder wird ihm wohl den Zettel entrissen haben, oder er selbst hat die Ecke von einem Blatt abgerissen, das der Mörder in der Hand hielt. Es sieht fast aus, als habe man ihn zu einem Treffen bestellt.«
Holmes nahm das beschriebene Papier zur Hand, von dem wir hier einen Abdruck geben.

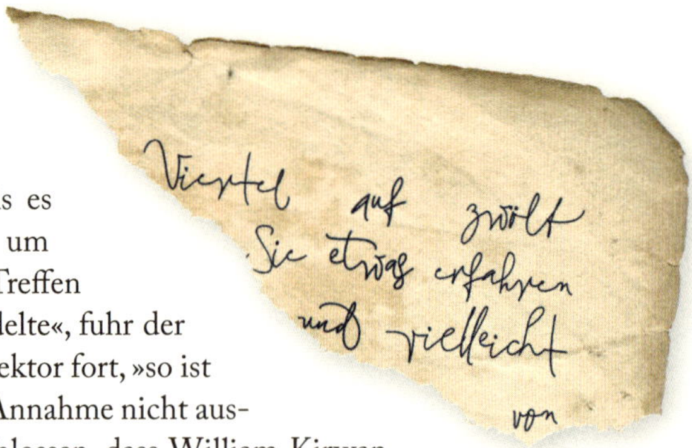

»Falls es sich um ein Treffen handelte«, fuhr der Inspektor fort, »so ist die Annahme nicht ausgeschlossen, dass William Kirwan trotz seines ehrlichen Rufes mit dem Dieb unter einer Decke gesteckt hat. Er kann ihn hier getroffen, ihm vielleicht geholfen haben, die Tür aufzubrechen, und dann sind sie miteinander in Streit geraten.«
»Die Schrift ist außerordentlich interessant«, sagte Holmes, der sich ganz in die Betrachtung des Papiers vertieft hatte. »Es wird der Sache nicht so leicht auf den Grund zu kommen sein, wie ich dachte.« Er vergrub nun den Kopf in beide Hände, und der Inspektor lächelte, als er sah, welchen Eindruck sein Kriminalfall auf den berühmten Londoner Spezialisten machte.

»Ihre letzte Bemerkung«, fuhr Holmes nach einer Weile fort, »dass möglicherweise zwischen dem Dieb und dem Kutscher ein Abkommen bestanden haben kann und er durch diesen Zettel an den Ort bestellt wurde, ist sehr scharfsinnig und keineswegs zu verwerfen. Aber diese Schriftzüge lassen noch eine andere –«, er hielt sich abermals die Hand vor die Augen und versank in tiefes Nachdenken. Als er wieder aufblickte, bemerkte ich zu meinem Erstaunen, dass seine Wangen gerötet waren und seine Augen so lebhaft funkelten wie vor seiner Erkrankung. Mit verjüngter Tatkraft sprang er auf.

»Wissen Sie, was«, rief er, »ich möchte mir gern in aller Ruhe einen kleinen Einblick in den Fall verschaffen, er fesselt mich ungemein. Wenn Sie nichts dagegen haben, Colonel, überlasse ich Ihnen einstweilen meinen Freund Watson und begleite den Inspektor zu dem Tatort, um mich zu überzeugen, ob ein paar Dinge, die mir eben eingefallen sind, auf Wahrheit beruhen. In einer halben Stunde bin ich wieder da.«

Es vergingen fast anderthalb Stunden, dann kehrte der Inspektor allein zurück.

»Mr. Holmes spaziert draußen im Feld auf und ab«, sagte er. »Sein Wunsch ist, dass wir alle vier zusammen zum Haus gehen.«

»Zu Mr. Cunningham?«

»Jawohl, Sir.«

»Weswegen?«

Forrester zuckte die Achseln. »Ich weiß es nicht genau. Unter uns gesagt, glaube ich, dass Mr. Holmes seine Krankheit noch nicht völlig überwunden hat. Er ist schrecklich aufgeregt und benimmt sich ganz sonderbar.«

»Ich glaube nicht, dass Sie sich Sorgen machen müssen«, sagte ich. »Ich habe meistens festgestellt, dass in seinem Wahnsinn Methode steckte.«

»Manche Leute würden sagen, dass seine Methode verrückt ist«, brummte der Inspektor. »Aber er steht in den Startlöchern,

Colonel, also gehen wir am besten raus, wenn Sie bereit sind.«

Die Hände in den Taschen, den Kopf auf die Brust gesenkt, schritt Holmes draußen auf und ab.

»Die Sache wird immer interessanter«, sagte er. »Ihr Ausflug aufs Land, Watson, ist über alles Erwarten gelungen. Ich hätte mir keinen schöneren Morgen wünschen können.«

»Sie haben den Schauplatz des Verbrechens in Augenschein genommen, wie ich höre«, sagte der Colonel.

»Ja, wir haben zusammen eine kleine Erkundung gemacht, der Inspektor und ich.«

»Mit Erfolg?«

»Nun, wir haben einiges Interessante erfahren. Ich kann Ihnen das unterwegs erzählen. Zuerst besichtigten wir die Leiche des Unglücklichen. Er ist durch einen Pistolenschuss getötet worden, ganz wie man uns berichtet hat.«

»Zweifelten Sie denn daran?«

»Man tut immer gut daran, alles selbst zu untersuchen. Unser Gang war durchaus nicht vergeblich. Wir hatten dann eine Unterredung mit Mr. Cunningham und seinem Sohn, die mir genau die Stelle bezeichnen konnten, wo der Mörder auf der Flucht die Gartenhecke durchbrochen hatte. Das interessierte mich sehr.«

»Natürlich.«

»Dann suchten wir die Mutter des armen Menschen auf, erfuhren jedoch nichts von ihr; sie ist sehr alt und schwach.«

»Und zu welchem Ergebnis kamen Sie bei Ihren Ermittlungen?«

»Zu der Überzeugung, dass wir es mit einem eigenartigen Verbrechen zu tun haben. Vielleicht trägt unser jetziger Besuch dazu bei, das Dunkel zu lichten. – Nicht wahr, Inspektor, Sie sind doch auch meiner Meinung, dass der abgerissene Zettel in der Hand des Ermordeten, auf dem seine Todesstunde verzeichnet ist, die allergrößte Wichtigkeit hat?«

»Es sollte einen Anhaltspunkt geben, Mr. Holmes.«

»Das tut er auch, in der Tat! Wer auch immer diese Notiz geschrieben hat, war der Mann, der William Kirwan zu dieser Stunde aus dem Bett geholt hat. Aber wo ist das fehlende Stück des Papiers hingekommen?«

»Ich habe den gesamten Boden abgesucht, in der Hoffnung, es zu finden«, antwortete der Inspektor.

»Jemand hat es dem Toten aus der Hand gerissen; es verdächtigte ihn, er musste es haben. Dann hat er es wahrscheinlich in die Tasche gesteckt, ohne zu bemerken, dass die Leiche noch eine Ecke in der Hand behielt. Wenn wir uns das abgerissene Stück verschaffen könnten, wäre ein großer Schritt zur Lösung des Rätsels getan.«

»Ja, aber wie kann man die Taschen des Verbrechers durchsuchen, bevor man ihn gefasst hat?«

»Nun, jedenfalls wird man gut daran tun, sich die Sache zu merken. Noch ein anderer Punkt liegt auf der Hand: Der Zettel ist William zugeschickt worden. Wer ihn geschrieben hat, war nicht zugleich der Überbringer, sonst hätte er seine Botschaft wohl mündlich ausgerichtet. Durch wen ist er also abgegeben worden? Oder kam er vielleicht mit der Post?«

»Ich habe mich danach erkundigt«, sagte Forrester; »William hat gestern Nachmittag einen Brief durch die Post erhalten. Der Umschlag ist aber nicht mehr vorhanden.«

»Vortrefflich«, rief Holmes und schlug dem Polizisten auf die Schulter. »Sie haben auch schon mit dem Briefträger gesprochen. Mit Ihnen zu arbeiten, ist ein wahres Vergnügen. – Da sind wir ja an der Pförtnerwohnung; kommen Sie, Colonel, ich zeige Ihnen den Schauplatz des Verbrechens.«

Wir gingen an dem hübschen Häuschen vorbei, das der Ermordete bewohnt hatte, und durch eine breite Eichenallee bis zu dem stattlichen, alten Herrenhaus.

Zur Landstraße hin war der Garten von einer grünen Hecke umgeben. Holmes und der Inspektor gingen voran; um die Ecke biegend, gelangten wir an die Seitenpforte, wo ein Schutzmann Wache hielt.

»Öffnen Sie bitte einmal die Tür«, sprach ihn Holmes an. »Hier auf der Treppe also stand der junge Cunningham und sah die beiden Männer miteinander ringen, gerade an der Stelle, wo wir jetzt sind. Der alte Cunningham war oben am Fenster – am zweiten links – und sah den Kerl dort hinter dem Busch verschwinden. Sein Sohn ebenfalls. Beide wissen das ganz genau, sie haben sich den Busch gemerkt. Dann lief Mr. Alec zu dem Verwundeten und kniete neben ihm. Der Boden ist sehr hart, man findet keine Spuren mehr, an die man sich halten kann.«

Während Holmes noch sprach, kamen zwei Männer vom Gartenpfad her um die Hausecke, ein älterer Herr mit stark gefurchtem, ausdrucksvollem Gesicht und Augen, die tief in ihren Höhlen lagen, und ein junger Mensch, dessen modische Kleidung und heiteres, unbekümmertes Wesen zu dem traurigen Geschäft, das uns hergeführt hatte, schlecht zu passen schienen.

»Also noch immer dabei?«, sagte er an Holmes gewandt. »Ich dachte, ihr Londoner seid nie im Unrecht. Ihr scheint ja doch nicht so schnell zu sein.«

»Man muss uns nur etwas Zeit lassen«, erwiderte Holmes gutmütig.

»Ja, die wird wohl nötig sein«, fuhr der junge Cunningham fort. »Mir scheint nicht die geringste Spur vorhanden.«

»Nur *einen* Anhaltspunkt haben wir«, fiel der Inspektor ein. »Wir glauben, dass, wenn sich entdecken ließe – aber um Himmels willen, Mr. Holmes – was fehlt Ihnen?«

Die Züge meines Freundes hatten urplötzlich einen entsetzlichen, qualvollen Ausdruck angenommen, sie verzerrten sich krampfhaft, seine Augen rollten wild umher, und unter dumpfem Stöhnen sank er um, mit dem Gesicht auf den Boden.

Zu Tode erschrocken über diesen unerwarteten schweren Anfall, trugen wir Holmes in die Küche, wo er, in einen Armstuhl zurückgelehnt, mehrere Minuten lang mühsam Atem holte. Endlich erhob er sich wieder und stammelte eine verwirrte Entschuldigung wegen seiner Schwäche.

»Watson kann Ihnen sagen, dass ich mich soeben erst von einer schweren Krankheit erholt habe«, fügte er als Erklärung hinzu. »Solche plötzlichen Nervenanfälle kommen bei mir ab und an vor.«

»Soll ich Sie im Wagen nach Hause schicken?«, fragte der alte Cunningham.

»O nein, da ich nun hier bin, möchte ich mir erst noch über einen Punkt Gewissheit verschaffen, der sich leicht ermitteln lassen wird.«

»Und der wäre?«

»Ich halte es für sehr möglich, dass Ihr armer Kutscher den Einbrecher schon mitten in der Tat vorfand. Sie scheinen es als feststehend zu betrachten, dass die Tür zwar aufgebrochen war, der Räuber aber das Haus nicht betreten hat.«

»Das liegt meiner Ansicht nach auf der Hand«, antwortete Cunningham bedächtig. »Mein Sohn Alec war ja noch nicht zu Bett gegangen und hätte sicherlich jedes Geräusch im Haus gehört.«

»Wo saßen Sie denn?«

»Ich rauchte meine Pfeife im Ankleidezimmer.«

»Welches Fenster ist das?«

»Das letzte links, neben dem Schlafzimmer meines Vaters.«

»Natürlich war in beiden noch Licht?«

»Jawohl, versteht sich.«

»Das ist doch wirklich sehr auffällig«, sagte Holmes. »Finden Sie es nicht auch höchst sonderbar, dass ein Dieb, der noch dazu kein Neuling ist, in aller Ruhe in ein Haus einbricht, wo zu dem Zeitpunkt noch zwei Leute wach sind, wie er an den hellen Fenstern sehen kann?«

»Es muss eben ein äußerst frecher Bursche sein.«
»Ja, wissen Sie«, sagte Mr. Alec, »wenn der Fall nicht absonderlich wäre, müssten wir uns nicht an Sie für die Aufklärung wenden. Die Annahme aber, dass der Räuber bereits ins Haus gedrungen war, ehe William sich über ihn hermachte, scheint mir abwegig. Wir hätten doch sonst unsere Sachen durchsucht gefunden und irgendetwas vermisst, das er gestohlen hat.«
»Das kommt darauf an. Wir dürfen nicht vergessen, dass wir es mit keinem gewöhnlichen Einbrecher zu tun haben. Er liebt es, auf besondere Art zu verfahren, wie man schon an der merkwürdigen Auswahl sieht, die er bei Acton getroffen hat – was war es doch –, eine Rolle Bindfaden, ein Briefbeschwerer und allerlei Krimskrams.«
»Wir vertrauen uns Ihnen bedingungslos an, Mr. Holmes«, sagte der alte Cunningham; »was Sie oder der Inspektor vorschlagen, soll geschehen.«
»Erstens möchte ich, dass sofort eine Belohnung ausgeschrieben würde – am besten von Ihnen selbst; wenn die Polizei erst anfängt, über die Höhe der Summe hin und her zu beraten, geht zu viel Zeit verloren. Ich habe bereits den Wortlaut aufgesetzt, es fehlt nur noch Ihre Unterschrift. Fünfzig Pfund halte ich für ausreichend.«
»Auch fünfhundert wären mir nicht zu viel«, meinte der Friedensrichter, während er Zettel und Stift nahm, welche Holmes ihm reichte. »Aber das ist nicht ganz richtig«, sagte er, das Blatt überfliegend.
»Ich habe es in großer Eile geschrieben.«
»Sehen Sie, hier steht: *In der Nacht von Montag auf Dienstag um Viertel vor eins wurde ein Einbruchsversuch* ... und so fort. In Wirklichkeit hat sich die Sache um Viertel vor zwölf zugetragen.«
Mir war dieser Irrtum sehr unangenehm, denn ich wusste, wie schwer ihn Holmes empfinden würde. Eine Ungenauigkeit der Tatsachen kam bei ihm sonst nicht vor. Das kleine Versehen war

mir ein neuer Beweis, wie sehr die Krankheit ihn angegriffen hatte und dass er durchaus noch der Schonung bedurfte. Einen Augenblick geriet er in sichtliche Verlegenheit, der Inspektor zog die Augenbrauen in die Höhe, und Alec Cunningham lachte laut. Der alte Herr aber gab Holmes den Zettel zurück, nachdem er den Fehler verbessert hatte.

»Lassen Sie die Anzeige so schnell wie möglich drucken«, sagte er; »Ihr Vorschlag scheint mir ausgezeichnet.«

Holmes verstaute das Papier sorgfältig in seinem Notizbuch. »Und nun lassen Sie uns zusammen das Haus ansehen, um uns zu überzeugen, ob der sonderbare Einbrecher nicht vielleicht doch irgendetwas mitgenommen hat.«

Zuerst untersuchte mein Freund die aufgebrochene Tür. Offenbar hatte man das Schloss mit einem starken Messer oder einem Meißel aufgesprengt. Man sah noch die Spuren am Holz, wo das Werkzeug angesetzt worden war.

»Legen Sie nachts keine Eisenstangen vor?«, fragte er.

»Wir hielten es bisher für unnötig.«

»Sie haben auch keinen Hund?«

»Doch, aber er ist hinter dem Hause angekettet.«

»Wann geht die Dienerschaft zu Bett?«

»Gegen zehn Uhr.«

»Nicht wahr, auch William schlief normalerweise schon um diese Stunde?«

»Jawohl, Sir.«

»Sonderbar, dass er gerade in dieser Nacht noch so spät auf war. – Jetzt lassen Sie uns bitte ins Haus gehen, Mr. Cunningham.«

Ein mit Steinplatten ausgelegter Gang, von dem die Küchen abzweigten, führte über eine Holztreppe direkt in den ersten Stock des Hauses. Sie mündete auf dem Treppenabsatz gegenüber einer zweiten, stärker verzierten Treppe, die von der Eingangshalle heraufkam. Von diesem Treppenabsatz gingen der Salon und

mehrere Schlafzimmer ab, darunter die von Mr. Cunningham und seinem Sohn. Holmes ging langsam und nahm die Architektur des Hauses aufmerksam zur Kenntnis. Ich konnte an seinem Gesichtsausdruck erkennen, dass er auf einer heißen Spur war, und doch konnte ich mir nicht im Geringsten vorstellen, in welche Richtung ihn seine Schlussfolgerungen führten.
»Sir«, sagte der Friedensrichter etwas ungeduldig, »Sie machen sich ganz unnötige Mühe. Dort, der Treppe gegenüber, ist mein Zimmer und daneben das meines Sohnes. Nun urteilen Sie selbst, ob es möglich war, dass der Dieb hier heraufkommen konnte, ohne dass wir das Geräusch hörten.«
»Sie wollen wohl überall herumsuchen, ob Sie nicht eine neue Spur entdecken«, sagte der Sohn mit spöttischem Lächeln.
»Ich möchte Sie doch bitten, mich noch etwas gewähren zu lassen. Zum Beispiel möchte ich sehen, wie weit man aus den Schlafzimmerfenstern die Vorderseite des Hauses überblicken kann. – Dies also ist das Zimmer Ihres Sohnes«, sagte er, die Tür aufstoßend, »und dahinter liegt vermutlich das Ankleidezimmer, wo er mit seiner Pfeife saß, als der Lärm entstand. Zu welcher Seite hinaus geht denn das Fenster?« Er ging durch das Schlafzimmer, öffnete die Tür zu dem angrenzenden Zimmer und sah sich darin um.
»Hoffentlich sind Sie nun zufrieden«, sagte Cunningham ärgerlich.
»Jawohl, Sir, danke; das war, glaube ich, alles, was ich sehen wollte.«
»Wir können auch noch in mein Zimmer gehen, wenn es durchaus sein muss.«
»Falls es Ihnen nicht unangenehm ist.«
Der Friedensrichter zuckte die Achseln und führte uns in sein Schlafzimmer, einen ganz einfach ausgestatteten Raum. Als die anderen zu dem Fenster gingen, blieb Holmes etwas zurück, sodass wir beide die Letzten waren. Am Fußende des Bettes, auf

einem kleinen Tisch, standen eine Wasserflasche und ein Teller mit Orangen. Auf einmal streckte Holmes zu meiner größten Verwunderung rasch die Hand aus und stieß das Tischchen um, samt allem, was darauf war. Das Glas zerbrach in tausend Stücke, das Wasser floss auf den Teppich, und die Früchte rollten im ganzen Zimmer umher.

»Aber, Watson, was haben Sie angerichtet«, rief Holmes unverfroren, »das ist ja eine schöne Bescherung!«

Ich bückte mich in einiger Verwirrung und begann, die Früchte aufzuheben, da ich aus irgendeinem Grund verstand, dass mein Begleiter wollte, dass ich die Schuld auf mich nehme. Die anderen taten das Gleiche und stellten den Tisch wieder auf seine Beine.

»O«, rief der Inspektor, »wo ist er denn hin?«

Holmes war verschwunden.

»Warten Sie einen Augenblick hier«, sagte Alec Cunningham, »mir scheint, der Mensch ist nicht ganz bei Verstand. Komm, Vater, wir wollen sehen, was aus ihm geworden ist.«

Sie eilten beide hinaus, während der Inspektor, der Colonel und ich einander verwundert ansahen.

»Meine Güte, ich glaube, Mr. Alec hat recht«, sagte der Polizeibeamte. »Vielleicht ist es eine Nachwirkung der Krankheit, aber ich muss gestehen –«

Seine Rede wurde plötzlich durch lautes Geschrei unterbrochen: »Zu Hilfe, zu Hilfe, Mord, Mord!«. Schaudernd erkannte ich die Stimme meines Freundes und stürzte auf den Vorplatz hinaus. Die Hilferufe klangen jetzt schwach und heiser aus dem Zimmer, das wir zuerst betreten hatten. Ich stürmte hindurch und in das dahinter gelegene Ankleidezimmer. Dort lag Sherlock Holmes am Boden. Die beiden Cunninghams hielten ihn gepackt, der Sohn drückte ihm mit den Händen die Kehle zu, während der Vater mit aller Macht an seinem Handgelenk zerrte. Im nächsten Augenblick hatten wir drei sie von ihm fortgerissen, Holmes erhob sich schwankend, er sah leichenblass und ganz erschöpft aus.

»Verhaften Sie diese beiden Männer, Inspektor«, stieß er keuchend hervor.

»Was haben sie denn getan?«

»Den Kutscher William Kirwan ermordet.«

Verwirrt sah der Inspektor sich um.

»Aber, mein bester Mr. Holmes«, sagte er endlich, »das kann doch Ihr Ernst nicht sein –«

»Mein völliger Ernst. Schauen Sie ihnen doch nur ins Gesicht.«

Noch nie habe ich einen Menschen gesehen, dem die Schuld so deutlich auf der Stirn geschrieben stand wie diesen beiden. Der Alte war wie betäubt und gelähmt, seine scharf gezeichneten Züge trugen einen starren, finsteren Ausdruck. Der Sohn dagegen hatte das flotte, stutzerhafte Wesen, das er zur Schau getragen, ganz fallen lassen; sein hübsches Gesicht war verzerrt, und in seinen Augen funkelte die Wut eines gefährlichen Raubtiers.

Der Inspektor schritt ohne ein weiteres Wort zur Tür und ließ einen gellenden Pfiff hören. Auf diesen Ruf erschienen zwei Polizisten.

»Mir bleibt keine Wahl, Mr. Cunningham«, sagte er. »Ich hoffe, es wird sich als ein lächerlicher Irrtum herausstellen, aber Sie müssen einsehen – ah, was soll das heißen!« – Er schlug Mr. Alec seinen Revolver aus der Hand, als der junge Mann gerade den Hahn spannen wollte; die Waffe fiel klirrend zu Boden.

Holmes setzte rasch den Fuß darauf. »Nehmen Sie das Ding an sich, es wird Ihnen beim Verhör gute Dienste leisten. Aber hier ist das, wonach ich eigentlich gesucht habe.« Er hielt ein zerknittertes Stück Papier in die Höhe.

»Der abgerissene Zettel!«, rief der Inspektor.

»Genau der.«

»Und wo war er?«

»Wo ich ihn von Anfang an vermutet habe. Ich werde Ihnen später alles erklären. Es wird am besten sein, Colonel, wenn Sie jetzt mit Watson nach Hause gehen; in höchstens einer Stunde komme ich nach. Wir müssen noch ein Wort mit den Gefangenen reden, der Inspektor und ich, aber wir sehen uns sicher zur Mittagszeit.«

Sherlock Holmes hielt Wort; gegen zwei Uhr fand er sich bei uns im Rauchzimmer ein, begleitet von einem kleinen, älteren Mann, der mir als Mr. Acton vorgestellt wurde, in dessen Haus zuerst eingebrochen worden war.

»Ich möchte, dass Mr. Acton meine Darlegung des Falles mit anhören kann«, sagte Holmes, »da für ihn natürlich alle Einzelheiten von hohem Interesse sind. – Sie werden es, fürchte ich, noch bereuen, Colonel, dass Sie einen so unruhigen Gesellen wie mich in Ihr Haus aufgenommen haben.«

»Im Gegenteil«, erwiderte der Colonel eifrig, »ich schätze es als einen besonderen Vorzug, dass mir gestattet wird, Ihre Arbeitsmethode kennenzulernen. Der Erfolg übersteigt alle meine Erwartungen, das gestehe ich offen, auch bin ich außerstande, den Hergang zu begreifen. Ich habe noch nicht die leiseste Ahnung davon.«

»Die Erklärung wird Ihnen wahrscheinlich eine Enttäuschung bereiten; doch pflege ich mein Verfahren weder vor meinem Freunde Watson noch vor sonst jemand zu verbergen, der Verständnis dafür zeigt. Aber erst darf ich mir wohl einen Schluck von Ihrem Kognak einschenken, Colonel, der Kampf in dem

Zimmer dort drüben hat mich durch und durch geschüttelt. Ich habe mir in letzter Zeit wohl etwas zu viel zugemutet und bin noch nicht ganz bei Kräften.«

»Sie haben doch nicht wieder Nervenanfälle gehabt?«

Sherlock Holmes lachte herzlich. »Darüber reden wir später«, sagte er, »ich will Ihnen alles der Reihe nach berichten und Ihnen die Hauptgesichtspunkte vorführen, von denen ich mich leiten ließ. Falls Sie etwas nicht vollkommen verstehen sollten, bitte ich nur, mich zu unterbrechen. Es ist von der höchsten Wichtigkeit für die Ermittlung eines Verbrechens, dass man imstande ist, zu unterscheiden, welches die wesentlichen Tatsachen und welches nur Nebenumstände sind. Sonst läuft man Gefahr, seine Kraft und Wachsamkeit zu zersplittern, statt sie möglichst zu sammeln. Im vorliegenden Fall hatte ich nicht den leisesten Zweifel, dass der Schlüssel des Ganzen in dem Blatt Papier zu finden sei, das dem Toten aus der Hand genommen worden war.

Nach Alec Cunninghams Aussage hatte der Räuber William Kirwan erschossen und dann augenblicklich die Flucht ergriffen. War dies richtig, so konnte nicht er es gewesen sein, der den Zettel aus des Toten Hand gerissen hatte. Dies musste vielmehr der junge Cunningham selbst getan haben, denn als sein Vater herunterkam, waren bereits mehrere Diener herbeigeeilt. Wie einleuchtend das auch ist, so hatte der Inspektor diesen Punkt doch übersehen, weil er von vornherein annahm, dass die beiden Gutsbesitzer bei der Sache nicht beteiligt wären. Mein Hauptgrundsatz ist aber, ohne jegliches Vorurteil vorzugehen und einfach den Tatsachen zu folgen, wohin sie mich führen. So kam es, dass mir die Rolle, welche Alec Cunningham gespielt hatte, gleich auf der ersten Stufe der Untersuchung in zweifelhaftem Lichte erschien. Hierauf betrachtete ich die abgerissene Ecke des Zettels genau, die mir der Inspektor ausgehändigt hatte. Es wurde mir sofort klar, dass sie ein Teil des wichtigsten Beweisstückes sei. Hier ist das Papier. Bemerken Sie etwas besonders Auffallendes daran?«

»Die Schrift ist ziemlich ungleichmäßig«, sagte der Colonel.

»Jawohl«, rief Holmes, »auch steht es ganz außer Frage, dass sie von zwei Leuten herrührt, die immer abwechselnd ein Wort geschrieben haben. Sehen Sie hier, die verschiedenen f in *auf* und *zwölf*; vergleichen Sie die Schleifen des d und den Buchstaben e, so werden Sie mir gewiss beipflichten. Die Wörter *auf, wo, etwas, und* sind von einer kräftigeren Hand geschrieben als die übrigen, das lässt sich nicht abstreiten.«

»Tatsächlich, man sieht es ganz genau«, rief der Colonel. »Wozu in aller Welt sollten aber zwei Menschen einen Brief auf solche Art abfassen?«

»Es handelte sich offenbar um ein unlauteres Geschäft, und der eine Schreiber, der dem anderen misstraute, bestand darauf, dass sie die Verantwortung zu gleichen Teilen tragen müssten. Der, der das *auf* und *wo* geschrieben hat, war natürlich der Anstifter.«

»Woraus schließen Sie denn das?«

»Man könnte es schon nach dem Charakter der Schrift selbst mit Gewissheit behaupten. Aber ich habe noch bestimmtere Gründe dafür. Betrachten Sie das Papier aufmerksam, und Sie werden zu der Überzeugung gelangen, dass der Mann mit der festeren Hand seine Wörter zuerst geschrieben und den Platz, den der andere ausfüllen sollte, leer gelassen hat. Der Platz genügte nicht immer, weshalb die Wörter *Viertel* und *erfahren* so eng zusammengedrängt sind. Von dem Mann, der zuerst geschrieben hat, ist der Mordplan ausgegangen.«

»Ausgezeichnet!«, rief Acton.

»Auch lassen sich noch dreiundzwanzig andere Schlüsse aus der Handschrift ziehen, über Alter, Verwandtschaft und dergleichen, welche aber nur für Schriftkundige interessant sein dürften. Sie dienten alle dazu, um mich in der Ansicht zu bestärken, dass die beiden Cunninghams, Vater und Sohn, den Brief geschrieben hatten. Nachdem ich so weit gelangt war, musste ich natürlich noch die Einzelheiten des Verbrechens in Betracht ziehen. Ich ging mit dem Inspektor zum Haus und besichtigte alles, was zu sehen war. Die Wunde des Toten stammte von einem Revolverschuss, der auf mindestens vier Meter Entfernung abgegeben worden war, das konnte ich mit vollkommener Sicherheit feststellen. Die Kleidung war nicht im Mindesten vom Pulver geschwärzt. Offenbar hatte Alec Cunningham gelogen, als er behauptete, er habe zwei Männer miteinander ringen sehen und dann sei der Schuss gefallen. Auch in Bezug auf die Stelle, wo der Mörder über die Hecke gesprungen war, stimmten Vater und Sohn überein. Dort war aber zufällig gerade ein ziemlich breiter Graben. Da nun auf dessen feuchtem Grund keinerlei Fußspuren zu sehen waren, kam ich zu der Überzeugung, dass die Cunninghams überhaupt nicht die Wahrheit gesagt hatten und dass gar kein fremder Räuber an dem Tatort zugegen gewesen sei. Nun galt es, den Beweggrund des seltsamen Verbrechens zu finden. Als ich überlegte, welchen Zweck der erste Einbruchdiebstahl bei Mr. Acton gehabt haben könne, fiel mir der Prozess zwischen den beiden Gutsbesitzern ein, von dem Sie, Colonel, gesprochen hatten. Ich fragte mich, ob die Cunninghams nicht vielleicht in die Bibliothek eingedrungen wären, um sich irgendeiner Urkunde zu bemächtigen, die bei dem Rechtsstreit von Wichtigkeit wäre.«

»Ganz richtig«, sagte Acton, »das war ohne Zweifel ihre Absicht. Ich habe die begründeten Ansprüche auf die Hälfte ihres Besitztums. Hätten sie aber auch nur ein einziges meiner Papiere an sich bringen können – die glücklicherweise in dem Aktenschrank des Anwalts liegen –, so würden sie mir sicherlich mein Recht streitig gemacht haben.«

»Da hätten wir's ja«, sagte Holmes lächelnd. »Es war ein gefährliches, tollkühnes Unternehmen, das meines Erachtens dem

Kopf des jungen Alec entsprungen ist. Da sie nichts fanden, versuchten sie, um den Verdacht abzulenken, der Tat den Anschein eines gewöhnlichen Diebstahls zu geben, und nahmen die erstbesten Sachen mit, die ihnen in die Hände fielen. Das ist ganz klar, aber im Übrigen war mir noch vieles dunkel. Vor allem wollte ich den fehlenden Teil des Zettels finden. Ich zweifelte nicht, dass Alec ihn dem Toten aus der Hand gerissen und ihn in die Tasche seines Schlafrocks gesteckt hatte. Wo sollte er ihn auch sonst hintun? Es fragte sich nur, ob er jetzt noch darin war. Jedenfalls lohnte sich die Mühe nachzusehen, und deshalb gingen wir alle zusammen zum Haus.

Die Cunninghams trafen uns, wie Sie wissen, draußen vor der Küchentür. Es war von höchster Wichtigkeit, dass sie nicht an den Zettel erinnert wurden, weil sie ihn sonst definitiv vernichtet hätten. Der Inspektor war eben im Begriff, ihnen zu sagen, welchen Wert wir auf das Papier legten, als ich zum größten Glück gerade im entscheidenden Moment diesen Krampfanfall bekam, der dem Gespräch ein Ende machte.«

»Ist es denn möglich!«, rief der Colonel lachend. »Also haben wir unser Mitgefühl ganz verschwendet – Ihr Nervenanfall war nichts als ein Schauspiel!«

»Eine Komödie sondergleichen«, sagte ich und blickte verwundert auf den merkwürdigen Mann, der mich fort und fort durch neue Beweise seiner überlegenen Schlauheit in Erstaunen setzte.

»Solche Kunstgriffe sind oft sehr nützlich«, fuhr er fort. »Sobald ich mich erholt hatte, strengte ich meine Erfindungsgabe an, um den alten Cunningham zu veranlassen, das Wort *zwölf* zu schreiben, weil ich es mit dem Wort *zwölf* auf dem abgerissenen Zettel vergleichen wollte.«

»O, was für ein Dummkopf war ich doch!«

»Ich merkte wohl, Watson, wie Sie sich über meine Schwäche sorgten«, rief Holmes lachend, »und es tat mir leid, dass ich Ihnen diesen Schmerz bereiten musste. Wir gingen nun zusammen die Treppe hinauf und betraten das Zimmer. Ich sah den Schlafrock hinter der Tür hängen, suchte die allgemeine Aufmerksamkeit einen Augenblick abzulenken, indem ich den Tisch umwarf, lief zurück und untersuchte die Taschen. Kaum hatte ich jedoch den Zettel gefunden, wie ich vorausgesehen hatte, als die Cunninghams sich wütend auf mich stürzten. Ohne Ihren raschen, hilfreichen Beistand hätten sie mich sicherlich umgebracht. Noch immer fühle ich, wie mir der Sohn die Kehle zuschnürte, und der Alte drehte mir fast das Handgelenk um, als er mir das Papier entreißen wollte. Sie erkannten, dass ich die ganze Sache durchschaut hatte, und der plötzliche Umschwung von vollkommenster Sicherheit zu völliger Verzweiflung machte sie förmlich rasend.

Ich habe den alten Cunningham soeben ein wenig über die Beweggründe des Verbrechens ausgefragt. Er war ziemlich gefügig, während sein Sohn sich wie ein Teufel aufführte und am liebsten sich selbst oder sonst jemand eine Kugel durch den Kopf gejagt hätte, nur fehlte ihm der Revolver. Als der Alte sah, dass seine Sache verloren war, sank ihm der Mut, und er legte ein offenes Geständnis ab. In der Nacht, als die Cunninghams den Einbruch bei Acton verübten, war William seinen Herren heimlich gefolgt; er bekam sie dadurch in seine Gewalt und machte Erpressungsversuche, unter Androhung einer gerichtlichen Anzeige. Mr. Alec ist aber ein gefährlicher Mensch, der nicht mit sich spaßen lässt. Er hatte den wahrhaft geistreichen Einfall, die Angst vor den Einbrechern, welche die ganze Gegend in Aufruhr brachte, zu nutzen, um sich auf glaubwürdige Art von dem Menschen zu befreien, der ihm gefährlich war. William ging in das ihm gestellte Netz und wurde erschossen. Hätten die

Cunninghams den ganzen Zettel gehabt und auf einige Nebenumstände noch größere Aufmerksamkeit verwendet, so wäre vermutlich nie ein Verdacht gegen sie entstanden.«

»Und der Zettel selbst?«

Holmes legte uns das Blatt Papier vor.

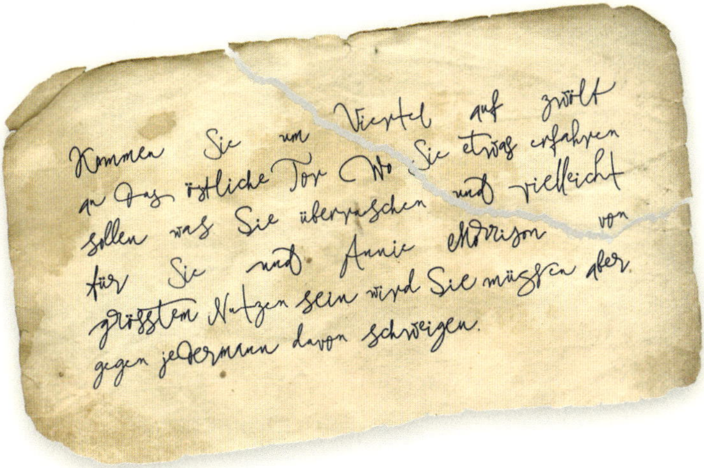

»Es sieht fast genau so aus, wie ich mir gedacht habe«, sagte er. »Natürlich wissen wir noch nicht, welcher Zusammenhang zwischen Alec Cunningham, Annie Morrison und William Kirwan bestand. Die Ergebnisse zeigen, dass die Falle geschickt ausgelegt war. Ich bin sicher, dass Sie von den Spuren der Vererbung, die sich in den p's und in den Bögen der g's zeigen, begeistert sein werden. Auch das Fehlen der i-Punkte in der Schrift des alten Mannes ist höchst charakteristisch. Watson, ich denke, unsere ruhige Erholung auf dem Lande war ein eindeutiger Erfolg, und ich werde morgen sicherlich sehr gestärkt in die Baker Street zurückkehren.«

Der
gekrümmte Mann

Einige Monate nach meiner Hochzeit war ich an einem Sommerabend noch spät auf, rauchte eine Pfeife und nickte gelegentlich über dem Roman ein, den ich lesen wollte. Es lag ein sehr anstrengender Tag hinter mir. Meine Frau hatte sich schon zur Ruhe begeben, und auch die Dienstmädchen waren hinauf in ihre Kammer gegangen; ich hatte gehört, wie sie die Haustür schlossen. Gerade stand ich vom Lehnstuhl auf und begann die Asche aus meiner Pfeife zu klopfen, als plötzlich die Glocke ertönte.

Ich sah auf die Uhr; es war Viertel vor zwölf. So spät konnte kein Besuch mehr kommen, also wollte man mich zu einem Kranken holen, und von Nachtruhe war keine Rede mehr. Mit schiefem Blick stieg ich die Treppe hinunter und schloss auf. Zu meiner Verwunderung fand ich Sherlock Holmes draußen vor der Tür stehen.

»Ah, Watson«, sagte er. »Ich komme spät, aber ich hoffte, Sie wären noch wach.«

»Bitte treten Sie ein, lieber Freund.«

»Sie waren überrascht, mich zu sehen – kein Wunder –, angenehm überrascht, vermutlich. Hm, Sie rauchen also noch immer dieselbe Sorte wie früher als Junggeselle. Die flockige Asche auf Ihrem Ärmel lässt sich nicht bestreiten. Dass Sie gewohnt gewesen sind, eine Uniform zu tragen, sieht man Ihnen auf den ersten Blick an, Watson. Sie werden auch nie als einfacher Zivilist durchgehen, bis Sie sich nicht abgewöhnen, das Taschentuch im Ärmel zu tragen. – Kann ich mich heute Nacht hier einquartieren?«

»Mit Vergnügen.«

»Sie haben mir einmal gesagt, dass bei Ihnen immer ein Bett für einen Gast bereitstehe, und ich sehe, dass Sie jetzt keinen weiteren Besuch haben. Es hängt nur ein Hut am Haken.«

»Ich freue mich sehr, wenn Sie bleiben wollen.«

»Besten Dank; ich darf wohl diesen leeren Haken für meinen Hut nutzen. – Bedauere, dass Sie einen Arbeiter im Haus

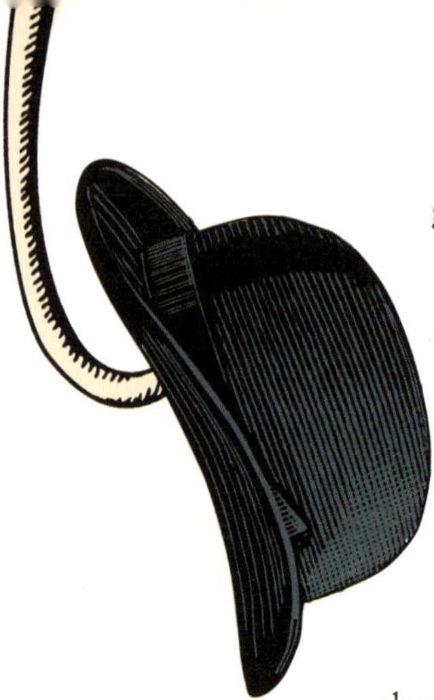

gehabt haben; das bedeutet nichts Gutes. Hoffentlich war das Abflussrohr nicht undicht.«

»Nein, die Gasleitung.«

»Ach so! Der Mann hat den Abdruck von zwei Nägeln in seiner Stiefelsohle auf dem Linoleum zurückgelassen, das Licht fiel gerade darauf. – Nein danke – gegessen habe ich schon am Bahnhof, aber eine Pfeife würde ich noch gern mit Ihnen rauchen.«

Ich reichte ihm meinen Tabaksbeutel; er setzte sich mir gegenüber und paffte eine Weile schweigend fort. Da ich wohl wusste, dass ihn nur ein wichtiges Geschäft um diese Stunde noch zu mir führen konnte, wartete ich es geduldig ab, bis er die Rede darauf brachte.

»Sie haben jetzt gerade viel berufliche Arbeit, wie ich sehe«, sagte er, mich mit scharfem Blicke musternd.

»Ja, ich bin heute sehr beschäftigt gewesen«, erwiderte ich; »aber woher Sie das wissen, ist mir unbegreiflich.«

Holmes lächelte wohlgefällig. »Ich kenne ja Ihre Gewohnheiten, mein lieber Watson. Wenn Sie nur eine kurze Runde zu machen haben, gehen Sie zu Fuß, bei einer langen fahren Sie. Da ich nun sehe, dass Ihre Stiefel zwar gebraucht, aber nicht schmutzig sind, haben Sie jetzt jedenfalls so viel zu tun, dass Sie sich eine Droschke gestatten.«

»Exzellent!«, rief ich.

»Höchst grundlegend«, sagte er. »Dies ist nur ein Beispiel davon, wie leicht man durch Schlussfolgerung zu Ergebnissen gelangen kann, die einen überraschen, wenn man diesen oder jenen kleinen Umstand, der vielleicht die Grundlage des Ganzen bildet, für sich behält. Auf ähnliche Weise verfahren Sie auch, mein lieber Freund, bei der Aufzeichnung Ihrer kleinen Skizzen und halten dadurch die Spannung der Leserschaft. Ich befinde mich augenblicklich in genau derselben Lage wie Ihre Leser, denn ich halte verschiedene Fäden der seltsamsten Begebenheit in Händen, über die sich je ein Mensch den Kopf zerbrochen hat, und doch fehlen mir ein paar Verbindungsglieder zur klaren Begründung des Ganzen. Aber ich muss sie haben, Watson, ich werde sie schon noch bekommen!« Seine Augen funkelten, und ein leises Rot färbte ihm die hageren Wangen. Für einen Augenblick hatte sich der Schleier über seinem scharfen, intensiven Wesen gelüftet, aber nur für einen Augenblick. Als ich wieder hinschaute, hatte sein Gesicht wieder diese rot-indische[18] Gelassenheit angenommen, die so viele dazu gebracht hatte, ihn eher für eine Maschine als für einen Menschen zu halten.

»Das Problem kommt mir nicht uninteressant vor«, sagte er, »manche Einzelheiten sind sogar recht außergewöhnlich. Ich habe mir schon Einsicht in die Sache verschafft und glaube, der Lösung ganz nahe gerückt zu sein. Wenn Sie mir bei dem letzten Schritt behilflich sein würden, wäre mir das eine große Hilfe.«

»Sehr gern.«

»Könnten Sie morgen mit mir nach Aldershot kommen?«

»Ich habe keinen Zweifel, dass Jackson meine Praxis übernehmen kann.«

»Dann werden wir den Zug um 11.10 Uhr ab Waterloo Station nehmen.«

»Das lässt sich einrichten.«

»Wenn Sie nicht müde sind, möchte ich Ihnen gleich jetzt alles berichten, was geschehen ist und was noch zu tun übrig bleibt.«

»Ehe Sie kamen, war ich sehr müde, aber jetzt bin ich wieder ganz wach.«

»Ich will mich so kurz wie möglich fassen und Ihnen nur das Wesentlichste erzählen. Vielleicht haben Sie auch schon etwas über den Fall gelesen. Es handelt sich um den Tod des Colonel

Barclay vom Royal Munsters in Aldershot – er soll ermordet worden sein.«

»Davon habe ich nichts gehört.«

»Das Ereignis ist erst zwei Tage alt und hat sich noch nicht in weitere Kreise verbreitet. Folgendes ist passiert:

Das Royal Munsters ist, wie Sie wissen, eins der berühmtesten irischen Regimenter[19], das sowohl im Krimkrieg als auch beim indischen Aufstand Wunder vollbracht und sich auch seither bei jeder Gelegenheit ausgezeichnet hat. Bis letzten Montag wurde es von James Barclay, einem tapferen Veteranen, befehligt. Ursprünglich als Private eingetreten, war er wegen seines im indischen Aufstand bewiesenen Mutes zum Offizier befördert worden und stand zuletzt an der Spitze des Regiments, in dem er einst die Muskete getragen.

Colonel Barclay hatte als Sergeant geheiratet. Der Mädchenname seiner Frau war Nancy Devoy; ihr Vater war früher Colour Sergeant[20] im selben Korps gewesen. Natürlich konnte es nicht ohne einige kleine Reibereien abgehen, als die jungen Eheleute (denn sie waren beide noch jung) nach Barclays Rangerhöhung ihre neue gesellschaftliche Stellung einnahmen. Doch scheinen sich beide rasch in die veränderten Verhältnisse gefunden zu haben, und Mrs. Barclay soll bei den Damen des Regiments ebenso beliebt gewesen sein wie ihr Gatte unter seinen Kameraden. Ich will noch erwähnen, dass sie eine sehr schöne Frau war, noch jetzt, nach einer mehr als dreißigjährigen Ehe, ist sie eine ganz auffallende Erscheinung.

Das Familienleben von Colonel Barclay scheint ein durchweg glückliches gewesen zu sein. Major Murphy, dem ich die meisten meiner Fakten verdanke, versichert mir, dass er nie von einem Missverständnis zwischen den beiden gehört hat. Im Großen und Ganzen glaubt er, dass Barclays Hingabe zu seiner Frau größer war als die seiner Frau zu Barclay. Er war akut unruhig, wenn er einen Tag von ihr abwesend war. Sie hingegen war zwar hingebungsvoll und treu, aber weniger aufdringlich anhänglich. Aber sie galten im Regiment als das Musterbeispiel eines Paares mittleren Alters. Es gab absolut nichts in ihren gegenseitigen Beziehungen, was die Menschen auf die Tragödie vorbereitet hätte, die folgen sollte.

Colonel Barclay muss einige sonderbare Charaktereigenschaften gehabt haben. Für gewöhnlich war er ein lustiger, flotter alter Soldat, aber bei gewissen Gelegenheiten hatte er schon Beweise großer Rachsucht und maßloser Heftigkeit gegeben. Doch zeigte er sich im Umgang mit seiner Frau niemals von dieser Seite. Nicht nur dem Major, sondern auch den anderen Offizieren, mit denen ich gesprochen habe, war die seltsame Niedergeschlagenheit aufgefallen, welche sich seiner zuweilen bemächtigte. Oft, wenn er an dem fröhlichen Geplauder der Kameraden teilnahm, verstummte er plötzlich mitten im Scherz und Lachen, als hätte eine unsichtbare Hand ihn berührt, und versank dann tagelang in die düsterste Schwermut. Dazu kam noch eine Art abergläubischer Furcht, die die Herren an ihm bemerkt haben wollen. Er hatte nämlich eine förmliche Abneigung davor, allein zu bleiben, besonders nach Einbruch der Dunkelheit. Bei seiner sonst so starken und männlichen Natur war diese Eigenheit sehr merkwürdig und erregte häufig Verwunderung.

Das erste Bataillon der Royal Munsters stand schon seit mehreren Jahren in Aldershot. Die verheirateten Offiziere pflegten außerhalb der Kaserne Quartier zu nehmen, und der Colonel hat die ganze Zeit über die Villa Lachine bewohnt, die etwa eine halbe Meile vom Nordlager entfernt ist. Das Haus ist rings von Anlagen umgeben, deren Ausdehnung übrigens an der Westseite kaum dreißig Meter bis zur Landstraße beträgt. Der

Colonel und seine Frau nebst dem Kutscher und zwei Dienstmädchen sind die einzigen Bewohner der Villa; Kinder haben die Barclays nicht, auch bekamen sie für gewöhnlich keinen Logierbesuch.

Am Montagabend zwischen neun und zehn Uhr ist in der Villa Lachine Folgendes geschehen: Mrs. Barclay ist, wie es scheint, Mitglied der römisch-katholischen Kirche und hatte sich sehr für die Gründung der *Guild of St. George* interessiert, die in Verbindung mit der *Watt Street Chapel* gegründet worden war, um die Armen mit abgelegter Kleidung zu versorgen. An diesem Abend um acht Uhr war eine Versammlung der Gilde abgehalten worden, und Mrs. Barclay hatte sich mit ihrem Abendessen beeilt, um daran teilzunehmen. In der Nachbarvilla holte sie darauf Ms. Morrison ab und ging in Begleitung dieser jungen Dame zu der Versammlung, die etwa vierzig Minuten dauerte. Um Viertel nach neun kehrte Mrs. Barclay nach Hause zurück und trennte sich von Ms. Morrison im Vorbeigehen an deren Wohnung.

Auf der Westseite liegt in der Villa Lachine das Frühstückszimmer, mit einer Glastür, die in den großen Garten führt, welchen nur eine niedere, durch ein Eisengitter gekrönte Mauer von der Landstraße scheidet.

In dieses Zimmer begab sich Mrs. Barclay bei ihrer Rückkehr; die Läden waren noch nicht geschlossen, denn abends wurde der Raum selten genutzt. Sie zündete selbst die Lampe an, klingelte dann und befahl, ganz gegen ihre sonstige Gewohnheit, Jane, dem Hausmädchen, ihr eine Tasse Tee zu bringen. Der Colonel hatte im Speisezimmer gesessen, aber als er hörte, dass seine Frau heimgekehrt sei, suchte er sie im Frühstückszimmer auf. Der Kutscher sah ihn noch über den Flur gehen und dort eintreten. Danach hat ihn kein Mensch lebendig wieder erblickt. Als das Mädchen etwa zehn Minuten später mit dem Tee an die Tür kam, hörte sie drinnen zu ihrem Schrecken einen heftigen Streit zwischen dem Colonel und seiner Frau. Sie klopfte an, erhielt jedoch keine Antwort; nun drückte sie auf die Klinke; doch die Tür war von innen verschlossen. Darauf lief sie in die Küche hinunter, holte die Köchin und den Kutscher herauf, und sie lauschten entsetzt auf den Zank ihrer Herrschaft. Man hörte niemand sprechen außer dem Colonel und seiner Frau, darin stimmen alle drei überein. Barclay redete in leisen, abgerissenen Sätzen, sodass die Draußenstehenden nichts verstanden, aber der Ton der Mrs. war äußerst gereizt und erbittert; wenn sie die Stimme erhob, vernahm man deutlich, was sie sagte. ›Du elender Feigling‹ wiederholte sie mehrmals, ›was soll nun daraus werden! Gib mir mein verlorenes Leben zurück! Ich ertrage es nicht, je wieder dieselbe Luft mit dir zu atmen, du elender, erbärmlicher Feigling!‹ Plötzlich hörte man den Colonel einen Schrei des Entsetzens ausstoßen, dann folgte ein Krach und ein markerschütterndes Aufkreischen der Frau. Überzeugt, dass ein Unglück geschehen sei, stürzte sich der Kutscher mit aller Gewalt gegen die Tür und versuchte sie aufzubrechen, während drinnen das Geschrei andauerte. Die Tür gab jedoch nicht nach, und die Mädchen konnten in ihrer wahnsinnigen Angst keinerlei Hilfe leisten. Da kam dem Kutscher ein rettender Gedanke; er lief zur Haustür hinaus und zum Garten, in den die Glastür führt.

Ein Fensterflügel stand offen, wie das zur Sommerzeit gewöhnlich der Fall war, und er gelangte ohne Schwierigkeit ins Zimmer. Seine Herrin schrie jetzt nicht mehr, sondern lag bewusstlos auf dem Sofa, während der unglückliche Colonel, mit den Füßen auf dem Armstuhl und dem Kopf auf dem Boden, nahe am Kamingitter tot in seinem Blut lag.

Als der Kutscher sah, dass jede Hilfe für seinen Herrn zu spät kam, war natürlich sein erster Gedanke, die Tür zu öffnen. Doch wider Erwarten stieß er auf ein Hindernis. Der Schlüssel steckte nicht innen im Schloss und war auch sonst im ganzen Zimmer nicht zu finden. Es blieb dem Mann nichts übrig, als wieder zum Fenster hinauszuspringen. Als er bald darauf in Begleitung eines Polizisten und des Arztes zurückkehrte, wurde zuerst die Dame, auf welche begreiflicherweise der stärkste Verdacht fiel und die noch immer bewusstlos war, in ihr Zimmer geschafft. Dann legte man die Leiche des Colonels auf das

Sofa und begann sowohl diese als den ganzen Raum genau zu untersuchen.
Man fand die etwa zwei Zoll lange Todeswunde am Hinterkopf des alten Herrn; offenbar war ihm ein starker Schlag mit einem stumpfen Werkzeug versetzt worden. Auf dem Boden, in der Nähe der Leiche, lag ein einzelner Knüppel aus hart geschnitztem Holz mit einem Knochengriff. Der Colonel besaß eine Waffensammlung, die noch aus der Zeit seiner Kriegsdienste in überseeischen Ländern stammte, und die Polizei vermutet, der Knüppel gehöre zu dieser. Die Dienstboten behaupten zwar, ihn noch nie gesehen zu haben, doch kann er ihnen unter den vielen fremdartigen Dingen, die das Haus enthält, leicht entgangen sein. Sonst hat die Polizei nichts Auffallendes entdeckt; am unerklärlichsten bleibt die Tatsache, dass sich der fehlende Schlüssel weder in Mrs. Barclays Tasche noch in der des Toten oder sonst wo im Zimmer gefunden hat. Man hatte einen Schlosser holen müssen, um die Tür zu öffnen.
So also standen die Dinge, Watson, als ich am Dienstagmorgen auf Major Murphys Verlangen nach Aldershot fuhr, um die Polizei in ihren Bemühungen zu unterstützen. Sie werden mir zustimmen, dass das Problem schon so interessant genug war, aber meine Beobachtungen überzeugten mich bald, dass es in Wahrheit weit merkwürdiger ist, als es zuerst den Anschein hatte.
Ehe ich das Zimmer in Augenschein nahm, unterwarf ich erst die Dienstboten einem Kreuzverhör, durch das mir die erwähnten Tatsachen bestätigt wurden. Nur Jane, das Hausmädchen, erinnerte sich an einen Umstand, der bisher nicht zur Sprache gekommen war. Sie sagte, dass, als sie zuerst allein vor der Tür gestanden habe, ihre Herrschaft drinnen mit so leiser Stimme gesprochen hätte, dass sie die Worte nicht verstehen, sondern nur an dem Ton der Rede merken konnte, dass Mann und Frau miteinander stritten. Als ich jedoch weiter nachhakte, fiel ihr ein, dass ihre Herrin zweimal den Namen David genannt hatte.

Dies ist deshalb von Bedeutung, weil es uns vielleicht die Ursache des Zwistes enthüllt. Der Vorname des Colonels ist nämlich James.
Was aber den tiefsten Eindruck, sowohl auf die Dienstboten als auf die Polizei, gemacht hat, waren die grässlich verzerrten Gesichtszüge des Colonels. Es lag ein solches Grauen, eine so namenlose Angst darin, dass mehrere Personen bloß von dem furchtbaren Anblick in Ohnmacht gefallen sind. Er muss sein grausames Geschick vorausgesehen und sich davor entsetzt haben. Dies bestätigt gewissermaßen die Ansicht der Polizei und lässt vermuten, der Colonel habe gesehen, dass seine Frau ihn angriff. Der Einwand, die Wunde sei ja am Hinterkopf, ist nicht von Belang, denn Barclay kann leicht eine Wendung gemacht haben, um dem Schlag auszuweichen. Ein Verhör mit der Frau vorzunehmen, erwies sich als unmöglich, da sie in ein heftiges Nervenfieber verfallen und zu dieser Zeit ganz von Sinnen war. Ms. Morrison, in deren Begleitung, wie Sie wissen, Mrs. Barclay an jenem Abend ausgegangen war, hat der Polizei keine Ursache für die schlechte Stimmung angeben können, in welcher die Dame nach Hause zurückgekehrt ist.
Nachdem ich dies alles erkundet hatte, setzte ich mich hin und rauchte mehrere Pfeifen, wobei ich versuchte, in meinem Kopf die wesentlichen Tatsachen von den Nebenumständen zu trennen. Ohne Frage war der bedeutungsvollste Punkt das seltsame Verschwinden des Schlüssels. Er hatte sich trotz der sorgfältigsten Nachforschung in dem Zimmer nicht vorgefunden und musste daher fortgeschafft worden sein. Das hatte aber weder der Colonel noch seine Frau tun können, wie auf der Hand lag. Also war eine dritte Person im Zimmer gewesen; sie konnte nur durch das Fenster hereingekommen sein, und ich hoffte, entweder drinnen oder draußen auf dem Rasen irgendeine Spur dieses rätselhaften Wesens zu entdecken. Ich verfuhr dabei nach meinen bewährten Methoden, die Sie ja kennen, Watson, und

brachte sie allesamt zur Anwendung. Schließlich fand ich denn auch wirklich eine Spur, aber eine, die mich gänzlich überraschte. Es war ohne Zweifel ein Mann im Zimmer gewesen; ich entdeckte seine deutlichen Fußspuren an fünf verschiedenen Stellen: einmal auf der Landstraße, an dem Punkt, wo er über die niedrige Mauer gestiegen war, zweimal auf dem Rasen und zwei ganz schwache Spuren auf den angestrichenen Brettern beim Fenster, durch das er hereingekommen sein musste. Über den Rasenplatz war er schnell gelaufen, denn seine Stiefelspitzen hatten sich viel tiefer abgedrückt als die Absätze. Doch verwunderte ich mich nicht so sehr über den Mann selbst wie über seinen Gefährten.«

»Seinen Gefährten!«

Holmes zog einen großen Bogen Seidenpapier aus der Tasche und breitete ihn vorsichtig über sein Knie.

»Wofür halten Sie das?«, fragte er.

Das Papier war mit Abdrücken der Fußspuren eines kleinen Tieres bedeckt. Man konnte deutlich einen fünfteiligen Ballen und das Vorhandensein langer Nägel unterscheiden; jeder einzelne Umriss war etwa so groß wie ein Dessertlöffel.

»Es ist ein Hund«, sagte ich.

»Haben Sie je gehört, dass ein Hund an einem Vorhang hinaufgelaufen ist? Das Tier hat es getan, wie seine Spuren beweisen.«

»Also ein Affe?«

»Der hat keinen solchen Fuß.«

»Aber was kann es sein?«

»Weder Hund noch Katze noch Affe – überhaupt kein Geschöpf, das wir kennen. Ich habe versucht, es mir nach den Maßen vorzustellen. Hier sind vier Abdrücke – das Tier hat still gestanden. Es misst vom Vorderfuß bis zum Hinterfuß nicht weniger als fünfzehn Zoll. Fügt man noch den Hals und den Kopf hinzu, so erhält man ein Geschöpf von mindestens zwei Fuß Länge, vielleicht auch mehr, falls es einen Schwanz hat.

Nun betrachten Sie einmal die anderen Maße: Das Tier hat sich bewegt, und wir erkennen seine Schrittweite; nirgends beträgt sie über drei Zoll. Das lässt auf einen sehr langen Leib mit unverhältnismäßig kurzen Beinen schließen. Leider ist es nicht so freundlich gewesen, uns eine Haarprobe zurückzulassen. Aber es wird ungefähr so beschaffen sein, wie ich Ihnen sage, und es ist ein fleischfressendes Tier.«

»Woher wissen Sie das?«

»Weil es am Vorhang in die Höhe gelaufen ist. Ein Kanarienvogel hing im Käfig am Fenster; offenbar wollte es dem zu Leibe gehen.«

»Was für ein Tier war es denn aber?«

»Ja, wenn ich das wüsste, wäre schon ein großer Schritt geschehen, um den Fall aufzuklären. Wahrscheinlich gehört es doch zur Familie der Wiesel; nur ist es größer als alle Tiere dieser Gattung, die ich gesehen habe.«

»In welcher Beziehung aber soll das Tier zu dem Verbrechen stehen?«

»Das ist auch noch ungeklärt. Jedenfalls haben wir schon viel herausgebracht, wie Sie sehen. Wir wissen, dass ein Mann von der Landstraße aus dem Streit zwischen Colonel Barclay und seiner Frau zugesehen hat – die Läden waren nicht geschlossen, und die Lampe brannte im Zimmer. Ferner wissen wir, dass er, von einem fremdartigen Tier begleitet, über den Rasen gelaufen und durch das Fenster gestiegen ist und dass er Barclay zu Boden gestreckt hat, falls der Colonel nicht bei seinem bloßen Anblick vor Schrecken umgefallen ist und sich an der Ecke des Kamingitters ein Loch in den Hinterkopf geschlagen hat, was ebenso wahrscheinlich ist. Und schließlich hat der Eindringling merkwürdigerweise beim Fortgehen den Zimmerschlüssel mitgenommen.«

»Nach Ihren Ermittlungen kommt mir die Sache noch weit dunkler vor als zuerst«, sagte ich.

»Sehr richtig. Das beweist ohne Zweifel, dass die Angelegenheit viel verwickelter ist, als man anfänglich glaubte. Ich beschloss daher nach reiflicher Überlegung, den Fall einmal aus einem ganz anderen Winkel zu betrachten. – Aber ich habe Sie wirklich schon allzu lange wach halten, Watson; ich kann Ihnen das ja ebenso gut morgen auf der Fahrt nach Aldershot erzählen.«

»Nein danke, Sie haben schon zu viel erzählt, um jetzt einfach so aufzuhören.«

»So viel stand fest, dass Mrs. Barclay in bestem Einvernehmen mit ihrem Gatten war, als sie um halb acht das Haus verließ. Zwar pflegte sie nie besonders zärtlich zu sein, wie ich schon erwähnte, aber der Kutscher hatte gehört, dass sie sich mit freundlichen Worten vom Colonel verabschiedete. Ebenso gewiss war aber auch, dass sie sich bei ihrer Rückkehr sofort in ein Zimmer begeben hatte, wo sie sicher war, ihren Gatten nicht zu treffen, dass sie sich eine Tasse Tee bestellte – eine bei Frauen beliebte Nervenberuhigung – und dass sie ihrem Mann, sobald er eintrat, die heftigsten Vorwürfe zu machen begann. Zwischen halb acht und neun Uhr war also offenbar etwas geschehen, wodurch sich ihre Gefühle für ihn völlig umgewandelt hatten.

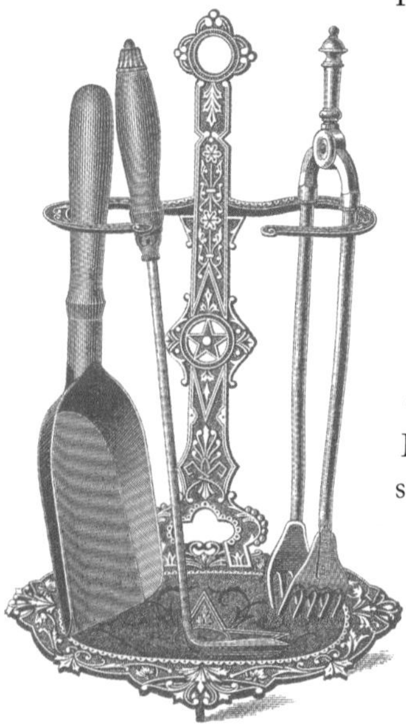

Da nun Ms. Morrison während dieser anderthalb Stunden fortwährend mit Mrs. Barclay zusammen gewesen war, musste sie durchaus etwas von der Sache wissen, und wenn sie es zehnmal leugnete.

Meine erste Vermutung war, es hätte sich zwischen dem alten Barclay und der jungen Morrison etwas entwickelt, was diese der Mrs. unterwegs gestanden hätte. Dadurch ließe sich ihr Zorn bei der Rückkehr erklären, sowie die Behauptung der Miss, dass nichts vorgefallen sei. Aber andererseits sprach wieder die Anspielung auf David dagegen, sowie die zärtliche Liebe, die der Colonel, wie allbekannt, für seine Frau hegte; von dem Auftreten dieses anderen Mannes ganz zu schweigen, der brauchte ja zu allem Vorhergegangenen in keinerlei Beziehung zu stehen. Es wurde mir schwer, irgendwo festen Fuß zu fassen, doch gab ich den Gedanken an ein geheimes Einverständnis zwischen dem Colonel und Ms. Morrison schließlich auf, bestärkte mich aber umso mehr in der Überzeugung, dass die junge Dame Auskunft darüber geben könne, aus welchem Grund sich Mrs. Barclays Gefühle für ihren Gatten plötzlich in Hass verwandelt haben könnten. Also beschloss ich, Ms. Morrison aufzusuchen, um ihr zu erklären, ich sei zu der Gewissheit gelangt, dass sie Licht in die Sache zu bringen vermochte. Falls sie ihre Aussage verweigere, würde ihre Freundin, des Mordes angeklagt, vor Gericht erscheinen müssen.

Miss Morrison ist ein zartes, schlankes Wesen mit blondem Haar und schüchterner Miene, doch fehlt es ihr weder an Scharfsinn noch gesundem Menschenverstand. Sie sah eine Weile schweigend und nachdenklich vor sich hin, aber plötzlich hob sie den Blick, schaute mich fest an und berichtete, was ich Ihnen so kurz wie möglich mitteilen will.

›Meine Freundin hat mir das Versprechen abgenommen, die Sache geheim zu halten, und ich breche mein Wort nicht‹, sagte sie. ›Aber da eine so schwere Anklage gegen Mrs. Barclay vorliegt und sie selbst durch ihre Krankheit gehindert ist, zu erklären, was sich ereignet hat, fühle ich mich von dem Versprechen entbunden. Ich will ihr helfen, so gut ich kann, und Ihnen alles, was am Montagabend geschehen ist, ausführlich erzählen.

Wir verließen die Watt Street Mission etwa um Viertel vor neun und mussten auf dem Heimweg durch die Hudson Street gehen, die sehr still und menschenleer ist. Es gibt dort nur eine Laterne, auf der linken Seite, und als wir uns dieser näherten, sah ich einen Mann auf uns zukommen, dessen Rücken sehr gebeugt war und der etwas wie eine Kiste über einer seiner Schultern hängen hatte. Er schien deformiert zu sein, denn er trug seinen Kopf tief und ging mit gebeugten Knien. Während wir an ihm vorübergingen, sah er auf, der Lichtschein fiel auf uns, er blieb stehen und schrie mit furchtbarer Stimme: ‚Mein Gott, es ist Nancy!' Mrs. Barclay wurde totenbleich und wäre umgefallen, wenn die schrecklich aussehende Kreatur sie nicht festgehalten hätte. Ich wollte schon die Polizei rufen, aber zu meiner Überraschung sprach sie ganz höflich mit dem Burschen. ‚Ich hielt dich schon seit dreißig Jahren für tot, Henry,' sagte sie mit bebender Stimme.

‚Das bin ich auch', entgegnete er, und mich überlief es kalt bei dem grauenhaften Ton seiner Stimme. Sein Gesicht war finster und abschreckend, und der grimmige Blick seiner Augen verfolgt mich noch im Traum. Haar und Bart waren stark mit Grau vermischt und seine welke, faltige Haut ganz zusammengeschrumpft.

‚Bitte gehen Sie wenig voraus, meine Liebe', sagte Mrs. Barclay zu mir; ‚ich möchte ein Wort mit diesem Mann reden. Machen Sie sich keine Sorgen um mich.' – Wie sehr sie sich aber auch bemühte, ihrer Stimme Festigkeit zu geben, so bebten ihr doch die Lippen, und sie sah leichenblass aus.

Ich tat, was sie verlangte, und die beiden sprachen ein paar Minuten miteinander. Dann kam Mrs. Barclay mit zornsprühenden Blicken die Straße herunter, und ich sah den Krüppel[21] am Laternenpfahl stehen, wo er, wie rasend vor Wut, die geballten Fäuste schüttelte. Sie sprach kein Wort, bis wir vor unserer Haustür standen, dann fasste sie mich bei der Hand und bat mich, niemand etwas von der Begegnung zu sagen. ‚Es ist ein früherer Bekannter von mir, der in der Welt gefallen ist', sagte sie. Als ich ihr Stillschweigen gelobte, küsste sie mich, und ich habe sie seitdem nicht wiedergesehen.

So, jetzt wissen Sie alles, was ich der Polizei vorenthalten habe, weil ich keine Ahnung von der Gefahr hatte, die meine Freundin bedroht. Ich weiß, es kann ihr nur zum Vorteil gereichen, wenn man die volle Wahrheit erfährt.‹

Wie Sie sich denken können, Watson, war Ms. Morrisons Aussage für mich ein Lichtstrahl in dunkler Nacht. Alles, was bisher außer Zusammenhang schien, ließ sich jetzt mit Leichtigkeit aneinanderreihen, und ich hatte eine Art Vorgefühl von dem ganzen Verlauf der Sache. Mein nächster Schritt musste natürlich sein, den Mann aufzusuchen, der diesen merkwürdigen Eindruck auf Mrs. Barclay gemacht hatte. Hielt er sich noch in Aldershot auf, so konnte das nicht schwer sein. Dort wohnen nur verhältnismäßig wenige Zivilisten, und dieser deformierte Mann wäre sicherlich nicht unbemerkt geblieben. Ich verbrachte einen ganzen Tag mit der Suche, und am Abend – heute Abend, Watson – hatte ich ihn gefunden. Der Mann heißt Henry Wood und wohnt erst seit fünf Tagen zur Miete in derselben Straße, wo ihm die Damen begegnet sind. Ich gab mich der Vermieterin als Beamter aus, der Wohnungslisten zu prüfen hat, und hatte ein interessantes Gespräch mit ihr. Der Mann ist von Beruf Taschenspieler und Zauberkünstler; er geht bei einbrechender Nacht in den Schenken herum und gibt Vorstellungen. In seinem Kasten trägt er ein Tier, vor dem die Wirtin sich zu fürchten scheint, weil sie noch nie ein solches Geschöpf gesehen hat. Er braucht es bei seinen Kunststücken, wie sie mir sagt. Sie meinte auch, sie verstünde gar nicht, wie der Mann mit seinen verdrehten Gliedmaßen überhaupt leben könne. Manchmal rede er in einer ihr ganz fremdartigen Sprache, und während der beiden letzten Nächte hätte sie ihn in seinem Schlafzimmer stöhnen und schluchzen hören. Er war in Ordnung, soweit es um Geld ging, aber in seiner Kaution hatte er ihr etwas gegeben, das wie ein falscher Florin[22] aussah. Sie zeigte es ihm, Watson, und es war eine indische Rupie.

Nun wissen Sie also genau, wie die Sachen stehen, mein lieber Freund, und wozu ich Sie brauche. Es liegt auf der Hand, dass der Mann den Damen an jenem Abend gefolgt ist und den Streit zwischen den Eheleuten durch das Fenster gesehen hat. Er kam dazu, und das Tier schlüpfte aus seinem Kasten. Das alles unterliegt keinem Zweifel, aber was dann im Zimmer geschehen ist, kann uns kein Mensch auf der Welt genau berichten, kein Mensch außer ihm.«

»Und Sie wollen ihn darum befragen?«

»Ganz gewiss – aber in Gegenwart eines Zeugen.«

»Der Zeuge soll ich sein?«

»Ja, wenn Sie nichts dagegen haben. Kann er die Sache aufklären, so ist mir's recht. Weigert er sich, so bleibt uns keine Wahl, als einen Haftbefehl zu holen.«

»Woher wissen Sie aber, dass er noch da sein wird, wenn wir ihn aufsuchen?«

»Ich habe schon meine Vorkehrungen getroffen. Ein paar von meinen Baker-Street-Jungen sind für ihn als Wache bestellt und würden sich wie die Kletten an ihn hängen, wohin er auch ginge. Wir finden ihn morgen in der Hudson Street, Watson. Jetzt aber würde ich selbst ein Verbrechen begehen, wenn ich Sie nicht endlich zur Ruhe kommen ließe.«

Es war Mittag, als wir uns am Schauplatz der Tragödie wiederfanden, und unter der Führung meines Begleiters machten wir uns sofort auf den Weg zur Hudson Street. Trotz seiner Fähigkeit, seine Emotionen zu verbergen, konnte ich leicht erkennen, dass Holmes sich in einem Zustand unterdrückter Erregung befand, während ich selbst von jenem halb sportlichen, halb intellektuellen Vergnügen überwältigt war, das ich immer empfand, wenn ich mich mit ihm bei seinen Ermittlungen zusammentat.

»Hier ist die Straße«, sagte er, als wir um die Ecke bogen und eine kurze Querstraße mit zweistöckigen Backsteinhäusern vor uns sahen.

»Und da kommt auch Simpson, mir Bericht zu erstatten.«
»Er ist drinnen, Mr. Holmes«, rief ein kleiner Gassenjunge, der uns entgegengelaufen kam.
»Gut, Simpson«, sagte mein Freund, ihm das Haar streichelnd. »Kommen Sie, Watson; dies ist das Haus.« Er schickte seine Karte hinein und ließ sagen, es handle sich um die Besprechung einer wichtigen Angelegenheit.
Wenige Minuten später standen wir dem Mann gegenüber, wegen dem wir die Fahrt unternommen hatten. Trotz des warmen Wetters hockte er über einem Feuer, und der kleine Raum war wie ein Ofen. Der Mann saß ganz verdreht und zusammengekauert in seinem Stuhl, was einen unbeschreiblichen Eindruck von Deformiertheit vermittelte; aber das Gesicht, das er uns zuwandte, muss, obwohl es abgenutzt und schmutzig war, vor einiger Zeit wegen seiner Schönheit bemerkenswert gewesen sein. Er schaute uns nun aus gelblich schillernden, galligen Augen misstrauisch an und winkte, ohne zu sprechen oder aufzustehen, in Richtung zweier Stühle.
»Sie sind Mr. Henry Wood aus Indien, wenn ich nicht irre«, sagte Holmes in freundlichem Ton. »Ich möchte über den Tod des Colonel Barclay ein Wort mit Ihnen reden.«
»Was sollte ich wohl davon wissen?«

»Das versuche ich herauszufinden. Falls nämlich die Sache nicht aufgeklärt wird, würde Mrs. Barclay, die Sie von früher her gut kennen, aller Wahrscheinlichkeit nach des Mordes angeklagt werden.«

Der Mann schrak heftig zusammen.

»Ich weiß nicht, wer Sie sind«, rief er, »noch, woher Sie erfahren haben, was Sie wissen; aber ist das wahr, was Sie sagen? Schwören Sie es?«

»Ja, man wartet nur darauf, dass sie wieder zum Bewusstsein kommt, um sie festzunehmen.«

»Mein Gott! – Gehören Sie selbst zur Polizei?«

»Nein.«

»Was geht Sie die Sache dann an?«

»Es ist die Aufgabe jedes Mannes, für Gerechtigkeit zu sorgen.«

»Auf mein Wort – sie ist unschuldig.«

»Dann sind Sie der Mörder?«

»Nein, ich nicht.«

»Wer hat denn den Colonel Barclay umgebracht?«

»Es war eine gerechte Vorsehung, die ihn getötet hat. Aber das sage ich Ihnen: Hätte ich ihm den Schädel eingeschlagen, wie es meine Absicht war, so wäre ihm nur geschehen, was er verdient hat. Hätte sein schlechtes Gewissen ihn nicht niedergestreckt, hätte ich sein Blut an meiner Seele. Sie wollen, dass ich die Geschichte erzähle. Ich weiß nicht, warum ich es nicht tun sollte, denn ich habe keinen Grund, mich dafür zu schämen. Jetzt sitze ich hier vor Ihnen mit meinem krummen Buckel und habe keine gerade Rippe mehr am ganzen Leib, aber es hat eine Zeit gegeben, da war der Corporal Henry Wood der strammste Soldat im 117. Regiment. Wir waren damals in Indien, in einem Kasernengelände, in einem Ort namens Bhurtee. Barclay, der Verstorbene, war Sergeant in derselben Kompanie wie ich. Die Schönheit des Regiments, ja, und das schönste Mädchen, das je den Atem des Lebens zwischen ihren Lippen hatte, war Nancy

RANGST
DES BRITISC

In der Rangstruktur der britischen Ar
OFFIZIERE und **ANDERE DIE**
ziere an der Spitze der Hierarchie.
der Armee. Sie haben keine hohe Be
halb ihrer Rangstruktur verschieder
werden durch Abzeichen gekennzei
auf der Schulter oder Brust und von
getragen werden.

MAJOR GENERAL/ ENERALMAJOR

Ein Generalmajor
igt eine Division oder
ade (kleinster Groß-
band eines Heeres,
penstärke: 3.000-
000 Soldaten).

BRIGADIER

Ein Brigadier befebligt eine Brigade im Feld oder bat einen boben Stabsrang inne.

COLONEL/ OBERST

Der Oberst ist in der Regel Stabsoffizier, also zuständig für die Verwaltung der Armee auf der Ebene der Divisionen und darüber, oder Befeblsbaber einzelner Gruppen.

LIEUTENANT COLONEL/ OBERSTLEUTNANT

Er befebligt ein Infanteriebataillon, Artillerieregiment oder Kavallerieregiment und ist für die Einbeit im Feld und in den Kasernen verantwortlich.

OFFIZIERE

ANDERE DIENSTGRADE

SERGEANT/ FELDWEBEL

Der Feldwebel ist der ranghöchste Soldat in einem Zug oder einem Trupp und ist der Stellvertreter des Kommandanten mit teilweise spezifischen Aufgaben.

PRIVATE/ GEFREITER

Der Gefreite ist der niedrigste Rang eines ausgebildeten Soldaten.

FIELD MARSHAL/ FELDMARSCHALL

Der höchste Rang in der britischen Armee in Kriegszeiten. In Friedenszeiten wird diese Position nicht vergeben.

LIEUTENANT GENERAL/ GENERALLEUTNANT

Ein Generalleutnant befehligt ein Armeekorps oder eine Division (Großverband, Truppenstärke: 10.000–30.000 Soldaten).

MA

Ein Major b
Kompanie, eine
oder eine Batterie
lerweise 150-20
Innerhalb eines Bat
er nur dem Oberstl
unterstellt.

CAPTAIN/ HAUPTMANN

Ein Hauptmann leitet eine Kompanie (kleinste disziplinarische Einheit, Truppenstärke: 60-250 Soldaten) oder ist ihr stellvertretender Befehlshaber.

LIEUTENANT/ LEUTNANT

Er befehligt einen Zug (Truppenstärke: 12-60 Soldaten) oder einen Trupp (Truppenstärke: 2-8 Soldaten) und hat zusätzliche Aufgaben inne.

SECOND LIEUTENANT/ UNTERLEUTNANT

Der niedrigste Offiziersdienstgrad in der britischen Armee, der einen Zug oder einen Trupp befehligt.

STAFF SERGEANT/ STABSFELDWEBEL

Ein Unteroffiziersdienstgra
mit besonderen Aufgaben, v
der Versorgung der Untere
beit. In der Infanterie wi
er als Colour Sergeant
bezeichnet.

RUKTUR
EN MILITÄRS

e gibt es zwei verschiedene Ebenen -
STGRADE. Dabei stehen die Offi-
e anderen Ränge sind die Soldaten
lsposition inne, jedoch gibt es inner-
Autoritätsebenen. Alle Dienstgrade
net, die in der Regel von Offizieren
en anderen am Ärmel ihrer Uniform

Devoy, die Tochter des Colour Sergeant. Es gab zwei Männer, die sie liebten, und einen, den sie liebte, und Sie werden lächeln, wenn Sie dieses arme Ding sehen, das hier vor dem Feuer kauert, und mich sagen hören, dass sie mich für mein gutes Aussehen liebte. Nancys Herz gehörte mir, aber ihr Vater hatte sich in den Kopf gesetzt, dass sie Barclay heiraten solle. Ich war ein rücksichtsloser Wildfang, und er hatte höhere Bildung genossen und stand bei den Vorgesetzten gut. Das Mädchen aber hielt treu zu mir, und ich hoffte schon, sie würde mein werden, als der Aufstand losbrach und alle Schrecken der Hölle ringsumher im Lande wüteten.

Unser Regiment war in Bhurtee eingeschlossen, samt einer Abteilung Artillerie, einer Kompanie Sikhs und Scharen von Bürgern, Frauen und Kindern. Es waren zehntausend Rebellen um uns herum, und sie waren so scharf wie eine Gruppe von Terriern um einen Rattenkäfig. Etwa in der zweiten Woche ging uns das Wasser aus, und es war die Frage, ob wir mit General Neills Kolonne kommunizieren konnten, die sich landeinwärts bewegte. Das war unsere einzige Chance, denn wir konnten nicht hoffen, uns mit all den Frauen und Kindern herauszukämpfen, also meldete ich mich freiwillig, um hinauszugehen und General Neill vor unserer Gefahr zu warnen. Man ging auf mein Angebot ein, und da Barclay die Umgegend besser kannte als irgendjemand anders, besprach ich den Plan mit ihm, und er zeichnete mir genau die Route auf, die ich einschlagen musste, um durch die Rebellenlinien zu kommen. Noch in derselben Nacht begab ich mich um zehn Uhr auf die Reise. Es galt, zehntausend Menschenleben zu retten, aber ich dachte damals nur an *sie*, als ich in der Finsternis über die Festungsmauer stieg.

Mein Weg führte durch ein ausgetrocknetes Flussbett, in welchem ich mich vor den feindlichen Schildwachen zu verbergen hoffte; aber als ich um eine Ecke bog, lief ich geradeswegs sechs Männern in die Arme, die dort im Dunkeln auf mich lauerten.

Mit einem Schlag war ich zu Boden gestreckt und rasch an Händen und Füßen gebunden. Weit niederschmetternder aber war es für mich, als ich wieder zum Bewusstsein kam und auf ihre Worte horchte, von denen ich genug verstand, um zu begreifen, dass mein eigener Kamerad, der mir den Weg vorgezeichnet, mich mithilfe eines eingeborenen Dieners verraten und den Feinden in die Hände geliefert hatte.

Nun, es gibt keinen Grund, mich damit aufzuhalten. Sie wissen jetzt, wozu James Barclay fähig war. Bhurtee wurde am nächsten Tag von Neill abgelöst, aber die Rebellen nahmen mich mit auf ihren Rückzug, und es dauerte viele Jahre, bis ich wieder ein weißes Gesicht sah. Man marterte mich grausam; ich versuchte zu fliehen, man fing mich wieder und folterte mich abermals. Wie ich misshandelt worden bin, sehen Sie ja selbst. Einige von ihnen, die nach Nepal flohen, nahmen mich mit, und danach war ich oben in Darjeeling. Die Bergbewohner dort oben ermordeten die Rebellen, die mich hatten, und ich wurde eine Zeit lang ihr Sklave, bis ich entkam; aber anstatt nach Süden zu gehen, musste ich nach Norden gehen, bis ich zu den Afghanen kam. Dort irrte ich viele Jahre

umher und kehrte schließlich in den Punjab zurück, wo ich größtenteils unter den Eingeborenen lebte und meinen Lebensunterhalt mit den Zaubertricks verdiente, die ich gelernt hatte. Weshalb sollte ich elender Krüppel nach England zurückkehren und meine alten Kameraden aufsuchen? Nicht einmal der Durst nach Rache konnte mich dazu bewegen. Lieber sollten Nancy und meine alten Kameraden Henry Wood als mit geradem Rücken gestorben betrachten, als ihn lebendig und mit einem Stock krabbelnd wie einen Schimpansen zu sehen. Sie haben nie daran gezweifelt, dass ich tot bin, und ich wollte, dass es so bliebe. Ich hörte, dass Barclay Nancy geheiratet hatte und dass er im Regiment schnell aufstieg, aber selbst das brachte mich nicht zum Sprechen. Wird man aber alt, so sehnt man sich nach der Heimat. Seit Jahren träumte ich von dem schönen Grün der Wiesen und Hecken Englands, und endlich beschloss ich, sie noch vor meinem Tode wiederzusehen. Ich hatte Geld genug, um die Überfahrt zu bezahlen; dann kam ich hierher unter die Soldaten, wo es mir an Verdienst nicht mangelt, denn ich kenne ihre Art und weiß, was ihnen Vergnügen macht.«

»Ihr Bericht ist höchst interessant«, sagte Sherlock Holmes. »Von der Begegnung mit Mrs. Barclay und wie Sie einander wiedererkannten, habe ich bereits gehört. Sie folgten ihr dann, wie ich höre, nach Hause und sahen durch das Fenster einen Streit zwischen ihrem Mann und ihr, in dem sie ihm zweifellos sein Verhalten Ihnen gegenüber zum Vorwurf machte. Ihre eigenen Gefühle überkamen Sie, und Sie rannten über den Rasen und stürzten sich auf sie.«

»Das tat ich, Sir, und als Barclay mich sah, verzerrten sich seine Züge auf die entsetzlichste Art. Er stürzte zu Boden und schlug mit dem Kopf gegen das Kamingitter. Aber er war schon tot, bevor er fiel. Ich las den Tod in seinem Gesicht, so deutlich, wie ich die Schrift über dem Feuer lesen kann. Der bloße Anblick von mir war wie eine Kugel durch sein schuldiges Herz.«

»Und dann?«

»Dann fiel Nancy in Ohnmacht, und ich nahm ihr den Zimmerschlüssel aus der Hand, um die Tür zu öffnen und Hilfe zu holen. Aber nach kurzer Überlegung schien es mir besser, mich davonzumachen; der Schein sprach zu sehr gegen mich, und mein Geheimnis würde verraten, wenn man mich gefangen nahm. Hastig steckte ich den Schlüssel in die Tasche und ließ meinen Stock fallen, während ich auf Teddy Jagd machte, der am Vorhang in die Höhe lief. Sobald ich ihn wieder im Kasten hatte, aus dem er entschlüpft war, machte ich mich, so rasch ich konnte, aus dem Staub.«

»Wer ist Teddy?«, fragte Holmes.

Der Mann lehnte sich vor und öffnete einen Behälter, welcher im Winkel stand. Sofort glitt ein schönes rotbraunes Tier heraus; es war geschmeidig und schlank von Gestalt, hatte eine lange, dünne Nase, kurze Beine wie ein Wiesel und die prächtigsten roten Augen, die mir je vorgekommen sind.

»Es ist eine indische Rotmanguste«, rief ich.

»So sagen manche, andere nennen es Ichneumon«, meinte der Mann. »Schlangenfänger nenne ich sie, und Teddy ist erstaunlich schnell bei Kobras. Ich habe hier eine ohne Reißzähne, und Teddy fängt sie jede Nacht, um den Leuten in der Schenke eine Freude zu machen. – Haben Sie sonst noch eine Frage, Sir?«

»Vielleicht werde ich mich nochmals an Sie wenden müssen, falls Mrs. Barclay ernsthaft in Gefahr kommt.«

»Dann würde ich natürlich aussagen.«
»Außerdem hätte es keinen Zweck, das alte Verbrechen des Toten ans Licht zu ziehen, wie schändlich er auch gehandelt hat. Sie haben wenigstens die Genugtuung, dass seine Gewissensbisse über die verruchte Tat ihn dreißig Jahre lang nicht zur Ruhe kommen ließen. Doch da drüben geht gerade Major Murphy vorbei. Leben Sie wohl, Wood; ich muss mich erkundigen, was seit gestern geschehen ist.«
Wir holten den Major noch ein, bevor er um die Ecke bog.
»Ah, Sie sind es, Holmes. Haben Sie schon gehört, dass der ganze Lärm unnötig gewesen ist?«
»Wieso denn?«
»Die Totenschau ist gerade zu Ende. Die ärztliche Untersuchung hat klar bewiesen, dass Barclay an einem Schlaganfall gestorben ist. Also war die Lösung schließlich sehr einfach, wie Sie sehen.«
»Jawohl, merkwürdig leicht zu finden«, sagte Holmes lächelnd. »Kommen Sie, Watson, ich glaube, man bedarf unser nicht weiter in Aldershot.«
»Eins begreife ich noch immer nicht«, sagte ich auf dem Wege zum Bahnhof; »wenn der Colonel James hieß und der andere Henry, wie kam da der Name David mit ins Spiel?«
»Dieses eine Wort, mein lieber Watson, hätte mir die ganze Geschichte erzählen müssen, wenn ich der ideale Denker gewesen wäre, den Sie so gerne darstellen. Es war eindeutig ein Vorwurf an mich.«
»Ein Vorwurf?«
»Jawohl. Auch König David ist dann und wann auf Abwege geraten, und bei einer Gelegenheit in dieselbe Richtung wie Sergeant James Barclay. Erinnern Sie sich an die kleine Affäre von Urija und Bathseba? Meine Bibelkenntnisse sind ein wenig eingerostet, fürchte ich, aber Sie werden die Geschichte im ersten oder zweiten Samuel finden.«

Der
Dauerpatient

Bei meiner Auswahl der Fälle für diese Memoiren, die dazu dienen sollen, dem Leser ein Bild von den eigentümlichen Gaben meines Freundes Holmes zu geben, bin ich auf mancherlei Schwierigkeiten gestoßen. Seine merkwürdigsten Schlussfolgerungen und scharfsinnigsten Untersuchungen bezogen sich meist auf Begebenheiten, die an sich so geringfügig und alltäglich waren, dass sie kein allgemeines Interesse beanspruchen konnten. Andererseits ist es häufig vorgekommen, dass er an einigen Forschungen beteiligt war, bei denen die Tatsachen von höchst bemerkenswertem und dramatischem Charakter waren, bei denen aber der Anteil, den er selbst an der Entschlüsselung ihrer Ursachen genommen hat, weniger ausgeprägt war, als ich es mir als sein Biograf wünschen konnte. Es mag sein, dass in der Angelegenheit, über die ich jetzt schreibe, die Rolle, die mein Freund gespielt hat, nicht genügend hervorgehoben wird; und doch ist der ganze Zug der Umstände so bemerkenswert, dass ich mich nicht dazu durchringen kann, ihn in dieser Serie ganz auszulassen.

Ich bin mir des genauen Datums nicht sicher, denn einige meiner Memoranden zu dieser Angelegenheit sind verlegt worden, aber es muss gegen Ende des ersten Jahres gewesen sein, in dem Holmes und ich uns in der Baker Street eine Wohnung teilten. Es war stürmisches Oktoberwetter, und wir waren beide den ganzen Tag drinnen geblieben, ich, weil ich mit meiner angeschlagenen Gesundheit fürchtete, mich dem scharfen Herbstwind auszusetzen, während er in einige jener abstrusen chemischen Untersuchungen vertieft war, die ihn völlig absorbierten, solange er mit ihnen beschäftigt war. Gegen Abend jedoch brachte das Zerbrechen eines Reagenzglases seine Forschungen zu einem vorzeitigen Ende, und er sprang von seinem Stuhl mit einem Ausruf der Ungeduld und gerunzelter Stirn auf.

»Ein Tag Arbeit ist ruiniert, Watson«, sagte er und schritt zum Fenster hinüber. »Ha! Die Sterne sind draußen und der Wind hat sich gelegt. Was halten Sie von einem Spaziergang durch London?« Ich war unseres kleinen Wohnzimmers überdrüssig und willigte gerne ein. Drei Stunden lang schlenderten wir gemeinsam umher und beobachteten das sich ständig verändernde Kaleidoskop des Lebens, das durch die Fleet Street und den Strand[23] strömte. Sein charakteristischer Vortrag mit seiner scharfen Beobachtung von Details und seiner subtilen Kraft der Schlussfolgerung hielt mich amüsiert und gefesselt. Es war zehn Uhr, als wir die Baker Street wieder erreichten. Ein Brougham wartete vor unserer Tür.

»Hm! Ein Doktorwagen, wie ich sehe«, sagte Holmes. »Offenbar ein praktischer Arzt, erst kurze Zeit im Beruf, hat aber schon viel zu tun. Er will sich vermutlich Rat bei uns holen. Ein Glück, dass wir rechtzeitig nach Hause gekommen sind.«

Ich kannte meinen Freund genug, um mich über seine Schlüsse nicht sonderlich zu verwundern. Ein Korb mit chirurgischen Instrumenten, der im Innern des Wagens hing und von den Laternen beschienen wurde, hatte ihm alle diese Einzelheiten verraten. Oben in unserem Fenster sahen wir Licht, ein Zeichen, dass der späte Besuch wirklich uns galt.

Nicht ohne Neugier, was mein Herr Kollege um diese Stunde noch hier zu suchen kam, folgte ich Holmes in unsere Wohnung. Ein bleicher Mann mit hagerem Gesicht und blondem Backenbart stand vom Stuhl auf, als wir eintraten. Er mochte etwa vierunddreißig Jahre alt sein, aber seine ungesunde Farbe und die eingefallenen Wangen erzählten von einer Lebensweise, die seine Kraft raubte und ihn früh alt gemacht hatte. Sein Wesen war schüchtern und unsicher, und seine schmale weiße Hand, die er beim Aufstehen auf das Kaminsims legte, hätte besser zu einem Künstler als einem Chirurgen gepasst. Er trug einen schwarzen Überrock und eine dunkle Hose, nur seine Krawatte hatte ein wenig Farbe.

»Guten Abend, Doktor«, redete ihn Holmes freundlich an; »es ist gut, dass Sie nicht länger als ein paar Minuten auf uns zu warten brauchten.«

»Sie haben wohl mit meinem Kutscher gesprochen?«

»Nein, ich sehe es an dem Licht hier auf dem Nebentisch. Bitte nehmen Sie wieder Platz und sagen Sie mir, was Sie auf dem Herzen haben.«

»Erlauben Sie, dass ich mich Ihnen vorstelle. Ich bin Doktor Percy Trevelyan und wohne in der Brook Street 403.«

»Sind Sie nicht der Autor einer Monografie über nervöse Läsionen?«, fragte ich.

Seine bleichen Wangen färbten sich vor Vergnügen, als er hörte, dass mir sein Werk bekannt sei.

»Es kommt so selten vor, dass jemand meine Arbeit erwähnt«, sagte er, »ich dachte schon, sie wäre ganz verschollen. Mein Verleger spricht sich äußerst entmutigend über den Absatz aus. Vermutlich sind Sie selbst Mediziner?«

»Ich war früher Regimentsarzt.«

»Nervenkrankheiten sind mir schon von jeher interessant gewesen; am liebsten würde ich sie zu meiner Spezialität machen, aber man muss natürlich nehmen, was gerade kommt. Doch dies gehört nicht zur Sache, Mr. Holmes, und ich kann mir denken, wie wertvoll Ihre Zeit ist. Bei mir in der Brook Street haben sich merkwürdige Dinge zugetragen, und die ganze Angelegenheit hat sich heute Abend so sehr zugespitzt, dass ich auch keine Stunde länger warten wollte, ohne Sie um Rat und Beistand zu bitten.«

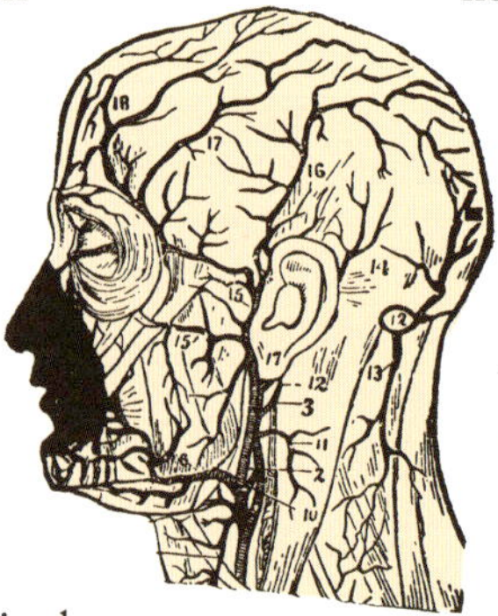

Sherlock Holmes setzte sich und zündete seine Pfeife an. »Ich stehe ganz zu Ihrer Verfügung«, sagte er, »bitte teilen Sie mir so ausführlich wie möglich mit, was Sie beunruhigt hat.«

»Es kommen verschiedene sehr geringfügige Umstände dabei mit ins Spiel, fast schäme ich mich, davon zu sprechen. Doch ist mir die Sache vollkommen unerklärlich, und sie hat zuletzt noch eine so außergewöhnliche Wendung genommen, dass ich Ihnen den genauen Sachverhalt darlegen muss, damit Sie selbst urteilen, was wesentlich oder nebensächlich ist. Ich muss auf meine Studienzeit zurückgreifen. Die Professoren an der Londoner Universität, die ich besuchte, hielten große Stücke auf mich; das kann ich ohne Überheblichkeit sagen. Nach abgelegtem Examen setzte ich meine wissenschaftlichen Untersuchungen fort und erhielt eine Assistentenstelle im King's College Hospital. Meine Beobachtungen der Krankheitserscheinungen bei der Starrsucht[24] erregten einiges Aufsehen, und zugleich wurden mir auch der Bruce-Pinkerton-Preis und die große Medaille für meine Abhandlung über die Veränderungen im Nervensystem zuerteilt, die Ihr Freund soeben erwähnte. Es ist keine Übertreibung, wenn ich sage, dass man mir damals eine glänzende Laufbahn prophezeite.

Das größte Hindernis, das mir im Weg stand, war mein Geldmangel. Ein Spezialist, der sich einen Namen machen will, muss sich in einer der vornehmsten Straßen des Cavendish Square niederlassen, wo die Mieten fast unerschwinglich sind und die Einrichtung große Summen kostet. Auch muss er sich Wagen und Pferde halten und ein paar Jahre nur von seinen Zinsen leben können. An dies alles war bei mir nicht zu denken; ich konnte nur hoffen, in etwa zehn Jahren so viel zusammengespart zu haben, um eine selbstständige Praxis anzufangen. Plötzlich aber eröffnete sich mir eine ganz neue, unerwartete Aussicht.

Ein Sir namens Blessington, der mir völlig fremd war, trat eines Morgens zu mir ins Zimmer und begann ohne alle Einleitung:

›Sind Sie nicht derselbe Percy Trevelyan, der ein so vorzügliches Examen gemacht und kürzlich einen großen Preis erhalten hat?‹

Ich verbeugte mich.

›Antworten Sie mir frei und offen‹, fuhr er fort, ›denn das wird Ihnen nur zum Vorteil gereichen: Sie haben genügende Begabung, um Ihr Glück zu machen, aber besitzen Sie auch den erforderlichen Takt?‹

Das war eine sonderbare Frage. ›Ich hoffe, es fehlt mir nicht daran‹, erwiderte ich lächelnd.

›Sie haben keine schlechten Gewohnheiten? Sie neigen nicht etwa zum Trinken, was?‹

›Aber, Sir!‹, rief ich.

›Nichts für ungut. Sie haben ganz recht, aber ich muss danach fragen. – Sagen Sie einmal, warum fangen Sie denn bei Ihren Anlagen keine eigene Praxis an?‹ Ich zuckte die Achseln. ›Nur heraus mit der Sprache‹, fuhr er in seiner polternden Art fort. ›Es ist wohl die alte Geschichte. Sie haben mehr im Kopf als im Beutel, wie? – Was würden Sie dazu sagen, wenn ich Sie instand setzte, sich in der Brook Street als Arzt niederzulassen?‹

Ich sah ihn starr vor Verwunderung an.

›Wissen Sie, ich tue es nicht Ihnen zuliebe, sondern um meinetwillen‹, rief er. ›Ich will Ihnen ganz offen sagen, wie ich mir's denke, und wenn es Ihnen passt, bin ich's zufrieden. Ich möchte nämlich mein kleines Kapital unterbringen und habe Lust, es bei Ihnen anzulegen.‹

›Aber weshalb? –‹, stieß ich hervor.

›Nun, es ist so gut wie jede andere Spekulation und obendrein sicherer als die meisten.‹

›Was verlangen Sie denn von mir?‹

›Das will ich Ihnen erklären. Ich miete das Haus, besorge die Einrichtung, bezahle die Dienerschaft und alle Ausgaben des Haushalts. Sie brauchen nichts weiter zu tun, als im Sprechzimmer auf dem Lehnstuhl zu sitzen. Auch Taschengeld bekommen Sie von mir und alles Übrige. Dafür händigen Sie mir drei Viertel von Ihren Einkünften aus und behalten den Rest für sich.‹

Das war der merkwürdige Vorschlag, den mir Mr. Blessington machte; wie viel noch darüber hin und her geredet wurde und wie wir uns endlich verständigten, brauche ich nicht zu erwähnen. Kurz und gut – ich bezog fast zu den gleichen Bedingungen, wie er sie gestellt hatte, zum nächsten Lady Day[25] das Haus. Er selbst wohnte bei mir als ständiger Patient und benutzte die zwei besten Zimmer im ersten Stock für sich als Schlaf- und Wohnraum.

Da er an Herzschwäche litt, glaubte er, einer fortwährenden ärztlichen Aufsicht zu bedürfen. Es war ein merkwürdiger Mensch, der alle Geselligkeit hasste und nur selten ausging. Seine täglichen Gewohnheiten betreffend, band er sich an keinerlei Regel, nur in einer Sache war er die Pünktlichkeit selbst. Er pflegte nämlich jeden Abend um dieselbe Stunde in meinem Sprechzimmer zu erscheinen, die Bücher durchzusehen, mir fünf Schilling und drei Pence für jede verdiente Guinee auszuzahlen und den Rest einzustreichen, um ihn in dem eisernen Geldkasten zu verwahren, den er in seinem Zimmer stehen hatte.

Ich kann mit aller Bestimmtheit sagen, dass er niemals Grund gehabt hat, seine Spekulation zu bereuen. Sie glückte von Anfang an. Der gute Ruf, den ich mir schon im Hospital erworben, sowie ein paar gelungene Kuren brachten mich rasch vorwärts, und während der letzten zwei Jahre habe ich ihn zum reichen Mann gemacht.
So viel musste ich Ihnen von meiner Vergangenheit und meinen Beziehungen zu Blessington berichten, Mr. Holmes. Jetzt komme ich zu den Ereignissen, die mich veranlasst haben, Sie heute Abend aufzusuchen. Vor einigen Wochen kam Blessington einmal in großer Aufregung zu mir und erzählte von einem Einbruchdiebstahl, der im Westend verübt worden sei. Meiner Meinung nach ereiferte er sich ganz unnötig darüber, auch fand ich es höchst überflüssig, dass er sogleich an sämtlichen Fenstern und Türen die Schlösser und Riegel untersuchen und verstärken ließ. Acht Tage lang kam er nicht aus der Unruhe heraus; er schaute fortwährend verstohlen auf die Straße hinunter, auch gab er seinen kurzen Spaziergang vor dem Essen auf und verließ das Haus nicht mehr. Sein Benehmen machte den Eindruck, als schwebe er beständig in Todesangst vor einem Menschen oder irgendeiner Gefahr. Auf alle meine Fragen antwortete er aber mit solchen persönlichen Beleidigungen, dass mir die Lust verging, das Thema noch weiter zu verfolgen. Mit der Zeit schwand seine Furcht allmählich, und er hatte fast die frühere Lebensweise wiederaufgenommen, als ein Ereignis eintrat, das ihn gänzlich zurückwarf und ihn in den kläglichen Zustand brachte, in dem er sich jetzt befindet. Der Anlass war folgender: Vor zwei Tagen erhielt ich dies Schreiben ohne Adresse und Datum, das ich Ihnen jetzt vorlesen will:

Ein russischer Edelmann, der gegenwärtig in England wohnt, leidet seit mehreren Jahren an Anfällen von Starrsucht. Er wünscht Dr. Trevelyan, der, wie allgemein bekannt, eine Autorität für diese Krankheit ist, um seinen ärztlichen Beistand zu bitten. Morgen Abend wird er sich um Viertel vor sieben im Sprechzimmer einfinden und bittet den Herrn Doktor, es sich so einzurichten, dass er ihn zu Hause trifft.

»Der Brief war für mich umso bedeutsamer, weil das Studium der Starrsucht besonders durch die Seltenheit der Krankheit erschwert wird. Als daher der Diener zur bestimmten Stunde meinen ausländischen Patienten hereinließ, erwartete ich ihn bereits mit Spannung. Es war ein ältlicher hagerer Mann von ehrbarem, etwas gewöhnlichem Aussehen – durchaus nicht, was man sich unter einem russischen Edelmann vorstellt. Sein Gefährte, ein auffallend hübscher, hochgewachsener junger Sir mit dunklen, finsteren Gesichtszügen und wahrhaft herkulischem Gliederbau, machte mir einen weit größeren Eindruck. Als sie eintraten, stützte er den Alten und geleitete ihn bis zu einem Stuhl. Man hätte ihm eine so zärtliche Sorgfalt nach seinem Äußeren gar nicht zugetraut.

›Sie entschuldigen wohl, Doktor, dass ich mitkomme‹, sagte er auf Englisch mit etwas fremdländischer Aussprache. ›Dies ist mein Vater, um dessen Gesundheit ich im höchsten Grade besorgt bin.‹

Von so viel kindlicher Liebe gerührt, fragte ich: ›Vielleicht wünschen Sie bei der Behandlung zugegen zu sein?‹

›Um nichts in der Welt‹, rief er mit entsetzter Gebärde. ›Wenn mein Vater einen seiner schrecklichen Anfälle bekäme und ich es mit ansehen müsste – ich glaube, das überlebte ich nicht. Mein eigenes Nervensystem gehört durchaus nicht zu den stärksten. Mit Ihrer Erlaubnis will ich mich in das Wartezimmer zurückziehen, während Sie den Fall meines Vaters untersuchen.‹

Ich hatte natürlich nichts dagegen, und der junge Mann entfernte sich. Dann sprach ich mit dem Patienten ausführlich über seine Krankheit und notierte mir alles genau. Der alte Herr hatte keinen besonders scharfen Verstand und gab meist ziemlich undeutliche Antworten, was ich seiner mangelhaften Kenntnis der englischen Sprache zuschrieb. Plötzlich aber, während ich noch mit Schreiben beschäftigt war, antwortete er gar nicht mehr auf meine Fragen, und als ich mich zu ihm umdrehtee, sah ich ihn zu meinem Schrecken kerzengerade auf dem Stuhle sitzen; sein Gesicht, das er mir zuwandte, war völlig starr und leblos. Das rätselhafte Übel hatte ihn abermals befallen.

Mein erstes Gefühl war, wie gesagt, Mitleid und Grauen. Dann aber ergriff mich, ich will es nicht leugnen, die Befriedigung des Fachmannes. Ich notierte Puls und Temperatur meines Patienten, prüfte die Starrheit seiner Muskeln und ihre Reflexbewegungen. Alle Ergebnisse stimmten fast genau mit meinen Beobachtungen in früheren Fällen überein; es war keinerlei Abweichung bemerkbar. Das Einatmen von Amylnitrit[26] hatte bei ähnlicher Gelegenheit schon gute Dienste getan, und ich wollte seine Wirkung auch jetzt wieder erproben. Da die Flasche unten im Laboratorium war, ließ ich meinen Patienten auf dem Stuhl sitzen und lief hinunter, sie zu holen. Ich musste ein Weilchen nach dem Mittel suchen und kehrte erst nach etwa fünf Minuten zurück. Nun stellen Sie sich mein Erstaunen vor, als ich das Zimmer leer fand – der Kranke war verschwunden.

Natürlich stürzte ich gleich ins Wartezimmer. Der Sohn war auch fort. Die Haustür wurde tagsüber nicht verschlossen. Mein Diener, der die Patienten einzulassen pflegt, ist noch neu und nicht sehr aufgeweckt. Gewöhnlich wartet er unten und kommt erst herauf, um die Herrschaften hinauszubegleiten, wenn ich im Sprechzimmer klingle. Er hatte nichts gehört, und die Sache blieb völlig rätselhaft.

Bald danach kam Blessington von seinem Spaziergang zurück, aber ich erwähnte ihm gegenüber nichts von dem Vorfall. Offen gestanden habe ich in letzter Zeit den Verkehr mit ihm überhaupt so viel wie möglich gemieden.
Eigentlich war ich überzeugt, dass ich weder den Russen noch seinen Sohn je wieder zu Gesicht bekommen würde; aber heute Abend erschienen beide zu meiner Überraschung ganz wie das erste Mal und zur gleichen Stunde bei mir im Sprechzimmer.
›Ich muss Sie sehr um Entschuldigung bitten, Doktor‹, sagte mein Patient, ›dass ich gestern so ohne Abschied fortgegangen bin.‹
›Allerdings war ich nicht wenig verwundert darüber‹, erwiderte ich.
›Sie müssen wissen‹, fuhr er fort, ›dass mir, wenn ich nach solchem Anfall aufwache, meist jede Erinnerung an das Vorhergegangene fehlt. Ich muss wohl während Ihrer Abwesenheit in noch halb bewusstlosem Zustand zum Haus hinaus und auf die Straße gegangen sein.‹
›Und ich‹, sagte der Sohn, ›sah meinen Vater an der Tür des Wartezimmers vorbeikommen und dachte natürlich nichts anderes, als dass die Behandlung zu Ende sei. Erst nachdem wir daheim angekommen waren, wurde mir der wahre Stand der Dinge klar.‹
›Nun, es ist ja kein Unglück daraus entstanden‹, antwortete ich lachend. ›Sie haben mir nur viel Kopfzerbrechen verursacht. Wenn Sie, Sir, sich wieder ins Wartezimmer begeben wollen, können wir die so plötzlich abgebrochene Behandlung gleich wieder aufnehmen.‹
Etwa eine halbe Stunde lang sprach ich mit dem alten Herrn über seine Symptome, verschrieb ihm eine Arznei und sah ihn dann sich am Arm seines Sohnes entfernen.
Ich sagte Ihnen schon, dass Blessington um diese Zeit seinen täglichen Spaziergang zu machen pflegte. Er kam bald nachher

zurück, und ich hörte ihn die Treppe hinaufgehen. Im nächsten Augenblick stürmte er aber wieder herunter und in mein Sprechzimmer, wie wahnsinnig vor Angst und Schrecken.
›Wer ist bei mir im Zimmer gewesen?‹, rief er.
›Kein Mensch‹, entgegnete ich.
›Das ist eine Lüge!‹, kreischte er. ›Kommen Sie und überzeugen Sie sich selbst.‹
Ich hielt ihm die beleidigende Rede zugute, da er vor Furcht ganz von Sinnen schien. Als ich mit ihm hinaufging, zeigte er mir verschiedene Fußspuren auf dem hellen Teppich.
›Sollen die etwa von mir stammen?‹, rief er.
Die Abdrücke waren viel zu groß dazu und offenbar ganz frisch. Es hat heute Nachmittag stark geregnet, wie Sie wissen, und außer den beiden Russen waren keine Patienten bei mir gewesen. – Es ließ sich nicht anders erklären, als dass der Mann im Wartezimmer aus irgendeinem mir unbekannten Grund in Blessingtons Wohnung hinaufgegangen war, während ich mich mit seinem Vater besprach. Nichts war von der Stelle gerückt oder entwendet worden, die Fußspuren bildeten den einzigen Beweis, dass wirklich jemand im Zimmer gewesen war.

Blessington regte sich ganz maßlos über den Vorfall auf, der natürlich keinem gleichgültig gewesen wäre. Er sank laut schluchzend in seinen Stuhl und war kaum imstande, einen zusammenhängenden Satz herauszubringen. Auf seinen Wunsch beschloss ich, mir bei Ihnen Rat zu holen, Mr. Holmes; die Sache ist auch wirklich höchst seltsam, obgleich er ihr entschieden eine viel zu große Wichtigkeit beilegt. Wenn Sie die Güte hätten, mit mir im Wagen zurückzukommen, würde sich Blessington vielleicht einigermaßen beruhigen. Dass es Ihnen gelingen könnte, eine Erklärung für den merkwürdigen Vorfall zu finden, wage ich kaum zu hoffen.«

Sherlock Holmes hatte dem langen Bericht so gespannt zugehört, dass ich wohl sah, wie sehr ihn die Angelegenheit interessierte. Seine Gesichtszüge blieben zwar regungslos wie immer, aber mehr und mehr senkten sich die Lider über seine Augen, und immer dichter qualmte der Rauch seiner Pfeife bei jeder überraschenden Wendung in der Geschichte. Kaum hatte der Arzt geendet, als Holmes, ohne ein Wort zu sagen, aufsprang, mir meinen Hut in die Hand drückte, seinen vom Tisch nahm und Doktor Trevelyan zur Tür hinaus folgte. Eine Viertelstunde später hielten wir vor seinem Wohnhaus in der Brook Street, das düster und schmucklos dalag, wie die meisten Geschäftshäuser im Westend. Der Diener ließ uns ein, und wir stiegen die teppichbelegte Treppe hinauf.

Da geschah etwas völlig Unerwartetes. Die Lampe im oberen Stock erlosch plötzlich, und wir hörten in der Dunkelheit eine schnarrende, bebende Stimme uns zurufen:

»Ich habe eine Pistole hier, und sobald Sie näher kommen, schieße ich.«

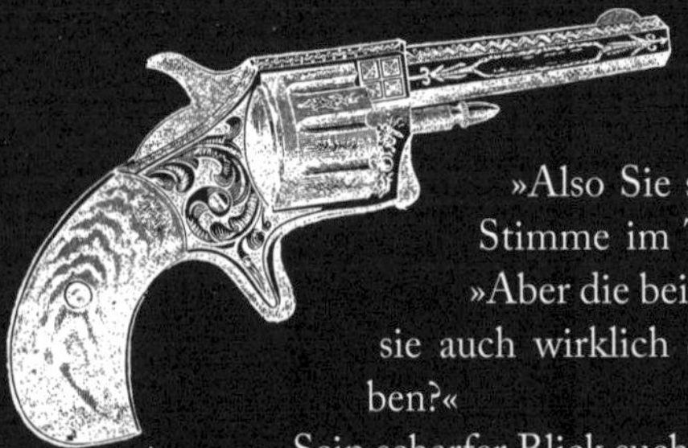

»Aber da hört denn doch alles auf, Mr. Blessington«, rief Trevelyan erzürnt.

»Also Sie sind es, Doktor«, sagte die Stimme im Ton großer Erleichterung. »Aber die beiden anderen Herren – sind sie auch wirklich das, wofür sie sich ausgeben?«

Sein scharfer Blick suchte die Finsternis zu durchdringen, so gut es ging.

»Es ist gut, Sie können heraufkommen«, sagte er endlich; »ich bedauere, dass ich Sie mit meinen Vorsichtsmaßregeln belästigen musste.«

Er zündete die Gaslampe wieder an, und wir sahen einen sonderbaren Menschen vor uns, dessen Äußeres noch deutlicher verriet, als es seine Stimme vorhin getan hatte, wie zerrüttet seine Nerven waren. Das dünne, sandfarbene Haar stand ihm vor innerer Erregung zu Berge, er hatte eine kränkliche Gesichtsfarbe und musste wohl in letzter Zeit sehr abgemagert sein, denn die Haut war um Hals und Wangen ganz schlaff, obgleich er noch immer als sehr dicker Mann gelten konnte. In der Hand hielt er eine Pistole, die er in die Tasche gleiten ließ, als er auf uns zutrat.

»Guten Abend, Mr. Holmes«, sagte er, »besten Dank für Ihren Besuch. Kein Mensch braucht Ihren Rat wohl so nötig wie ich. Vermutlich hat Ihnen Doktor Trevelyan schon von dem frechen Hausfriedensbruch erzählt, der an mir verübt worden ist.«

»Jawohl«, antwortete Holmes. »Wer sind denn die beiden Männer, Mr. Blessington, und was treibt sie dazu, Ihre Ruhe zu stören?«

»Ja, sehen Sie«, erwiderte der Angeredete mit nervöser Hast, »das ist eine Frage, die sich nicht so leicht beantworten lässt. Das werden Sie selber sehen.«

»Soll das etwa heißen, dass Sie es nicht wissen?«

»Bitte, wollen Sie nicht eintreten? Seien Sie so freundlich, hereinzukommen.«

Er führte uns in sein geräumiges und bequem ausgestattetes Schlafzimmer und deutete auf einen schwarzen Koffer, der am Kopfende des Bettes stand. »Ich bin nie ein reicher Mann gewesen, Mr. Holmes«, sagte er; »nur eine einzige Kapitalanlage habe ich in meinem Leben gemacht, wie Doktor Trevelyan Ihnen mitteilen kann. Ich habe nun einmal kein Vertrauen zu den Bankiers und würde mich nie auf solche Geldmenschen verlassen. Unter uns gesagt, alles, was ich besitze, liegt dort im Koffer; Sie können sich daher vorstellen, wie mir zumute ist, wenn unbekannte Leute heimlich in mein Zimmer eindringen.«

Holmes sah Blessington mit forschendem Blicke an und schüttelte den Kopf.

»Wenn Sie versuchen wollen, mich zu täuschen, kann ich Ihnen keinen Rat geben.«

»Aber ich habe Ihnen doch alles offen gesagt.«

Holmes wandte sich mit ärgerlicher Miene zum Gehen. »Guten Abend, Doktor Trevelyan«, sagte er.

»Und für mich haben Sie keinen Rat?«, stöhnte Blessington mit brechender Stimme.

»Ich kann Ihnen nur raten, die Wahrheit zu sprechen.«

In der nächsten Minute waren wir draußen und auf dem Heimweg begriffen. Wir hatten schon die Oxford Street hinter uns, ehe mein Gefährte die kleinste Äußerung tat.

»Es tut mir leid, Watson, dass ich Sie so vergeblich bemüht habe«, sagte er endlich, »auch wenn der Fall im Grunde ganz interessant ist.«

»Ich kann nicht recht klug daraus werden«, gestand ich.

»Es liegt doch auf der Hand, dass zwei Männer – vielleicht auch mehr, aber zwei jedenfalls – Mr. Blessington zu Leibe gehen möchten. Ich bin fest überzeugt, dass der jüngere sowohl das erste als das zweite Mal in Blessingtons Zimmer war, während sein Helfershelfer durch schlaue Vorspiegelungen die Aufmerksamkeit des Doktors zu fesseln wusste.«

»Aber die Starrsucht?«
»Ein geschickter Betrug, Watson, obgleich ich dem Herrn Spezialisten gegenüber das nicht auszusprechen wage. Gerade diese Krankheit lässt sich sehr leicht vortäuschen. Ich habe es selbst schon getan.«
»Nun, und weiter?«
»Es war bei beiden Gelegenheiten Zufall, dass Blessington gerade abwesend war. Sie wählten die ungewöhnliche Zeit für ihre Besuche offenbar, damit kein anderer Patient im Wartezimmer wäre. Dass dies gerade mit Blessingtons täglichem Ausgang zusammentraf, wussten sie nicht; sie scheinen demnach mit seinen Gewohnheiten wenig vertraut. Wäre es ihnen nur um Beute gegangen, so hätten sie wenigstens den Versuch gemacht, sein Geld zu finden. Es lässt sich einem Menschen unfehlbar am Gesicht absehen, wenn ihm um seine eigene Haut bange ist. Unmöglich kann er sich Feinde gemacht haben, die ihn mit solcher Rachsucht verfolgen, ohne dass er selbst darum weiß. Ich nehme daher sicher an, dass er die Männer kennt und seine Gründe hat, es nicht einzugestehen. Es ist aber möglich, dass wir ihn morgen in einer mitteilsameren Stimmung finden.«
»Noch eine andere Möglichkeit wäre vorhanden«, sagte ich. »Es ist zwar im höchsten Grade unwahrscheinlich, aber doch denkbar, dass die Begebenheit mit dem starrsüchtigen Russen und dessen Sohn auf bloßer Erfindung beruht und Trevelyan selbst zu irgendwelchem Zweck in Blessingtons Zimmer gewesen ist.«
Beim Schein der Gaslaterne sah ich, wie belustigt Holmes über meinen Einfall lächelte.
»Auch mir kam gleich zuerst diese Lösung der Angelegenheit in den Sinn, mein Freund«, sagte er. »Aber bald wurde mir die Richtigkeit der Angaben des Doktors klar. Der jüngere Mann hatte so deutliche Fußspuren auf der Treppe zurückgelassen, dass ich gar nicht erst ins Zimmer zu gehen brauchte, um sie dort zu sehen. Seine Schuhe sind vorne breit und nicht spitz

wie Blessingtons, auch fast anderthalb Zoll länger als die Stiefel des Doktors. Darüber, dass er der Eindringling war, besteht also nicht der leiseste Zweifel, wie Sie zugeben werden. Lassen Sie uns jetzt über die Sache schlafen; mich würde es sehr wundern, wenn wir nicht morgen früh neue Nachricht aus der Brook Street erhielten.«

Sherlock Holmes' Prophezeiung sollte sich bald auf tragische Weise erfüllen. Am nächsten Morgen, gegen halb acht Uhr, noch bevor der Morgen graute, sah ich ihn im Schlafrock neben meinem Bette stehen.

»Draußen wartet eine Droschke auf uns, Watson«, sagte er.

»Was gibt es denn?«

»Es handelt sich um die Geschichte in der Brook Street.«

»Ist etwas Neues geschehen?«

»Allem Anschein nach.« Holmes öffnete den Fensterladen. »Sehen Sie her – ein Blatt aus dem Notizbuch und mit Bleistift darauf gekritzelt:

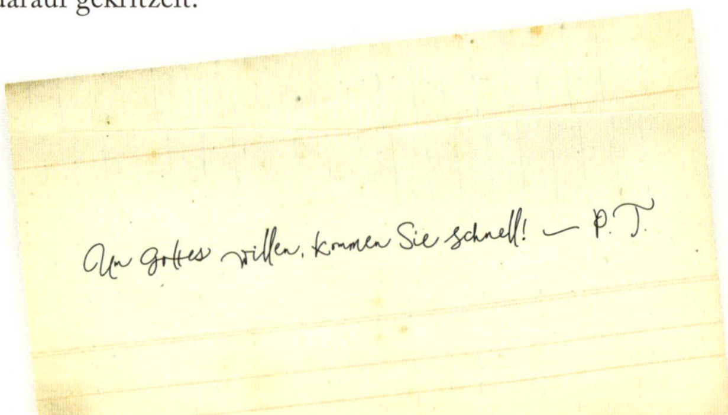

Unser Freund, der Doktor, hat das in schrecklicher Aufregung geschrieben. Machen Sie sich fertig, alter Junge, es ist ein dringender Hilferuf.«

Etwa eine Viertelstunde später waren wir wieder in der Wohnung des Arztes. Er kam uns mit entsetzter Miene entgegengestürzt.
»Was für eine Geschichte!«, rief er, sich mit beiden Händen den Kopf haltend.
»Was gibt's denn?«
»Blessington hat sich umgebracht.«
Holmes pfiff leise.
»Ja, er hat sich heute Nacht erhängt.«
Der Doktor ging voran, und wir betraten sein Wartezimmer.
»Der Schreck ist mir in alle Glieder gefahren; ich weiß kaum mehr, was ich tue«, rief er. »Die Polizei ist schon oben.«
»Wann haben Sie es entdeckt?«
»Man bringt ihm jeden Morgen eine Tasse Tee hinauf. Als das Mädchen gegen sieben Uhr ins Zimmer trat, sah sie das Unglück. Er hatte den Strick an den Haken in der Decke gebunden, wo gewöhnlich die große Lampe hängt, und war dann von demselben Koffer heruntergesprungen, den er uns gestern gezeigt hat.«
Holmes stand gedankenversunken da.
»Wenn Sie erlauben«, sagte er endlich, »möchte ich oben den Tatbestand in Augenschein nehmen.«
Wir stiegen die Treppe hinauf, und der Doktor folgte.
Als wir ins Schlafzimmer traten, bot sich uns ein grauenhafter Anblick dar. Blessington, der dort am Strick baumelte, sah kaum noch einem Menschen gleich. Sein Hals war stark in die Länge gezogen, wie der eines gerupften Huhnes, und im Gegensatz dazu sah der übrige Körper umso aufgeschwemmter und formloser aus. Er war nur mit seinem langen Nachthemd bekleidet, aus dem die geschwollenen Füße und Fußgelenke starr und steif hervorsahen. Neben der Leiche stand ein schneidig aussehender Polizeibeamter, der sich Notizen in sein Taschenbuch machte.

»Ach, Sie sind's, Mr. Holmes«, sagte er, als mein Freund eintrat, »das freut mich sehr.«
»Guten Morgen, Lanner«, antwortete Holmes. »Sie werden gewiss nicht denken, dass ich mich hier unberufen eindrängen will. Wissen Sie schon etwas von dem, was vorausgegangen ist, ehe es zu diesem Ende kam?«
»Ja, man hat mir einiges mitgeteilt.«

»Haben Sie bereits eine Ansicht darüber?«
»Soweit ich sehen kann, ist der Mann vor Furcht von Sinnen gewesen. Er hat die Nacht über im Bett gelegen und geschlafen, man sieht noch den tiefen Eindruck in den Kissen. Gegen fünf Uhr morgens wird am häufigsten Selbstmord verübt. Diese Zeit scheint er auch gewählt zu haben, um sich zu erhängen. Er hat die Tat mit allem Bedenken ausgeführt.«
»Nach der Erstarrung der Muskeln zu urteilen, muss er seit etwa drei Stunden tot sein«, sagte ich.
»Ist Ihnen irgendetwas Besonderes im Zimmer aufgefallen?«, erkundigte sich Holmes.
»Ein Schraubenzieher und mehrere Schrauben lagen auf dem Waschtisch. Auch hat er die Nacht über stark geraucht. Hier sind vier Zigarrenstummel, die ich im Kamin gefunden habe.«
»Hm«, meinte Holmes. »Liegt hier irgendwo seine Zigarrenspitze[27]?«
»Nein, ich habe keine gesehen.«
»Oder seine Zigarrentasche?«
»Die steckte im Rock.«
Holmes öffnete sie und roch an der einzigen Zigarre, die sie noch enthielt.
»Das ist eine Havanna«, sagte er, »und die anderen gehören zu der eigentümlichen Sorte, die die Holländer aus Ostindien bei uns einführen. Sie sind im Verhältnis zur Länge ungewöhnlich dünn und meist in Stroh gewickelt.«

Er untersuchte die vier Zigarrenenden mit seiner Taschenlupe. »Zwei sind durch die Spitze geraucht worden und zwei ohne«, sagte er. »Zwei hat man mit einem etwas stumpfen Messer abgeschnitten und die anderen beiden mit sehr scharfen Zähnen abgebissen. Es handelt sich hier um keinen Selbstmord, Lanner. Der Mann ist nach einem wohlüberlegten Plan von ein paar Bösewichten kaltblütig umgebracht worden.«
»Unmöglich!«, rief der Polizeibeamte.
»Weshalb?«
»Wozu sollten die Verbrecher für ihr Opfer eine so unbequeme Todesart wählen?«
»Das müssen wir herausfinden.«
»Wie hätten sie hineinkommen können?«
»Durch die Haustür.«
»Die Eisenstange lag am Morgen noch vor.«
»Dann hat man sie angelegt, nachdem sie draußen waren.«
»Woher wissen Sie das alles?«
»Ich habe ihre Fußspuren gesehen. Entschuldigen Sie mich einen Augenblick, vielleicht kann ich Ihnen dann noch Näheres berichten.«
Er ging zur Tür, untersuchte das Schloss auf seine methodische Art, zog den Schlüssel heraus, der auf der Innenseite steckte, und betrachtete ihn ebenfalls. Auch das Bett, den Teppich, die Stühle, den Kaminsims, den Leichnam und den Strick unterwarf er einer genauen Besichtigung. Danach schnitten wir mithilfe des Polizisten den Unglücklichen ab und breiteten schweigend ein Tuch über die Leiche.
»Wo kam der Strick her?«, fragte Holmes.
Trevelyan zog ein zusammengerolltes Seil unter dem Bett hervor. »Es ist ein Stück hiervon«, sagte er. »Blessington schwebte in steter Furcht vor Feuer und hielt immer ein Rettungsseil in seiner Nähe bereit, damit er durchs Fenster entkommen könnte, falls die Treppe in Brand geriete.«

»Das hat ihnen viele Mühe erspart«, äußerte Holmes nachdenklich. »Jawohl, die Tatsachen liegen klar auf der Hand, und mich soll's nicht wundern, wenn ich Ihnen bis heute Nachmittag auch alle Beweggründe mitteilen kann. Das Bild von Blessington dort auf dem Kaminsims möchte ich mitnehmen, vielleicht erleichtert es mir meine Nachforschung.«

»Aber Sie haben uns ja noch gar nichts erklärt«, rief der Doktor.

»Über die Reihenfolge der Ereignisse kann doch wohl kein Zweifel mehr bestehen. – Drei Leute waren an dem Verbrechen beteiligt, der junge Mensch, der Alte und ein Dritter, über den ich noch im Dunkeln bin. Die ersten beiden stellten den russischen Edelmann und seinen Sohn dar, wir sind also imstande, sie genau zu beschreiben. Sie wurden von ihrem Helfershelfer ins Haus eingelassen. Wenn ich Ihnen einen Rat geben darf, Lanner, so wäre es der, den Diener zu verhaften, der, wie ich höre, erst kürzlich bei dem Herrn Doktor eingetreten ist.«

»Der Mensch ist nirgends zu finden«, sagte Trevelyan, »die Köchin und das Hausmädchen haben schon vergebens nach ihm gesucht.«

Holmes zuckte die Achseln. »Er hat eine ziemlich bedeutende Rolle in dem Trauerspiel gehabt. Die drei Leute sind auf den Fußspitzen die Treppe hinaufgeschlichen, der Alte voraus, dann der junge Mann und der Unbekannte zuletzt.«

»Aber, Holmes!«, rief ich.

»Die Fußspuren lassen sich nicht verwechseln; schon gestern Abend habe ich gelernt, sie zu unterscheiden. – Als die drei an Blessingtons Zimmer kamen, fanden sie zwar die Tür verschlossen, doch gelang es ihnen mithilfe eines Drahtes, den Schlüssel umzudrehen. Selbst ohne Lupe können Sie die Kratzer hier am Schlüsselloch erkennen. Vielleicht schlief er noch oder war so von Furcht gelähmt, dass er nicht nach Hilfe rufen konnte. Aber selbst wenn er noch Zeit dazu hatte, ist der Schrei wohl ungehört verhallt. Das Haus hat dicke Wände.

Nachdem sie ihrer Beute sicher waren, haben sie vermutlich eine Beratung gehalten – eine Art Gerichtssitzung. Sie muss einige Zeit in Anspruch genommen haben, denn währenddessen sind die Zigarren geraucht worden. Der Alte saß im Lehnstuhl und rauchte aus der Zigarrenspitze, der Jüngere hat dort drüben Platz genommen und die Zigarrenasche an der Kommode abgestrichen. Der Dritte ist im Zimmer auf und ab gegangen. Blessington wird wohl aufrecht im Bett gesessen haben; das lässt sich aber nicht mit voller Gewissheit behaupten.
Die Sache endete damit, dass sie Blessington packten und aufhängten. Die Sache war so vorbereitet, dass ich glaube, dass sie eine Art Block oder Seilzug mitbrachten, die als Galgen dienen konnte. Als sie aber den Haken sahen, sparten sie sich natürlich die Mühe. Sobald ihr Werk getan war, machten sie sich aus dem Staub, und der Helfershelfer sperrte die Tür wieder hinter ihnen zu.«
Wir hatten alle mit der größten Spannung auf den Bericht über die nächtlichen Ereignisse gehorcht, für welchen Holmes nur so kleine und geringfügige Anhaltspunkte besaß, dass wir seinen Schlüssen kaum zu folgen vermochten. Der Polizeibeamte eilte nun schnell fort, um den Diener ausfindig zu machen, Holmes und ich aber kehrten in die Baker Street zurück.
Gleich nach dem Frühstück stand mein Freund vom Tisch auf. »Um drei Uhr bin ich wieder hier«, sagte er. »Ich habe für diese Uhrzeit den Doktor und den Polizeibeamten zu einem Treffen hierher bestellt; dann werde ich hoffentlich alles aufklären können, was an der Sache jetzt noch dunkel ist.«
Die beiden Herren fanden sich zur bestimmten Zeit ein, aber es wurde Viertel vor vier, bevor mein Freund erschien. Als er eintrat, sah ich sofort an seiner Miene, dass ihm sein Vorhaben geglückt war.
»Was gibt es Neues, Lanner?«
»Wir haben den Diener.«

»Vortrefflich, und ich habe die anderen.«
»Was – gefangen!?«, riefen wir alle drei.
»Das nicht, aber ich weiß, wer sie sind. Der Mann, der sich Blessington nannte, ist auf dem Polizeiamt genau bekannt und seine Mörder nicht minder. Sie heißen Biddle, Hayward und Moffat.«
»Die Worthingdons Bank-Bande«, rief Lanner erstaunt.
»Ganz recht«, antwortete Holmes.
»So war Blessington kein anderer als Sutton.«
»Jawohl.«
»Dann ist ja alles sonnenklar.«
Trevelyan und ich sahen einander ganz verwirrt an.
»Sie werden doch von dem großen Einbruchdiebstahl in Worthingdons Bankhaus gehört haben«, sagte Holmes; »fünf Leute waren daran beteiligt, jene vier und ein fünfter namens Cartwright. Der Portier Tobin wurde ermordet, und die Diebe entkamen mit siebentausend Pfund. Das geschah im Jahre 1875. Sie wurden alle fünf festgenommen, aber die Beweise genügten nicht, sie zu überführen. Da wurde Blessington oder vielmehr Sutton, der Schlimmste der ganzen Bande, zum Verräter. Auf seine Aussage hin kam Cartwright an den Galgen, und die drei anderen erhielten jeder fünfzehn Jahre Zuchthaus. Kürzlich wurden sie entlassen, einige Jahre bevor ihre Strafzeit um war, und sie hatten nichts Eiligeres zu tun, als den Verräter ausfindig zu machen und den Tod ihres Kameraden zu rächen. Ihre beiden ersten Versuche, ihm zu Leibe zu gehen, misslangen, aber beim dritten Mal erreichten sie ihren Zweck. Verstehen Sie nun alles, Doktor, oder kann ich Ihnen noch irgendeine Aufklärung geben?«
»Sie haben uns alles sehr übersichtlich dargestellt«, sagte Trevelyan. »Wahrscheinlich hatte er an dem Tag, als er so aufgeregt war, ihre Entlassung aus dem Zuchthaus in der Zeitung gelesen.«
»Natürlich. Was er von dem Einbruch gefaselt hat, war die reinste Erfindung.«

»Aber warum vertraute er sich Ihnen nicht an?«
»Nun, da er den rachsüchtigen Charakter seiner alten Gefährten kannte, versuchte er, seine eigene Identität vor allen zu verbergen, solange er konnte. Aber er lebte immer noch unter dem Schutzschild des britischen Gesetzes, und ich zweifle nicht daran, dass Sie sehen werden, dass, auch wenn dieser Schutzschild versagt, das Schwert der Gerechtigkeit immer noch da ist, um zu rächen.«
Seit dieser Nacht hat die Polizei nichts mehr von den drei Mördern gesehen, und man vermutet bei Scotland Yard, dass sie zu den Passagieren des verunglückten Dampfers *Norah Creina* gehörten, der vor einigen Jahren an der portugiesischen Küste, einige Meilen nördlich von Porto, mit Mann und Maus unterging. Das Verfahren brach ab aus Mangel an Beweisen, und das Brook-Street-Geheimnis, wie es genannt wurde, ist bis heute nicht öffentlich aufgeklärt.

Der griechische
Dolmetscher

Während meiner langen und engen Bekanntschaft mit Mr. Sherlock Holmes hatte ich ihn nie über seine Verwandten sprechen hören und fast nie über sein eigenes früheres Leben. Diese Zurückhaltung seinerseits hatte die etwas unmenschliche Wirkung, die er auf mich ausübte, noch verstärkt, bis ich mich manchmal dabei ertappte, ihn als eine isolierte Erscheinung zu betrachten, als ein Gehirn ohne Herz, dem es ebenso an menschlichem Mitgefühl mangelte, wie er an Intelligenz überragend war. Seine Abneigung gegen Frauen und seine Abneigung, neue Freundschaften zu schließen, waren beide typisch für seinen emotionslosen Charakter, aber nicht mehr als seine völlige Unterdrückung jeder Bezugnahme auf sein eigenes Volk. Ich war zu der Überzeugung gelangt, dass er ein Waisenkind ohne lebende Verwandte war, aber eines Tages begann er zu meiner großen Überraschung, mit mir über seinen Bruder zu sprechen.

Es war nach dem Tee an einem Sommerabend, und das Gespräch, das in einer planlosen, krampfhaften Art und Weise von Golfschlägern zu den Ursachen der Veränderung der Schiefe der Ekliptik gewandert war, kam endlich auf die Frage des Atavismus und der vererbten Begabungen. Der Diskussionspunkt war, inwieweit eine besondere Begabung in einem Individuum auf seine Abstammung und inwieweit auf seine eigene frühe Ausbildung zurückzuführen war.

»In Ihrem Fall«, sagte ich, »scheint es mir nach allem, was Sie mir erzählt haben, ganz klar, dass Ihr Beobachtungsvermögen und Ihre eigentümliche Fähigkeit, Schlüsse zu ziehen, nur Ihrer eigenen systematischen Übung zu danken sind.«

»In gewissem Grade«, sagte er nachdenklich. »Meine Vorfahren waren Gutsbesitzer vom Land, die, wie es scheint, ganz das Leben geführt haben, wie es in ihrem Stande üblich ist. Nichtsdestoweniger liegt mir die Richtung, die ich genommen habe, im Blut, und es kann sein, dass sie von meiner Großmutter kommt, die eine Schwester des französischen Malers Vernet[28] war. Künstlerblut kann sich in der allerverschiedensten Weise zum Ausdruck bringen.«

»Wie wissen Sie, dass es an der Vererbung liegt?«

»Weil mein Bruder Mycroft die gleiche Gabe besitzt wie ich, nur höher ausgeprägt.«

Das war in der Tat etwas Neues für mich. Wenn es noch einen so eigentümlich veranlagten Mann in England gab, warum hatten weder Polizei noch Publikum etwas von ihm gehört? Das fragte ich ihn und fügte andeutend hinzu, es sei nur die Bescheidenheit meines Freundes, die ihn die Überlegenheit seines Bruders anerkennen lasse. Holmes lachte über diese Vermutung.

»Mein lieber Watson«, sagte er, »ich protestiere dagegen, dass man die Bescheidenheit zu den Tugenden zählt. Dem strengen Denker sollte alles genau so erscheinen, wie es in Wirklichkeit ist, und die Selbstunterschätzung ist ebenso eine Abweichung von der Wahrheit wie die Übertreibung des eigenen Könnens. Wenn ich also sage, Mycroft besitzt ein besseres Beobachtungsvermögen als ich, so können Sie ruhig glauben, dass ich die absolute Wahrheit sage.«

»Ist er jünger als Sie?«

»Sieben Jahre älter.«

»Wie kommt es, dass man ihn nicht kennt?«

»O, er ist in seinen eigenen Kreisen sehr gut bekannt.«

»Welche Kreise sind das?«

»Nun, zum Beispiel im Diogenes Club.«

Ich hatte von diesem Verein noch nie etwas gehört, und das muss sich auf meinem Gesichte ausgedrückt haben, denn Sherlock Holmes zog seine Uhr und sagte:

»Der Diogenes Club ist der wunderlichste Klub in London, und Mycroft ist eines seiner wunderlichsten Mitglieder. Er hält sich dort regelmäßig auf von Viertel vor fünf bis zwanzig vor acht Uhr. Jetzt ist es sechs Uhr: Wenn Sie also an diesem schönen

Abend einen Spaziergang machen möchten, so werde ich Sie sehr gerne mit zwei Sehenswürdigkeiten bekannt machen.«

Nach fünf Minuten befanden wir uns auf der Straße und gingen in Richtung Regent's Circus.

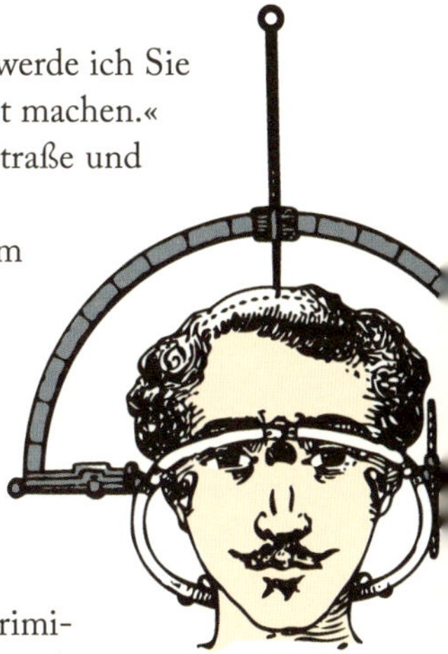

»Sie wundern sich«, sagte mein Gefährte, »warum Mycroft seine Gaben nicht als Detektiv verwertet? Dazu ist er nicht imstande.«

»Aber ich dachte, Sie sagten ...«

»Ich sagte, er sei mir in der Beobachtung und in der Schlussfolgerung überlegen. Bestände die Detektivkunst nur darin, dass man im Lehnstuhl sitzt und scharfe Denkarbeit verrichtet, so würde mein Bruder der größte Kriminalagent sein, der jemals gelebt hat. Aber er ist ohne Ehrgeiz und Tatkraft. Er würde zur Bestätigung seiner eigenen Lösungen nicht einmal einen Umweg machen wollen und einen Vorwurf des Irrtums eher hinnehmen als sich der Mühe des Wahrheitsbeweises unterziehen. Wie oft bin ich mit einem Problem zu ihm gekommen und habe eine Erklärung erhalten, die sich nachher als richtig erwiesen hat. Und doch war er gänzlich unfähig, die nötigen Vorarbeiten zu erledigen, ohne die der Fall gar nicht vor den Richter oder die Geschworenen hätte gebracht werden können.«

»Es ist also nicht sein Beruf?«

»Was für mich ein Mittel zum Lebensunterhalt ist, ist für ihn das bloße Hobby eines Dilettanten. Er hat eine außerordentliche Begabung für Zahlen und prüft die Bücher in einigen Regierungsabteilungen. Mycroft wohnt in der Pall Mall und geht jeden Morgen um die Ecke nach Whitehall und jeden Abend zurück. Jahrein, jahraus macht er keine andere Bewegung und wird nirgendwo sonst gesehen, außer im Diogenes Club, der direkt gegenüber seiner Wohnung liegt.«

»Ich kann mit diesem Namen nichts anfangen.«

»Das glaub ich wohl. Sie wissen, in London gibt es Leute genug, die, sei es aus Liebe zur Einsamkeit, sei es aus Menschenscheu, mit ihren Mitbürgern keinen Umgang pflegen wollen. Einen bequemen Stuhl und die neuesten Zeitschriften verachten sie aber nicht. Um ihren Wünschen gerecht zu werden, wurde der Diogenes Club gegründet, der nun die ungeselligsten und am wenigsten in einen Klub passenden Einwohner Londons umfasst. Kein Mitglied darf von den anderen auch nur die geringste Notiz nehmen. Außer im Fremdenzimmer darf unter keinen Umständen ein Wort gesprochen werden, und drei Verstöße dagegen genügen, wenn sie zur Kenntnis des Vorstandes gelangen, den Schwätzer aus dem Klub auszustoßen. Mein Bruder war einer der Gründer, und ich habe selbst gemerkt, dass dort eine die Nerven ungemein beruhigende Atmosphäre herrscht.«

Wir hatten die Pall Mall erreicht, als wir uns unterhielten, und gingen sie vom St. James's Ende aus hinunter. Sherlock Holmes blieb an einer Tür in einiger Entfernung vom Carlton stehen und führte mich, mit der Ermahnung, nicht zu sprechen, in die Halle. Durch eine Glastür konnte ich einen schnellen Blick in ein großes, üppig ausgestattetes Zimmer werfen, in dem eine beträchtliche Anzahl von Männern saß und Zeitungen las, jeder für sich in seinem Winkel. Holmes führte mich in ein kleines Zimmer zur Straße hin, verließ mich dann für eine Minute und kam in Begleitung eines Mannes zurück, der niemand anders sein konnte als sein Bruder.

Mycroft Holmes war viel größer und stämmiger als Sherlock. Man musste ihn geradezu dick nennen, aber sein Gesicht hatte trotz seines massiven Aussehens doch noch etwas von der Schärfe des Ausdrucks bewahrt, die in den Zügen seines Bruders so bemerkenswert war. Seine Augen, die eine eigentümliche, verschwommen hellgraue Farbe besaßen, schienen beständig diesen in weite Ferne schweifenden, innerlichen Blick auszusenden, den ich bei Sherlock nur in Augenblicken der höchsten Kraftanstrengung bemerkt hatte.

»Ich freue mich, Ihre Bekanntschaft zu machen«, sagte er und streckte seine breite, flache, einer Seehundsflosse nicht unähnliche Hand aus. »Seit Sie angefangen haben, von meinem Bruder zu schreiben, ist sein Name in aller Munde. Übrigens, Sherlock, ich habe dich letzte Woche erwartet, um mich wegen des Manor-House-Falls zu konsultieren. Ich dachte, du wärst vielleicht ein wenig überfordert.«

»Nein, ich habe ihn gelöst«, sagte mein Freund und lächelte.

»Es war Adams, natürlich.«

»Ja, es war Adams.«

»Ich war mir von Anfang an sicher.« Die beiden setzten sich zusammen ins Erkerfenster des Klubs. »Für jeden, der die Menschheit studieren will, ist dies der richtige Ort«, sagte Mycroft. »Seht euch die herrlichen Typen an! Sehen Sie sich zum Beispiel diese beiden Männer an, die auf uns zukommen.«

»Der Milliardär und der andere?«

»Ganz genau. Was hältst du von dem anderen?«

Die beiden Beobachteten waren dem Fenster gegenüber stehen geblieben. Leichte Kreidestriche über der Westentasche waren das Einzige, das für meine Augen bei dem einen an Billard erinnerte. Der andere, von kleiner Gestalt und dunkler Hautfarbe, hatte seinen Hut nach hinten geschoben und trug verschiedene Pakete unter dem Arm.

»Ein alter Soldat, sehe ich recht«, sagte Sherlock.

»Und erst vor Kurzem entlassen«, bemerkte der Bruder.

»Hat in Indien gedient.«

»Und zwar als Unteroffizier.«

»Royal Artillery«, sagte Sherlock.
»Und Witwer.«
»Aber mit einem Kind.«
»Kindern, mein lieber Junge!«
»Halt«, sagte ich lachend, »das ist etwas zu viel!«
»Natürlich«, erwiderte Sherlock, »kann man unschwer erkennen, dass ein Mann mit solcher Haltung, so deutlichem Autoritätsbewusstsein und sonnverbrannter Haut ein Soldat ist, und zwar einer, der über dem Gewöhnlichen stand, und dass er Indien vor Kurzem verlassen hat.«
»Dass er noch nicht lange aus dem Dienst geschieden ist, sieht man daran, dass er noch seine Munitionsstiefel, wie sie genannt werden, trägt«, bemerkte Mycroft.
»Er hatte nicht den Kavallerieschritt, dennoch trug er seinen Hut auf einer Seite, wie die hellere Haut auf dieser Seite seiner Stirn zeigt. Sein Gewicht spricht dagegen, dass er ein Pionier ist. Er ist bei der Artillerie.«
»Dann zeigt natürlich seine völlige Trauer, dass er einen sehr lieben Menschen verloren hat. Die Tatsache, dass er selbst einkauft, sieht aus, als ob es seine Frau wäre. Er hat Dinge für Kinder gekauft, das merkt man. Es gibt eine Rassel, was zeigt, dass eines von ihnen noch sehr klein ist. Die Frau ist wahrscheinlich im Kindbett gestorben. Die Tatsache, dass er ein Bilderbuch unter dem Arm hat, zeigt, dass an ein weiteres Kind gedacht werden muss.«
Mir dämmerte das Verständnis für die Bemerkung meines Freundes, sein Bruder besitze noch schärferen Spürsinn als er selbst. Er blickte zu mir herüber und lächelte. Mycroft nahm Schnupftabak aus einer Schildpattdose und bürstete mit einem großen roten Seidentaschentuch die verirrten Körner von seiner Mantelvorderseite weg.
»Nebenbei bemerkt, Sherlock«, sagte er, »man hat mir da einen Fall vorgelegt, der ganz nach deinem Geschmack wäre, ein sehr

hübsches Problem. Ich habe mich wirklich nicht dazu aufraffen können, der Sache auf den Grund zu gehen, aber sie hat mir wenigstens Anlass zu einigen recht netten Spekulationen gegeben. Wenn dir die Tatsachen reichen ...«

»Mein lieber Mycroft, du würdest mir das größte Vergnügen bereiten!«

Der Bruder kritzelte ein paar Worte auf ein Blatt seines Notizbuches, klingelte dem Kellner und gab es ihm.

»Ich habe Mr. Melas gebeten, herüberzukommen«, sagte er. »Er wohnt über mir, und da wir ein bisschen bekannt miteinander sind, kam er in seiner Verlegenheit zu mir. Mr. Melas ist Grieche, soviel ich weiß, und ein hervorragender Sprachenkenner. Seinen Lebensunterhalt verdient er zum Teil als Dolmetscher vor Gericht, und er ist Fremdenführer für reiche Reisende aus dem Orient, die Gäste der Hotels in der Northumberland Avenue sind. Ich denke, ich lasse ihn dir selbst sein sehr merkwürdiges Erlebnis erzählen.«

Ein paar Minuten später gesellte sich ein kleiner, stämmiger Mann zu uns, dessen olivfarbenes Gesicht und kohlschwarzes Haar seine südländische Herkunft verrieten, obwohl er wie ein gebildeter Engländer sprach[29]. Er schüttelte Sherlock Holmes eifrig die Hand, und seine dunklen Augen funkelten vor Vergnügen, als er verstand, dass der Spezialist darauf bedacht war, seine Geschichte zu hören.

»Es scheint mir, die Polizei will mir nicht glauben. Es ist so, Sie können es mir glauben!«, begann er klagend. »Nur weil sie vorher niemals etwas davon gehört haben, denken sie, so etwas sei nicht möglich. Aber ich weiß, ich werde nie wieder ruhig, bis ich erfahren habe, was aus diesem armen Mann mit dem Heftpflaster im Gesicht geworden ist.«

»Ich bin ganz Ohr«, sagte Sherlock Holmes.

»Heute ist Mittwochabend«, sagte Mr. Melas, »gut, dann war es also am Montagabend, erst vor zwei Tagen, als die Geschichte passierte. Ich bin Dolmetscher, wie Ihnen mein Nachbar vielleicht schon mitgeteilt hat. Ich übersetze alle Sprachen – oder fast alle –, aber da ich Grieche bin und einen griechischen Namen trage, gibt mir diese Sprache auch die Hauptarbeit. Lange Zeit bin ich der erste griechische Dolmetscher in London gewesen, und man kennt mich in den Hotels sehr gut.

Es kommt nicht selten vor, dass man mich zu ungewöhnlicher Uhrzeit kommen lässt, sei es, dass Fremde irgendwo in eine schwierige Lage geraten sind, aus der sie sich wegen ihrer Unkenntnis der Landessprache nicht befreien können, sei es, dass mich spät ankommende Reisende brauchen. So war ich nicht überrascht, als am Montagabend ein Mr. Latimer, ein sehr fein gekleideter junger Mann, in meine Wohnung kam und mich aufforderte, ihn in einer Droschke, die unten wartete, zu begleiten. Ein Grieche sei gekommen, mit ihm ein Geschäft abzuschließen, und da er selbst nur seine Muttersprache reden könne, so sei die Vermittlung eines Dolmetschers unerlässlich. Er erklärte, sein Haus liege etwas ab, in Kensington, auch schien er es sehr eilig zu haben, denn er beförderte mich schnellstens in die Droschke, sobald wir auf der Straße waren.

Ich sage Droschke, aber ich zweifelte bald, ob es nicht eine Kutsche war, in der ich mich befand. Es war gewiss geräumiger als die gewöhnliche vierrädrige Schande Londons, und die Armaturen, obwohl ausgefranst, waren von reicher Qualität. Mr. Latimer setzte sich mir gegenüber, und wir fuhren durch Charing Cross und die Shaftesbury Avenue hinauf. Wir waren in die Oxford Street gelangt, und ich erlaubte mir die Bemerkung zu machen, das sei doch ein Umweg nach Kensington, als meine Worte plötzlich durch das unerwartete Verhalten meines Begleiters unterbrochen wurden.

Er begann damit, dass er einen gewaltig aussehenden, mit Blei geladenen Knüppel aus seiner Tasche zog und ihn mehrmals hin und her schob, als ob er sein Gewicht und seine Stärke testen wollte. Dann legte er ihn ohne ein Wort auf den Sitz neben sich. Nachdem er dies getan hatte, zog er die Fenster auf jeder Seite hoch, und ich stellte zu meinem Erstaunen fest, dass sie mit Papier bedeckt waren, sodass ich nicht hindurchsehen konnte.

›Ich bedaure, dass ich Ihnen die Aussicht nehmen muss, Mr. Melas!‹, sagte er. ›Die Sache ist die: Ich wünsche nicht, dass Sie sehen, wohin wir fahren. Es könnte für mich vielleicht unangenehm werden, sollten Sie in der Lage sein, den Weg dahin wiederzufinden.‹

Wie Sie sich vorstellen können, kam mir diese Anrede wie ein Blitz aus heiterem Himmel. Mein Gefährte war ein kräftiger, breitschultriger junger Bursche, und von der Waffe ganz abgesehen, waren meine Aussichten in einem Kampf mit ihm gleich null.

›Das ist ein sehr außergewöhnliches Verhalten, Mr. Latimer!‹, stotterte ich. ›Sie müssen sich darüber im Klaren sein, dass das, was Sie tun, völlig illegal ist.‹

›Es ist zweifellos eine gewisse Freiheit,‹ sagte er, ›aber wir werden es wiedergutmachen. Ich muss Sie jedoch warnen, Mr. Melas, wenn Sie heute Abend versuchen sollten, einen Alarm auszulösen oder irgendetwas zu tun, was gegen meine Interessen verstößt, wird das eine sehr ernste Sache für Sie sein. Ich bitte Sie, daran zu denken, dass niemand weiß, wo Sie sind, und dass Sie, ob Sie in dieser Kutsche oder in meinem Haus sind, gleichermaßen in meiner Macht stehen!‹

Er sprach diese Worte ziemlich leise, aber die Art, wie er sie hervorbrachte, jagte mir doch keinen kleinen Schreck ein.

Schweigend saß ich da und wunderte mich, was in aller Welt nur der Grund wäre, mich in dieser ungewöhnlichen Art zu entführen. Was es aber auch sein mochte, so viel war mir vollkommen klar, dass mir Widerstand nichts nutzen könnte und dass ich ruhig die weitere Entwicklung der Sache abwarten müsste.

Fast zwei Stunden fuhren wir, ohne dass ich auch nur die geringste Ahnung hatte, wohin es ging. Manchmal sagte mir das Rasseln über Steine, dass wir uns über Straßenpflaster bewegten, dann wieder schloss ich aus der glatten, geräuschlosen Fahrt, dass wir Asphalt[30] unter uns hatten. Aber von dieser Abwechslung abgesehen, ließ mich nichts auch nur von fern ahnen, wo wir uns befanden. Durch das Papier über den Seitenfenstern war nichts zu erkennen, und vor das Vorderfenster war ein blauer Vorhang gezogen. Es war Viertel nach sieben, als wir von Pall Mall wegfuhren, und meine Uhr zeigte zehn Minuten vor neun, als wir endlich hielten. Mein Begleiter ließ das Fenster herunter, und ich erhaschte einen Blick auf eine niedrige, gewölbte Türöffnung, über der eine Lampe brannte. Als ich aus der Kutsche eilte, schwang sie auf, und ich fand mich im Inneren des Hauses wieder, mit einem vagen Eindruck von Rasen und Bäumen zu beiden Seiten, als ich eintrat. Ob es sich dabei jedoch um ein Privatgrundstück oder um echtes Land handelte, vermochte ich nicht zu sagen.

Im Hausflur war eine Lampe mit farbigem Schirm, die so schwaches Licht verbreitete, dass ich nichts weiter sehen konnte, als dass ich mich in einem ziemlich großen Raum befand, an dessen Wänden Bilder hingen. Bei dem trüben Schein konnte ich wahrnehmen, dass die Person, welche die Tür geöffnet hatte, ein kleiner, etwa vierzigjähriger Mann mit gemeinen Zügen und runden Schultern war. Als er sich uns zuwandte, erkannte ich aus der Rückstrahlung des Lichtes, dass er eine Brille trug.

›Ist das Mr. Melas, Harold?‹, sagte er.

›Ja.‹

›Gut gemacht, gut gemacht! Nichts für ungut, Mr. Melas, hoffe ich, aber ohne Sie kämen wir nicht zurecht. Wenn Sie fair mit uns umgehen, werden Sie es nicht bereuen, aber wenn Sie irgendwelche Tricks versuchen, dann helfe Ihnen Gott!‹ Seine krampfhafte, nervöse, von unangenehmem Kichern unterbrochene Redeweise und seine ganze Erscheinung waren mir unheimlich und jagten mir mehr Furcht ein als vorher mein Gefährte in der Droschke mit seiner bedrohlichen Waffe.

›Was wollen Sie von mir?‹, fragte ich.

›Nur ein paar Fragen sollen Sie an einen Griechen richten, der bei uns zu Besuch ist, und uns die Antworten wissen lassen. Aber sagen Sie kein Wort mehr, als man Ihnen sagt, oder‹ – und hier hörte ich wieder sein nervöses Kichern – ›es wäre für Sie besser, Sie wären nie geboren!‹

Bei diesen Worten öffnete er eine Tür und lud mich ein, ihm in ein anderes, anscheinend reich möbliertes, aber ebenfalls nur durch eine einzige, schwach brennende Lampe matt erleuchtetes Zimmer zu folgen. Jedenfalls war es ein großer Raum, und der Teppich, in den meine Füße sanken, zeugte von seiner prächtigen Ausstattung. Meine Blicke fielen auf Plüschstühle, auf einen hohen Kaminsims aus weißem Marmor und, wenn ich mich nicht irre, darüber an der Wand hängende japanische Waffenstücke. Gerade unter der Lampe stand ein Stuhl, und

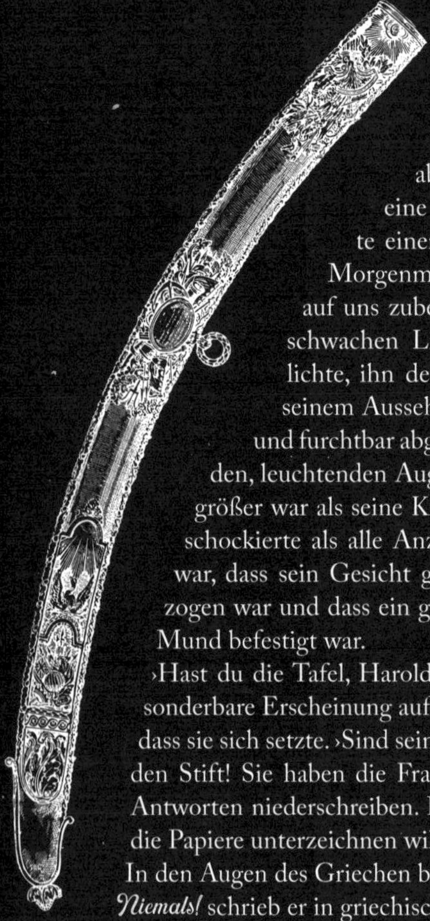

der Ältere von den beiden bedeutete mir, ich sollte dort Platz nehmen. Der Jüngere hatte uns verlassen, aber er kehrte plötzlich durch eine andere Tür zurück und führte einen Herrn in einer Art lockerem Morgenmantel mit sich, der sich langsam auf uns zubewegte. Als er in den Kreis des schwachen Lichts kam, das es mir ermöglichte, ihn deutlicher zu sehen, war ich von seinem Aussehen entsetzt. Er war totenbleich und furchtbar abgemagert, mit den hervorstehenden, leuchtenden Augen eines Mannes, dessen Geist größer war als seine Kraft. Aber was mich noch mehr schockierte als alle Anzeichen körperlicher Schwäche, war, dass sein Gesicht grotesk mit Heftpflaster durchzogen war und dass ein großes Stück davon über seinem Mund befestigt war.

›Hast du die Tafel, Harold?‹, rief der Brillenträger, als die sonderbare Erscheinung auf einen Stuhl eher niedersank, als dass sie sich setzte. ›Sind seine Hände frei? Nun also, gib ihm den Stift! Sie haben die Fragen zu stellen, und er wird die Antworten niederschreiben. Fragen Sie ihn zuallererst, ob er die Papiere unterzeichnen will!‹

In den Augen des Griechen blitzte Feuer.

Niemals! schrieb er in griechischer Sprache auf die Tafel.

›Unter keinen Bedingungen?‹, fragte ich auf Anweisung unseres Tyrannen.

Nur, wenn ihre Vermählung in meiner Gegenwart durch einen mir bekannten griechischen Priester erfolgt.

Der Mann kicherte in seiner giftigen Weise und sagte:

›Sie wissen, was Sie dann erwartet!‹

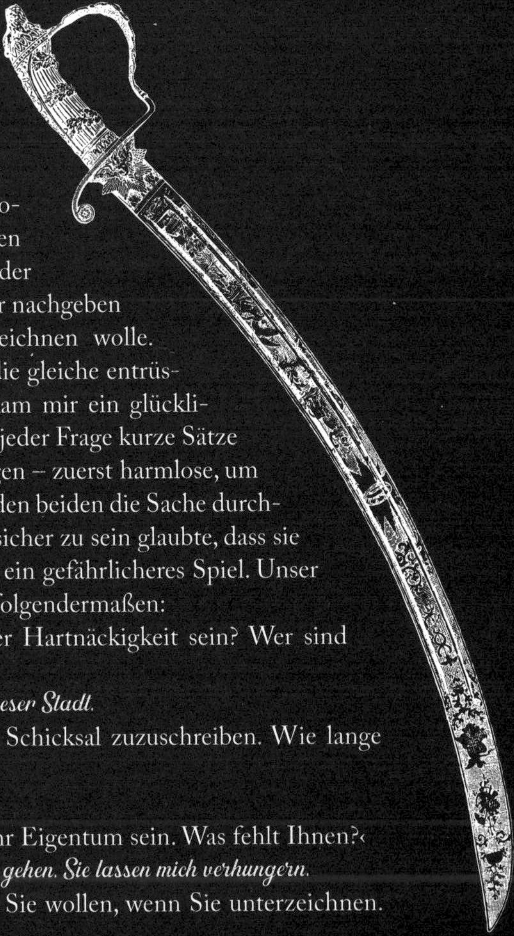

Was mit mir geschieht, ist mir gleich.

Das waren die Fragen und Antworten unserer sonderbaren, halb gesprochenen, halb geschriebenen Unterhaltung. Immer wieder musste ich ihn fragen, ob er nachgeben und die Urkunde unterzeichnen wolle. Immer wieder erhielt ich die gleiche entrüstete Antwort. Bald aber kam mir ein glücklicher Gedanke. Ich fing an, jeder Frage kurze Sätze eigener Erfindung anzufügen – zuerst harmlose, um zu probieren, ob einer von den beiden die Sache durchschaute; als ich dann aber sicher zu sein glaubte, dass sie nichts merkten, spielte ich ein gefährlicheres Spiel. Unser Zwiegespräch verlief nun folgendermaßen:

›Was wird die Folge dieser Hartnäckigkeit sein? Wer sind Sie?‹

Mir gleich. Ich bin fremd in dieser Stadt.

›Sie haben sich selbst Ihr Schicksal zuzuschreiben. Wie lange sind Sie hier?‹

Meinetwegen. Drei Wochen.

›Das Geld kann niemals Ihr Eigentum sein. Was fehlt Ihnen?‹

Es soll niemals an Verbrecher gehen. Sie lassen mich verhungern.

›Sie können gehen, wohin Sie wollen, wenn Sie unterzeichnen. Was ist dies für ein Haus?‹

Niemals werde ich unterzeichnen. Ich weiß nicht.

›Sie erweisen ihr gar keinen Dienst. Wie heißen Sie?‹

Das muss ich von ihr selbst hören. Kratides.

›Sie werden sie sehen, wenn Sie unterzeichnen. Wo kommen Sie her?‹

Dann werde ich sie nie sehen. Athen.

Noch fünf Minuten länger, Mr. Holmes, und ich hätte die ganze Geschichte vor ihren Augen aus ihm herausgezogen. Schon meine nächste Frage hätte vielleicht das Dunkel gelichtet, aber in diesem Augenblicke öffnete sich die Tür, und eine Frau trat herein. Ich konnte sie nicht deutlich genug sehen, nur so viel bemerkte ich, dass sie groß und schlank war, schwarze Haare hatte und eine Art weiten weißen Schlepprock trug.

›Harold!‹, sagte sie englisch mit fremdem Akzent. ›Ich konnte es nicht länger aushalten. Es ist so einsam da oben allein mit – o Gott, es ist Paul!‹

Diese letzten Worte waren griechisch gesprochen, und im selben Augenblick riss Kratides mit einem krampfhaften Ruck das Pflaster von seinen Lippen und stürzte mit dem Aufschrei ›Sophy, Sophy!‹ in ihre Arme. Ihre Umarmung dauerte jedoch nur kurze Zeit, denn der jüngere Mann ergriff sie und schob sie aus dem Zimmer, während der andere ohne Anstrengung sein ausgemergeltes Opfer überwältigte und es ebenfalls fortzog. Einen Augenblick blieb ich allein zurück und sprang sofort von meinem Sitz auf mit der unbestimmten Absicht, irgendeinen Anhaltspunkt dafür zu finden, was für ein Haus das sei, in dem ich mich befand. Glücklicherweise tat ich aber nichts weiter, denn als ich aufblickte, sah ich den Älteren in der Türöffnung stehen und seine Augen auf mich heften.

›Das wird genügen, Mr. Melas!‹, sagte er. ›Sie verstehen, dass wir Sie in einer durchaus privaten Sache zu unserem Vertrauten gemacht haben. Wir hätten Sie nicht bemüht, wenn unser Freund, der Griechisch kann und der diese Unterhandlungen zuerst geführt hat, nicht hätte in den Osten zurückkehren müssen. Wir brauchten unbedingt einen Stellvertreter und waren sehr froh, als wir von Ihren sprachlichen Fähigkeiten hörten.‹

Ich verbeugte mich.

›Hier sind fünf Pfund‹, sagte mein sonderbarer Wirt und kam auf mich zu. ›Ich denke, das wird ein angemessener Lohn sein.

Aber vergessen Sie nicht‹, fügte er hinzu, indem er mir leicht auf die Brust tippte und dabei kicherte, ›wenn Sie zu einem lebenden Wesen hiervon reden – zu einem einzigen lebenden Wesen –, nun, so sei Gott Ihrer Seele gnädig!‹

Ich kann gar nicht sagen, welchen Ekel und Schauder mir dieser Mann mit seinem gemeinen Gesicht einflößte. Ich konnte ihn jetzt, als das Lampenlicht auf ihn fiel, besser sehen. Seine abstoßenden, spitzigen Züge bedeckte eine fahle Blässe, und sein kleiner Spitzbart war struppig und schlecht gepflegt. Beim Sprechen stieß er seinen Kopf vorwärts, und die Lippen und Augenlider zuckten beständig, als hätte er den Veitstanz[8]. Auch sein aufgeregtes Kichern konnte ich mir nur als Symptom einer Nervenkrankheit erklären. Das Schrecklichste an seinem Gesicht waren aber die stahlgrauen Augen mit ihrem kalten Schimmer, in deren Tiefen eine boshafte, erbarmungslose Grausamkeit schlummerte.

›Wir werden es erfahren, wenn Sie darüber sprechen‹, sagte er. ›Wir haben unsere eigenen Ermittlungsquellen. Jetzt werden Sie den Wagen vor der Tür bereit finden, und mein Freund wird Sie auf den Weg bringen.‹

Schnell schob man mich durch den Flur und in die Kutsche, wobei ich wieder einen flüchtigen Blick auf Bäume und einen Garten werfen konnte. Mr. Latimer folgte mir auf den Fersen und setzte sich, ohne ein Wort zu sprechen, mir gegenüber. Schweigend fuhren wir nun wieder, ich weiß nicht wie lange, bei aufgezogenen Fenstern, bis endlich, es war eben Mitternacht vorbei, der Wagen anhielt.

›Hier steigen Sie aus, Mr. Melas!‹, sagte mein Gefährte. ›Ich bedaure, Sie so fern von Ihrem Haus absetzen zu müssen, aber es bleibt keine Wahl. Jeder Versuch Ihrerseits, dem Wagen zu folgen, kann nur zu Ihrem eigenen Unheil ausschlagen.‹

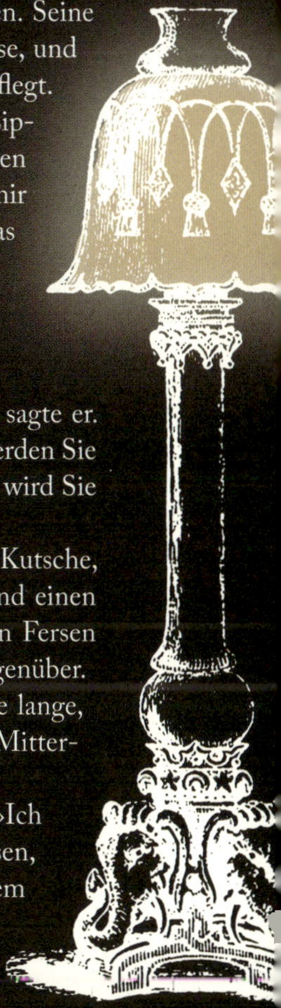

Während er so sprach, machte er die Tür auf, und ich hatte kaum Zeit, abzuspringen, als der Kutscher auf die Pferde lospeitschte und der Wagen davonrasselte. Erstaunt sah ich mich um. Ich schien mich auf freiem Feld zu befinden, von dem sich hier und da gespensterhaft aussehende Ginsterbüsche abhoben. In ziemlicher Ferne lag eine Häuserreihe, aus deren oberen Stockwerken vereinzelte Lichtschimmer drangen. Auf der anderen Seite bemerkte ich rote Eisenbahnsignallichter.

Der Wagen, der mich hergebracht hatte, war bereits verschwunden. Ich stand da, sah nach allen Seiten in die Nacht hinaus und fragte mich neugierig, wo in aller Welt ich nur sein könnte, als ich in der Dunkelheit jemanden auf mich zukommen sah. Als er nahe bei mir war, erkannte ich, dass es ein Gepäckträger war.

›Können Sie mir sagen, was für ein Ort das ist?‹, fragte ich.

›Wandsworth Common‹, sagte er.

›Kann ich noch einen Zug zur Stadt erreichen?‹

›Wenn Sie so etwa ein halbes Stündchen bis nach Clapham Junction gehen‹, sagte er, ›werden Sie gerade noch den letzten Zug nach Victoria bekommen.‹

So endete mein Abenteuer, Mr. Holmes.

Ich weiß nicht, wo ich gewesen bin und mit wem ich gesprochen habe, und überhaupt nichts, als was ich Ihnen jetzt erzählt habe. Aber ich weiß, dass dort ein Verbrechen vor sich geht, und ich will dem Armen helfen, wenn ich kann. Ich habe am nächsten Morgen die ganze Geschichte Mr. Mycroft Holmes erzählt und dann auch der Polizei gemeldet.«

Eine kurze Weile saßen wir unter dem Eindruck dieses höchst absonderlichen Berichtes stillschweigend da. Dann warf Sherlock seinem Bruder einen Blick zu und fragte:

»Irgendwelche Maßnahmen?«

Mycroft langte nach den **Daily News**, die auf einem Nachbartisch lagen.

Belohnung zugesichert für jede Auskunft über das Verbleiben eines Griechen namens Paul Kratides, der des Englischen nicht mächtig ist, ebenso für jede Auskunft über eine Griechin mit Vornamen Sophy. Mitteilungen unter X. 2473.

»Das stand in allen Tagesblättern. Keine Antwort.«

»Wie ist's mit der griechischen Gesandtschaft?«

»Ich habe nachgefragt. Sie wissen nichts.«

»Dann also ein Telegramm an die athenische Polizei.«

»In Sherlock konzentriert sich die Tatkraft der ganzen Familie«, sagte Mycroft, an mich gewandt. »Gut, pack du den Fall von allen Enden an und sag mir's dann, wenn du etwas herausgefunden hast!«

»Selbstverständlich«, antwortete mein Freund und stand auf. »Du sollst es hören und Mr. Melas auch. Übrigens, Mr. Melas, wenn ich an Ihrer Stelle wäre, würde ich auf der Hut sein; denn sie müssen natürlich durch diese Anzeigen erfahren, dass Sie nicht den Mund gehalten haben.«

Auf dem Heimweg ging Holmes in ein Postamt, an dem wir vorüberkamen, und schickte mehrere Telegramme ab.
»Sie sehen, Watson«, bemerkte er, »das war kein verlorener Abend. Viele meiner interessantesten Fälle sind durch Mycroft zu mir gekommen. Das Problem, von dem wir eben hörten, lässt zwar nur *eine* Erklärung zu, bietet aber immerhin einiges Besondere.«
»Denken Sie, es lösen zu können?«
»Nun, da wir schon so viel wissen, wäre es schon verwunderlich, wenn wir nicht auch noch das Übrige aufdeckten. Sie müssen sich doch selbst irgendeine Theorie zur Erklärung der mitgeteilten Tatsachen gebildet haben.«
»So ungefähr, ja.«
»Was denken Sie also darüber?«
»Es scheint mir klar, dass diese Griechin von dem jungen Engländer namens Latimer entführt worden ist.«
»Entführt, von wo?«
»Aus Athen vielleicht?«
Sherlock Holmes schüttelte den Kopf. »Dieser junge Mann sprach kein Wort Griechisch. Die Dame kann ziemlich gut Englisch. Also ist sie kurze Zeit in England gewesen, aber er nicht in Griechenland.«
»Gut, also wir wollen annehmen, dass sie nach England zu Besuch gekommen war und dass dieser Harold sie überredet hat, mit ihm zu fliehen.«
»Das ist sehr wahrscheinlich.«
»Dann kommt der Bruder – denn in diesem Verwandtschaftsverhältnis, denke ich mir, stehen sie zueinander – aus Griechenland her, um dazwischenzutreten. Unvorsichtigerweise begibt er sich in die Gewalt des jungen Mannes und seines älteren Genossen. Sie halten ihn fest und wollen ihn zwingen, Papiere zu unterzeichnen und so das Vermögen des Mädchens, dessen Vormund er ist, herauszugeben. Er weigert sich. Um mit

ihm zu verhandeln, brauchen sie einen Dolmetscher und suchen sich diesen Melas aus, nachdem sie sich vorher eines anderen bedient haben. Dem Mädchen hat man von der Ankunft des Bruders gar nichts gesagt, und sie trifft ihn durch bloßen Zufall.«

»Ausgezeichnet, Watson!«, rief Holmes. »Ich glaube wirklich, Sie sind nah an der Wahrheit. Sie sehen, wir halten alle Karten in der Hand und haben höchstens eine plötzliche Gewalttat von ihnen zu fürchten. Geben sie uns Zeit, so haben wir sie.«

»Aber wie können wir die Lage des Hauses herausfinden?«

»Nun, ist unsere Annahme richtig und heißt oder hieß die Schwester Kratides, so sollte es uns nicht schwerfallen, ihre Spur aufzufinden. Das muss unsere erste Hoffnung sein, denn der Bruder ist natürlich hier ganz unbekannt. Offenbar hat der junge Engländer schon vor einiger Zeit das Verhältnis mit dem Mädchen angeknüpft – wenigstens vor einigen Wochen, da der Bruder erst davon hören und dann von Griechenland herkommen musste. Haben sie während dieser ganzen Zeit an derselben Stelle gewohnt, so wird sich schon jemand auf Mycrofts Anzeige melden.«

Unter diesen Gesprächen hatten wir unser Haus in der Baker Street erreicht. Holmes ging die Treppenstufen voran, und als er die Tür zu seinem Zimmer öffnete, konnte er kaum seinen Augen trauen. Als ich ihm über die Schulter blickte, war ich nicht minder überrascht. Sein Bruder Mycroft saß mit einer Zigarre im Mund im Lehnstuhl.

»Komm herein, Sherlock! Kommen Sie herein!«, sagte er, über unsere erstaunten Gesichter lächelnd. »Du traust mir so viel Energie nicht zu, Sherlock? Aber dieser Fall hat mir's angetan.«

»Wie bist du hierhergekommen?«

»Ich überholte euch in einer Droschke.«

»Hat sich etwas Neues herausgestellt?«

»Ich habe eine Antwort auf meine Anzeige.«

»Ah!«

»Ja, sie kam wenige Minuten nach eurem Weggehen.«
»Und was sagt sie?«
Mycroft Holmes zog ein Blatt Papier hervor. »Hier ist sie«, sagte er, »mit einer I-Feder auf königlichem Cremepapier von einem schwächlichen Mann mittleren Alters geschrieben. Sie lautet:

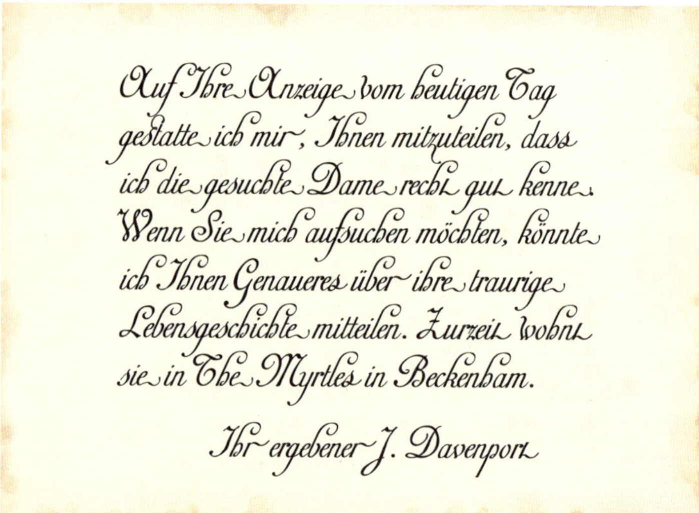
Auf Ihre Anzeige vom heutigen Tag gestatte ich mir, Ihnen mitzuteilen, dass ich die gesuchte Dame recht gut kenne. Wenn Sie mich aufsuchen möchten, könnte ich Ihnen Genaueres über ihre traurige Lebensgeschichte mitteilen. Zurzeit wohnt sie in The Myrtles in Beckenham.

Ihr ergebener J. Davenport

»Sein Brief kommt aus Lower Brixton«, sagte Mycroft Holmes. »Meinst du nicht, Sherlock, wir fahren jetzt zu ihm und lassen uns von ihm Genaueres erzählen?«
»Mein lieber Mycroft! Das Leben des Bruders ist wertvoller als die Geschichte der Schwester. Ich sage, wir gehen zu Scotland Yard, nehmen dort Inspektor Gregson mit und fahren unverzüglich nach Beckenham. Wir wissen, dass das Leben eines Menschen auf dem Spiel steht, und jede Stunde Verzögerung kann für ihn den Tod bedeuten.«
»Wollen wir unterwegs nicht auch Mr. Melas abholen?«, schlug ich vor. »Wir brauchen vielleicht einen Dolmetscher.«

»Ausgezeichnet!«, sagte Sherlock Holmes. »Schicken Sie den Jungen nach einer Droschke, und es kann sofort losgehen!« Während er sprach, zog er eine Schublade seines Schreibtisches auf und ließ einen Revolver in die Tasche gleiten. »Ja«, sagte er auf einen fragenden Blick von mir, »nach dem, was wir gehört, haben wir es mit ganz verzweifelten Burschen zu tun.«
Es war bereits ziemlich dunkel, als wir Pall Mall und Mr. Melas' Wohnung erreichten. Er war fort. Ein Herr hätte ihn soeben aufgesucht, und beide hätten sich dann entfernt, sagte man uns.
»Können Sie mir sagen, wohin?«, fragte Sherlock Holmes.
»Ich weiß nicht«, sagte die Frau, die uns aufgemacht hatte. »Ich weiß nur, dass er mit dem Gentleman in einem Wagen weggefahren ist.«
»Nannte der Gentleman, als er sich anmelden ließ, seinen Namen?«
»Nein.«
»War es nicht ein großer, schöner Mann mit schwarzem Haar?«
»Oh nein, Sir. Er war ein kleiner Mann mit Brille, dünn im Gesicht, aber sehr angenehm in seiner Art, denn er lachte die ganze Zeit, die er sprach.«
»Vorwärts!«, rief Sherlock Holmes, ohne ein weiteres Wort zu verlieren. »Das wird ernst«, bemerkte er, als wir wieder eingestiegen waren. »Sie haben Melas wieder in ihre Gewalt gebracht. Er besitzt keinen physischen Mut, wie er durch sein Benehmen in der vorletzten Nacht bewiesen hat. Dieser Schurke hat es fertiggebracht, ihn wieder vom ersten Moment an völlig einzuschüchtern. Zweifellos bedürfen sie seiner Dienste als Dolmetscher; aber dann werden sie ihn für seinen ›Verrat‹, wie sie es nennen, bestrafen wollen.«
Wir hatten gehofft, mit dem Zug ebenso schnell oder noch schneller als der Wagen nach Beckenham zu kommen. Aber bei Scotland Yard dauerte es länger als eine Stunde, bis wir den Inspektor gefunden und die Formalitäten erledigt hatten, ohne die

wir in das Haus nicht hätten eindringen dürfen. Es war Viertel vor zehn, als wir London Bridge erreichten, und halb elf, als wir vier in Beckenham ausstiegen. Eine Droschkenfahrt von fünf Minuten brachte uns nach The Myrtles – ein großes, düsteres Gebäude, das etwas abseits von der Straße in einem dazugehörigen Garten stand.

Wir schickten die Droschke fort und gingen auf das Haus zu.

»Die Fenster sind alle dunkel«, bemerkte der Inspektor. »Das Haus scheint unbewohnt zu sein.«

»Unsere Vögel sind ausgeflogen, und das Nest ist leer«, sagte Sherlock.

»Warum meinen Sie das?«

»Ein schwer beladener Lastwagen ist während der letzten Stunde herausgefahren.«

Der Inspektor lachte. »Ich habe die Räderspuren im Schein der Hoftorlampe gesehen. Aber wo kommt der Lastwagen her?«

»Sie haben vielleicht dieselben Räderspuren in der umgekehrten Richtung, das heißt von der Einfahrt des Wagens, gesehen. Aber die nach außen führenden waren weit tiefer – in dem Maße, dass wir getrost sagen können, der Wagen muss schwer beladen gewesen sein.«

»Da gehen Sie mir vielleicht ein wenig zu weit«, sagte der Inspektor achselzuckend. »Die Tür wird sich nicht leicht aufbrechen lassen. Aber wir wollen sehen, ob wir uns nicht Gehör verschaffen können.«

Er hämmerte mit dem Klopfer und zog an der Klingel, aber ohne allen Erfolg. Holmes hatte sich leise entfernt, kam aber nach wenigen Minuten wieder.

»Ich habe ein Fenster öffnen können«, sagte er.
»Gott sei Dank, dass Sie für die Polizei sind und nicht gegen sie, Mr. Holmes!«, bemerkte der Inspektor, als er feststellte, wie geschickt mein Freund den Fensterriegel zurückgeschoben hatte. »Nun, ich denke, unter den Umständen können wir eintreten, ohne eine Einladung abzuwarten.«
Einer nach dem anderen gelangten wir in ein geräumiges Zimmer, offenbar dasselbe, in dem Mr. Melas gewesen war. Der Inspektor hatte seine Laterne angezündet, und in ihrem Schein konnten wir die beiden Türen, die Plüschstühle, die Lampe und die japanischen Waffen erkennen, wie sie uns der Dolmetscher beschrieben hatte. Auf einem Tische standen zwei Gläser, eine leere Brandyflasche und die Reste einer Mahlzeit.
»Was ist das?«, fragte Holmes plötzlich.
Wir standen alle still und horchten. Ein leises Stöhnen ließ sich irgendwo über unseren Köpfen vernehmen. Holmes stürzte zur Tür und in den Hausflur hinaus. Der grässliche Ton kam aus dem oberen Stockwerk. Er sprang die Treppe hinauf, der Inspektor und ich folgten ihm auf den Fersen, während sein Bruder Mycroft so schnell, wie es ihm seine Körpermasse erlaubte, hinterdrein keuchte.
Drei Türen sahen wir im oberen Stockwerk vor uns, und aus der mittleren kamen die unheilvollen Geräusche, die sich mal in dumpfes Gemurmel verloren, mal zu schrillem Heulen steigerten. Die Tür war verschlossen, aber der Schlüssel steckte außen. Holmes riss sie auf und stürzte hinein, doch im nächsten Augenblick war er wieder bei uns, mit der Hand an der Kehle.
»Es ist Holzkohle!«, rief er. »Nur ein wenig Zeit, es wird sich klären!«
Wir spähten hinein, konnten aber nur bemerken, dass der Lichtschein im Zimmer ausschließlich von einer matten blauen Flamme ausging, die aus einem kleinen Messingbecken in der Mitte des Zimmers aufflackerte. Sie warf einen bleichen, unheimlichen

Lichtkreis auf den Boden, während wir in dem Dämmerschatten, der den Rest des Zimmers erfüllte, den unbestimmten Umriss zweier an die Wand gelehnten Gestalten gewahrten. Durch die offene Tür drang ein schauerlicher giftiger Dunst, der uns nach Luft schnappen und husten ließ. Holmes sprang zurück an die Treppenöffnung, um frische Luft einzuziehen, dann war er wieder in zwei Sätzen im Zimmer, riss das Fenster auf und schleuderte das Kohlenbecken hinaus in den Garten.

»In einer Minute können wir hinein«, keuchte er, wieder zu uns zurückeilend. »Wo ist eine Kerze? Ich zweifle, ob wir in dieser Atmosphäre ein Streichholz zum Brennen bringen können. Halte das Licht an den Türeingang, und wir kriegen sie heraus, Mycroft! Jetzt!«

Auf dieses Wort stürzten wir hinein, packten die Vergifteten und zogen sie hinaus auf den Treppenflur. Beide waren besinnungslos, ihre Lippen blau, die Gesichter geschwollen, die Augen hervorgequollen. Kaum konnten wir in den verzerrten Zügen des einen Opfers den Dolmetscher wiedererkennen, mit dem wir vor wenigen Stunden im Diogenes Club zusammen gewesen waren. Seine Hände und Füße waren mit Stricken gebunden, und über einem Auge konnten wir die Spur eines heftigen Schlages bemerken. Der andere, den man ebenfalls gebunden hatte, war ein hochgewachsener, fast zum Skelett abgemagerter Mann, dessen Gesicht durch aufgeklebte Streifen von Heftpflaster ein groteskes Muster zeigte. Er hatte aufgehört zu stöhnen, als wir ihn hinlegten, und ein Blick auf ihn sagte mir, dass wir für ihn zu spät gekommen waren. Mr. Melas lebte jedoch noch, und in weniger als einer Stunde hatte ich mithilfe von Ammoniak und Brandy die Genugtuung, ihn seine Augen öffnen zu sehen und zu wissen, dass meine Hand ihn aus jenem dunklen Tal, in dem sich alle Wege kreuzen, zurückgeholt hatte.

Was er uns zu erzählen hatte, war sehr einfach und bestätigte nur unsere Diagnose des Falles. Sein Besucher hatte, kaum dass er ins Zimmer getreten war, unter seinem Rock einen Totschläger hervorgezogen und ihn durch die Angst vor dem augenblicklichen, unentrinnbaren Tod dermaßen eingeschüchtert, dass er ihn zum zweiten Male entführen konnte. In der Tat war die Wirkung, die dieser kichernde Verbrecher auf den unglücklichen Linguisten hatte, fast hypnotisch, denn er konnte nur mit zitternden Händen und bleichen Wangen von ihm sprechen. In Beckenham, wohin die Fahrt wie das erste Mal gegangen war, hatte er nochmals als Dolmetscher dienen müssen. Diese zweite Verhandlung war noch dramatischer verlaufen als die erste, denn die beiden Engländer hatten ihrem Gefangenen bei erneuter Weigerung, ihrem Verlangen nachzukommen, mit sofortigem Tod gedroht. Als sie ihn aber gegen jede Drohung unempfindlich fanden, hatten sie ihn in sein Gefängnis zurückgeschleppt. Dann hielten sie Melas seinen Verrat vor, den sie richtig aus den Anzeigen in den Tagesblättern erfahren hatten, und betäubten ihn unversehens durch einen heftigen Stockschlag. Das Erste, dessen er sich weiter erinnern konnte, waren unsere sich besorgt über ihn beugenden Gesichter.

Das war also der merkwürdige Fall des griechischen Dolmetschers, dessen Erklärung noch manchen dunklen Punkt enthält. Von dem Herrn, der sich auf die Anzeige gemeldet hatte, brachten wir in Erfahrung, dass die unglückliche junge Dame einer reichen griechischen Familie entstammte und zum Besuch einer befreundeten Familie nach England gekommen war. Dort hatte sie einen jungen Mann namens Harold Latimer kennengelernt, der einen übermächtigen Einfluss über sie gewann und sie schließlich zur Flucht mit ihm überredete. Ihre Freunde, die über das Ereignis schockiert waren, hatten sich damit begnügt, ihren Bruder in Athen zu informieren, und hatten dann ihre Hände in Unschuld gewaschen. Der Bruder, der, sobald er konnte, nach England gereist war, hatte sich hier unvorsichtigerweise in die Gewalt von Latimer sowie seines Genossen begeben, und dieser Letztere, ein gewisser Wilson Kemp, war ein Mann mit den übelsten Vorstrafen. Da diese beiden erkannten, dass der Grieche infolge seiner gänzlichen Unkenntnis der Landessprache ein hilfloses Werkzeug in ihren Händen war, hatten sie ihn gefangen gehalten und versucht, ihn durch grausame Behandlung und Nahrungsentzug dahin zu bringen, dass er ihnen sein eigenes Vermögen und das seiner Schwester abtrat. Der Schwester war sein Aufenthalt im Hause verheimlicht worden, und das Pflaster auf seinem Gesicht hatte dem Zweck dienen sollen, das Wiedererkennen möglichst zu verhindern für den Fall, dass sie ihn doch zufällig in einem unbewachten Moment erblicken sollte. Ihr Instinkt hatte ihn aber trotz dieser Maskierung sofort erkannt, als sie ihn bei Gelegenheit der ersten Anwesenheit des Dolmetschers zum ersten Mal zu Gesicht bekam. Das arme Mädchen war jedoch selbst eine Gefangene, denn es war niemand im Haus außer dem Kutscher und seiner Frau, die beide Werkzeuge der Verschwörer waren. Als die beiden Verbrecher merkten, dass ihr Geheimnis gelüftet war und ihr Gefangener nicht gezwungen werden konnte, flohen sie mit dem Mädchen nach wenigen Stunden aus dem möblierten Haus, das sie gemietet hatten, und rächten sich, wie sie glaubten, zuerst an dem Mann, der ihnen trotzte, und an dem, der sie verraten hatte.

Nach Monaten kam ein Zeitungsausschnitt aus einer Budapester Zeitung mit einer sonderbaren Mitteilung in unsere Hände. Darin stand das tragische Ende zweier Engländer, die in Begleitung einer Frau reisten. Beide hatten, hieß es, tödliche Dolchstiche erhalten, und die ungarische Polizei nahm an, die beiden wären in Streit miteinander geraten und hätten sich gegenseitig verletzt. Holmes scheint mir aber die Sache anders anzusehen und ist noch heute der Meinung, dass man von der Griechin, wenn man sie finden würde, hören könnte, wie das ihr und ihrem Bruder angetane Unrecht zuletzt gerächt wurde.

Der
Marinevertrag

Der Juli, der unmittelbar auf meine Heirat folgte, wurde durch drei interessante Fälle unvergesslich, bei denen ich das Privileg hatte, mit Sherlock Holmes zusammenzuarbeiten und seine Methoden zu studieren. Ich habe sie in meinen Notizen unter den Überschriften *Das Abenteuer des zweiten Flecks*, *Das Abenteuer des Marinevertrags* und *Das Abenteuer des müden Kapitäns* verzeichnet. Das erste von ihnen behandelt jedoch eine Angelegenheit von solcher Wichtigkeit, und es sind so viele der adeligen Familien des Königreichs darin verwickelt, dass es für viele Jahre unmöglich sein wird, es zu veröffentlichen. Kein Fall jedoch, an dem Holmes beteiligt war, hat jemals den Wert seiner analytischen Methoden so deutlich gezeigt oder diejenigen, die mit ihm zu tun hatten, so tief beeindruckt. Ich bewahre noch immer einen fast wörtlichen Bericht des Gesprächs auf, in dem er Monsieur Dubugue von der Pariser Polizei und Fritz von Waldbaum, dem bekannten Spezialisten aus Danzig, den wahren Sachverhalt des Falles darlegte, die beide ihre Energie auf etwas verschwendet hatten, das sich als Nebenschauplatz erwies. Das neue Jahrhundert wird jedoch gekommen sein, bevor die Geschichte sicher erzählt werden kann. In der Zwischenzeit gehe ich zum zweiten Punkt auf meiner Liste über, der auch einmal von nationaler Bedeutung zu sein versprach und durch mehrere Ereignisse gekennzeichnet war, die ihm einen ganz einzigartigen Charakter verleihen.

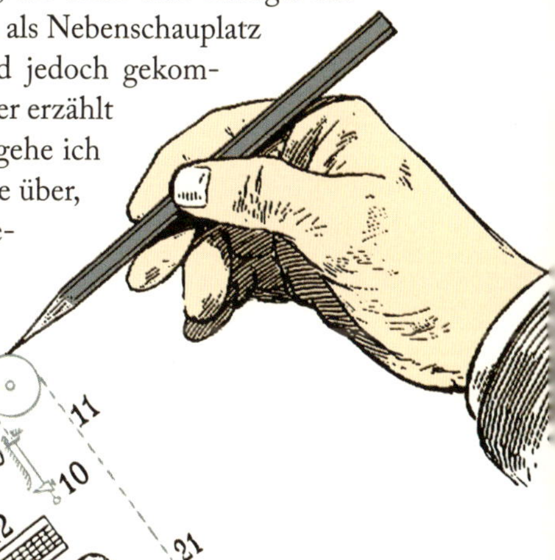

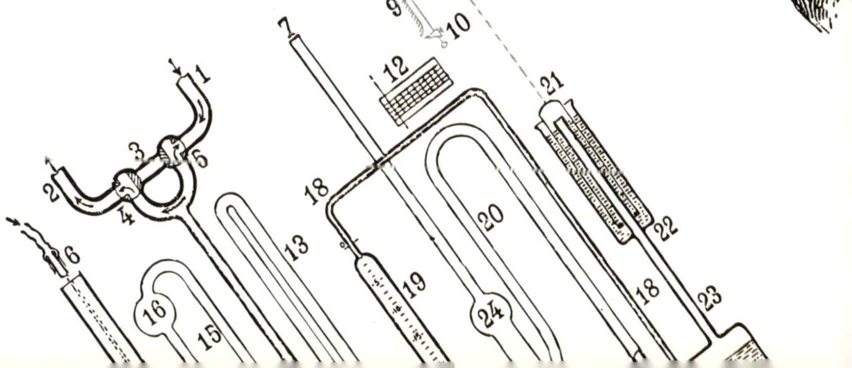

Zu meinen besten Kameraden während der Schulzeit gehörte ein Junge namens Percy Phelps. Wir waren im gleichen Alter, doch er war mir zwei Klassen voraus. Er war ein brillanter Junge, nahm jeden Preis mit, den die Schule zu bieten hatte, und beendete seine Heldentaten, indem er ein Stipendium gewann, das ihn dazu brachte, seine triumphale Karriere in Cambridge fortzusetzen.

Ich erinnere mich, dass er vornehme Verwandte hatte; sein Onkel mütterlicherseits war Lord Holdhurst, der berühmte Abgeordnete der konservativen Partei. Das wussten wir schon als ganz kleine Jungen, doch brachte es Phelps in der Schule keinerlei Vorteil; es war für uns nur ein Grund mehr, ihn tüchtig auf dem Spielplatz herumzuhetzen oder ihm, wenn sich die Gelegenheit bot, den großen Ball ans Schienbein zu werfen.

Bei seinem Eintritt in die Welt wurde das natürlich anders. Ich hörte noch gerüchteweise, er habe durch Kontakte zu einflussreichen Personen eine gute Anstellung im Auswärtigen Amt erhalten, für die ihn seine Begabung befähigte; dann verlor ich ihn jahrelang ganz aus dem Blick, bis er sich mir eines Morgens durch den folgenden Brief wieder ins Gedächtnis zurückrief:

Briarbrae, Woking.

Mein lieber Watson!

Ohne Zweifel erinnern Sie sich noch von der Schulzeit her an Phelps, genannt ›Kaulquappe‹, der in der fünften Klasse war, als Sie die dritte besuchten. Möglicherweise haben Sie auch erfahren, dass mir mein Onkel eine Stelle im Auswärtigen Amt verschafft hat. Diesen ehrenvollen Vertrauensposten habe ich seither inne, aber ein entsetzliches Missgeschick hat mit einem Schlag meine ganze Zukunft vernichtet.
Es würde zu weit führen, würde ich Ihnen mein Unglück schriftlich erläutern. Falls Sie auf meine Bitte eingehen, werden Sie ohnehin alle Einzelheiten aus meinem Mund hören müssen. Ich bin eben erst von einem Nervenfieber genesen, das mich neun Wochen lang ans Bett gefesselt hat, und ich fühle mich noch recht schwach. Könnten Sie mich besuchen und Ihren Freund Holmes bitten, Sie zu begleiten? Ich möchte gerne seine Ansicht über den Fall hören, trotz der Versicherung der Polizei, dass sich nichts mehr tun lässt. Bitte bringen Sie ihn so bald wie möglich hierher; jede Minute wird mir zur Ewigkeit, solange ich noch in dieser entsetzlichen Spannung lebe. Sagen Sie ihm, dass es nicht ein Beweis von mangelndem Vertrauen ist, wenn ich ihn erst jetzt um Rat frage. Ich war seit diesem Schicksalsschlag wie von Sinnen. Jetzt bin ich zwar wieder zu mir selbst gekommen, doch wage ich kaum, an die Geschichte zu denken, weil ich einen Rückfall fürchte. Noch fühle ich mich nicht einmal stark genug, um selber zu schreiben, und muss diese Zeilen diktieren.

Bitte versuchen Sie, ihn mitzubringen.

Ihr alter Schulfreund

Percy Phelps

Es gab etwas, das mich berührte, als ich diesen Brief las, in den wiederholten Appellen, Holmes zu bringen. Ich war so gerührt, dass ich es selbst dann versucht hätte, wenn es eine schwierige Angelegenheit gewesen wäre, aber natürlich wusste ich gut, dass Holmes seine Kunst liebte, sodass er immer so bereit war, seine Hilfe zu bringen, wie sein Klient sein konnte, um sie zu empfangen. Meine Frau stimmte mit mir überein, keinen Augenblick zu verlieren, um ihm die Sache zu unterbreiten, und so fand ich mich innerhalb einer Stunde nach dem Frühstück wieder in unserer Wohnung in der Baker Street.

Sherlock Holmes saß im Morgenmantel an einem Seitentisch und war eifrig mit einer chemischen Analyse beschäftigt. Über der bläulichen Flamme des Bunsenbrenners siedete und brodelte in der Retorte eine Flüssigkeit, deren destillierte Tropfen sich in einem Zweilitermaße sammelten. Mein Freund blickte kaum auf, als ich eintrat, und da ich sah, dass seine Untersuchung von Bedeutung sein musste, setzte ich mich in einen Sessel und wartete. Er tauchte in dieses oder jenes Fläschchen, zog aus jedem mit seiner Glaspipette ein paar Tropfen heraus und brachte schließlich ein Reagenzglas mit einer Lösung auf den Tisch. In seiner rechten Hand hielt er einen Zettel mit Lackmuspapier.

»Sie kommen gerade in einem kritischen Moment, Watson«, sagte er. »Behält dies Papier seine blaue Farbe, so ist alles gut; wird es rot, so kostet es ein Menschenleben.« Er tauchte es in das Glas, und sofort nahm es eine schmutzige feuerrote Färbung an. »Hm, ich dachte es mir«, sagte er. »Ich stehe Ihnen sofort zur Verfügung, Watson. Den Tabak finden Sie im persischen Pantoffel.« Er wandte sich an seinen Schreibtisch

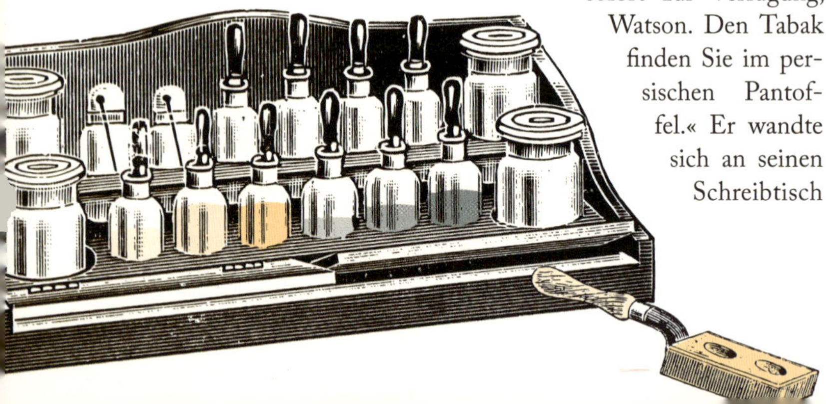

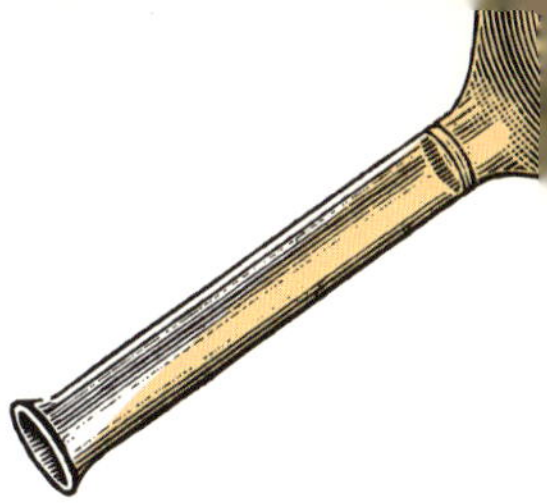

und kritzelte mehrere Telegramme ab, die er dem Pagen übergab. Dann warf er sich in den Stuhl gegenüber und zog die Knie an, bis sich die Finger um seine langen, dünnen Schienbeine schlossen.

»Ein sehr alltäglicher kleiner Mord«, sagte er. »Vermutlich bringen Sie mir etwas Besseres. Sie sind der Sturmvogel des Verbrechens, Watson. Was gibt's denn?«

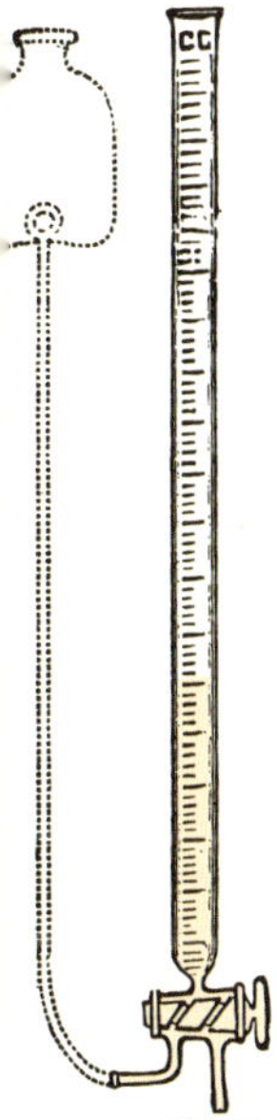

Ich reichte ihm den Brief, den er mit großer Aufmerksamkeit durchlas.

»Sehr viel lässt sich nicht daraus entnehmen, wie mir scheint«, sagte er.

»So gut wie nichts.«

»Aber mich interessiert die Handschrift.«

»Es ist nicht seine eigene.«

»Eben darum. Eine Frau hat den Brief geschrieben.«

»Es muss eine Männerhand gewesen sein«, rief ich.

»Nein, eine Frau, und zwar eine Frau von seltenem Charakter. Es ist beim Beginn einer Untersuchung von Wichtigkeit, zu wissen, dass der betreffende Klient in naher Beziehung zu einer Person steht, die hervorragende Gaben besitzt, im guten oder bösen Sinne. Ich fange schon an, mich für den Fall zu interessieren.

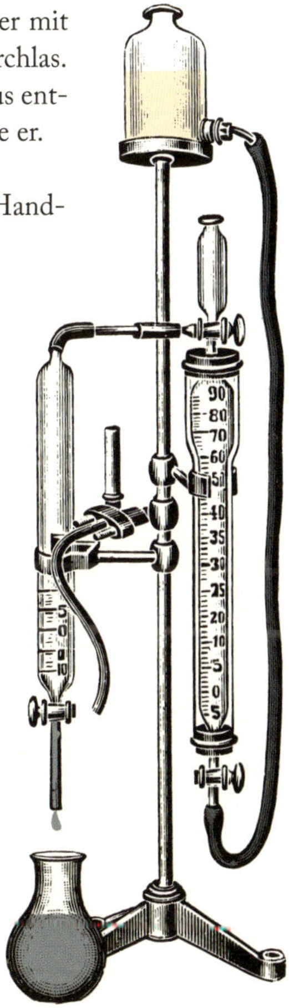

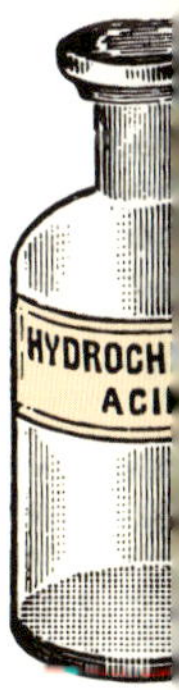

Wenn Sie nichts anderes vorhaben, können wir gleich nach Woking fahren, um den Diplomaten aufzusuchen, der in solcher Klemme steckt, und uns die Dame anzusehen, der er seine Briefe diktiert.«

Wir hatten gerade noch Zeit, den Vormittagszug an der Waterloo Station zu erreichen. Eine etwa einstündige Fahrt brachte uns zu den Fichtenwäldern und dem Heideland von Woking.

Briarbrae erwies sich als der Name eines Hauses, das inmitten weitläufiger Anlagen in geringer Entfernung vom Bahnhof lag. Als wir unsere Karten abgegeben hatten, wurden wir in ein vornehm ausgestattetes Empfangszimmer geführt, wo uns schon nach kürzester Frist ein etwas wohlbeleibter Mann aufs Gastfreundlichste begrüßte. Er mochte eher vierzig als dreißig Jahre alt sein, aber seine roten Pausbacken und munteren Augen gaben ihm das Aussehen eines dicken, durchtriebenen Jungen.

»Wie froh bin ich, dass Sie da sind«, sagte er, uns die Hände schüttelnd. »Percy hat den ganzen Morgen über immer nur nach Ihnen gefragt. Der Ärmste klammert sich an jeden Strohhalm. Ich soll Sie auch im Namen seiner Eltern willkommen heißen; schon die bloße Erwähnung der Angelegenheit ist ihnen äußerst unangenehm.«

»Wir haben noch gar nichts Näheres darüber gehört«, antwortete Holmes. »Sie selbst sind offenbar kein Mitglied der Familie.«
Der Herr sah überrascht auf, dann erwiderte er lachend:
»Sie werden wohl das J. H. auf meinem Siegelring bemerkt haben. Ich wollte schon über Ihren Scharfsinn staunen. Mein Name ist Joseph Harrison, und da Percy mit meiner Schwester Annie verlobt ist, zähle ich bald wenigstens zu den angeheirateten Verwandten. Sie werden meine Schwester bei ihm im Zimmer finden; sie pflegt ihn pausenlos seit zwei Monaten. Gehen Sie lieber gleich zu ihm, ich weiß, mit welcher Ungeduld er auf Sie wartet.«
Das Zimmer, in das man uns wies, lag im gleichen Stockwerk und diente zugleich als Wohn- und Schlafzimmer. Zierlich geordnete Blumen, die auf den Fenstersimsen und hier und da in den Ecken standen, gaben ihm ein freundliches Aussehen. Auf einem Sofa am offenen Fenster, durch das die laue Sommerluft und die Wohlgerüche des Gartens hereinströmten, lag ein junger Mann mit bleichen, eingefallenen Wangen. Ein Mädchen, das neben ihm saß, stand auf, als wir eintraten.
»Soll ich fortgehen, Percy?«, fragte sie.
Er hielt ihre Hand fest, sodass sie bleiben musste, und begrüßte mich herzlich. »Wie geht's Ihnen, Watson?«, fragte er. »Sie haben sich sehr verändert, das macht der Bart. Mich hätten Sie wohl auch kaum wiedererkannt.

Und dieser Gentleman ist vermutlich Ihr berühmter Freund Sherlock Holmes?«

Ich stellte ihn mit kurzen Worten vor, und wir setzten uns beide. Der dicke junge Mann hatte sich entfernt, aber seine Schwester nahm neben dem Kranken Platz, der ihre Hand nicht losließ. Sie war eine auffallend aussehende Frau, ein wenig kurz und dick für die Symmetrie, aber mit einem schönen olivfarbenen Teint, großen, dunklen, italienischen Augen und einer Fülle von tiefschwarzem Haar. Ihre reichen Farbtöne machten das weiße Gesicht ihres Begleiters durch den Kontrast noch abgenutzter und ausgezehrter.

»Um so wenig wie möglich von Ihrer Zeit in Anspruch zu nehmen, will ich Ihnen die Sache ohne alle Umschweife erzählen«, sagte er, sich auf dem Sofa in die Höhe richtend. »Ich war ein lebensfroher, vom Glück begünstigter Mann und stand im Begriff, zu heiraten, als ein unerwartetes furchtbares Missgeschick plötzlich meine ganze Zukunft zerstörte. Watson hat Ihnen vielleicht mitgeteilt, dass ich eine Stelle im Auswärtigen Amt innehabe. Durch Lord Holdhursts, meines Onkels, Einfluss war ich schnell auf einen verantwortlichen Posten gestellt worden. Als mein Onkel Außenminister wurde, gab er mir verschiedene wichtige Aufträge, die ich stets so glücklich zum Abschluss brachte, dass er zuletzt ein unbegrenztes Vertrauen in meine Umsicht und Leistungsfähigkeit setzte.

Vor etwa zehn Wochen – oder um ganz genau zu sein, am 23. Mai – rief er mich in sein Privatzimmer, lobte mich wegen der guten Dienste, die ich ihm bisher geleistet, und teilte mir mit, dass er mir wieder die Ausführung eines wichtigen Geschäfts anvertrauen wolle.

›Dies hier‹, sagte er und nahm eine graue Papierrolle aus seinem Schreibtisch, ›ist das Original eines geheimen Vertrages zwischen England und Italien. Zu meinem größten Bedauern sind schon Gerüchte über den Inhalt desselben durch die Presse an

Mittelmeerentente

Nachdem Napoleon zu Beginn des Jahrhunderts fast ganz Europa eingenommen hatte, entstand durch die nach seiner Niederlage entbrannten Koalitionskriege eine Neuordnung des Kontinents. Der Wiener Kongress im Jahr 1814/15 führte schließlich zu einem Friedenspakt zwischen den Großmächten. In diesem Zuge wurden neue Ländergrenzen gezogen und alte Herrschaftsformen wiederhergestellt.

Die folgenden Jahrzehnte waren geprägt von zahlreichen Aufständen und Revolutionsversuchen in ganz Europa als Reaktion auf die Restauration der Monarchie. Die Entstehung des Italienischen Königreichs und des Deutschen Kaiserreichs belastete die Bündnispolitik, da die beiden neuen Großmächte als potentielle Bedrohung gesehen wurden. Der innereuropäische Frieden schien erneut in Gefahr.

Nachdem Otto von Bismarck 1862 zum Ministerpräsidenten Preußens wurde, arrangierte er am 12. Februar 1887 die Mittelmeerentente, ein Bündnis zwischen Italien und Großbritannien, dem wenig später auch Österreich-Ungarn und Spanien beitraten.

Im Vertrag wurde festgelegt, den Status quo im Mittelmeerbereich anzuerkennen, gegen die Expansion Russlands vorzugehen, die Existenz des Osmanischen Reiches im Balkangebiet zu akzeptieren und Italien gegen Frankreich zu stärken. So schaffte Bismarck es, Großbritannien näher an den Dreibund (Deutsches Reich, Österreich-Ungarn, Italien) zu bringen, ohne das Deutsche Reich selbst in das Bündnis integrieren zu müssen.

Bismarcks Plan, Großbritannien auf diese Weise von Russland politisch zu entfernen, um sich selbst mit Russland zu alliieren, scheiterte jedoch, da Großbritannien und Russland sich durch Bündnisse doch annäherten. Dadurch verlor die Mittelmeerentente an Bedeutung und löste sich 1896 auf die Öffentlichkeit gedrungen, und es ist von ungeheurer Wichtigkeit, dass nichts Näheres bekannt wird. Die französische und russische Gesandtschaft würden gern große Summen bezahlen, um sich einen Einblick in diese Schrift zu verschaffen. Am liebsten behielte ich die Papiere ganz bei mir im Schreibtisch, wäre es nicht unumgänglich nötig, eine Kopie davon anfertigen zu lassen. Du hast doch ein Pult mit gutem Verschluss in deinem Büro?‹

›Jawohl.‹

›Dann nimm den Vertrag und schließe ihn sorgfältig ein. Ich werde es einzurichten wissen, dass du nach Schluss der Geschäftsstunden allein zurückbleiben und die Abschrift ungestört machen kannst, ohne zu fürchten, dass man dich dabei beobachtet. Wenn du fertig bist, schließe Original und Kopie wieder in das Pult und händige mir beides morgen früh persönlich aus.‹

Ich nahm die Papiere –«

»Bitte, einen Augenblick«, unterbrach ihn Holmes, »waren Sie beide allein während dieser Unterredung?«

»Ganz allein.«

»In einem großen Raum?«

»Das Zimmer mag etwa dreißig Fuß lang sein und ebenso breit.«

»Sie standen in der Mitte?«

»Ja, ungefähr.«

»Und sprachen nicht laut?«

»Mein Onkel spricht gewöhnlich mit sehr leiser Stimme, und ich habe fast nichts gesagt.«

»Danke sehr«, antwortete Holmes und schloss die Augen. »Bitte fahren Sie fort.«

»Ich tat alles, wie er es mir vorgeschrieben hatte, und wartete, bis die anderen Angestellten sich entfernten. Einer von ihnen, Charles Gorot, der mit mir im selben Zimmer arbeitete, hatte noch einige Rückstände zu erledigen; ich ließ ihn da und ging zum Essen. Als ich zurückkam, war er fort. Nun machte ich mich gleich ans Werk, denn ich wünschte, so schnell wie möglich mit der Arbeit fertig zu werden. Joseph Harrison, den Sie hier gesehen haben, war in der Stadt; ich wusste, dass er mit dem Elf-Uhr-Zug nach Woking fahren wollte, und hätte ihn gern begleitet.

Als ich den Vertrag in Augenschein nahm, erkannte ich sofort, dass mein Onkel die Wichtigkeit des Dokuments keineswegs übertrieben hatte. Ohne mich auf Einzelheiten einzulassen, will ich nur erwähnen, dass darin die Stellung Großbritanniens zum Dreibund klargelegt und auseinandergesetzt war, welchen politischen Standpunkt England einnehmen würde, falls die französische Flotte im Mittelmeer ein vollkommenes Übergewicht über die italienische Seemacht erringen sollte. Es handelte sich überhaupt ausschließlich um Fragen, welche die Marine betrafen. Rasch überflog ich noch die Namen der hohen Würdenträger, die den Vertrag unterzeichnet hatten, und machte mich dann an die Abschrift.

Das umfangreiche Dokument enthielt sechsundzwanzig Artikel und war auf Französisch verfasst. Ich schrieb, so schnell ich konnte, doch hatte ich, als es neun Uhr schlug, nicht mehr als neun Artikel fertig; dass ich den Zug noch erreichen würde, schien aussichtslos. Von dem Abendessen war ich schläfrig geworden, auch hatte ich nach der langen Tagesarbeit ein dumpfes Gefühl im Kopf und glaubte, eine Tasse Kaffee würde mein Gehirn klären. Ein Portier bleibt die ganze Nacht in einer kleinen Hütte am Fuße der Treppe und hat die Angewohnheit, an seiner Spirituslampe Kaffee für jeden der Beamten zu kochen, die während der Zeit arbeiten. Ich läutete also die Glocke, um ihn zu rufen.

Zu meiner Verwunderung erschien statt seiner eine große ältliche Frau mit groben Gesichtszügen. Sie hatte eine Schürze an und sagte mir, sie sei die Frau des Portiers und als Putzfrau im Haus beschäftigt. Also bestellte ich meinen Kaffee bei ihr.

Ich schrieb noch zwei Artikel ab und wurde immer schläfriger, sodass ich, um mich wach zu halten, ein paarmal im Zimmer auf und ab ging. Warum nur der Kaffee nicht kam? Ich öffnete die Tür und trat hinaus, um die Ursache der Verzögerung zu ergründen. Aus meinem Arbeitszimmer, das keinen anderen Ausgang hat, führt ein gerader, schwach erleuchteter Korridor bis zu einer gewundenen Treppe, die unten im Hausflur mündet, an dessen Ende man zur Wohnung des Portiers gelangt. Ist man die Treppe zur Hälfte hinuntergegangen, so kommt man an einen Absatz, von dem aus ein zweiter Korridor im rechten Winkel zur Hintertreppe und zu einer Seitentür führt. Dieser Eingang wird nicht nur von der Dienerschaft benutzt, sondern auch von den Angestellten, wenn sie aus der Charles Street kommen und ihren Weg abkürzen wollen. Hier ist eine grobe Skizze des ganzen Ortes.«

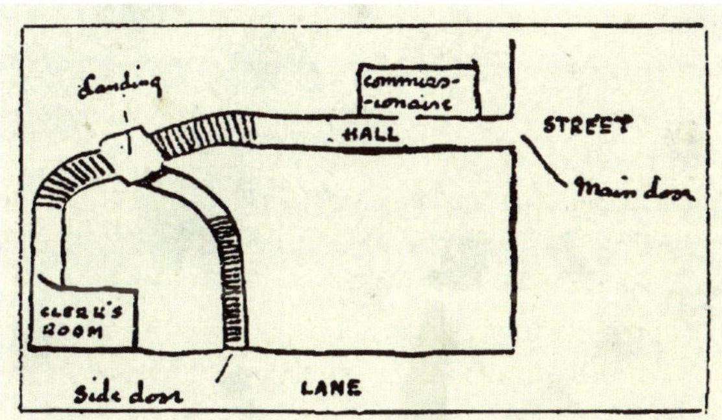

»Danke sehr. Ich denke, ich kann Ihren Ausführungen gut folgen«, sagte Sherlock Holmes.

»Ich empfehle diesen Punkt Ihrer besonderen Beachtung, er ist von größter Wichtigkeit. Die Treppe hinuntergehend, kam ich

in den Flur und fand den Portier in seiner Kammer fest eingeschlafen. Im Kessel neben ihm kochte das Wasser so stark, dass es bis auf die Diele spritzte. Eben streckte ich die Hand aus, um den Mann aus dem Schlaf zu wecken, als eine Glocke, die über meinem Haupte hing, zu läuten begann und er erschrocken auffuhr.
›Ach, Sie sind's, Mr. Phelps‹, sagte er, verwirrt um sich blickend. ›Ich bin heruntergekommen, um zu sehen, ob mein Kaffee fertig ist.‹
›Während das Wasser ins Kochen kam, bin ich eingeschlafen.‹ Er sah mich an und blickte dann mit wachsender Verwunderung zu der Glocke hinauf, die noch immer in zitternder Bewegung war.

›Wer hat denn aber geläutet, wenn Sie hier waren, Mr. Phelps?‹
›Geläutet? – Was für eine Glocke ist das?‹, fragte ich.
›Die Glocke von Ihrem Büro.‹
Mir stand das Herz still. – Also war jemand dort im Zimmer, wo das kostbare Schriftstück auf dem Tische lag. – Wie wahnsinnig stürzte ich die Treppe hinauf und durch den Gang. Kein Mensch war im Korridor, Mr. Holmes – kein Mensch war im Büro. Ich fand alles genau so, wie ich es verlassen – nur die mir anvertrauten Papiere waren von dem Schreibpult verschwunden, auf dem sie gelegen hatten. Die Abschrift war noch da, aber das Original war fort.«
Holmes saß aufrecht in seinem Stuhl und rieb sich die Hände. Dies Rätsel war so recht nach seinem Geschmack, das sah ich wohl. »Nun, und was taten Sie?«, murmelte er.
»Ich wusste sofort, dass der Dieb die Hintertreppe heraufgekommen sein müsse. Auf dem Weg vom Haupteingang her wäre ich ihm natürlich begegnet.«

»Sie sind überzeugt, dass er nicht die ganze Zeit über im Zimmer verborgen war oder im Korridor, von dem Sie sagten, er sei nur schwach erleuchtet gewesen?«
»Das ist unmöglich. Weder das Zimmer noch der Korridor bietet das geringste Versteck.«
»Ich danke Ihnen. Bitte fahren Sie fort.«
»Der Portier hatte meine entsetzte Miene gesehen und kam hinter mir die Treppe hinauf. Wir liefen nun beide durch den Gang und die steile Stiege hinunter, die zur Charles Street führt. Die Tür unten war nicht verschlossen; wir stießen sie auf und eilten hinaus. Im selben Augenblick hörte ich, wie die Uhr vom nahen Kirchturm drei Schläge tat. Es war Viertel vor zehn.«
»Das ist von enormer Bedeutung«, sagte Holmes, während er die Zahl auf seiner Hemdmanschette notierte.
»Draußen war dunkle Nacht, und es fiel ein feiner, warmer Regen. In der Charles Street war niemand zu sehen, aber in Whitehall, am äußersten Ende, herrschte wie üblich großer Verkehr. Wir liefen die Straße hinunter und trafen an der Ecke einen Polizisten.
›Ein Diebstahl!‹, stieß ich keuchend heraus. ›Aus dem Außenministerium ist ein Schriftstück von unermesslichem Wert entwendet worden. – Ist hier irgendjemand vorbeigekommen?‹
›Ich stehe seit einer Viertelstunde hier‹, entgegnete er; ›während dieser Zeit ist nur eine Person hier vorübergegangen – eine große, schon etwas ältere Frau mit einem Paisley-Schal.‹
›Ach, das ist gewiss nur meine Frau gewesen‹, meinte der Portier, ›sonst haben Sie niemand gesehen?‹
›Keinen Menschen.‹
›Dann muss der Dieb in die andere Richtung entkommen sein‹, rief der Portier, mich am Ärmel fassend.
Doch ich gab mich nicht so leicht zufrieden, und je mehr er versuchte, mich mit sich fortzuziehen, umso argwöhnischer wurde ich.

›Welche Richtung hat die Frau eingeschlagen?‹, fragte ich.
›Das weiß ich nicht‹, antwortete der Polizist. ›Ich sah sie vorbeigehen, hatte aber keinen besonderen Grund, ihr zu folgen. Sie schien es sehr eilig zu haben.‹
›Wie lange ist es her?‹
›Höchstens ein paar Minuten, Sir.‹
›Wie viele denn – etwa fünf?‹
›Sicherlich nicht mehr.‹
›Sie verlieren nur unnütze Zeit, Mr. Phelps‹, rief der Portier. ›Meine Frau hat nichts mit der Sache zu tun, verlassen Sie sich darauf. Sie ist zu unserer Wohnung gegangen, wo Sie sie finden werden.‹
›Wo wohnen Sie?‹, fragte ich.
›Ivy Lane Nr. 16, Brixton, aber folgen Sie nicht der falschen Fährte, Mr. Phelps! Sie verlieren nur wertvolle Zeit.‹
Wir kehrten nun in das Ministerium zurück und durchsuchten die Treppen und Gänge, jedoch ohne Erfolg. Der Korridor, der zu meinem Arbeitszimmer führt, ist mit einem hellfarbenen Linoleum belegt, auf dem jeder Tritt zu sehen ist. Obwohl wir es sorgfältig absuchten, fanden sich keine Fußspuren.«
»Hatte es den ganzen Abend geregnet?«
»Etwa von sieben Uhr an.«
»Wie kam es dann, dass die Frau, die gegen neun Uhr bei Ihnen im Zimmer war, dort keine Spur ihrer schmutzigen Stiefel zurückließ?«

»Es freut mich, dass Sie das erwähnen; auch mir fiel es damals auf. Die Putzfrauen pflegen in dem Zimmer des Portiers die Stiefel zu wechseln und *list slippers*[31] anzuziehen.«
»Das erklärt die Sache. Also Sie fanden keinen Abdruck auf dem Fußboden, trotz der Nässe draußen? Der Tatbestand ist wirklich höchst merkwürdig. Bitte erzählen Sie weiter.«

»Dann untersuchten wir das Zimmer. An eine geheime Tür war nicht zu denken, und die Fenster sind wohl dreißig Fuß hoch über der Straße; beide waren geschlossen und verriegelt. Eine etwaige Falltür ließe sich schon des Teppichs wegen nicht öffnen, und die Decke ist weiß getüncht. Ich möchte meinen Kopf verwetten, dass der Dieb, der das Schriftstück gestohlen hat, nur zur Zimmertür hereingekommen sein kann.«
»Wie steht's mit dem Kamin?«
»Es ist keiner vorhanden, nur ein Ofen. Die Klingelschnur hängt am Draht, rechts von meinem Schreibtisch. Wer geläutet hat, muss dicht am Pult gestanden haben. Aber warum sollte ein Dieb die Glocke ziehen? Es ist ein ganz unergründliches Geheimnis.«
»Ich stimme zu, der Umstand ist verwunderlich. – Was taten Sie nun? Hatte der Eindringling nichts im Zimmer zurückgelassen – sahen Sie keinen Zigarrenstummel, keine Haarnadel oder sonst eine Kleinigkeit herumliegen?«
»Nicht das Geringste.«
»Sie bemerkten auch keinen Geruch?«
»Darauf haben wir nicht geachtet.«
»Bei solcher Untersuchung wäre es von Wichtigkeit, wenn das Zimmer zum Beispiel nach Tabak gerochen hatte.«
»Ich bin selbst kein Raucher, daher wäre mir Tabakgeruch bestimmt aufgefallen. Wir fanden nicht den geringsten Anhaltspunkt. Die einzig greifbare Tatsache war, dass die Frau des Portiers – Mrs. Tangey ist ihr Name – sich eilig davongemacht hatte. Obwohl ihr Mann erklärte, seine Frau gehe um diese Zeit gewöhnlich nach Hause, kam ich mit dem Polizisten überein, dass wir versuchen müssten, die Frau zu bekommen, bevor sie Zeit hätte, sich der Papiere zu entledigen – vorausgesetzt, dass diese überhaupt in ihrem Besitz waren.
Inzwischen hatte man Scotland Yard benachrichtigt, und Forbes, der Ermittler, kam sofort, übernahm den Fall mit größter

Überzeugung. Wir stiegen in eine Droschke, nannten dem Kutscher die Adresse, und eine halbe Stunde später hielten wir vor Mrs. Tangeys Wohnung. Ein junges Mädchen, ihre älteste Tochter, wie wir später erfuhren, öffnete uns. Die Mutter war noch nicht zurück, und wir mussten im Wohnzimmer warten.
Etwa zehn Minuten später klopfte es an der Haustür, und nun unterlief uns ein unverzeihlicher Fehler. Statt selbst zu öffnen, überließen wir dies dem Mädchen. ›Mutter‹, hörten wir sie sagen, ›drinnen sind zwei Männer, die auf dich warten.‹ Man hörte schnelle Fußtritte im Flur; Forbes stieß die Tür auf, und wir stürzten beide zum Hinterzimmer, das als Küche diente; aber die Frau war schon vor uns da. Sie sah uns mit herausfordernden Blicken an, plötzlich aber erkannte sie mich, und ihr Gesicht verriet maßloses Erstaunen.
›Aber das ist ja Mr. Phelps aus dem Büro!‹, rief sie.
›Vor wem sind Sie denn so davongelaufen – wer glaubten Sie, dass wir waren?‹, fragte mein Gefährte.
›Die Gerichtsdiener‹, sagte sie. ›Wir haben mit einem Händler Streit gehabt.‹
›Das nehme ich Ihnen nicht ab‹, antwortete Forbes. ›Wir haben allen Grund, zu glauben, dass Sie ein wichtiges Schriftstück aus dem Büro mitgenommen haben und es jetzt hier verstecken wollten. Es hilft nichts, Sie müssen mit uns zur Polizei, um sich durchsuchen zu lassen.‹
All ihr Bitten und Widerstreben war umsonst. Wir begutachteten noch die ganze Küche und besonders den Herd, um zu sehen, ob sie den Augenblick, als sie allein war, nicht genutzt hatte, um die Papiere zu verbrennen; aber wir konnten weder Asche noch Papierfetzen entdecken. Dann fuhren wir beide mit ihr in der Droschke zu Scotland Yard, wo sie direkt einer dazu angestellten Frau übergeben wurde. Ich wartete in wahrer Todesangst, bis diese kam, um Bericht zu erstatten. Von den Papieren hatte sich keine Spur gefunden.

Da überkam mich zum ersten Mal das Bewusstsein meiner entsetzlichen Lage mit voller Gewalt. Bisher hatte ich handeln können, und mir war keine Zeit zum Überlegen geblieben Ich hatte fest damit gerechnet, den Vertrag wiederzufinden; was aus mir werden sollte, wenn dies nicht der Fall war, daran wagte ich nicht zu denken. Doch jetzt ließ sich nichts mehr tun, und ich musste mir meine Lage bewusst machen. Sie war fürchterlich. – Watson kann Ihnen sagen, dass ich schon in der Schule ein nervöser und sensibler Junge war; das liegt in meiner Natur. Ich dachte an meinen Onkel und die anderen Minister, an die Schande, die ich ihm, mir und allen meinen Angehörigen bereitet hatte. Ich war immerhin das Opfer eines außergewöhnlichen Unfalls. Es gibt keine Rücksicht auf Unfälle, wenn diplomatische Interessen auf dem Spiel stehen. Ich war ruiniert, beschämend, hoffnungslos ruiniert. – Was ich damals tat, weiß ich nicht mehr, meine Aufregung war zu groß. Ich erinnere mich noch dunkel, dass die Beamten sich um mich versammelten und mich zu beruhigen suchten. Einer von ihnen fuhr mit mir bis zur Waterloo Station und brachte mich in den Zug nach Woking. Wahrscheinlich hätte er mich bis hierher begleitet, wäre nicht Doktor Ferrier, der in unserer Nachbarschaft wohnt, zufällig auch in der Bahn gewesen. Der Doktor kümmerte sich freundlicherweise um mich, und es war gut, dass er das tat, denn im Bahnhof hatte ich einen Anfall, und bevor wir zu Hause ankamen, war ich praktisch ein Wahnsinniger.

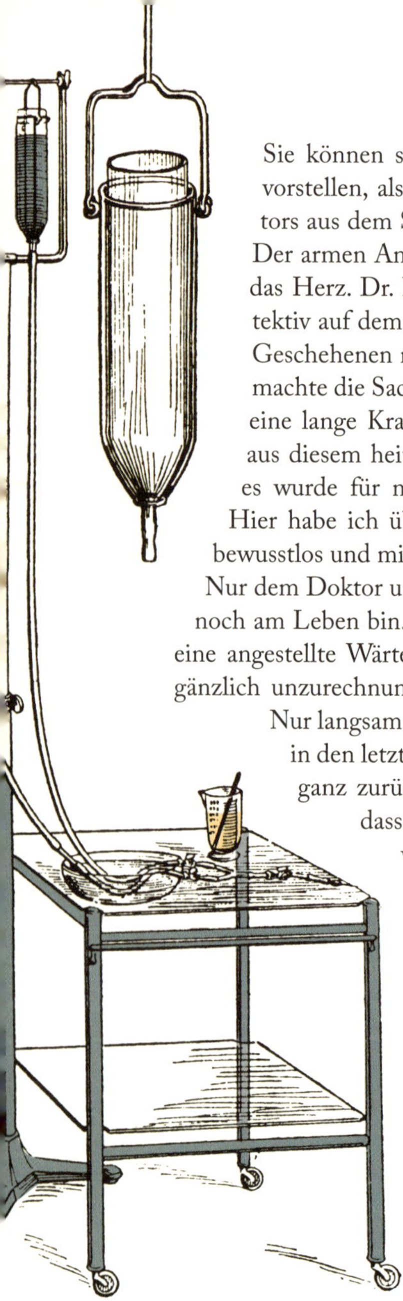

Sie können sich den Schrecken meiner Angehörigen vorstellen, als sie mich, durch das Klingeln des Doktors aus dem Schlaf geweckt, in diesem Zustand sahen. Der armen Annie hier und meiner Mutter brach es fast das Herz. Dr. Ferrier hatte gerade genug von dem Detektiv auf dem Revier gehört, um sich ein Bild von dem Geschehenen machen zu können, und seine Geschichte machte die Sache nicht besser. Es war allen klar, dass mir eine lange Krankheit bevorstand, und so wurde Joseph aus diesem heiteren Schlafzimmer herausbefördert, und es wurde für mich in ein Krankenzimmer verwandelt. Hier habe ich über neun Wochen gelegen, Mr. Holmes, bewusstlos und mit Hirnfieber.

Nur dem Doktor und Ms. Harrison verdanke ich es, dass ich noch am Leben bin. Sie hat mich den Tag über gepflegt, und eine angestellte Wärterin passte nachts auf mich auf. Ich war gänzlich unzurechnungsfähig, man konnte mir alles zutrauen. Nur langsam wich meine Geistesumnachtung, und erst in den letzten drei Tagen ist mein Gedächtnis wieder ganz zurückgekehrt. Ach, ich wünsche manchmal, dass ich überhaupt nicht wieder zum Bewusstsein gekommen wäre!

Ich telegrafierte sofort an Forbes, der den Fall in Händen hat. Er kam und versicherte mir, es sei alles Mögliche geschehen, doch habe man nicht die geringste Spur entdeckt. Der Portier und seine Frau waren wiederholt ins Verhör genommen worden, ohne dass dadurch Licht in das Dunkel kam. Auch der Verdacht der Polizei gegen den jungen Gorot erwies sich als hinfällig. Dass er noch geblieben war und sein französischer Name waren wirklich die einzigen beiden Punkte, die einen Verdacht nahelegen konnten; aber in der Tat habe ich nicht mit der Arbeit begonnen, bevor er gegangen war, und seine Leute sind hugenottischer Abstammung, aber mit Leib und Seele englisch wie Sie und ich.– Auf Ihnen, Mr. Holmes, ruht jetzt meine letzte Hoffnung; versagt auch diese, dann habe ich mein Ansehen und meine Stellung in der Welt für immer verloren.«

Erschöpft von dem langen Bericht, sank der Kranke wieder in die Kissen, und seine Pflegerin schenkte ihm ein Glas mit Medizin ein. Holmes saß mit geschlossenen Augen und zurückgelehntem Kopf still da; einem Fremden wäre er vielleicht teilnahmslos erschienen, aber ich erkannte an seiner ganzen Haltung, dass er vollständig in den Fall vertieft war.

»Ihre Angaben sind so ausführlich gewesen«, sagte er endlich, »dass ich nur noch wenige Fragen zu stellen habe. Ein Umstand erscheint mir jedoch besonders wichtig: Haben Sie irgendjemand mitgeteilt, dass Ihnen diese geheime Arbeit anvertraut war?«

»Keinem Menschen.«

»Zum Beispiel auch nicht Ms. Harrison hier?«

»Nein; nachdem mir der Auftrag erteilt wurde, bin ich bis zu seiner Ausführung nicht in Woking gewesen.«

»Und es hat Sie auch keiner Ihrer Angehörigen zufällig besucht?«

»Niemand.«

»Aber Ihre Verwandten hätten sich in dem Gebäude zurechtfinden können?«

»O ja, sie haben es alle schon mal besichtigt.«

»Wenn Sie niemand etwas von dem Vertrag gesagt haben, so sind das natürlich hinfällige Fragen.«

»Ich habe nicht davon gesprochen.«

»Wissen Sie etwas Näheres über den Portier?«

»Nur, dass er ein alter Soldat ist.«

»Von welchem Regiment?«
»Ich glaube, Coldstream Guards[32].«
»Gut – darüber kann mir Forbes gewiss noch mehr berichten. Die Polizei versteht sich darauf, Tatsachen zu ermitteln, nur weiß sie nicht immer damit umzugehen. – O, was für eine schöne Rose!« Mit diesem Ausruf ging er an dem Lager des Kranken vorbei und trat ans Fenster, um eine abgeschnittene Moosrose zu betrachten, deren zartes Rot sich wunderbar von dem Grün der Blätter abhob. Dass er sich für Blumen interessierte, war mir ganz neu; jedenfalls hatte er mir seine Freude daran noch nie gezeigt.
»Mir scheint, die Deduktion ist nirgends so sehr angebracht«, sagte er, sich an das Fensterkreuz lehnend, »wie in der Religion. Sie kann vom Denker als exakte Wissenschaft aufgebaut werden. Unsere höchste Gewissheit über die Güte der Vorsehung scheint mir in den Blumen zu ruhen. Alle anderen Dinge, unsere Kräfte, unsere Begierden, unsere Nahrung, sind in erster Linie wirklich notwendig für unsere Existenz. Aber diese Rose ist eine Zugabe. Ihr Duft und ihre Farbe sind eine Verschönerung des Lebens, keine Bedingung dafür. Nur das Gute gibt solche Zugaben, und so sage ich noch einmal, dass wir von den Blumen viel zu hoffen haben.«
Während Holmes diese Betrachtungen anstellte, malte sich in Percy Phelps' Gesicht und in den Mienen seiner Pflegerin große Verwunderung und Enttäuschung.

Er hielt noch immer die Rose in der Hand und schien in Gedanken versunken. Endlich weckte ihn Annie aus seiner Träumerei. »Haben Sie irgendwelche Aussicht, dem Geheimnis auf den Grund zu kommen, Mr. Holmes?«, fragte sie mit etwas scharfem Ton.

»Ja, so – das Geheimnis!« Er war plötzlich wieder in die Wirklichkeit zurückgekehrt. »Es lässt sich keineswegs leugnen, dass der Fall höchst sonderbar und verworren ist, doch verspreche ich Ihnen, dass ich die Sache untersuchen und Sie davon in Kenntnis setzen werde, wenn ich etwas Wesentliches entdecke.«

»Haben Sie irgendwelche Anhaltspunkte gefunden?«

»Sie haben mir sieben geliefert, aber ich muss sie natürlich erst prüfen, ehe ich sagen kann, ob sie etwas taugen.«

»Haben Sie jemanden im Verdacht?«

»Ja, mich selbst –«

»Was! –«

»Ich fürchte, vorschnelle Schlüsse zu ziehen.«

»Dann gehen Sie nach London, um Ihre Anhaltspunkte zu prüfen.«

»Ein sehr guter Rat, Ms. Harrison«, sagte Holmes und stand auf. »Ich glaube, wir können nichts Besseres tun, Watson. Machen Sie sich keine falschen Hoffnungen, Mr. Phelps; die Angelegenheit ist sehr verworren.«

»Ich werde in fieberhafter Unruhe sein, bis ich Sie wiedersehe«, sagte der junge Diplomat seufzend.

»Erwarten Sie mich morgen mit demselben Zug; ich werde kommen, auch wenn ich nur negative Ergebnisse zu melden habe.«

»Haben Sie Dank für Ihr Versprechen«, rief unser Klient. »Schon der Gedanke, dass etwas in der Sache geschieht, gibt mir neues Leben. – Was ich noch sagen wollte: Lord Holdhurst hat mir geschrieben!«

»So? Und wie äußerte er sich?«

»Sein Brief ist kühl, aber nicht unfreundlich. Wahrscheinlich hat ihn meine lange Krankheit milde gestimmt. Er wiederholt, dass die Sache von größter Wichtigkeit ist, doch werde man keine Schritte meine Zukunft betreffend tun – er meint natürlich die Entlassung aus dem Staatsdienst –, bis meine Gesundheit wiederhergestellt ist und ich Gelegenheit gehabt habe, mein Missgeschick wieder in Ordnung zu bringen.«
»Nun, das nenne ich vernünftig und rücksichtsvoll«, sagte Holmes. »Kommen Sie jetzt, Watson, wir haben heute in der Stadt noch viel Arbeit vor uns.«
Joseph Harrison brachte uns selbst zum Bahnhof, und kurz darauf fuhren wir mit dem Portsmouth-Zug ab. Holmes saß ganz in Gedanken vertieft da und öffnete erst den Mund, als wir Clapham Junction passiert hatten.
»Es macht Spaß, mit einer dieser Linien nach London zu kommen, die hoch hinaufführen und es einem erlauben, auf die Häuser hinunterzuschauen, wie hier.«
Ich dachte, es wäre Scherz, denn die Aussicht war ganz abscheulich, aber er fuhr unbeirrt fort: »Sehen Sie nur die großen ziegelroten Häuservierecke, die über die Schieferdächer emporragen, wie Inseln aus einer bleifarbenen See.«
»Das sind die Volksschulen.«
»Die wahren Leuchttürme der Zukunft, mein Junge! Es sind Samenkapseln, von denen jede viele Hunderte von kleinen, lebendigen Körnern enthält, aus denen das bessere, weisere England der Zukunft entsprießen wird. – Was meinen Sie – ob Mr. Phelps wohl trinkt?«
»Das glaube ich kaum.«
»Ich auch nicht. Aber man muss eben jede Möglichkeit in Betracht ziehen. Der arme Teufel ist in eine tiefe Grube gefallen, und ob wir ihn herausholen können, ist sehr fraglich. – Was halten Sie von Ms. Harrison?«
»Sie ist ein sehr starker Charakter.«

»Aber auch gut, wenn mich nicht alles täuscht. Sie und ihr Bruder sind die einzigen Kinder eines Hüttenbesitzers irgendwo oben in Northumberland. Phelps hat sich letzten Winter auf der Reise mit ihr verlobt, und sie ist in Begleitung ihres Bruders zu Besuch hergekommen, um die Verwandten des Bräutigams kennenzulernen. Als dann der Krach kam, ist sie zur Pflege dageblieben, und Bruder Joseph, der sich sehr wohl fühlte, wollte auch nicht fort. Sie sehen, ich habe schon unter der Hand verschiedene Erkundigungen eingezogen. Aber heute müssen wir noch viel zu erfahren suchen.«

»Meine Praxis –«, begann ich.

»O, wenn Ihnen Ihre Fälle mehr am Herzen liegen als meiner –«, unterbrach mich Holmes etwas eingeschnappt.

»Ich wollte nur sagen, dass mich meine Praxis ein oder zwei Tage entbehren kann, da es gerade die ruhigste Zeit im Jahr ist.«

»Ausgezeichnet«, sagte er mit wiedergewonnener guter Laune. »Dann wollen wir der Sache zusammen auf den Grund gehen. Ich denke, wir suchen zuerst Forbes auf. Er kann uns wahrscheinlich alle Einzelheiten berichten, die wir brauchen, bis sich herausstellt, von welcher Seite die Geschichte eigentlich anzugehen ist.«

»Hatten Sie nicht schon einen Anhaltspunkt?«

»Sogar mehrere. Aber erst bei genauerer Erkundigung wird sich herausstellen, was sie wert sind. Zwecklose Verbrechen lassen sich am schwersten aufspüren. Doch das hier ist nicht zwecklos. Wer könnte Nutzen daraus ziehen? – Der französische Gesandte, der russische Gesandte und der, der einem von beiden den Vertrag verkauft, außerdem Lord Holdhurst.«

»Lord Holdhurst!«

»Unmöglich ist es nicht, dass ein Staatsmann einmal in eine Lage gerät, die es ihm wünschenswert erscheinen lässt, wenn ein solches Schriftstück durch Zufall vernichtet wird.«

»Aber kein Ehrenmann wie Lord Holdhurst.«

»Ich spreche nur von einer Möglichkeit, die wir nicht aus den Augen lassen dürfen. Wir werden den edlen Lord noch heute sehen und erfahren, ob er uns etwas mitzuteilen hat. Inzwischen habe ich schon allerlei Schritte getan.«

»Schon jetzt?«

»Ja, ich habe auf dem Bahnhof in Woking an die Zeitungsredaktionen in London telegrafiert. Diese Anzeige hier wird in den Abendblättern erscheinen.«

Er reichte mir ein Blatt, das aus einem Notizbuch gerissen war und folgende mit Bleistift gekritzelte Worte enthielt:

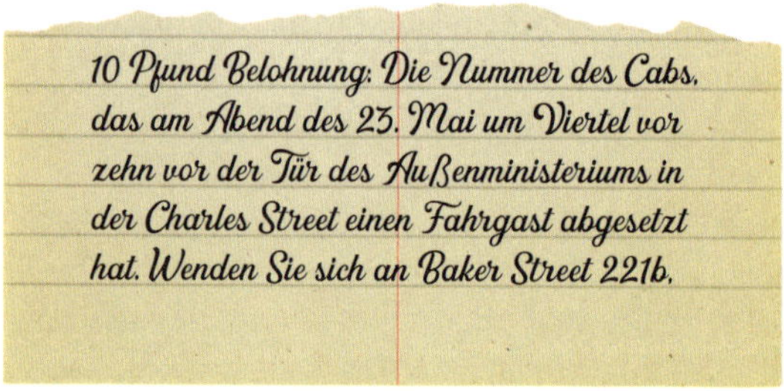
10 Pfund Belohnung: Die Nummer des Cabs, das am Abend des 23. Mai um Viertel vor zehn vor der Tür des Außenministeriums in der Charles Street einen Fahrgast abgesetzt hat. Wenden Sie sich an Baker Street 221b.

»Sie glauben also, dass der Dieb in einer Droschke vorgefahren ist?«

»Ich kann mich irren, doch das schadet nichts. Wenn, wie Phelps versichert, weder im Zimmer noch auf dem Gang ein Versteck ist, so kann der Dieb nur von draußen gekommen sein. Kam er aber bei so nassem Wetter von der Straße, ohne auf dem Linoleum, das direkt untersucht wurde, Fußspuren zu hinterlassen, so hat er höchstwahrscheinlich eine Droschke benutzt. Ja, mir scheint, man kann mit Sicherheit auf eine Droschke schließen.«

»Das klingt plausibel.«

»Das ist einer der Punkte, von denen ich sprach; vielleicht erfahren wir etwas durch die Anzeige. Außerdem die Glocke – sie spielt die bedeutsamste Rolle bei der Sache. Warum ist sie

geläutet worden? War es der Dieb aus Übermut? Oder war jemand bei ihm, der dadurch das Verbrechen vereiteln wollte? Geschah es aus Zufall? Oder könnte es –?« Er versank wieder ganz in Nachdenken wie zuvor; mir aber, der ich jede seiner Stimmungen so genau kenne, wollte es fast scheinen, als sei ihm plötzlich eine neue Möglichkeit aufgegangen.
Gegen halb vier Uhr erreichten wir die Endstation, aßen rasch etwas im Bahnhofsrestaurant und fuhren sofort zu Scotland Yard. Holmes hatte schon dorthin telegrafiert, und Forbes erwartete uns. Der kleine Mann bereitete uns einen sehr frostigen Empfang, als er hörte, was wir von ihm wollten. Sein scharfes Fuchsgesicht nahm einen wenig liebenswürdigen Ausdruck an.
»Ich habe schon von Ihrer Methode gehört, Mr. Holmes«, sagte er mit spitzem Ton. »Sie sind bereit, alle Informationen zu nutzen, die die Polizei Ihnen zur Verfügung stellen kann, und dann versuchen Sie, den Fall selbst zu beenden und sie in Misskredit zu bringen.«
»Im Gegenteil«, antwortete Holmes, »nur in vier Fällen von den letzten dreiundfünfzig, bei denen ich beteiligt war, ist mein Name überhaupt genannt worden; bei den übrigen neunundvierzig Fällen hatte man allen Verdienst der Polizei zugeschrieben. Sie können das nicht wissen, denn Sie sind noch jung und unerfahren; wollen Sie aber vorwärtskommen in Ihrem neuen Beruf, so wäre es Ihr Vorteil, mit mir anstatt gegen mich zu arbeiten.«
»Einige Hinweise wären mir tatsächlich sehr willkommen«, sagte der Geheimpolizist in verändertem Ton. »Bis jetzt habe ich allerdings keine Lorbeeren bei dem Fall geerntet.«
»Was für Schritte haben Sie unternommen?«
»Wir haben den Portier Tangey überwacht. Bei der Garde hat er sich nichts zuschulden kommen lassen, und es liegt nichts gegen ihn vor. Bei seiner Frau sieht das anders aus. Vermutlich weiß sie mehr von der Sache, als es den Anschein hat.«

»Ist sie beobachtet worden?«
»Eine Polizistin hat ein Auge auf sie. Mrs. Tangey ist alkoholabhängig, und unsere Kollegin war zweimal bei ihr, als sie einiges getrunken hatte, aber sie bekam nichts aus ihr heraus.«
»Ich hörte, dass der Gerichtsvollzieher bei den Leuten im Haus war.«
»Ja, aber sie haben Zahlung geleistet.«
»Woher kam das Geld?«
»Das war in Ordnung. Seine Rente war fällig. Nichts deutet darauf hin, dass sie andere Mittel besitzen.«
»Weshalb ist *sie* heraufgekommen, als Phelps nach dem Kaffee klingelte? Welchen Grund gibt sie dafür an?«
»Sie sagt, ihr Mann wäre sehr müde gewesen; sie hätte ihm helfen wollen.«
»Das stimmt damit überein, dass er kurz darauf im Stuhl eingeschlafen ist.«
»Es liegt also nichts gegen die Leute vor, außer, dass die Frau einen schlechten Ruf hat.«
»Warum ist sie an jenem Abend in so großer Eile davongegangen, dass es dem Polizisten aufgefallen ist?«
»Sie hatte sich verspätet und wollte rasch nach Hause kommen.«
»Mr. Phelps und Sie sind wenigstens zwanzig Minuten nach ihr losgefahren, und doch waren Sie vor ihr dort; wie erklärt sie das?«
»Ein Bus[33] fährt viel langsamer als die Droschke, sagt sie.«
»Weshalb ist sie aber so schnell in die Küche gelaufen?«
»Weil sie dort das Geld für den Gerichtsvollzieher verwahrt hatte.«
»Sie hat zumindest für alles eine Erklärung. Haben Sie sie gefragt, ob ihr nicht, als sie das Haus verließ, irgendjemand in der Charles Street begegnet ist?«

»Niemand, außer dem Polizisten.«
»Sie haben ja ein recht gründliches Kreuzverhör mit ihr geführt. Ist sonst noch etwas seitens der Polizei geschehen?«
»Der Schreiber Gorot ist seit neun Wochen genau beobachtet worden, aber ohne Erfolg. Wir können ihm nichts nachweisen.«
»Ist das alles?«
»Ja – es hat sich kein neuer Anhaltspunkt gefunden – keine Verdachtsgründe irgendwelcher Art.«
»Was ist Ihre Ansicht über das Läuten der Glocke?«
»Ich gestehe, das geht über mein Verständnis. Der Täter muss ein bodenlos frecher Mensch sein, auch noch auf sich aufmerksam zu machen.«
»Ja, das ist und bleibt sonderbar. Besten Dank für Ihre Informationen, Mr. Forbes. Wenn ich Ihnen den Mann ausliefern kann, werden Sie von mir hören. – Lassen Sie uns gehen, Watson!«
»Wohin jetzt?«, fragte ich, als wir Scotland Yard verließen.
»Zu Lord Holdhurst, dem großen Staatsmann und künftigen Premierminister von England.«
Es traf sich, dass der Lord noch im Ministerium anwesend war; Holmes gab seine Karte ab, und wir wurden direkt hereingebeten. Lord Holdhurst empfing uns mit der ihm eigenen altmodischen Verbindlichkeit und bat uns, auf den kostbaren Lehnstühlen Platz zu nehmen, die an beiden Seiten des Kamins standen. Er selbst blieb zwischen uns auf dem Teppich stehen.
»Ein echter Edelmann!«, dachte ich unwillkürlich, als ich seine hohe, schlanke Gestalt, das kluge Gesicht mit den scharfen Zügen, das frühzeitig ergraute lockige Haar – mit einem Wort, seine ganze vornehme Erscheinung sah.
»Ihr Name ist mir sehr wohl bekannt, Mr. Holmes«, sagte er lächelnd. »Und auch über den Zweck Ihres Besuchs habe ich keine Zweifel. Außer einem einzigen Vorfall hat sich hier im Ministerium nichts ereignet, was Ihr Interesse in Anspruch nehmen könnte. Darf ich fragen, wer Sie mit der Sache betraut hat?«

»Mr. Percy Phelps«, erwiderte Holmes.
»Ach, mein unglücklicher Neffe! Sie begreifen, dass ich schon wegen unseres Verwandtschaftsverhältnisses ganz außerstande bin, ihn in Schutz zu nehmen. Der Vorfall wird ihm in seiner Laufbahn sehr hinderlich sein, fürchte ich.«
»Aber wenn sich das Schriftstück wiederfände?«
»Das würde die Sache natürlich ändern.«
»Ich möchte ein paar Fragen an Sie richten, Lord Holdhurst.«
»Ich bin glücklich, wenn ich Ihnen irgendwie behilflich sein kann.«
»War dies das Zimmer, in dem Sie Ihre Anordnungen zu der Abschrift des Dokuments gaben?«
»Jawohl.«
»Dann könnten Sie kaum belauscht worden sein.«
»Daran ist nicht zu denken.«
»Haben Sie Ihr Vorhaben, den Vertrag abschreiben zu lassen, irgendjemandem gegenüber erwähnt?«
»Mit keiner Silbe.«
»Sie wissen das ganz bestimmt?«
»Es besteht kein Zweifel.«
»Wenn also weder Mr. Phelps noch Sie sich darüber irgendwie geäußert haben und sonst kein Mensch von der Sache wusste, dann ist der Dieb rein zufällig in das Zimmer gekommen. Die Gelegenheit war günstig und er nutzte sie.«
Der Staatsmann lächelte. »Das liegt außerhalb meines Bereichs; Sie können recht haben.«
Holmes überlegte einen Augenblick. »Noch einen anderen wichtigen Punkt möchte ich mit Ihnen besprechen«, sagte er. »Ich höre, Sie fürchteten, das Bekanntwerden dieses Vertrags könnte sehr ernste Folgen nach sich ziehen.«
Ein Schatten flog über Lord Holdhursts ausdrucksvolles Gesicht. »Die allerernstesten Folgen.«
»Und sie sind eingetreten?«

»Noch nicht.«
»Wenn der Vertrag zum Beispiel in das französische oder russische Außenministerium gelangt wäre, so würde es Ihnen vermutlich zu Ohren gekommen sein.«
»Das wäre zu erwarten«, sagte der Lord mit finsterer Miene.
»Da nun fast zehn Wochen vergangen sind und keine Aussprache erfolgt ist, so können wir annehmen, dass der Vertrag nicht ausgeliefert worden ist.«
Holdhurst zuckte die Achseln. »Es lässt sich doch kaum denken, Mr. Holmes, dass der Dieb den Vertrag gestohlen hat, um ihn bei sich einzurahmen und aufzuhängen.«
»Vielleicht wartet er noch, um einen besseren Preis zu erzielen.«
»Wenn er noch lange wartet, wird er nur das Nachsehen haben. In wenigen Monaten ist der Vertrag kein Geheimnis mehr.«
»Ein höchst wichtiger Umstand«, sagte Holmes. »Der Dieb könnte ja plötzlich von einer Krankheit befallen worden sein …«
»Zum Beispiel von einer Gehirnentzündung?«, fragte der Staatsmann, ihn mit raschem Blicke musternd.
»Das habe ich nicht gesagt«, erwiderte Holmes mit unerschütterlicher Ruhe. »Aber wir dürfen Ihre kostbare Zeit nicht allzu lange in Anspruch nehmen, Lord Holdhurst; erlauben Sie, dass wir uns empfehlen.«

»Ich wünsche Ihrer Untersuchung den besten Erfolg, mag der Verbrecher sein, wer er will«, sagte der Edelmann noch beim Abschied, während er uns bis zur Tür begleitete.
»Ein feiner Kerl«, meinte Holmes, als wir wieder auf der Straße standen; »aber es wird ihm nicht leicht, seine Stellung zu behaupten. Er ist nicht reich, und es werden viele Ansprüche an ihn gemacht. Sie haben bestimmt auch bemerkt, dass er neu besohlte Stiefel trägt. –

Nun will ich Sie aber nicht länger von Ihrer eigenen Arbeit abhalten, Watson. Heute unternehme ich sowieso nichts mehr, außer wenn ich Antwort auf meine Droschken-Anzeige erhalte. Einen großen Gefallen könnten Sie mir aber tun, wenn Sie mich morgen um dieselbe Zeit nach Woking begleiten würden.«

Dementsprechend traf ich ihn am nächsten Morgen, und wir fuhren gemeinsam nach Woking hinunter. Er habe keine Antwort auf seine Anzeige erhalten, sagte er, und es sei kein neues Licht auf den Fall geworfen worden. Er hatte, wenn er es so wollte, die völlige Unbeweglichkeit der Miene eines roten Indianers[18], und ich konnte seiner Erscheinung nicht entnehmen, ob er mit der Lage des Falles zufrieden war oder nicht. Sein Gespräch, so erinnere ich mich, drehte sich um das Bertillon-System[34] der Messungen, und er drückte seine begeisterte Bewunderung für den französischen Gelehrten aus.

Wir fanden unseren Klienten immer noch unter der Obhut seiner hingebungsvollen Krankenschwester, aber er sah wesentlich besser aus als zuvor. Er erhob sich vom Sofa und begrüßte uns ohne Schwierigkeiten, als wir eintraten.

»Was bringen Sie mir?«, fragte er begierig.

»Nur Negatives, wie sich voraussehen ließ«, erwiderte Holmes. »Ich habe Forbes gesprochen, Ihren Onkel besucht und verschiedene Erkundigungen eingezogen, die zu etwas führen könnten.«

»Sie haben also nicht den Mut verloren?«

»Durchaus nicht.«

»Danke, dass Sie das sagen«, rief Ms. Harrison. »Wenn wir nur Geduld behalten und die Hoffnung nicht aufgeben, muss die Wahrheit ja doch zuletzt an den Tag kommen.«

»Wir können Ihnen mehr mitteilen als Sie uns«, meinte Phelps, der wieder auf seinem Lager Platz genommen hatte.

»Das hatte ich gehofft.«

»Ich habe heute Nacht ein Abenteuer erlebt, das recht schlimm hätte ausgehen können.« Seine Miene wurde sehr ernst, und in

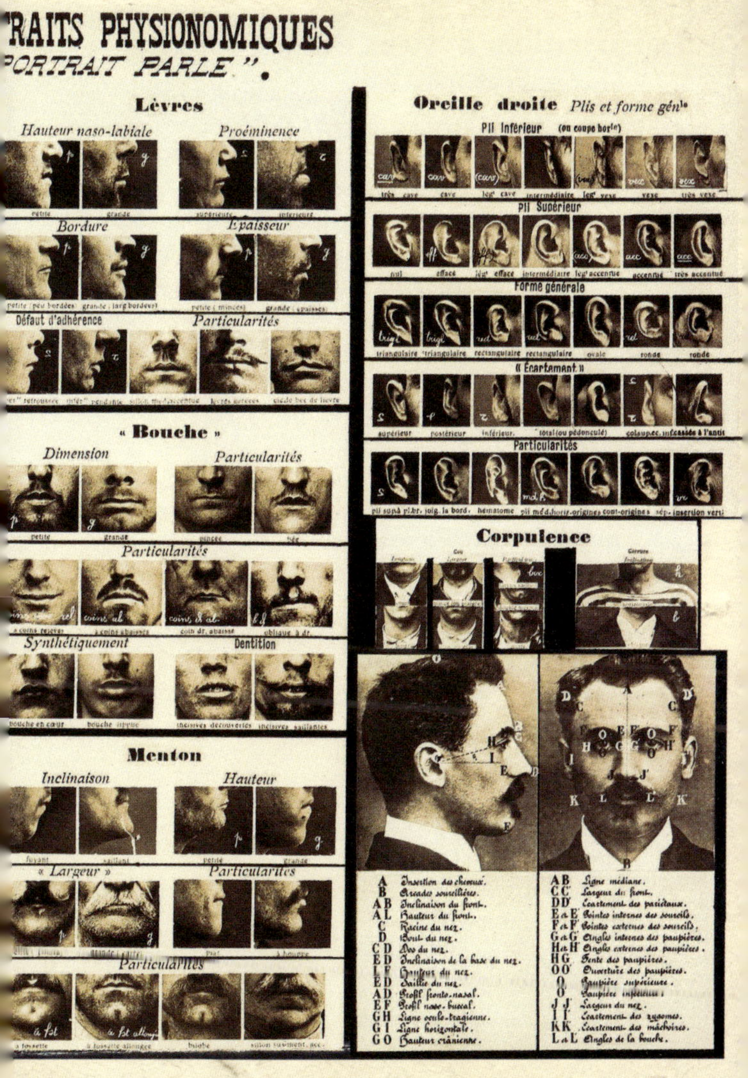

RAITS PHYSIONOMIQUES
PORTRAIT PARLE".
Lèvres
Hauteur naso-labiale
Proéminence
Bordure
Epaisseur
Défaut d'adhérence
Particularités
« Bouche »
Dimension
Particularités
Particularités
Synthétiquement
Dentition
Menton
Inclinaison
Hauteur
« Largeur »
Particularités
Particularités
Oreille droite Plis et forme génle
Pli Inférieur (ou coupe horle)
Pli Supérieur
Forme générale
« Ecartement »
Particularités
Corpulence
A Insertion des cheveux.
B Arcades sourcilières.
A B Inclinaison du front.
A L Hauteur du front.
C Racine du nez.
D Bout du nez.
C D Dos du nez.
E D Inclinaison de la base du nez.
L F Hauteur du nez.
E D Saillie du nez.
A D Profil fronto-nasal.
E F Profil naso-buccal.
G H Ligne oculo-tragienne.
G I Ligne horizontale.
G O Hauteur crânienne.
A B Ligne médiane.
C C' Largeur du front.
D D' Ecartement des pariétaux.
E et E' Pointes internes des sourcils.
F et F' Pointes externes des sourcils.
G et G' Angles internes des paupières.
H et H' Angles externes des paupières.
H G Fente des paupières.
O O' Ouverture des paupières.
O Paupière supérieure.
O' Paupière inférieure.
J J' Largeur du nez.
I I' Ecartement des zygomes.
K K' Ecartement des mâchoires.
L et L' Angles de la bouche.

Das Bertillon System der Messungen

Bis in die erste Hälfte des 19. Jahrhunderts wurden Kriminelle mit Brandmarkungen versehen, um sie als solche identifizieren zu können. Als dieses Vorgehen im Jahr 1832 abgeschafft wurde, fiel es schwer, Personen, die bereits einmal straffällig geworden waren, wiederzuerkennen.
Der französische Kriminalist und Anthropologe Alphonse Bertillon entwarf 1879/80 das später nach ihm benannte System zur Identifizierung: die Bertillonage. Es sollte den Pariser Beamten helfen, Wiederholungstäter zu erkennen und Kriminelle zu enttarnen. Das System bestand aus vier Grundelementen der äußeren Bestimmung:

- *der standardisierten fotografischen Erfassung einer Person,*
- *dem »Portrait parlé« (Fotosammlung gesuchter Personen),*
- *der standardisierten Vermessung der Personen,*
- *einer »signaletischen Registratur«.*

Bei der körperlichen Vermessung ging man grundsätzlich nach folgenden Kriterien vor:

1. Körperlänge
2. Armspannweite
3. Sitzhöhe
4. Kopflänge
5. Kopfbreite
6. Länge des rechten Ohres
7. Breite des rechten Ohres (später ersetzt durch Jochbeinbreite)
8. Länge des linken Fußes
9. Länge des linken Mittelfingers
10. Länge des linken Kleinfingers
11. Länge des linken Unterarmes

Die bei dieser Vermessung festgestellten Werte wurden im sogenannten »Anthropometrischen Signalement« in exakte Ziffern umgesetzt, die im Behördenapparat in Form von Karteikarten gesammelt, ausgetauscht und verglichen werden konnten.

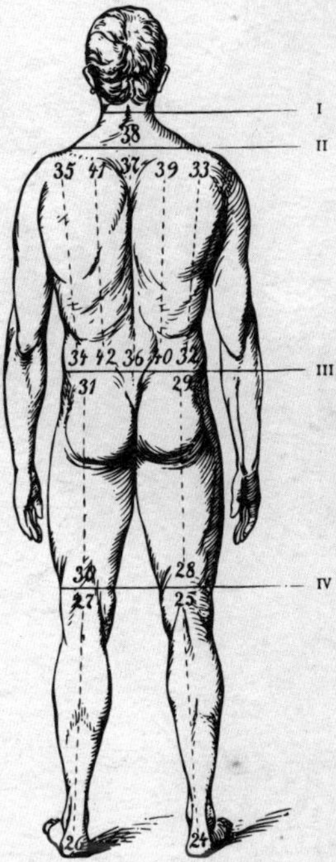

Da in nur einem Jahr rund 100.000 Verdächtige in Paris erfasst wurden, entwickelte Bertillon eine »signaletische Registratur«. Dadurch wurden für die einzelnen Körperteile jeweils drei Einteilungen – klein, mittel, groß – geschaffen. So konnte die Suche nach einer bestimmten Person auf eine überschaubare Anzahl von Karteikarten reduziert werden.

Anfang des 20. Jahrhunderts stellte man vermehrt fest, dass das System anfällig für Fehler und Verwechslungen war, die es nicht sicher genug machten, um eine Person mit hundertprozentiger Sicherheit zu identifizieren und somit zu überführen. Als 1911 die Mona Lisa aus dem Louvre entwendet und der Täter erst zwei Jahre später gefasst wurde, stellte sich heraus, dass er bereits mit seinem Fingerabdruck im System registriert war, aber aufgrund der Sortierung nach Körpermaß in der Vielzahl der Karteikarten unterging. Dies besiegelte das Ende des Bertillon Systems und öffnete den Weg für den daktyloskopischen Identitätsnachweis, besser bekannt als das Fingerabdruckverfahren.

TABLEAU SYNOPTIQUE DES
POUR SERVIR A L'ETUDE DU"

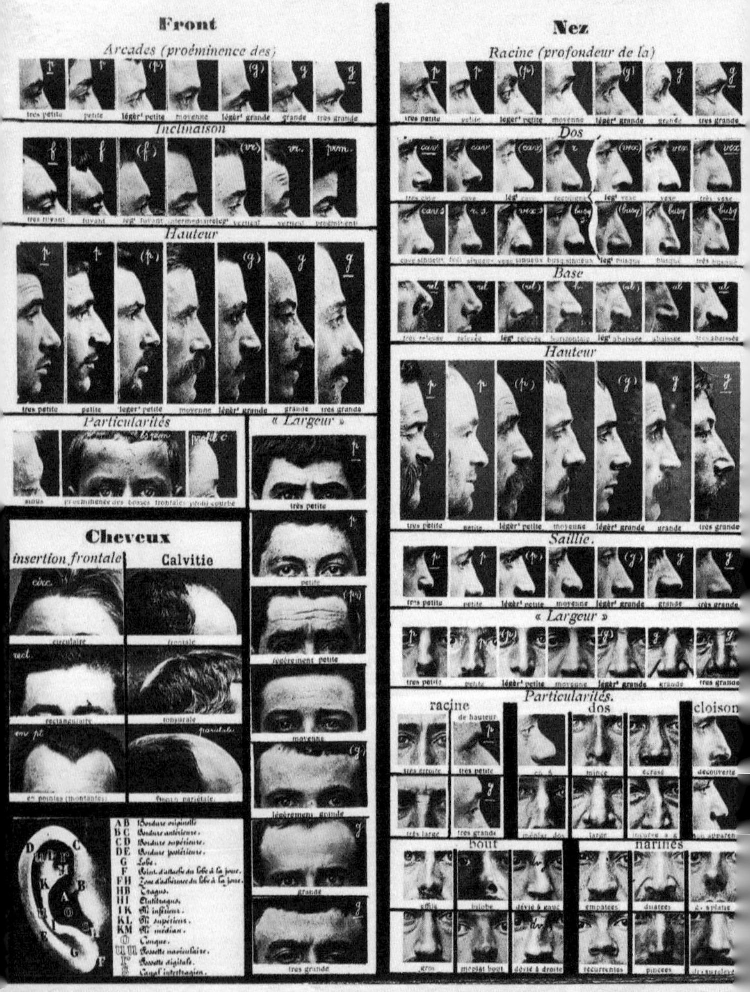

seinen Augen war förmliche Angst zu lesen. »Wissen Sie«, fuhr er fort, »ich fange wirklich an zu glauben, dass ich das Ziel einer gefährlichen Verschwörung bin. Nicht genug, dass man mir die Ehre zerstört hat, jetzt trachtet man mir auch nach dem Leben.«
»Wirklich?!«, rief Holmes.
»Es klingt unglaublich; meines Wissens habe ich auf der Welt keinen Feind. Aber nach der Erfahrung der letzten Nacht muss ich es wirklich annehmen.«
»O bitte, erzählen Sie!«
»Das will ich, doch müssen Sie vor allem wissen, dass ich letzte Nacht zum ersten Mal niemanden bei mir im Zimmer hatte. Ich fühlte mich so viel wohler, dass ich glaubte, keine Wächterin mehr zu brauchen; doch ließ ich mein Nachtlicht brennen. Gegen zwei Uhr morgens lag ich gerade in leichtem Schlummer, als mich ein schwaches Geräusch weckte. Es klang, als ob eine Maus am Holz nage. Eine Weile lag ich da und horchte, dann wurde der Ton lauter, und vom Fenster her kam ein scharfes, metallisches Klirren. Entsetzt fuhr ich hoch. Was das Geräusch zu bedeuten hatte, war jetzt klar. Die schwächeren Töne rührten von einem Werkzeug her, das in den Schlitz zwischen die Fensterläden hineingepresst wurde, und dann hatte sich der Riegel in die Höhe geschoben.
Nun blieb etwa zehn Minuten alles still, als warte der Draußenstehende, ob der Lärm mich aufgeweckt habe. Dann vernahm ich ein leises Knarren, und das Fenster wurde vorsichtig geöffnet. Länger ertrug ich die Anspannung nicht; meine Nerven sind noch nicht so stark wie früher. Ich sprang aus dem Bett und stieß den Laden auf. Ein Mann kauerte vor dem Fenster. Ich konnte nur wenig von ihm sehen, denn er floh wie der Blitz. Er war ganz in einen Mantel gewickelt, der den unteren Teil seines Gesichts verhüllte. Eins weiß ich mit Bestimmtheit, nämlich, dass er eine Waffe in der Hand trug; wahrscheinlich ein langes Messer, ich sah deutlich die funkelnde Klinge, als er flüchtete.«

»Das ist ja höchst interessant«, sagte Holmes; »und was taten Sie dann?«

»Wäre ich stärker gewesen, so wäre ich ihm durch das offene Fenster nachgesprungen. So aber musste ich mich damit begnügen, das Haus wach zu klingeln. Das dauerte einige Zeit, da die Glocke in der Küche hängt und die Dienerschaft im oberen Stock schläft. Auf mein Schreien nach Hilfe kam jedoch Joseph herbei und weckte die Übrigen. Joseph und der Stallknecht fanden Fußspuren in dem Blumenbeet unter dem Fenster, aber auf dem Rasen ließ sich die Spur nicht verfolgen, die Witterung ist in letzter Zeit zu trocken gewesen. An dem hölzernen Zaun zur Straße fand sich aber eine Stelle, die aussieht, als sei man dort übergestiegen; das Holz ist oben abgebrochen. Noch habe ich keine Anzeige gemacht, da ich es für besser hielt, erst Ihre Ansicht zu hören.«

Die Erzählung unseres Klienten schien auf Sherlock Holmes einen großen Eindruck zu machen. Er stand von seinem Sitz auf und ging in starker Erregung im Zimmer hin und her.

»Ein Unglück kommt selten allein«, sagte Phelps lächelnd, obgleich man ihm wohl ansehen konnte, dass der nächtliche Überfall ihn stark mitgenommen hatte.

»Das trifft bei Ihnen wirklich zu«, meinte Holmes. »Wären Sie wohl imstande, mit mir um das Haus herumzugehen?«

»O ja, etwas Sonnenschein wird mir guttun. Joseph wird uns begleiten.«

»Ich werde auch mitgehen«, sagte Ms. Harrison.

»Ich fürchte, das kann ich nicht zulassen«, antwortete Holmes kopfschüttelnd. »Bitte bleiben Sie hier sitzen, gerade wo Sie sind.«

Die junge Dame nahm mit etwas unzufriedener Miene ihren Platz wieder ein. Ihr Bruder gesellte sich jedoch zu uns, und wir vier gingen zusammen zum Rasen vor dem Fenster des jungen Diplomaten. Die Fußspuren auf dem Blumenbeet waren ganz undeutlich und verwischt. Holmes beugte sich einen Augenblick nieder, um sie zu betrachten, richtete sich aber gleich wieder achselzuckend empor.

»Daraus könnte wohl niemand klug werden«, sagte er. »Lassen Sie uns um das Haus herumgehen und überlegen, warum der Einbrecher gerade dieses Zimmer gewählt hat. Die größeren Fenster im Wohnzimmer und Speisezimmer wären doch besser für seinen Zweck gewesen.«

»Aber sie sind sichtbarer von der Straße aus«, warf Joseph Harrison ein.

»Ja, natürlich. Die Tür dort hätte er aber aufbrechen können. Wohin führt sie?«

»Es ist die Hintertür für Lieferanten und Dienerschaft. Nachts wird sie regelmäßig verschlossen.«

»Ist hier schon früher einmal eingebrochen worden?«

»Nein, nie«, antwortete Phelps.

»Haben Sie viel Silber im Haus oder andere Kostbarkeiten, von denen die Diebe angelockt werden?«

»Keine Wertgegenstände.«

Holmes schlenderte mit den Händen in den Taschen um das Haus herum; er trug ein nachlässiges Wesen zur Schau, das ihm sonst fremd war.

»Sie sollen ja den Platz gefunden haben, wo der Kerl über den Zaun gestiegen ist«, wandte er sich an Joseph Harrison.

»Lassen Sie uns das einmal ansehen.«
Der junge Mann führte uns an eine Stelle, wo der obere Teil des Holzes abgebrochen war. Ein Stück davon hing noch herunter. Holmes brach es ab und untersuchte es prüfend.
»Glauben Sie, dass das vergangene Nacht geschehen ist? Mir scheint, es ist ein alter Schaden.«
»Das kann sein.«
»Man sieht auch drüben keine Spur, dass jemand über den Zaun gesprungen ist. Nein, das wird uns wenig helfen. Lassen Sie uns jetzt in das Haus zurückgehen und die Angelegenheit besprechen.«
Percy Phelps ging sehr langsam, auf den Arm seines künftigen Schwagers gestützt, während ich mit Holmes rasch über den Rasen schritt, sodass wir vor dem offenen Fenster des Schlafzimmers standen, bevor die anderen in unsere Nähe kamen.
»Ms. Harrison«, sagte Holmes sehr eindringlich und mit großem Nachdruck, »Sie müssen den ganzen Tag über bleiben, wo Sie sind. Lassen Sie sich durch nichts von der Stelle vertreiben. Es ist von der allerhöchsten Wichtigkeit.«
»Gewiss, wenn Sie es wünschen, Mr. Holmes«, erwiderte sie verwundert.
»Wenn Sie zu Bett gehen, bitte ich Sie, die Tür von außen zu verschließen und den Schlüssel mitzunehmen. Geben Sie mir Ihr Wort darauf?«
»Aber Percy –?«
»Er fährt mit uns nach London.«
»Und ich soll hierbleiben?«
»Ja, um seinetwillen. Sie tun ihm einen Gefallen. Schnell! Versprechen Sie es mir!«
Sie nickte zustimmend, gerade als die beiden anderen herankamen.
»Warum sitzt du hier und bläst Trübsal, Annie? Komm heraus in den Sonnenschein!«, rief ihr Bruder.

»Nein danke, Joseph. Ich habe etwas Kopfweh, und die Kühle und Ruhe hier im Zimmer tun mir gut.«
»Was würden Sie jetzt vorschlagen, Mr. Holmes?«, fragte unser Klient.
»Wir dürfen über diesen untergeordneten Fall die Hauptsache nicht aus den Augen lassen. Es wäre mir eine große Hilfe, wenn Sie mit uns nach London kommen könnten.«
»Sofort?«
»Ja, das heißt, so rasch es sich einrichten lässt. Etwa in einer Stunde.«
»Ich fühle mich stark genug dazu, wenn ich Ihnen wirklich nützen kann.«
»Ohne jeden Zweifel.«
»Möchten Sie, dass ich über Nacht dortbleibe?«
»Das wollte ich Ihnen gerade vorschlagen.«
»Wenn dann mein Freund seinen nächtlichen Besuch wiederholen will, findet er den Vogel ausgeflogen. – Wir geben uns ganz in Ihre Hände, Mr. Holmes. Sie brauchen nur zu sagen, was geschehen soll. Wünschen Sie vielleicht, dass Joseph mitkommt, um für mich zu sorgen?«
»O nein; mein Freund Watson ist Arzt, wie Sie wissen, und wird sich um Sie kümmern. Wenn es Ihnen recht ist, frühstücken wir erst hier und fahren dann alle drei zusammen in die Stadt.«
Alles wurde getan, wie er es wollte. Ms. Harrison erschien nicht zur Mahlzeit. Sie durfte ja nach Holmes' Anordnung das Zimmer nicht verlassen. Was der Zweck von allen diesen Veranstaltungen war, begriff ich nicht; ich konnte mir nur denken, dass mein Freund die junge Dame von Phelps trennen wollte, der voll Freude über seine wiederkehrende Gesundheit

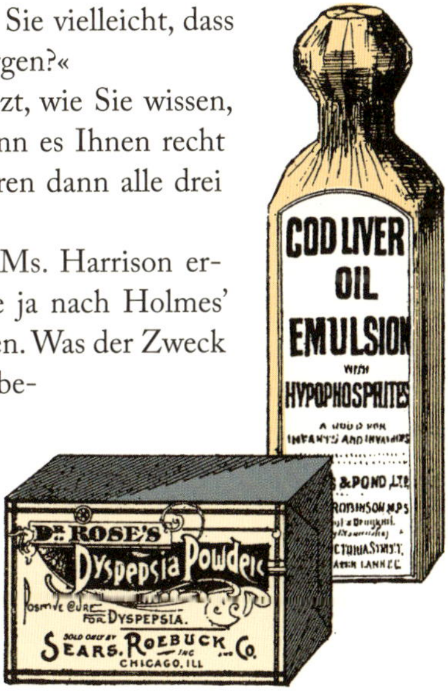

und Tatkraft mit uns im Esszimmer frühstückte. Die größte Überraschung erwartete uns aber, als Holmes mit zum Bahnhof ging, uns beim Einsteigen in den Zug behilflich war und dann ruhig erklärte, er habe nicht die Absicht, Woking zu verlassen.
»Bevor ich fortgehe, muss ich erst noch über einige Kleinigkeiten Klarheit bekommen«, sagte er. »In gewisser Hinsicht wird mir das durch Ihre Abwesenheit erleichtert, Mr. Phelps. – Watson, Sie tun mir wohl den Gefallen, sobald Sie in London angekommen sind, mit unserem Freund in die Baker Street zu fahren und bei ihm zu bleiben, bis ich zu Ihnen komme. Es trifft sich gut, dass Sie alte Schulkameraden sind und viel zu besprechen haben werden. Mr. Phelps kann in Ihrem ehemaligen Zimmer schlafen, und morgen werde ich rechtzeitig zum Frühstück da sein; um acht Uhr ist der Zug an der Waterloo Station.«
»Aber was wird denn aus unserer Nachforschung in London?«, fragte Phelps betrübt.
»Die können wir morgen vornehmen. Ich glaube, dass ich im Augenblick hier von größerem Nutzen bin.«
»Sagen Sie bitte in Briarbrae, dass ich hoffe, morgen Abend wieder daheim zu sein«, rief Phelps, als sich der Zug schon in Bewegung setzte.
»Ich werde eher nicht nach Briarbrae zurückkehren«, gab Holmes zurück und winkte uns noch zu, als wir aus dem Bahnhof hinausfuhren.
Wir besprachen diese neue Wendung der Dinge miteinander, Phelps und ich, kamen aber zu keinem befriedigenden Ergebnis.
»Er wird wohl dem nächtlichen Einbrecher nachspüren wollen«, meinte Phelps; »ich meinerseits glaube nicht, dass es ein gewöhnlicher Dieb war.«
»Was denken Sie dann darüber?«
»Man mag es auf meine schwachen Nerven schieben oder nicht, aber ich glaube, dass um mich herum eine tiefe politische Intrige im Gange ist und dass aus irgendeinem Grund, der sich meinem

Verständnis entzieht, mein Leben von den Verschwörern ins Visier genommen wird. Das klingt hochtrabend und absurd, aber bedenken Sie die Fakten! Warum sollte ein Dieb versuchen, an einem Schlafzimmerfenster einzubrechen, wo es keine Hoffnung auf Beute geben kann, und warum sollte er mit einem langen Messer in der Hand kommen?«

»War es denn nicht etwa ein Stemmeisen, um damit einzubrechen?«

»Nein, nein – ich habe die Klinge blitzen sehen.«

»Wer aber sollte Sie verfolgen?«

»Ja, das ist mir ein Rätsel.«

»Möglich, dass Holmes Ihre Ansicht teilt; es würde sein Vorgehen erklären. Wenn diese Annahme richtig ist und er den Menschen fasst, der Sie letzte Nacht bedrohte, dann wäre damit schon ein großer Schritt getan, um herauszufinden, wer den Marinevertrag gestohlen hat. Dass Sie zwei Feinde haben sollten, von denen Sie der eine bestiehlt, während der andere versucht, Sie umzubringen, lässt sich schwer vorstellen.«

»Aber Mr. Holmes sagte ja, er ginge nicht nach Briarbrae.«

»Ich kenne ihn schon seit geraumer Zeit«, sagte ich, »und weiß, dass er nichts ohne guten Grund tut.«

Unsere Unterhaltung drehte sich nun um andere Dinge. Phelps fühlte sich noch recht schwach nach der langen Krankheit, und sein Missgeschick machte ihn reizbar und ungeduldig. Vergebens bemühte ich mich, ihn für meine Erlebnisse in Afghanistan und Indien zu interessieren oder allerlei soziale Fragen mit ihm zu besprechen. Er ließ sich nicht zerstreuen und auf andere Gedanken bringen, sondern kam immer wieder auf den gestohlenen Vertrag zurück. Was wohl Holmes jetzt täte, welche Maßregeln Lord Holdhurst ergreifen werde, was uns der nächste Morgen bringen könne – diese und ähnliche Fragen beschäftigten ihn ohne Unterlass. Im weiteren Verlauf des Abends nahm seine Aufregung in unangenehmem Maße zu.

»Sie haben also vollstes Vertrauen in Holmes?«, fragte er.
»Ich habe Ihn unglaubliche Dinge vollbringen sehen.«
»Aber er hat doch wohl noch nie ein so dunkles Geheimnis enträtselt?«
»O ja; er hat schon Fälle aufgeklärt, die noch weniger Anhaltspunkte boten als dieser.«
»Aber so wichtige Interessen standen wohl nicht auf dem Spiel?«
»Vielleicht doch. Ich weiß, dass er für drei regierende europäische Herrscherhäuser in sehr verwickelten Sachen tätig war.«
»Also Sie kennen ihn genau, Watson? Er hat ein so unergründliches Wesen, dass man nie weiß, woran man bei ihm ist. Glauben Sie, dass er die Aussichten für gut hält? Glaubt er an den Erfolg?«

»Er hat nichts darüber gesagt.«
»Das ist ein schlechtes Zeichen.«
»Im Gegenteil, meistens gesteht er es offen ein, falls er die Spur verliert. Am schweigsamsten ist er, wenn er eine Fährte gefunden hat und noch zweifelt, ob es die richtige sein wird. Aber glauben Sie mir, alter Junge, es nützt nichts, sich über die Sache aufzuregen, ich bitte Sie, jetzt zu Bett zu gehen, damit Sie ganz bei Kräften sind für alles, was morgen kommen wird.«
Es gelang mir endlich, ihn zu überreden, meinem Rat zu folgen, obwohl ich wusste, er würde bei seinen erregten Nerven kaum Schlaf finden können. Sein Zustand war sogar ansteckend, denn auch ich

wälzte mich die halbe Nacht ruhelos umher und brütete über dem seltsamen Problem. Wozu war Holmes in Woking geblieben? Warum hatte er Ms. Harrison gebeten, den ganzen Tag über das Krankenzimmer nicht zu verlassen? Weshalb war ihm so viel daran gelegen, dass man in Briarbrae nichts von seiner Anwesenheit wusste? – Ich zermarterte mein Hirn, bis ich endlich über dem Bemühen, eine Erklärung zu finden, die Antwort auf alle diese Fragen gab, in Schlaf versank.

Es war sieben Uhr, als ich erwachte, und ich eilte sofort zu Phelps, den ich sehr matt und angegriffen fand nach der durchwachten Nacht. Seine erste Frage war, ob Holmes schon da sei.

»Er wird zu der versprochenen Zeit kommen«, sagte ich, »keinen Augenblick früher oder später.«

Was ich behauptete, ging in Erfüllung, denn kurz nach acht Uhr kam eine Droschke vorgefahren, und mein Freund stieg aus. Am Fenster stehend bemerkten wir, dass seine linke Hand verbunden war, und er sah sehr bleich und ernsthaft aus. Er trat ins Haus, doch es dauerte eine Weile, bis er die Treppe heraufkam.

»Ganz wie ein Besiegter«, klagte Phelps.

Ich musste ihm recht geben. »Wahrscheinlich werden wir doch noch versuchen müssen, der Sache hier in der Stadt nachzugehen«, sagte ich. Phelps seufzte schwer.

»Ich weiß nicht, weshalb«, sagte er, »aber ich hatte so große Hoffnungen auf seine Rückkehr gebaut. Übrigens trug er gestern die Hand noch nicht in der Binde. Es muss also etwas geschehen sein.«

»Sie sind doch nicht verwundet, Holmes?«, fragte ich, als mein Freund eintrat.

»Unsinn – nur eine Schramme; meine eigene Ungeschicklichkeit ist schuld daran«, antwortete er und nickte uns grüßend zu. »Das muss ich sagen, Mr. Phelps, Ihre Sache ist eine der dunkelsten, die ich je in den Händen gehabt habe.«

»Ich befürchtete bereits, sie würde über Ihre Kräfte gehen.«

»Jedenfalls ein merkwürdiges Erlebnis.«
»Ihr Verband lässt auf ein Abenteuer schließen. Wollen Sie uns nicht sagen, was Ihnen zugestoßen ist?«
»Nach dem Frühstück, mein lieber Watson. Vergessen Sie nicht, dass ich heute früh schon dreißig Meilen weit in der frischen Luft von Surrey gefahren bin. Ist etwa eine Antwort auf meine Droschken-Anzeige gekommen? – Nein? – Nun man kann auch nicht immer den Nagel auf den Kopf treffen.«
Der Tisch war schon gedeckt, und eben wollte ich klingeln, als Mrs. Hudson mit Tee und Kaffee hereinkam. Einige Minuten später brachte sie ein paar zugedeckte Schüsseln, und wir nahmen am Tisch Platz, Holmes hungrig wie ein Rabe, ich sehr gespannt und Phelps in der düstersten Stimmung.
»Mrs. Hudson hat sich selbst übertroffen«, sagte Holmes, den Deckel von einem Topf Curried Chicken abhebend. »Ihre Auswahl an Gerichten ist zwar eingeschränkt, aber sie weiß doch, was zu einem guten Frühstück gehört. – Was haben Sie da, Watson?«
»Schinken und Eier«, antwortete ich.
»So? Soll ich Ihnen etwas reichen, Mr. Phelps, oder wollen Sie selbst zulangen?«
»Danke, ich kann nichts essen«, erwiderte er.
»Ach was! Versuchen Sie es einmal mit der Schüssel, die vor Ihnen steht.«

CURRIED CHICKEN

ORIGINAL VIKTORIANISCHES REZEPT

CURRY NACH ECHT INDISCHER ART

Nehmen Sie zwei kleine Hühner, häuten und schneiden Sie sie wie für ein Frikassee. Waschen Sie das Fleisch und schmoren Sie es in etwa einem Viertelliter Wasser für etwa fünf Minuten, dann gießen Sie die Flüssigkeit ab, stellen sie beiseite und legen die Hühner in eine saubere Schüssel.

Nehmen Sie drei große Zwiebeln, hacken Sie sie klein und braten Sie sie in etwa zwei Unzen Butter. Dann legen Sie die Hühner hinein und braten Sie sie zusammen, bis sie braun sind. Nehmen Sie eine viertel Unze Kurkuma, einen großen Löffel Ingwer und Bohnenpfeffer zusammen und ein wenig Fett nach Ihrem Geschmack. Der Ingwer, der Pfeffer und der Kurkuma müssen sehr fein gemahlen werden.

Diese Zutaten werden über die Hühner geschüttet, während sie braten, dann wird die Flüssigkeit hineingegossen und man lässt alles etwa eine halbe Stunde ruhen. Dann gibt man einen Viertelliter Sahne und den Saft von zwei Zitronen hinein und serviert das Curry.

DEN REIS KOCHEN

Fügen Sie zwei Teile Wasser zu einem Teil Reis, lassen Sie ihn kochen, bis er gar ist. Dann fügen Sie einen Teelöffel Salz hinzu, rühren gut um und lassen die Schüssel etwa fünf Minuten vor dem Feuer stehen, um die Körner zu trocknen. Den Reis in einer eigenen Schüssel anrichten und zu Tisch bringen.

FÜR EINEN REIS NACH ECHT INDISCHER ZUBEREITUNG

Nehmen Sie drei Pfund Reis, waschen Sie ihn gründlich, geben Sie ihn in eine Schälmaschine und lassen Sie ihn gut trocknen.

Nehmen Sie ein dreiviertel Pfund Butter und geben Sie diese in eine Pfanne über einem sehr schwachen Feuer, bis sie schmilzt. Dann geben Sie den Reis hinein und decken ihn gut ab, damit der gesamte Dampf darin bleibt. Geben Sie ein wenig Zitrone, etwas ganzen Pfeffer, ein halbes Dutzend Muskatblütenblätter und ein paar Nelken dazu.

Fügen Sie ein wenig Wasser unter ständigem Rühren hinzu, damit nichts anbrennt. Lassen Sie den Reis schmoren, bis er weich ist.

Kochen Sie zwei Hühner und ein feines Stück Speck von etwa zwei Pfund Gewicht wie üblich, schneiden Sie den Speck in zwei Stücke, legen Sie ihn in die Schüssel mit den Hühnern, bedecken Sie ihn mit dem Reis und garnieren Sie ihn mit etwa einem halben Dutzend harter Eier und einem Dutzend im Ganzen gebratener Zwiebeln.

Aus: »The Art of Cookery Made Plain and Easy«
von Hannah Glasse (zuerst veröffentlicht 1770)

»Nein, ich muss wirklich danken.«
»Nun«, sagte Holmes mit listigem Augenblinzeln, »dann darf ich Sie wohl bitten, mir etwas davon zu geben.«
Phelps hob den Deckel in die Höhe, stieß einen Schrei aus und starrte mit kreideweißem Gesicht die Schüssel an. Mitten darauf lag eine Rolle blaugraues Papier. Er griff danach, verschlang sie mit den Augen, drückte sie an sein Herz, tanzte damit im Zimmer herum und jubelte laut vor Entzücken. Dann sank er in den Lehnstuhl zurück und war so erschöpft und matt, dass wir ihm ein paar Löffel Brandy einflößen mussten, damit er nicht in Ohnmacht fiele.
»Ruhig, ruhig«, sagte Holmes, ihm auf die Schulter klopfend. »Es war nicht nett von mir, Sie so damit zu überraschen. Aber Watson wird Ihnen sagen, dass ich nie widerstehen kann, wenn es um eine dramatische Wirkung geht.«
Phelps küsste seine Hand. »Gott segne Sie«, rief er, »Sie haben meine Ehre gerettet.«
»Meine eigene Ehre stand ja auch auf dem Spiel«, erwiderte Holmes. »Ich versichere Ihnen, dass es für mich genauso hässlich ist, in einem Fall zu versagen, wie es für Sie sein kann, einen Auftrag zu vermasseln.«
Phelps schob das wertvolle Dokument in die innerste Tasche seines Mantels. »Ich finde es grausam, Sie noch länger beim Frühstück zu stören«, sagte er, »und doch vergehe ich fast vor Ungeduld zu erfahren, wo das Papier war und wie Sie es entdeckt haben.«
Mein Freund goss rasch eine Tasse Kaffee hinunter und machte sich über die Eier und den Schinken her. Dann stand er auf, zündete seine Pfeife an und nahm im Lehnstuhl Platz.
»Ich will Ihnen sagen, was ich zuerst tat und wie alles nachher weiterging«, begann er. »Nachdem Ihr Zug fort war, machte ich

einen wunderhübschen Spaziergang in der reizenden Umgegend, bis zu dem Dörfchen Ripley, wo ich im Inn[35] Tee trank. Ich füllte vorsichtshalber meinen Flachmann auf und steckte mir in Zeitungspapier gewickelte Sandwiches in die Tasche. Dort blieb ich bis zum Abend, als ich mich wieder auf den Weg nach Woking machte und mich kurz nach Sonnenuntergang auf der Hauptstraße vor Briarbrae wiederfand.«

»War denn das Tor nicht offen?«, fragte Phelps verwundert.

»Doch; aber ich habe in diesen Dingen meinen eigenen Geschmack. Ich wählte die Stelle, wo die drei Tannen stehen, und in ihrem Schutz gelangte ich hinüber, ohne dass mich jemand vom Haus her sehen konnte. Ich kauerte mich unter die Büsche und kroch von einem zum anderen – die Knie meiner Hose werden das bestätigen –, bis ich das Rhododendrongebüsch Ihrem Schlafzimmerfenster gegenüber erreicht hatte. Da legte ich mich auf die Erde und wartete auf die Dinge, die da kommen sollten. Der Vorhang in Ihrem Zimmer war nicht geschlossen, und ich konnte Ms. Harrison sehen, die lesend am Tisch saß. Um Viertel vor elf klappte sie ihr Buch zu und zog sich zurück. Ich hörte sie die Tür zumachen und war überzeugt, dass sie den Schlüssel im Schloss umgedreht und eingesteckt hatte.«

»Den Schlüssel?«, fragte Phelps.

»Ja; ich hatte Ms. Harrison gebeten, die Tür von außen zu verschließen und den Schlüssel mitzunehmen, wenn sie zu Bett ginge. Sie hatte alle meine Anordnungen genau ausgeführt; ohne ihre Hilfe würden Sie

jetzt schwerlich das Schriftstück in der Rocktasche haben. – Sie entfernte sich, die Lichter im Hause erloschen, und ich blieb in dem Gebüsch auf der Erde liegen. Die Luft war warm, aber die Nachtwache doch recht ermüdend. Natürlich fühlte ich auch eine Art Aufregung dabei, wie sie ein Jäger fühlt, der am Waldbach liegt und auf das Hochwild lauert. Die Kirchenuhr in Woking schlug die Viertelstunden an, und ich glaubte mehr als einmal, sie müsse stehen geblieben sein. Endlich, gegen zwei Uhr morgens, hörte ich plötzlich, dass ein Riegel leise fortgezogen wurde und ein Schlüssel im Schloss klirrte. Gleich darauf öffnete sich die Hintertür, und Mr. Joseph Harrison trat in den Mondschein heraus.«

»Was – Joseph!«, rief Phelps.

»Er trug keinen Hut, hatte aber einen schwarzen Mantel übergeworfen, mit dem er sein Gesicht augenblicklich verhüllen konnte, wenn Lärm entstand. Er schlich auf den Fußspitzen an der Mauer entlang, und als er das Fenster erreichte, steckte er ein Messer mit langer Klinge unter den Fensterrahmen, schob den Riegel zurück und stieß das Fenster in die Höhe. Dann bohrte er das Messer durch einen langen Spalt im inneren Laden, hob die Querstange ab und öffnete ihn.

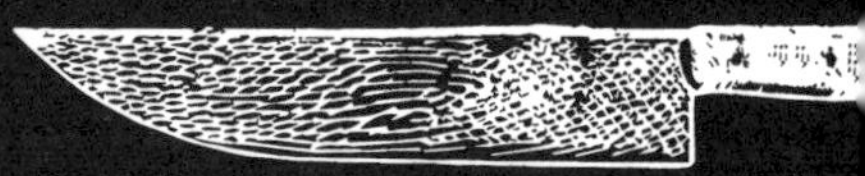

Von der Stelle aus, wo ich lag, konnte ich allen seinen Bewegungen folgen und das ganze Zimmer überblicken. Er zündete drinnen die beiden Lichter auf dem Kaminsims an und begann die Ecke des Teppichs neben der Tür aufzuheben. Dann bückte er sich und nahm ein viereckiges Stück der Diele heraus, das wohl beim Legen der Gasrohre nicht befestigt worden war, um Ausbesserungen zu erleichtern; der Anschluss des Rohrs der Küche musste dort sein. Aus der Vertiefung holte er die Papierrolle hervor, passte das Brett wieder ein, deckte

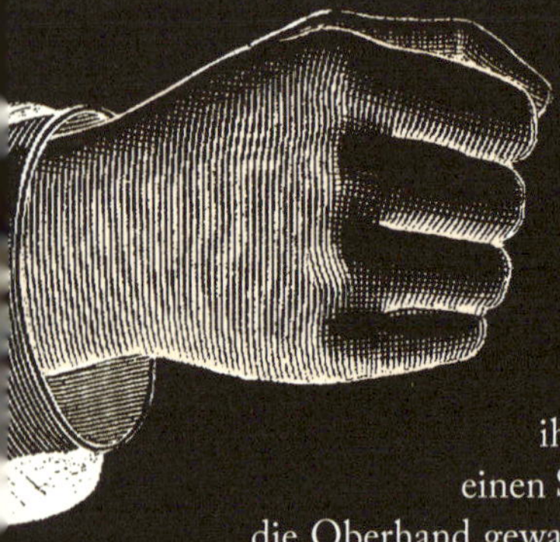

den Teppich darüber, blies die Lichter aus und lief mir dann geradeswegs in die Arme, denn ich stand draußen vor dem Fenster und wartete auf ihn.

Mr. Joseph hat übrigens mehr Bosheit im Leibe, als ich ihm zugetraut hätte. Er stieß mit dem Messer nach mir; ich musste ihn erst zweimal zu Boden werfen und erhielt einen Schnitt quer über das Handgelenk, bevor ich die Oberhand gewann. Das eine Auge, mit dem er noch sehen konnte, als wir zwei miteinander fertig waren, funkelte zwar vor Mordlust, aber er nahm doch Vernunft an und lieferte mir das Schriftstück aus. Sobald ich es hatte, ließ ich den Mann laufen; aber ich telegrafierte die Geschichte gleich heute früh ausführlich an Forbes. Wenn er sich sehr beeilt, kann er den Vogel noch fangen. Findet er aber, wie ich vermute, das Nest bereits leer, so ist das umso besser für die Regierung. Lord Holdhurst und Percy Phelps werden es wahrscheinlich lieber sehen, wenn die ganze Sache niemals vor das Polizeigericht kommt.«

»Großer Gott!«, stieß unser Klient keuchend hervor. »Ist es denn möglich, dass während der langen entsetzlichen zehn Wochen voll namenloser Angst die gestohlenen Papiere bei mir im Zimmer gelegen haben?«

»Ganz recht – so war es.«

»Und Joseph – ein Dieb und ein Bösewicht!«

»Joseph ist allerdings ein versteckterer und gefährlicherer Charakter, als man nach seinem Äußeren denken sollte. Er hat mit großem Verlust an der Börse gespielt, wie ich heute Morgen von ihm erfuhr, und schreckte nun vor nichts zurück, um wieder zu Gelde zu kommen. Als sich ihm die Gelegenheit bot, machte der durch und durch selbstsüchtige Mensch sich kein Gewissen daraus, Ihren guten Namen zu zerstören und das Glück seiner Schwester zu opfern.«

Percy Phelps sank in den Stuhl zurück. »Ich bin wie betäubt«, sagte er, »es schwirrt mir alles im Kopf herum.«

»Die größte Schwierigkeit bei Ihrem Fall«, fuhr Holmes in seiner lehrhaften Art fort, »war der Überfluss an Beweismaterial. Alles ging durcheinander – Wichtiges und ganz Unerhebliches; wir mussten aus sämtlichen Tatsachen, die man uns vorlegte, erst das Brauchbare heraussuchen und zusammensetzen, um die merkwürdige Kette der Begebenheiten in ihrer ursprünglichen Reihenfolge wiederherzustellen. – Mein Verdacht war auf Joseph gefallen, als ich erfuhr, dass Sie an jenem Abend mit ihm hatten nach Hause fahren wollen. Was war wohl natürlicher, als dass er auf seinem Wege zum Bahnhof im Ministerium – wo er gut Bescheid wusste – vorbeikam, um Sie abzuholen? Als Sie mir dann von dem beabsichtigten Einbruch in Ihr Schlafzimmer erzählten, wo doch niemand etwas hatte verstecken können, außer Joseph, der bei Ihrer plötzlichen Erkrankung ganz unerwartet ausquartiert worden war, um Ihnen Platz zu machen, da wurde mein Argwohn zur Gewissheit. Der saubere Herr hatte für seinen Versuch die erste Nacht gewählt, als keine Wärterin im Krankenzimmer war; er wusste also genau, was im Haus vorging.«

»O, ich war wie mit Blindheit geschlagen!«

»Ich habe nun über den Gang der Ereignisse bis jetzt etwa Folgendes festgestellt: Joseph Harrison kam von der Charles Street her durch die Hintertür; er kannte den Weg zu Ihrem Arbeitszimmer und trat ein, als Sie es soeben verlassen hatten. Da niemand da war, ging er an den Klingelzug und läutete, wobei er zugleich das Schriftstück zu Gesicht bekam, das auf dem Tische lag. Ein Blick überzeugte ihn, dass der Zufall ihm eine Staatsurkunde von größter Wichtig-

keit in die Hand gespielt hatte; blitzschnell steckte er sie in die Tasche und verschwand damit. Wie Sie wissen, vergingen einige Minuten, bis der schlaftrunkene Portier Ihre Aufmerksamkeit auf die Glocke lenkte, aber diese kurze Zeit genügte, um dem Dieb die Flucht zu ermöglichen.

Er fuhr mit dem ersten Zug nach Woking, besichtigte seine Beute, erkannte, wie wertvoll sie sei, und verbarg sie an einem Platz, den er für ganz sicher hielt. Seine Absicht war wohl, das Dokument nach einigen Tagen wieder aus dem Versteck herauszunehmen und es der französischen oder russischen Gesandtschaft zu hohem Preis zu verkaufen. Da brachte der Doktor Sie plötzlich nach Hause, und er wurde ohne alle Vorbereitung aus seinem Zimmer entfernt. Seitdem waren dort stets mindestens zwei Menschen anwesend, sodass er unmöglich seines Schatzes habhaft werden konnte. Es muss für ihn eine verzweifelte Lage gewesen sein. Als er endlich hoffte, die günstige Gelegenheit sei da, machte ihm Ihre Schlaflosigkeit einen Strich durch die Rechnung.«

»Ich hatte an dem Abend meinen gewöhnlichen Schlaftrunk nicht genommen.«

»Er kann wohl dafür gesorgt haben, den Trank recht wirksam zu machen, damit er sicher sein konnte, Sie würden nicht aufwachen. Dass er den Versuch so bald wie möglich wiederholen würde, war außer Zweifel. Ihre Fahrt nach London verschaffte ihm die Gelegenheit. Ich bat Ms. Harrison, den Tag über im Zimmer zu bleiben, weil mir der Dieb sonst zuvorgekommen wäre. Als ich ihn in dem Glauben wusste, er habe nun freie Hand, hielt ich an Ort und Stelle Wache, wie Sie bereits wissen. Obwohl ich fest überzeugt war, der Vertrag müsse in dem Zimmer versteckt sein, wollte ich doch nicht erst alle Dielen aufbrechen und das Getäfel durchsuchen. Ich ließ ihn daher den Schatz selber heben und ersparte mir damit viel Mühe und Arbeit. – Ist nun noch ein Punkt vorhanden, über den ich Auskunft geben soll?«

»Weshalb hat er denn bei dem ersten Versuch durchs Fenster steigen wollen, während er doch nur zur Tür hereinzugehen brauchte?«, erkundigte ich mich.

»Um die Haustür zu erreichen, hätte er an sieben Schlafzimmern vorbeigemusst. Zum Fenster hinaus konnte er aber leicht auf den Rasen springen.«

»Sie glauben aber doch nicht«, fragte Phelps, »dass er mörderische Absichten hatte? – Nicht wahr, das Messer sollte ihm nur als Werkzeug dienen?«

»Wohl möglich«, erwiderte Holmes, die Achseln zuckend. »So viel aber steht fest, dass Joseph Harrison kein Mensch ist, auf dessen Gnade und Barmherzigkeit ich mich verlassen möchte.«

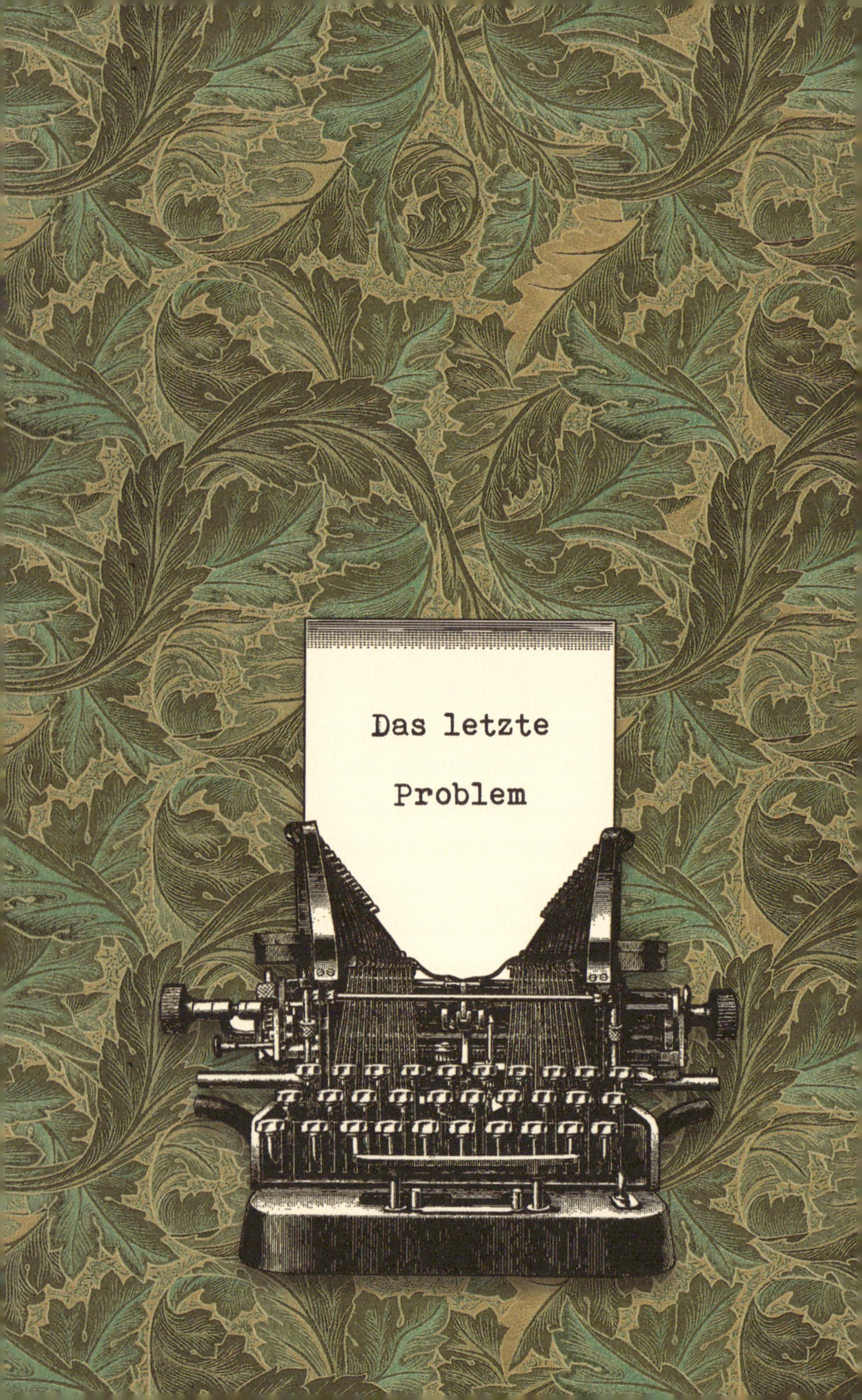
Das letzte
Problem

Schweren Herzens nehme ich meine Feder zur Hand, um diese letzten Worte zu schreiben, mit denen ich die einzigartigen Gaben, durch die sich mein Freund Mr. Sherlock Holmes auszeichnete, für immer festhalten werde. In einer unzusammenhängenden und, wie ich zutiefst empfinde, völlig unzureichenden Weise habe ich versucht, einen Bericht über meine seltsamen Erlebnisse in seiner Gesellschaft zu geben, von dem Zufall, der uns zum ersten Mal in der Zeit der *Studie in Scharlachrot* zusammenbrachte, bis zu dem Zeitpunkt seiner Einmischung in die Angelegenheit des *Marinevertrags* – eine Einmischung, die den unbestreitbaren Effekt hatte, eine ernste internationale Komplikation zu verhindern. Es war meine Absicht, dort aufzuhören und nichts über dieses Ereignis zu sagen, das eine Leere in meinem Leben geschaffen hat, die durch den Ablauf von zwei Jahren nur wenig ausgefüllt werden konnte. Ich wurde jedoch durch die jüngsten Briefe gezwungen, in denen Colonel James Moriarty das Andenken seines Bruders verteidigt, und ich habe keine andere Wahl, als der Öffentlichkeit die Fakten genau so darzulegen, wie sie sich zugetragen haben. Ich allein kenne die absolute Wahrheit der Angelegenheit, und ich bin überzeugt, dass die Zeit gekommen ist, in der ihre Unterdrückung keinem guten Zweck dient. Soweit ich weiß, gab es nur drei Berichte in der öffentlichen Presse: den im **Journal de Genève** vom 6. Mai 1891, die **Reuter's-Depesche** in den englischen Zeitungen vom 7. Mai und schließlich die jüngsten Briefe, auf die ich angespielt habe. Von diesen waren der erste und zweite extrem verkürzt, während der letzte, wie ich jetzt zeigen werde, eine absolute Verdrehung der Tatsachen ist. Es liegt an mir, zum ersten Mal zu erzählen, was wirklich zwischen Professor Moriarty und Mr. Sherlock Holmes stattgefunden hat.

Infolge meiner Hochzeit und des Beginns meiner ärztlichen Privatpraxis war, wie man sich vielleicht erinnern wird, mein Kontakt zu Holmes ein etwas beschränkterer geworden. Er suchte mich zwar noch immer von Zeit zu Zeit auf, wenn er einen Gefährten bei seinen Nachforschungen wünschte, doch diese Anlässe wurden immer seltener, sodass im Jahre 1890 meinen Aufzeichnungen zufolge ein derartiger Fall nur noch dreimal vorkam. Wie meine Aufzeichnungen weiter ergeben, war Holmes Ende 1890 und Anfang 1891 für die französische Regierung in einer hochwichtigen Angelegenheit tätig, und ich hatte zwei Mitteilungen von ihm erhalten, die eine aus Narbonne, die andere aus Nimes, aus denen ich entnehmen musste, dass sein Aufenthalt in Frankreich vermutlich von längerer Dauer sein werde. Ich war daher einigermaßen überrascht, als ich ihn am 24. April abends in mein Arbeitszimmer treten sah. Dabei fand ich zu meiner weiteren Überraschung, dass sein Aussehen noch blasser und magerer war als sonst.

»Ja, ich habe mich etwas zu sehr verausgabt«, bemerkte er und beantwortete damit mehr die Blicke, mit denen ich ihn betrachtete, als die Worte, die ich an ihn gerichtet hatte. »Ich war in letzter Zeit etwas unter Druck. Haben Sie etwas dagegen, dass ich Ihre Fensterläden schließe?«

Das einzige Licht in meinem Zimmer kam von der Lampe auf dem Tisch, an dem ich gesessen hatte. Holmes ging dicht an der Wand entlang und zog dann die Läden zu, die er sorgfältig verriegelte.

»Sie haben, scheint es, Angst vor etwas?«, fragte ich.

»Allerdings.«

»Wovor?«

»Vor Luftgewehren.«

»Mein lieber Holmes, was soll das heißen?«

»Ich glaube, Sie kennen mich genug, Watson, um zu wissen, dass Ängstlichkeit durchaus nicht meine Schwäche ist. Trotzdem wäre es in meinen Augen vielmehr eine Torheit als ein Beweis von Mut, eine unmittelbar drohende Gefahr geflissentlich übersehen zu wollen. Darf ich Sie um Feuer bitten?«

Damit steckte er sich eine Zigarette an, deren beruhigenden Duft er mit sichtlichem Behagen einsog.

»Ich muss mich entschuldigen, dass ich so spät bei Ihnen aufschlage«, fuhr er fort, »und ich muss Sie außerdem bitten, so unkonventionell zu sein, dass Sie mir erlauben, Ihr Haus gleich zu verlassen, indem ich über Ihre Gartenmauer klettere.«

»Aber was hat das alles zu bedeuten?«, fragte ich.

Er streckte seine Hand aus, und im Schein der Lampe sah ich, dass zwei seiner Knöchel geschürft waren und bluteten.

»Wie Sie sehen, handelt es sich um keine Hirngespinste«, bemerkte er lächelnd, »die Sache ist im Gegenteil so real, dass dabei die Hand zu Schaden kommen kann. Ist Ihre Frau zu Hause?«

»Nein, sie ist auswärts zu Besuch.«

»Wirklich? Sie sind allein?«

»Völlig allein.«

»Dann fällt es mir umso leichter, Ihnen den Vorschlag zu machen, mich für eine Woche auf den Kontinent zu begleiten.«

»Wohin?«

»O, irgendwohin, das ist mir ganz gleich.«

Das alles kam mir höchst auffällig vor. Dass Holmes sich einen zwecklosen Urlaub gönnen sollte, sah ihm schon an sich durchaus nicht ähnlich, und in seinem blassen, müden Gesicht lag etwas, das mir zeigte, dass seine Nerven im höchsten Grade überreizt waren. Als er meinem fragenden Blick begegnete, legte er die Fingerspitzen aneinander, stützte die Ellbogen auf die Knie und schickte sich an, mir die Sachlage auseinanderzusetzen.

»Sie haben vermutlich nie etwas von Professor Moriarty gehört?«, begann er.

»Niemals.«

»Ja, ja, darin steckt eben das Geniale und das Wunderbare bei der Sache!«, rief er aus. »Der Mann treibt sich in ganz London herum, und kein Mensch hat je von ihm gehört. Das weist ihm einen der hervorragendsten Plätze in den Annalen des Verbrechertums zu. Ich sage Ihnen, Watson, in allem Ernst, könnte ich diesen Menschen besiegen, könnte ich die Menschheit von ihm befreien, so hätte ich das Bewusstsein, das höchste Ziel in meiner Laufbahn erreicht zu haben, und wäre bereit, mich einer beschaulicheren Lebensaufgabe zuzuwenden. Unter uns gesagt, haben die Dienste, die ich in neuester Zeit dem schwedischen Königshaus und der französischen Republik geleistet habe, mir so viel Lohn eingebracht, dass ich sofort in der Lage wäre, mir eine ruhige Lebensweise, wie sie meinen Neigungen entspricht, zu wählen und mich völlig meinen chemischen Untersuchungen zu widmen. Aber es ließe mir keine Ruhe, Watson, nicht einen Augenblick kann ich still sitzen bei dem Gedanken, dass ein Mensch wie dieser Moriarty durch unsere Straßen wandelt, ohne dass jemand den Kampf mit ihm aufnimmt.«

»Was hat er denn getan?«

»Er hat eine merkwürdige Laufbahn hinter sich. Er ist aus guter Familie, hat eine vortreffliche Bildung genossen und besitzt eine

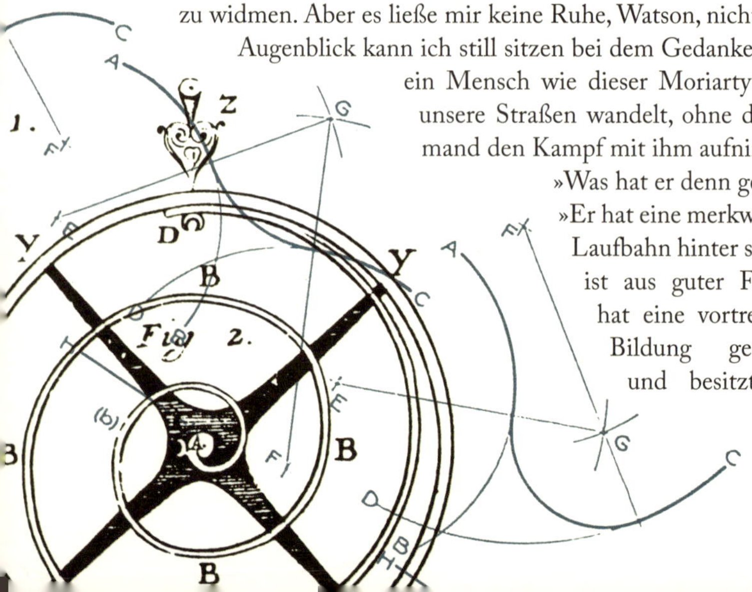

phänomenale Begabung für Mathematik. Mit einundzwanzig Jahren schrieb er eine Abhandlung über die Theorie der Binome, die in ganz Europa Aufsehen erregt hat. Dadurch bekam er einen mathematischen Lehrstuhl an einer unserer kleinen Hochschulen, sodass er allem Anschein nach am Anfang einer glänzenden Laufbahn stand. Doch der Mann war erblich belastet mit einem ihm tief im Blut liegenden wahrhaft teuflischen Hang zum Verbrechen, der durch seine außerordentlichen Geistesgaben nicht nur nicht eingedämmt wurde, sondern im Gegenteil dadurch noch bedeutend an Stärke und selbstverständlich vor allem an Gefährlichkeit zunahm. In der Universitätsstadt sammelten sich dunkle Gerüchte um ihn, und schließlich war er gezwungen, seinen Lehrstuhl aufzugeben und nach London zu kommen, wo er sich als Armeetrainer niederließ. So viel ist der Welt bekannt, aber was ich Ihnen jetzt erzähle, ist das, was ich selbst entdeckt habe.

Sie wissen ja, Watson, dass niemand die höhere Verbrecherwelt so gut kennt wie ich. Nun fiel mir schon seit Jahren fortwährend auf, dass hinter dem Verbrecher irgendeine Macht stehen müsse, eine geheimnisvolle Macht, die dem Gesetz überall planmäßig und systematisch in den Weg trat und demgegenüber den Übeltätern ihren Schutz lieh. Immer und immer wieder bei Fällen der verschiedensten Art, bei Einbrüchen, bei sonstigen Diebstählen, bei Mordtaten stieß ich auf die Spuren dieser Macht, und bei einer ganzen Reihe von unaufgeklärt gebliebenen Verbrechensfällen, in denen ich keinen persönlichen Rat erteilt hatte, konnte ich zu der Überzeugung gelangen, dass dieser Umstand nur jener Macht zuzuschreiben sei. Jahrelang habe ich daran gearbeitet, den Schleier zu lüften, in den sie sich hüllte, und endlich war ich so weit, dass ich meinen Faden aufnehmen und verfolgen konnte, bis er mich auf tausendfachen künstlichen Irrwegen zu dem berühmten Mathematiker, dem vormaligen Professor Moriarty, hinleitete.

Er ist der Napoleon des Verbrechens, Watson. Die Hälfte aller Verbrechen in dieser Weltstadt überhaupt und nahezu alle diejenigen, die unentdeckt bleiben, sind von ihm ins Werk gesetzt. Er ist ein Genie, ein Philosoph, ein Denker. Er besitzt ein Gehirn ersten Ranges. Regungslos sitzt er wie eine Spinne im Mittelpunkt eines Netzes, das in Tausende von Fäden ausläuft, und er spürt das leiseste Zucken eines jeden derselben.
Er selbst tut nur wenig, er entwirft nur den Plan. Aber er besitzt zahlreiche vortrefflich organisierte Hilfskräfte. Handelt es sich darum, ein Verbrechen auszuführen, zum Beispiel, eine Urkunde zu entwenden, ein Haus auszurauben, einen Menschen zu beseitigen – man gibt es dem Professor, und sofort wird die Sache ins Werk gesetzt und zur Ausführung gebracht. Der Helfershelfer fällt vielleicht der Polizei in die Hände. In diesem Fall fehlt es niemals an Geld für Sicherheitsleistungen für seine Person oder für seine Verteidigung vor Gericht. Aber die leitende Macht, in deren Diensten der Betreffende steht, wird niemals gefasst – nicht eine Spur von Verdacht fällt auf sie. Dies war das Ergebnis meiner Feststellungen, und ich habe meine volle Kraft darangesetzt, um dieses ganze Gewebe klarzulegen und zu vernichten. Doch der Professor war rings von einem so schlau ausgedachten Schutzwall umgeben, dass alle meine Bemühungen vergeblich schienen. Sie wissen, was ich leisten kann, mein lieber Watson, trotzdem sah ich mich nach drei Monaten zu dem Bekenntnis genötigt, dass ich diesmal einen mir geistig gleichstehenden Gegner gefunden habe.

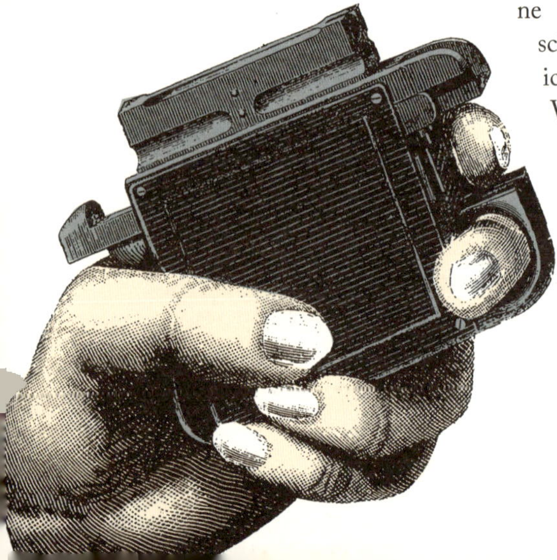

Ich war nicht mehr imstande, mich über sein verbrecherisches Treiben zu entsetzen, so groß war meine Bewunderung für seine Schlauheit. Doch endlich unterlief ihm doch ein Versehen – nur ein einziges ganz kleines Versehen –, aber das genügte, nachdem ich ihm bereits so dicht auf den Fersen saß. Jetzt hatte ich das Spiel gewonnen. Auf jenem Punkt fußend, habe ich ihm ein Netz über den Kopf geworfen, und es ist alles so weit, um dasselbe nun vollends zuzuziehen. Binnen drei Tagen, d. h. also nächsten Montag, ist die Sache reif zum Eingreifen, und der Professor samt den Hauptmitgliedern seiner Bande wird sich dann in den Händen der Polizei befinden. Das gibt den großartigsten Kriminalprozess des Jahrhunderts, der über vierzig rätselhafte Fälle Licht verbreitet und die ganze Gesellschaft an den Galgen bringt – aber natürlich nur, wenn wir keine Stunde zu früh losschlagen, sonst entschlüpfen sie uns noch im letzten Augenblick unter den Händen.

Hätte sich nun dies alles ausführen lassen ohne Wissen des Professors, so wäre die Sache ganz glatt gegangen. Doch dazu war dieser viel zu schlau. Keiner meiner Schritte blieb ihm verborgen. Immer und immer wieder versuchte er, den Kopf aus der Schlinge zu ziehen, und jedes Mal fing ich ihn wieder ein. Ich sage Ihnen, mein Freund, wenn ein detaillierter Bericht über diesen stillen Wettkampf geschrieben werden könnte, würde er seinen Platz als das brillanteste Duell in der Geschichte der Detektion einnehmen. Niemals bin ich so hoch aufgestiegen, und niemals wurde ich von einem Gegner so hart bedrängt. Er hat tief gegraben, und doch habe ich ihn einfach untergraben. Heute Morgen wurden die letzten Schritte unternommen, und es fehlten nur noch drei Tage, um das Geschäft abzuschließen. Ich saß in meinem Zimmer und dachte über die Sache nach, als die Tür aufging und Professor Moriarty vor mir stand

Meine Nerven können einen ziemlichen Puff vertragen, Watson, aber ich muss gestehen, es fuhr mir doch in die Glieder, als ich diesen Mann, mit dem sich meine Gedanken so viel beschäftigt hatten, leibhaftig auf meiner Schwelle stehen sah. Seine Erscheinung selbst hatte gar nichts Überraschendes für mich. Er ist außerordentlich groß und mager, seine Stirn springt in weitem Bogen vor, und seine Augen liegen tief in ihren Höhlen. Er ist glatt rasiert, sieht blass und asketisch aus, dabei kann er in seinen Zügen den Gelehrten nicht ganz verleugnen. Seine Schultern sind von vieler geistiger Arbeit gewölbt und sein Gesicht stark nach vorwärts geneigt, was ihm zusammen mit einem fortwährenden Hin- und Herwiegen des Kopfes etwas eigentümlich Schlangenartiges verleiht. Er heftete den Blick seiner von zahllosen Runzeln umzogenen Augen voll Neugier auf mich.

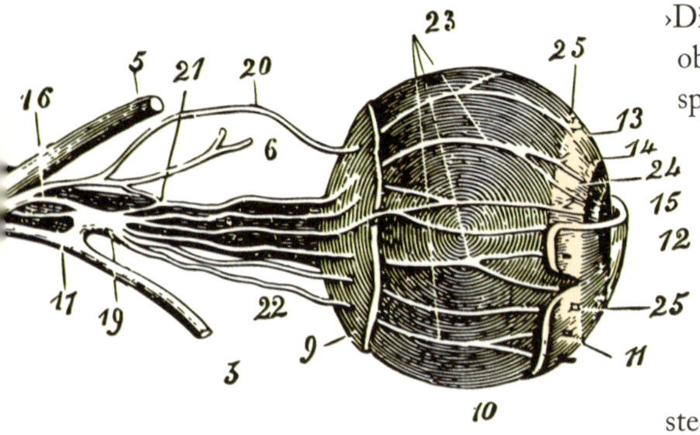

›Die Entwicklung Ihrer oberen Schädelhälfte entspricht nicht ganz meinen Erwartungen‹, begann er endlich. ›Eine gefährliche Gewohnheit, geladene Feuerwaffen in die Taschen seines Schlafrocks zu stecken.‹

Ich hatte nämlich bei seinem Eintritt augenblicklich die große Gefahr erkannt, in der ich schwebte. Es gab für ihn *nur eine* Möglichkeit der Rettung: mich stumm zu machen. Blitzschnell hatte ich den Revolver aus der Schublade in meine Tasche geschoben, wo ich ihn von außen festhielt. Auf seine Bemerkung zog ich denselben nun heraus und legte ihn mit gespanntem Hahn vor mich auf den Tisch. Er lächelte und

blinzelte zwar noch immer, aber in seinen Augen lag ein Ausdruck, der mir die Gewissheit, eine geladene Waffe zur Hand zu haben, sehr beruhigend erscheinen ließ.
›Sie wissen offenbar nicht, wer ich bin‹, fuhr er fort.
›Im Gegenteil, ich meine, man könne deutlich sehen, dass Sie mir sehr wohl bekannt sind. Lassen Sie sich nieder. Fünf Minuten kann ich Ihnen schon widmen, falls Sie mir etwas mitzuteilen haben.‹
›Was ich Ihnen sagen könnte, ist Ihnen bereits alles durch den Sinn gegangen.‹
›Dann ist Ihnen auch bereits durch den Sinn gegangen, was ich darauf zu erwidern hätte‹, antwortete ich.
›Sie hören also nicht auf?‹
›Niemals.‹
Jetzt griff er in die Tasche, worauf ich sofort die Waffe ergriff. Er zog jedoch nur ein Notizbuch mit einigen Aufzeichnungen hervor.
›Am 4. Januar haben Sie zum ersten Mal meinen Weg gekreuzt‹, fing er wieder an, ›am 23. wurden Sie mir unbequem; Mitte Februar bereiteten Sie mir ernstlich Schwierigkeiten, Ende März waren meine Unternehmungen völlig lahmgelegt – nun, Ende April hat sich durch Ihre unablässige Verfolgung meine Lage derart gestaltet, dass ich mich der ernstlichen Gefahr gegenübersehe, meine Freiheit zu verlieren. Die Lage wird nun unhaltbar.‹
›Haben Sie irgendeinen Vorschlag zu machen?‹, fragte ich darauf.
›Sie müssen sich zurückziehen‹, erwiderte er, den Kopf hin und her wiegend. ›Es muss durchaus sein, hören Sie.‹
›Ja, aber nicht vor kommendem Montag‹, war meine Antwort.
›Pah!‹, antwortete er wieder. ›Ein Mann mit Ihrem Verstand muss meiner Überzeugung nach einsehen, dass es aus dieser Angelegenheit nur *einen* Ausweg gibt und dass Sie sich ganz unfehlbar zurückziehen müssen. Sie selbst haben durch Ihre Tätigkeit die Sache auf die Spitze getrieben. Die Art und Weise,

wie Sie es schafften, hat mir übrigens wirklichen geistigen Genuss verschafft, und ich versichere Ihnen aufrichtig, dass es mir leidtun würde, falls ich mich zum Äußersten genötigt sähe. Sie lächeln, aber ich versichere Ihnen, es ist mein voller Ernst.‹

›Gefahr gehört zu meinem Handwerk‹, antwortete ich.

›Hier handelt es sich nicht bloß um Gefahr, sondern um unvermeidliche Vernichtung. Es ist nicht ein Einzelner, mit dem Sie es aufgenommen haben, sondern eine mächtige Organisation, die Sie mit all Ihrem Scharfsinn in ihrem vollen Umfang zu ergründen nicht imstande waren. Sie müssen sich zurückziehen, oder Sie werden niedergetreten.‹

›Ich bedauere sehr‹, erwiderte ich, indem ich mich erhob, ›mich dieser angenehmen Unterhaltung nicht länger widmen zu können, da ich sonst andere dringende Geschäfte versäumen würde.‹

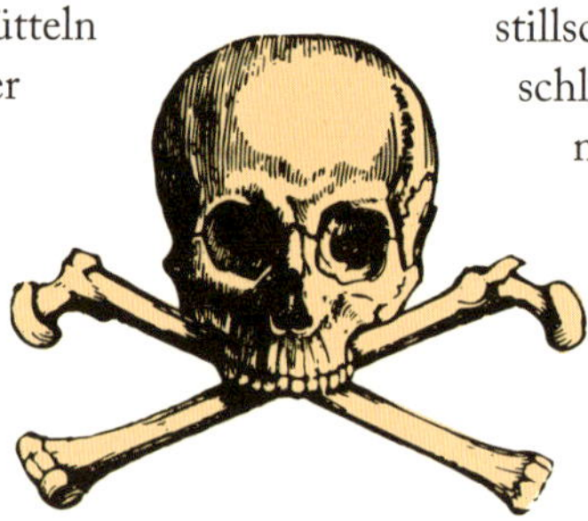

Er stand ebenfalls auf und sah mich mit traurigem Kopfschütteln stillschweigend an.

›O, o‹, sagte er schließlich, ›es ist leider, scheint mir, nichts zu machen; aber ich habe getan, was ich konnte. Ich kenne jeden Zug in Ihrem Spiel. Vor Montag können Sie nichts tun. Das Ganze ist ein Waffengang zwischen uns beiden. Sie hoffen, mich in Fesseln legen zu können. Niemals wird das geschehen, sage ich Ihnen. Sie hoffen, den Sieg über mich davonzutragen. Ich sage Ihnen, es wird Ihnen nicht gelingen. Reicht Ihr Scharfsinn hin, mir den Untergang zu bereiten, so seien Sie fest überzeugt, dass ich Ihnen Gleiches mit Gleichem vergelten werde.‹

›Sie haben mir heute mehrfach Komplimente gemacht‹, erwiderte ich. ›Ich will Ihnen gleichfalls eines machen. Wäre ich sicher, die erste Alternative verwirklichen zu können, so würde ich die letztere mit Freuden auf mich nehmen.‹

›Ich kann Ihnen nur diese eine in sichere Aussicht stellen, die andere nicht‹, knurrte er und damit wandte er mir seinen gekrümmten Rücken zu und verließ das Zimmer unter beständigem Blinzeln seiner stechenden Augen.

Dies war mein merkwürdiges Zusammentreffen mit meinem Gegner. Ich muss gestehen, es hinterließ mir ein Gefühl des Unbehagens. Die sanfte und knappe Art seiner Äußerungen sprach mehr für seine Aufrichtigkeit, als wenn der Mann kurzweg großspurig aufgetreten wäre. Sie werden nun natürlich sagen: Warum rufen Sie denn nicht polizeilichen Schutz gegen ihn? Nun, weil ich fest überzeugt bin, dass der Schlag nicht von ihm, sondern von seinen Helfershelfern ausgehen würde. Ich habe dafür bereits die allerbesten Beweise.«

»Man hat schon Angriffe auf Sie gemacht?«

»Mein lieber Watson, Moriarty ist nicht der Mann, der Gras unter seinen Füßen wachsen lässt. Gegen Mittag ging ich Richtung Oxford Street. Als ich die Ecke passierte, die von der Bentinck Street auf die Kreuzung Welbeck Street führt, raste ein Zweispänner geradewegs auf mich zu. Ich sprang auf den Fußweg und rettete mich um den Bruchteil einer Sekunde. Der Wagen raste durch die Marylebone Lane und war im Nu verschwunden. Danach blieb ich auf dem Bürgersteig, Watson, aber als ich die Vere Street hinunterging, kam ein Ziegelstein vom Dach eines der Häuser herunter und zerschellte zu meinen Füßen. Ich rief die Polizei und ließ eine Besichtigung der Örtlichkeit vornehmen. Es sollten Ausbesserungen auf dem Dach stattfinden, und zu diesem Zweck waren Schieferplatten und Ziegelsteine dort aufgeschichtet. Man wollte mir einreden, einen von diesen habe der Wind heruntergeweht. Natürlich wusste ich es besser, aber beweisen konnte ich nichts. Daraufhin nahm ich einen Wagen und fuhr zu meinem Bruder in Pall

Mall, wo ich den Tag verbrachte. Nun bin ich zu Ihnen gekommen, und auf meinem Weg wurde ich von einem Schläger mit einem Knüppel angegriffen. Ich habe ihn zwar niedergeschlagen und der Polizei übergeben, aber ich kann mit größter Bestimmtheit voraussagen, dass man niemals auch nur die geringste Spur einer Verbindung zwischen dem sauberen Herrn, an dessen Vorderzähnen ich mir die Knöchel blutig geschlagen habe, und dem obskuren Mathematiker entdecken wird, der in einigem Abstand entfernt davon ruhig seine Aufgaben an der schwarzen Tafel ausrechnet. Sie werden jetzt begreifen, Watson, warum es mein Erstes nach meinem Eintreffen bei Ihnen war, Ihre Läden zu schließen, und warum ich Sie bitten musste, Ihr Haus anstatt durch die vordere Tür auf einem weniger auffälligen Wege verlassen zu dürfen.«

»Sie bleiben die Nacht hier?«

»Nein, mein Lieber, diese Gastfreundschaft könnte Ihnen gefährlich werden. Ich bin über mein Verhalten mit mir im Reinen, und es wird alles gut ablaufen. Die Angelegenheit ist so weit gefördert, dass sie ohne meine Mitwirkung ihren Gang nehmen kann, soweit die Rechtswirkung des ergangenen Gerichtsbeschlusses reicht; erst zur Beweisaufnahme ist mein persönliches Erscheinen erforderlich. Ich kann also offenbar nichts Vernünftigeres tun, als für die paar Tage zu verreisen, bis die Polizei vollends freie Hand hat. Es wäre mir deshalb äußerst angenehm, wenn Sie mich auf den Kontinent begleiten könnten.«

»Meine Praxis macht mir gerade nicht viel Arbeit«, antwortete ich, »und mein Nachbar ist gerne bereit, meine Stellvertretung zu übernehmen. Ich würde mit Vergnügen mitkommen.«

»Und gleich morgen früh abreisen?«

»Wenn es sein muss, auch das.«

»O ja, das ist durchaus notwendig. Ich gebe Ihnen die Anweisungen, die ich Sie bitten muss, mein lieber Watson, ganz wortgetreu zu befolgen, denn Sie sind jetzt mein Partner in meinem

Spiel gegen den größten Schurken und die mächtigste Verbrecherbande von ganz Europa. Also passen Sie gut auf! Ihr ganzes Reisegepäck schicken Sie noch heute Abend ohne Adresse durch einen zuverlässigen Boten zur Victoria Station. Morgen früh bestellen Sie sich eine Droschke, machen jedoch dem, der sie holt, deutlich, weder die erste noch die zweite zu nehmen, die ihm begegnet. In dieser Droschke fahren Sie zum Strand-Ende der Lowther Arcade. Das Ziel der Fahrt schreiben Sie auf einen Zettel und stecken dieses dem Kutscher mit dem Befehl zu, diesen unter keinen Umständen wegzuwerfen. Das Fahrgeld halten Sie bereit, und sobald Sie an Ort und Stelle sind, begeben Sie sich schleunigst zur anderen Seite der Arcade, sodass Sie Punkt Viertel nach neun dort sind. Dicht bei dem Zaun werden Sie einen kleinen Brougham finden, dessen Kutscher einen schweren schwarzen Mantel mit rotem Kragen trägt. In diesen Wagen steigen Sie ein. Er wird Sie gerade noch rechtzeitig zur Abfahrt des Continental Express[36] zur Victoria Station bringen.«

»Wo werde ich Sie treffen?«

»Auf dem Bahnsteig. Der zweite Wagen erster Klasse von vorne wird für uns belegt sein.«

»Der Wagen selbst ist also unser Treffpunkt?«

»Genau.«

Vergeblich bat ich Holmes nochmals, den Abend bei mir zu verbringen. Offenbar war er überzeugt, dass seine Anwesenheit dem Dach, unter dem er sich aufhielt, Gefahr bringen könnte, und deshalb ließ er sich um keinen Preis halten. Mit einigen eiligen Bemerkungen, unsere Reisepläne für den nächsten Tag betreffend, erhob er sich und ließ sich von mir in den Garten geleiten. Dort kletterte er über die Mauer zur Mortimer Street hinaus und pfiff augenblicklich eine Droschke herbei, in der ich ihn dann wegfahren hörte.

Mein Verhalten am nächsten Morgen richtete ich wortgetreu nach Holmes' Weisungen ein. Bei der Beschaffung einer Droschke wurde jede mögliche Vorsicht beobachtet, und sofort nach dem Frühstück fuhr ich Richtung Lowther Arcade, wo ich in größter Eile zum anderen Ausgang ging. Dort stand in der Tat der Brougham mit dem sehr wohlbeleibten Kutscher in dunklem Mantel, der, sobald ich eingestiegen war, mit mir Richtung Victoria Station sauste. Nachdem ich dort ausgestiegen war, drehte er sogleich um und verschwand eiligst, ohne sich auch nur nach mir umzuschauen. So weit war alles wie geplant gelaufen. Mein Gepäck wartete schon auf mich, und den von Holmes bezeichneten Wagen fand ich umso leichter, als sonst keiner den Vermerk *Belegt* trug. Das Einzige, was mir jetzt noch Sorgen machte, war, dass Holmes nicht erschien. Nach der Bahnhofsuhr fehlten nur noch sieben Minuten bis zur Abfahrtszeit unseres Zuges. Umsonst suchte ich unter den Reisenden, die sich auf dem Bahnsteig und an den Schaltern drängten, nach der Gestalt meines Freundes. Nirgends war eine Spur von ihm zu sehen. Ein paar Minuten verbrachte ich damit, einem ehrwürdigen italienischen Priester zu helfen, der sich in seinem gebrochenen Englisch bemühte, einem Gepäckträger klarzumachen, dass sein Gepäck direkt nach Paris eingeschrieben werden solle. Hierauf schaute ich mich noch einmal rings um und ging dann wieder zu meinem Wagen zurück, wo ich fand, dass der Schaffner im Widerspruch mit meiner Fahrkarte mir meinen gebrechlichen italienischen Freund zum Reisegefährten gegeben hatte. Vergebens suchte ich ihm verständlich zu machen, dass er nicht hierhergehöre, denn mein Italienisch war noch weniger gut als sein Englisch; so fügte ich mich eben schließlich achselzuckend in die Sachlage und schaute aufs Neue voll Unruhe nach meinem Freund. Es überlief mich kalt bei dem Gedanken, sein Ausbleiben könnte in einem während der Nacht gegen ihn geführten Schlag seinen Grund haben. Schon waren sämtliche Türen geschlossen und das Zeichen zur Abfahrt gegeben, als ich plötzlich die Worte vernahm: »Mein lieber Watson, Sie haben mir ja nicht einmal guten

Morgen gewünscht.« Vor Überraschung fuhr ich unwillkürlich herum. Der alte, komische Herr hatte mir sein Gesicht zugewandt. Einen Augenblick später glätteten sich die Runzeln, die Nase entfernte sich vom Kinn, die Unterlippe schob sich nicht mehr vor, und der Mund stellte seine murmelnde Bewegung ein; die trüben Augen gewannen ihr Feuer wieder, und die gebückte Gestalt richtete sich auf. Im nächsten Augenblick jedoch sank diese aufs Neue in sich zusammen, und mein Freund war ebenso plötzlich wieder verschwunden, wie er zuvor erschienen war.

»Guter Himmel«, rief ich, »haben Sie mich erschreckt!«

»Es bedarf noch immer der größten Vorsicht«, flüsterte er dagegen. »Ich habe Grund, anzunehmen, dass sie uns scharf auf den Fersen sind. Ha, da ist Moriarty selber!« Der Zug hatte sich bei Holmes' letzten Worten bereits in Bewegung gesetzt. Ich blickte zurück und sah noch, wie ein hochgewachsener Mann wütend durch das Gedränge stürmte und mit der Hand winkte, als wollte er den Zug anhalten lassen. Es war jedoch bereits zu spät, denn wir kamen schon in vollen Gang und hatten im nächsten Augenblick den Bahnhof hinter uns.

»Unsere Maßnahmen haben, wie Sie sehen, ihren Zweck doch ganz gut erreicht«, meinte Holmes nun lachend. Er stand auf, warf seine Verkleidung ab und steckte Talar und Hut in einen Reisesack. »Haben Sie schon ins Morgenblatt geschaut?«, fuhr er dann fort.

»Nein.«

»Dann haben Sie also nichts von der Baker Street gelesen?«

»Von der Baker Street?«

»Man hat heute Nacht Feuer an meine Wohnung gelegt; es hat übrigens nicht viel Schaden angerichtet.«

»Um Himmels willen, Holmes, das ist ja nicht mehr auszuhalten!«

»Nachdem ich den Kerl mit dem Knüppel habe festnehmen lassen, müssen sie meine Spur völlig verloren haben. Sonst hätten

LONDON, BRIGHTON
& SOUTH COAST RAILWAY
PARIS – LONDON
ST. LAZARE)
3.5H
(VICTORIA)
IA DIEPPE –
– VIA NEWHAVEN
SEEÜBERQUERUNG PER DAMPFSCHIFF

Dann müssen wir eben
eine Querfahrt über Land
nach Newhaven machen und von
dort nach Dieppe übersetzen. Moriarty
wird dann wiederum genau so handeln, wie ich
an seiner Stelle gehandelt haben würde. Er wird
nach Paris weiterfahren, dort unser Gepäck abfangen und
zwei Tage an der Abgabestelle auf uns warten.

Tarjeta Pos

sie sich unmöglich einbilden können, dass ich wieder in meine Wohnung zurückgegangen sei. Dagegen haben sie offenbar nicht versäumt, Sie zu überwachen, sonst wäre Moriarty nicht zur Victoria Station gekommen. Könnten Sie nicht auf Ihrem Wege dahin irgendeinen Fehler gemacht haben?«

»Ich habe mich strengstens an Ihre Weisungen gehalten.«

»Haben Sie an der Arcade den Wagen gefunden?«

»Jawohl, er stand schon da, als ich kam.«

»Haben Sie den Kutscher erkannt?«

»Nein.«

»Es war mein Bruder Mycroft. Es ist viel wert, wenn man in einem solchen Falle nicht nötig hat, jemand Außenstehenden ins Vertrauen zu ziehen. Aber wir müssen nun schauen, was wir wegen Moriarty tun wollen.«

»Wir haben ja einen Expresszug mit Anschluss an das Dampfboot, damit werden wir ihn doch wohl endgültig losgeworden sein!«

»Mein lieber Watson, Sie haben offenbar die Tragweite meiner Bemerkung nicht erfasst, dass man diesen Mann in geistiger Beziehung auf eine Linie mit mir stellen kann. Sie bilden sich doch nicht ein, dass ich mich bei der Verfolgung meines Gegners durch ein so geringfügiges Hindernis lahmlegen lassen würde. Warum sollten Sie nun so gering von ihm denken?«

»Was wird er aber tun?«

»Was ich auch tun würde.«

»Und was wäre das?«

»Einen Sonderzug nehmen.«

»Der käme aber doch zu spät.«

»Keineswegs. Unser Zug hält in Canterbury, und am Dampfboot gibt es einen Aufenthalt von mindestens einer halben Stunde. Dort holt er uns ein.«

»Man sollte gerade glauben, wir wären die Verbrecher! – Wollen wir ihn nicht bei unserer Ankunft verhaften lassen?«

»Den großen Fisch hätten wir dann allerdings gefangen, aber die kleinen würden uns rechts und links aus dem Netze schlüpfen, während wir sie am Montag alle miteinander bekommen. Nein, von Verhaftung kann keine Rede sein.«
»Was aber dann tun?«
»Wir steigen in Canterbury aus.«
»Und dann?«
»Nun, dann müssen wir eben eine Querfahrt über Land nach Newhaven machen und von dort nach Dieppe übersetzen. Moriarty wird dann wiederum genau so handeln, wie ich an seiner Stelle gehandelt haben würde. Er wird nach Paris weiterfahren, dort unser Gepäck abfangen und zwei Tage an der Abgabestelle auf uns warten. Mittlerweile leisten wir uns jeder neues Gepäck, lassen die Geschäfte in den Gegenden, durch die wir kommen, auch etwas verdienen und fahren in aller Gemütlichkeit über Luxemburg und Basel in die Schweiz.«
Ich bin das Reisen zu sehr gewohnt, als dass ich mir aus dem Verlust meines Gepäckes sonderlich viel machen sollte, dagegen verdross mich, offen gestanden, der Gedanke nicht wenig, mich durch allerlei Kreuz- und Querfahrten vor einem Menschen verstecken zu müssen, der eine Unzahl der schwärzesten Verbrechen zu verantworten hatte.
Doch offenbar beurteilte Holmes die Lage besser als ich. Wir stiegen daher in Canterbury aus – lediglich um zu entdecken, dass der nächste Zug nach Newhaven erst in einer Stunde abgehe.
Noch schaute ich recht betrübt meinem rasch entschwindenden Gepäck nach, als mich Holmes anstieß und auf die Bahnlinie deutete.
»Da ist er schon, sehen Sie«, sagte er.
Ganz in weiter Ferne am Waldrand stieg ein Rauchstreifen empor. Nach einer Minute konnte man eine Maschine und einen Wagen unterscheiden, die mit Windeseile auf der offenen Kurve

zum Bahnhof herjagten. Wir hatten kaum Zeit, uns hinter einen Haufen von Gepäckstücken zu stellen, als der Zug mit Donnergetöse an uns vorübersauste und uns eine ganze Wolke heißer Luft ins Gesicht blies.

»Da fährt er nun davon«, sagte Holmes, während wir dem Wagen nachblickten, wie er auf den Schienen hin und her schwankte. »Auch der Scharfsinn unseres Feindes hat seine Grenzen, wie Sie sehen. Das wäre erst ein wahres Meisterstück von ihm gewesen, wenn er meine Gedanken ganz erraten und genau danach gehandelt hätte.«

»Und hätte er uns eingeholt, was würde er getan haben?«

»Einen Mordanschlag auf mich würde er gemacht haben, daran ist nicht der mindeste Zweifel. Doch dazu gehören zwei, wie man zu sagen pflegt. Die Frage ist jetzt, sollen wir hier vor der Zeit etwas zu uns nehmen oder zusehen, ob wir es noch aushalten, bis wir in Newhaven etwas zu essen bekommen?«

Wir fuhren abends noch bis Brüssel, wo wir zwei Tage verbrachten, und am dritten Tag bis Straßburg. Montagfrüh hatte Holmes an die Londoner Polizeibehörde telegrafiert, und abends fanden wir die Antwort im Hotel vor. Kaum hatte Holmes die Depesche aufgerissen, so schleuderte er sie mit einem bitteren Fluche in den Kamin.

»Ich hätte es mir denken können!«, brummte er. »Er ist durchgekommen!«

»Moriarty?«

»Die ganze Bande haben sie dingfest gemacht, nur ihn nicht. Er hat ihnen einen Streich gespielt. Natürlich, da ich fort war, wo wäre jemand gewesen, um es mit ihm aufzunehmen? Aber ich hatte doch wirklich gedacht, ich habe ihnen alle Trümpfe in die Hände gegeben. Ich glaube, Sie tun jetzt am besten daran, wieder heimzureisen, Watson.«

»Warum denn?«

»Weil Ihnen meine Gesellschaft von nun an gefährlich werden kann. Der Mann ist um seine Existenz gebracht. Er ist verloren, sobald er sich wieder in London blicken lässt. Beurteile ich ihn richtig, so wird er seine ganze Kraft daransetzen, um dafür Rache an mir zu nehmen. So hat er sich bei unserem kurzen Gespräch geäußert, und ich bin überzeugt, es war ihm ernst damit. Ich würde Ihnen wirklich raten, zurückzukehren.«

Dieser Rat war selbstverständlich nicht eben dazu angetan, bei einem alten Freund und treuen Begleiter wie mir Gehör zu finden. Eine halbe Stunde lang erörterten wir die Frage während unseres Mittagessens in Straßburg, und noch am selben Abend befanden wir uns bereits wieder auf der Weiterfahrt nach Genf. Wir machten nun zunächst eine siebentägige herrliche Wanderung das Rhonetal aufwärts, bogen dann in Leuk ab und gingen nun über den noch tief verschneiten Gemmipass nach Interlaken und weiter nach Meiringen. Es war allerliebst, unten das zarte Frühlingsgrün, oben das kühle Weiß des Winters, aber ich sah sehr wohl, dass Holmes trotzdem nicht einen Augenblick den Schatten vergaß, der über ihm schwebte. In den heimeligen Alpendörfern wie auf den lieblichen Gebirgspfaden verrieten sein unruhiger Blick und die Genauigkeit, mit der er die Züge eines jeden uns Begegnenden prüfte, seine unerschütterliche Überzeugung, dass wir, wohin wir gingen, uns doch niemals der Gefahr zu entziehen vermochten, die sich an unsere Spuren heftete. So erinnere ich mich, dass, während wir auf unserem Wege über den Gemmipass am Ufer des düsteren Daubensees hinschritten, ein großes Felsstück, das sich von dem Abhang abgelöst hatte, mit lautem Krachen herab- und dröhnend hinter uns in den See stürzte. In einem Augenblick war Holmes den Abhang hinaufgestürmt, wo er

auf einer luftigen Felszacke stehend den Hals zu allen Seiten reckte. Vergebens versicherte ihm unser Führer, dass Felsstürze zur Frühlingszeit in dieser Gegend etwas ganz Gewöhnliches seien. Er sagte nichts, aber er lächelte mir zu, als wollte er mir damit andeuten, etwas desgleichen habe er längst erwartet.
Und doch war er trotz all seiner Wachsamkeit niemals niedergeschlagen, im Gegenteil, ich kann mich nicht erinnern, ihn jemals in solch überschäumender Laune gesehen zu haben. Immer und immer kam er wieder darauf zurück, wie gerne er seine Laufbahn zum Abschluss bringen würde, dürfte er sicher sein, die Menschheit von Moriarty befreit zu haben.
»Ich glaube, ich darf wohl sagen, Watson, ich habe nicht ganz umsonst gelebt«, bemerkte er dabei. »Fände meine Tätigkeit noch heute Abend ihren Abschluss, ich hätte nichts dagegen. Mein Aufenthalt in London würde dadurch für mich nur besser werden. In den mehr als tausend Fällen, die mich beschäftigt haben, bin ich mir nicht bewusst, auch nur ein einziges Mal meine Fähigkeit in den Dienst des Unrechtes gestellt zu haben. Seit einiger Zeit fühle ich mich mehr von den Problemen angezogen, die uns die Natur selbst aufgibt, als von den weit oberflächlicheren Aufgaben, die sich aus unseren unnatürlichen gesellschaftlichen Zuständen ergeben. An dem Tag, wo mir schließlich noch der Triumph zuteilwird, durch meine Tätigkeit die Gefangennahme oder die Vernichtung des gefährlichsten Verbrechergenies der ganzen Welt erreicht zu haben, können Sie die Feder aus der Hand legen, Watson.«

Das wenige, was mir noch zu sagen bleibt, will ich in Kürze und doch genau zu berichten versuchen. Es ist kein Thema, bei dem ich mich gerne aufhalten würde, und doch bin ich mir bewusst, dass es meine Pflicht ist, kein Detail auszulassen.
Am 3. Mai erreichten wir das Dorf Meiringen, wo wir im *Englischen Hof* abstiegen. Unser Vermieter, Peter Steiler der

Ältere, war ein intelligenter Mann und sprach hervorragend Englisch, da er drei Jahre lang als Kellner im *Grosvenor Hotel* in London gearbeitet hatte. Auf seinen Rat hin brachen wir am Nachmittag des vierten Tages gemeinsam auf, mit der Absicht, die Hügel zu überqueren und die Nacht in Weiler Rosenlaui zu verbringen. Wir hatten jedoch die strikte Anweisung, auf keinen Fall die Reichenbachfälle zu passieren, die etwa auf halber Höhe des Hügels liegen, ohne einen kleinen Umweg zu machen, um sie zu sehen. Diese erregen mit ihrer Umgebung einen wirklich grauenhaften Eindruck. Der Bach, durch die schmelzenden Schneemassen geschwellt, stürzt in einen furchtbaren Abgrund, aus dem der Schaum emporwirbelt wie der Rauch aus einem brennenden Haus. Die ungeheure, von glänzenden kohlschwarzen Felsen umsäumte Kluft, in die das Wasser hinabstürzt, verengt sich schließlich zu einem brodelnden Kessel von unberechenbarer Tiefe, über dessen gezackten Rand der Strom dann weiter Richtung Tal schießt. Man wird schwindelig von dem unablässigen Donnergetöse der riesigen weißen Wassersäule und von der ewigen Wirbelbewegung der aufspritzenden, flackernden Gischt, die sich gleich einem dichten Vorhang aus der Tiefe emporzieht. Ganz außen am Rande schauten wir den Wassern zu, wie sie sich in sprühendem Glanze tief unten an den schwarzen Felsen brachen, und lauschten den Tönen, die – einem menschlichen Jauchzen vergleichbar – mit der aufspritzenden Gischt aus der Schlucht heraufschallten.

Auf der einen Seite ist um den Fall herum ein Pfad gehauen, um eine vollständige Ansicht des Ersteren zu ermöglichen, doch dieser hört plötzlich auf, sodass man auf demselben Wege wieder umkehren muss. In dem Augenblicke, als wir uns an dieser Stelle wieder zurückwandten, erblickten wir einen jungen Burschen aus der Gegend, der mit einem Brief in der Hand angerannt kam. Dieser trug den Stempel des Gasthofes, den wir soeben verlassen hatten, und war vom Wirt an mich gerichtet.

Es schien wenige Minuten nach unserem Weggang eine Engländerin im letzten Stadium der Schwindsucht dort eingetroffen zu sein. Sie hatte den Winter in Davos zugebracht und war nun, auf dem Wege nach Luzern, wo sie mit Bekannten zusammentreffen wollte, plötzlich von einem Blutsturz befallen worden. Sie habe zwar aller Wahrscheinlichkeit nach nur noch wenige Stunden zu leben, aber es würde ihr doch ein großer Trost sein, wenn sie einen englischen Arzt bei sich sehen könnte, ich möchte doch zurückkommen. In einem Nachsatz versicherte mir der gute Mann noch besonders, wie er die Erfüllung seines Wunsches als einen sehr großen persönlichen Gefallen ihm gegenüber ansehen würde, denn die Fremde wolle durchaus keinen Schweizer Arzt, und er sehe sich infolgedessen in eine recht verantwortungsvolle Lage versetzt. Dieses Anliegen ließ sich nicht abweisen; ich konnte doch einer Landsmännin, die in einem fremden Land im Sterben lag, ihre Bitte nicht abschlagen, doch machte ich mir auch wieder darüber Gedanken, dass ich Holmes allein lassen sollte. Schließlich einigten wir uns doch, dass er den Burschen als Führer bei sich behalten sollte, während ich nach Meiringen zurückkehrte. Holmes wollte, so sagte er, noch einige Zeit an dem Wasserfall verweilen und dann langsam über den Berg hinüber nach Rosenlaui wandern, wo ich ihn am Abend wieder treffen sollte. Im Weggehen sah ich noch, wie Holmes an die Felswand gelehnt mit gekreuzten Armen dastand und in den Wasserfall hinabschaute. Es war nach dem Willen des Schicksals das letzte Mal, dass ich ihn sah. Beinahe unten im Tal angekommen, wandte ich mich noch einmal zurück. Den Fall konnte ich von dieser Stelle aus nicht erblicken, wohl aber den Pfad, der sich über den Bergrücken zu demselben hinaufwindet. Auf diesem Pfad sah ich, wie mir erst wieder einfällt, einen Mann rasch emporschreiten. Seine schwarze Gestalt hob sich deutlich von dem Grün hinter ihm ab. Seine Erscheinung ebenso wie sein

eiliger Schritt waren mir aufgefallen, doch bei der Hast, mit der ich meinem Ziel zustrebte, verschwanden diese Umstände aus meiner Erinnerung.

Ich mag etwas über eine Stunde bis Meiringen gebraucht haben. Der alte Steiler stand unter dem Torbogen seines Hauses.

»Es geht ihr hoffentlich nicht schlechter«, rief ich ihm, noch in eiligem Lauf, entgegen. Ein Ausdruck des Erstaunens überflog seine Züge, und schon beim ersten Zucken seiner Augenbrauen fiel es mir zentnerschwer aufs Herz.

»Ist das nicht von Ihnen?«, fragte ich ihn, indem ich den Brief aus der Tasche zog. »Liegt keine Engländerin krank hier im Haus?«

»Davon weiß ich nichts!«, rief er aus. »Auf dem Brief ist der Hotelstempel! Ha! Das muss der große Engländer geschrieben haben, der nach Ihrem Weggang eintraf. Er sagte –«

Doch ich wartete die weiteren Erklärungen nicht ab. Bebend vor Angst, rannte ich bereits wieder die Straße hinab und weiter auf dem Weg, den ich soeben erst zurückgelegt hatte. Herunter hatte ich eine Stunde gebraucht; sosehr ich mich anstrengte, es dauerte zwei gute Stunden, bis ich wieder an dem Wasserfall eintraf.

Da lehnte Holmes' Alpenstock noch an demselben Felsen, wo ich ihn verlassen hatte. Aber von ihm selbst nirgends eine Spur. Mein Rufen blieb vergeblich; nur von den Felswänden ringsum tönte mir in hundertfältigem Widerhall der Klang meiner eigenen Stimme zurück.

Beim Anblick des Alpenstockes überlief es mich eiskalt. Er war also nicht nach Rosenlaui gegangen. Er war auf dem drei Fuß breiten Pfad geblieben, links die himmelhohe Felswand, rechts den gähnenden Abgrund neben sich, bis sein Feind ihn eingeholt hatte. Der junge Schweizer war ebenfalls verschwunden. Dieser stand vermutlich in Moriartys Dienst und hatte die beiden miteinander allein gelassen. Und was war dann geschehen?

Wer sollte uns das sagen? Einige Augenblicke hielt ich an, denn ich war vor Schreck völlig betäubt. Dann kam mir allmählich die Erinnerung wieder an die Methode, nach der Holmes in solchen Fällen zu verfahren pflegte, und mithilfe derselben wollte ich nun den Versuch machen, mir über den erschütternden Vorfall Klarheit zu verschaffen. Es war – ach! – nur zu leicht. Holmes' Gebirgsstock lehnte noch an derselben Stelle, wo wir auf dem schmalen Pfad im Gespräch haltgemacht hatten. Der unaufhörlich heraufsprühende Wasserstand erhält den schwärzlichen Grund des Pfades stets weich, sodass sich jede leiseste Spur darin abdrückt. Eine doppelte Reihe von Fußstapfen lief auf dem Pfad ganz deutlich wahrnehmbar in der Richtung des hinteren Endes hin. Zurück führte keine Fußspur. Wenige Meter vor dem Ausgang des Pfades war dieser gänzlich aufgewühlt und in eine Schmutzlache verwandelt, und die Brombeersträucher und Farne am Saum des Abgrundes waren zertreten und beschmutzt. Auf dem Gesicht liegend, spähte ich hinab in den Wasserstaub, der mich von allen Seiten umsprühte. Es war seit meinem Aufbruch allmählich dunkel geworden, und so war ich jetzt nur noch imstande, den Schimmer der Feuchtigkeit auf den schwarzen Felswänden und weit unten am Ausgang der Schlucht das Aufspritzen der Sturzwellen zu unterscheiden. Abermals rief ich; aber nichts kam zurück als wiederum jener einem menschlichen Schrei ähnelnde Klang des Wasserfalles.

Doch es war mir vom Schicksal bestimmt, noch einen letzten Gruß von meinem Freund und Gefährten zu erhalten.

Wie schon erwähnt, lehnte Holmes' Alpenstock noch an einem der über den Pfad hereinragenden Felsen. Vom oberen Rande des Letzteren schimmerte mir etwas Helles entgegen; ich griff danach und fand, dass es die silberne Zigarettendose war, die Holmes stets bei sich trug. Als ich sie aufhob, flatterten einige Papierblättchen zu Boden. Es zeigte sich, dass es drei von Holmes beschriebene für mich bestimmte Blätter aus seinem

Notizbuch waren. Ganz bezeichnenderweise waren die Züge so gerade, fest und deutlich, als hätte Holmes sie an seinem Schreibtisch niedergeschrieben. Der Brief lautete:

Mein lieber Watson,
ich schreibe diese wenigen Zeilen durch die Höflichkeit von Mr. Moriarty, der meine Einwilligung zur endgültigen Auseinandersetzung mit den Fragen, die zwischen uns liegen, erwartet. Er hat mir eine Skizze der Methoden gegeben, mit denen er die englische Polizei umging und sich über unsere Schritte informiert hielt. Sie bestätigen sicherlich die sehr hohe Meinung, die ich mir von seinen Fähigkeiten gebildet hatte. Ich freue mich, dass es mir gelingen wird, die Gesellschaft von weiteren Auswirkungen seiner Anwesenheit zu befreien, obwohl ich fürchte, dass dies zu einem Preis geschieht, der meinen Freunden und besonders Ihnen, mein lieber Watson, Schmerzen bereiten wird. Ich habe Ihnen jedoch bereits erklärt, dass meine Karriere auf jeden Fall ihren Höhepunkt erreicht hatte und dass kein möglicher Abschluss für mich angenehmer sein könnte als dieser. In der Tat, wenn ich Ihnen ein volles Geständnis machen darf, war ich ganz davon überzeugt, dass der Brief aus Meiringen eine Täuschung war, und ich habe Ihnen erlaubt, in der Überzeugung, dass eine Entwicklung dieser Art folgen würde, zu diesem Auftrag aufzubrechen. Sagen Sie Inspektor Patterson, dass die Papiere, die er braucht, um die Bande zu überführen, in der Schublade M. sind, eingewickelt in einen blauen Umschlag und beschriftet mit Moriarty. Bevor ich England verließ, traf ich alle Vorkehrungen und übergab mein Vermögen meinem Bruder Mycroft. Bitte grüßen Sie Mrs. Watson von mir und seien Sie sich meiner Freundschaft gewiss.

Ihr Sherlock Holmes

Ein paar Worte mögen genügen, um das wenige zu erzählen, das bleibt. Eine Untersuchung durch Experten lässt wenig Zweifel daran, dass ein persönlicher Kampf zwischen den beiden Männern darin endete, wie es in einer solchen Situation kaum anders sein konnte, dass sie sich gegenseitig in den Armen hielten und überschlugen. Jeder Versuch, die Leichen zu bergen, war absolut aussichtslos, und dort, tief unten in diesem furchtbaren Kessel aus wirbelndem Wasser und brodelndem Schaum, werden für alle Zeiten der gefährlichste Verbrecher und der führende Verfechter des Gesetzes ihrer Generation liegen. Der Schweizer Jugendliche wurde nie wieder gefunden, und es kann kein Zweifel daran bestehen, dass er einer der zahlreichen Agenten war, die Moriarty in seinen Diensten hatte. Was die Bande betrifft, so wird sich die Öffentlichkeit daran erinnern, wie vollständig die Beweise, die Holmes gesammelt hatte, ihre Organisation entlarvten und wie schwer die Hand des Toten auf ihnen lastete. Von ihrem schrecklichen Anführer kamen während des Prozesses nur wenige Details ans Licht, und wenn ich jetzt gezwungen war, eine klare Aussage über seinen Werdegang zu machen, so liegt das an jenen unbesonnenen Verfechtern, die sich bemüht haben, sein Andenken durch Angriffe auf denjenigen zu löschen, den ich immer als den besten und weisesten Mann betrachten werde, den ich je gekannt habe.

GLOSSAR

1 Zigeuner*in: Dieser Begriff muss immer im Hinblick auf den rassistischen und diskriminierenden Hintergrund der Verwendung kritisch hinterfragt werden, besonders seit der Verfolgung von und den Verbrechen an den Sinti*zze und Rom*nja während der NS-Zeit und der damit einhergehenden diskriminierenden Verwendung des Begriffs.

2 A.D.P. steht für Adolph David Posener. Die Brüder Adolph und David Posener waren bis 1877 Teilhaber der Marke „Adolph Posener & Co.", die Pfeifen herstellte. Auch als David Posener aus der Partnerschaft ausschied, blieb das Markenzeichen A.D.P. erhalten, aber die Prägung auf der Silberplakette wurde zu A.P. geändert.

3 Cavendish wird umgangssprachlich als Bezeichnung der Tabaksorte verwendet, bezeichnet aber eigentlich ein Herstellungsverfahren, bei dem Virginia- und Burley-Tabak durch gleichzeitiges Pressen und Wärmezufuhr verarbeitet werden. Der so entstehende Pfeifentabak zeichnet sich durch seinen eher süßlichen und aromatischen Geschmack aus.

4 Der Sovereign war eine Goldmünze mit dem Wert eines Pfund Sterlings und bis Anfang des 20. Jahrhunderts ein gängiges Zahlungsmittel in Großbritannien. Die Prägung wurde eingestellt, weil der Goldwert den Nennwert von einem Pfund Sterling überstieg.

5 „The curious incident of the dog in the night-time" ist eines der berühmtesten Zitate von Sherlock Holmes und wird in vielen literarischen Kontexten bis heute rezitiert und intertextuell genutzt.

6 Der Pullmanwagen leitet sich vom Namen des amerikanischen Unternehmers George Mortimer Pullman ab, dem Gründer der Pullman Palace Car Company. Das Unternehmen aus Chicago entwickelte luxuriös ausgestattete

Schlaf-, Speise- und Salonwagen, die ab 1876 auch in Europa eingesetzt wurde. Die Erwähnung des Pullmanwagens steht hier also auch für besonders modernes und luxuriöses Reisen.

7 Die Bezeichnung „Schwarze*r“ ist als unreflektierte und rassistische Aussage zu bewerten. Die so bezeichnete Person wird auf äußerliche Merkmale reduziert und auf dieser Grundlage mit negativen Assoziationen behaftet. Die bedienten rassistischen Stereotype sind aus heutiger Sicht in höchstem Maße fragwürdig.

8 Der Veitstanz wird im neueren Sprachgebrauch Chorea Huntington genannt und bezeichnet eine unheilbare Erbkrankheit des Gehirns, die sich durch unwillkürliche, unkoordinierte Bewegungen bei erschlaffter Muskulatur ausdrückt. Es handelt sich um die fortschreitende Zerstörung des Bereichs des Gehirns, der für die Steuerung der Muskeln und grundlegende mentale Funktionen wichtig ist, das Striatum. Die Krankheit äußert sich meistens um das vierzigste Lebensjahr das erste Mal und führt im Schnitt 15 Jahre nach den ersten Symptomen zum Tod.

9 Von circa 1850 bis in die 1930er-Jahre waren Music Halls Unterhaltungsstätten in London, die eine Kombination aus Bühnenspektakel, Restaurant und Bar anboten.

10 „Chinafahrer“ war eine umgangssprachliche Bezeichnung für Seefahrer aus den Bereichen Militär und Handel, die Güter wie Tee, Porzellan und Opium nach England importierten, sich in den Kolonien niederließen oder Sträflingskolonnen begleiteten, die ihre Haftstrafe dort verbüßen mussten.

11 Eine Brigg ist ein zweimastiges Segelschiff mit Rahsegeln und einem zusätzlichen Schratsegel am Großmast. Im 19. Jahrhundert waren die meisten Briggs Handelsschiffe, konnten aber auch als Kriegsschiffe genutzt werden.

12 In der Mitte des 19. Jahrhunderts entstand in Australien durch den Fund eines 40 kg schweren Goldnuggets ein Goldrausch, der innerhalb eines Jahrzehnts die Bevölkerung nahezu verzehnfachte und so den Anfang der Verwandlung der Sträflingskolonie in einen zivilisierten Staat bildete.

13 Die normannische Eroberung Englands im Jahr 1066, auch Norman Conquest genannt, begann durch die Invasion Englands durch Wilhelm II. und gipfelte in der Schlacht bei Hastings. Die Eroberung gilt in vielen Punkten als wegweisender Meilenstein der englischen Geschichte, unter anderem da England so stärker an das kontinentale Europa angenähert wurde.

14 Ein Dogcart (oder Dog-Cart) ist ein leichtes, von Pferden gezogenes Fahrzeug, ursprünglich für Sportschützen entwickelt, mit einem Kasten hinter dem Fahrersitz, um darin einen oder mehrere Jagdhunde zu transportieren.

15 Charles I. (1600-1649) war von 1625 bis 1649 König von England; Schottland und Irland. Seine absolutistische Herrschaftsauffassung löste den englischen Bürgerkrieg aus, der erst mit seiner Hinrichtung endete und ein tief gespaltenes Land hinterließ.

16 Das Haus Stewart (später: Stuart) ist eine schottische Adelsfamilie, deren Hauptlinie von 1371 bis 1587 die Könige von Schottland und ab 1603 auch die Könige von England und Irland stellte. Einige Seitenlinien existieren bis heute.

17 Alexander Pope (1688—1744) war ein englischer Dichter, Übersetzer und Schriftsteller. Er war ein großer Bewunderer klassischer Autoren wie Horaz oder Homer. 1713 begann er, die „Ilias“ zu übersetzen, zwei Jahre später erschien die erste Version. Abgeschlossen wurde das Werk 1720. Im Anschluss übersetzte er die „Odyssee“, welche

er 1726 veröffentlichte. Heute gilt er als einer der bedeutendsten englischen Dichter des 18. Jahrhunderts.

18 Der Begriff „Indianer“ geht auf einen kolonialen Neologismus und den irrtümlichen Glauben Christoph Kolumbus', er sei in Indien gelandet, zurück. Er wurde auch nach der Aufklärung des Fehlers beibehalten und war lange eine vorrangig neutrale Bezeichnung für die indigenen Völker Amerikas. Aus heutiger Sicht ist dieser Begriff kritisch zu betrachten, da er eine kolonialzeitliche Fremdbezeichnung ist und eine Homogenisierung nicht zusammenhängender Gruppen darstellt.

19 Die Royal Munster Fusiliers waren von 1881 bis 1922 ein Linieninfanterieregiment der britischen Armee. Als eines von acht irischen Regimentern, die größtenteils in Irland aufgestellt wurden, diente es als Bezirksregiment für Cork, Clare, Limerick und Kerry. Militärisch wurde im 19. Jahrhundert ganz Irland als separates Kommando in Dublin verwaltet, das direkt dem Kriegsministerium in London unterstellt war. Die Royal Munster Fusiliers dienten unter anderem in Indien und im Zweiten Burenkrieg.

20 Colour Sergeant ist ein Unteroffizierstitel bei den Royal Marines und den Infanterieregimentern der britischen Armee. Sein Rang liegt über dem eines Sergeants und unter dem eines Warrant Officers.

21 Durch eine Bedeutungsverschlechterung ist das ehemals neutrale Wort „Krüppel“ heute zu einem Schimpfwort geworden, wird jedoch von der Krüppelbewegung selbst als Geusenwort positiv konnotiert.

22 Der englische Florin, im Volksmund „Two-bob-piece“ genannt, war eine britische Münze im Wert von zwei Shillings.

23 Strand ist eine Straße in London, deren Name aus dem Altenglischen stammt und ähnlich wie im Deutschen

„(Fluss-)Ufer“ bedeutet. Die historische Straße verband im Mittelalter die getrennten Siedlungen City of London und City of Westminster. Noch heute bildet sie das Herz Londons und findet ihren Startpunkt am berühmten Trafalgar Square.

24 Starrsucht, oder im neueren Sprachgebrauch Katalepsie, ist eine neurologische Störung, bei der aktiv oder passiv eingenommene Körperhaltungen unerwünscht beibehalten werden. Hebt man beispielsweise das Bein einer betroffenen Person an, verharrt dieses ohne ihr Zutun in der Luft.

25 Der Lady Day ist in einigen englischsprachigen Ländern die traditionelle Bezeichnung für das Fest der Verkündigung und wird am 25. März gefeiert. Es erinnert an den Besuch des Erzengels Gabriel bei der Jungfrau Maria, bei dem er ihr mitteilte, dass sie die Mutter von Jesus Christus, dem Sohn Gottes, sein würde.

26 Amylnitrit wurde erstmals 1844 aus Amylalkohol und salpetriger Säure hergestellt. In den Folgejahren beobachteten verschiedene Wissenschaftler, dass das Einatmen von Amylnitrit-Dämpfen den Puls beschleunigt und die Blutgefäße erweitert. Daraufhin wurde es in der Medizin zur temporären Erweiterung der Herzkranzgefäße und Senkung des Blutdrucks genutzt und wirkte so muskelrelaxierend.

27 Eine Zigarettenspitze ist eine Hülse zwischen Zigarette und Mund, bestehend aus Metall, Holz, Kunststoff oder Karton.

28 Claude Joseph Vernet (1714–1789) war ein französischer Maler, der besonders bekannt war für seine Ansichten französischer Häfen. 1745 heiratete er die Engländerin Virginia Parker, die Tochter eines Kapitäns der päpstlichen Marine. Ihre Herkunft ist die einzige Verbindung

zu Sherlock Holmes, da von einer Schwester des Malers nichts bekannt ist.

29 Diskriminierende Zuschreibung.

30 Die Straßen von London wurden erst gegen 1870 asphaltiert und ersetzte damit die bis dahin verbreitete Pflasterung.

31 List Slippers waren aus gewebten Materialen angefertigt und wurden oft getragen, wenn man Ruhe brauchte, also wenn das Herumlaufen in normalen Schuhen auf dem nackten Boden stören würde oder man nicht gehört werden möchte.

32 Die Coldstream Guards sind das älteste Regiment der British Army und bestehen seit 1650.

33 Bereits im 19. Jahrhundert gab es auf Londons Straßen Busse, die sich allerdings enorm von den uns heute bekannten unterscheiden. Es waren von Pferden gezogene Sammeldroschken und außerhalb der Innenstadt zeitweise auch Dampfomnibusse, die im Fernverkehr, z.B. nach Brighton, unterwegs waren. Die London General Omnibus Company setzte Ende des Jahrhunderts den ersten Doppeldecker ein, denn bereits damals galt der Doppeldecker als kostengünstiger als ein einstöckiger Bus.

34 Die Bertillonage ist ein von Alphonse Bertillon entwickeltes frühes biometrisches Erkennungsverfahren, das Personen anhand von Körpermaßen registriert und zur Identifizierung gesuchter Person eingesetzt wurde.

35 „Inn" ist die englische Bezeichnung für Gasthöfe und Einrichtungen derselben Art, in der Reisende sich ausruhen und verpflegen können.

36 Der „Continental Express" ist im 19. Jahrhundert die Verbindung von Großbritannien zum europäischen Festland per Zug und Dampfboot.